U0925482

魅丽文化
花火工作室

私藏你的甜
鹿灵
著
Lu Ling works

江苏凤凰文艺出版社
JIANGSU PHOENIX LITERATURE AND
ART PUBLISHING, LTD

“可爱的我、成熟的我、话多的我、乖巧的我，你喜欢哪一个？”

“每一个。”

“我不是喜欢和你打游戏。
我是喜欢你。”

目录

CONTENTS

"我不是喜欢和你打游戏。
我是喜欢你。"

目录

CONTENTS

第一章
高跟酷甜心

P 市的清晨温度适宜，天幕被浸成浅软的薄荷蓝，云像被扯碎的棉花糖，零零散散，捎到鼻尖的风带着点茉莉的香味。

乔亦溪也不自觉地悠闲起来，哼着歌去阳台上换鞋。

目光在鞋盒上转了一圈，她僵了一下，问道：“妈，我成人礼时买的那双鞋呢？”

乔母头都懒得回：“你昨天不是自己放在阳台上了吗，我可没动。”

乔亦溪恍惚了一秒，提着那仅剩一只的高跟鞋奔向厨房：“我只看到一只啊，你真没动啊？”

可能天底下所有的妈妈都热爱给女儿收拾东西，乔母也不例外，而且从不失手——

每回收拾完，乔亦溪找日用品都得找上半天。

“我真没动，这两天忙着搬家，连大扫除的时间都没有，”乔母道，“而且我也不会扔你的鞋，你再找找。”

又找了十分钟，确认另一只鞋是真的不翼而飞之后，乔亦溪有点惆怅：“这鞋我才穿了两次啊，到底去哪儿了？”

“不是被你搞丢了，就是藏哪儿了。”乔母不以为然。

“怎么可能丢，我又不会边走边脱鞋，可能被我放在某个角落了。”乔亦溪不打算过多纠结，“算了，到时候再找，我得出门了。”

乔母问：“出去干什么？”

“跟舒然一起去买滑板，然后吃个火锅。”

坐沙发上看早间新闻的乔父开了口：“下午记得早点回来，晚上要去你周叔叔家吃饭。”

乔亦溪愣了一下：“周叔叔？”

“你认识的，就小时候住咱家对面那个，你爸老跟他一块儿打牌。”乔母擦了擦手，“你还特爱跟他儿子玩，两个小孩总是形影不离的，还说有机会一起结……”

“好了、好了。”乔亦溪及时打断，生怕自己的黑历史被翻出来，踩了双酒红绒面松糕鞋就赶紧开门逃窜，“我先走了啊，四点之前回来。”

等电梯的时候，她模糊地想起自己幼时似乎是有个小竹马，两人一起长大，七八岁男女有别时还爱窝在一块儿，后来小学一年级她转学，两人的联系就断掉了。

这么多年没见，她连小竹马长什么样都忘了，只记得他五官清隽周正，至于名字，叫周明、李明还是王明来着……

关于竹马的回忆被一阵装修声打断，乔亦溪进电梯前还特意抬头望了一眼。

楼上有一户在装修，不过工程量并不大，已经快结束了。

好像是单给一个房间装修。

也不知道为了什么。

她没多想，很快离开。

此时此刻，九楼。

周明叙一边听着客房装修带来的噪音，一边神情复杂地注视着猫爬架上的小胖子，小胖子正埋着头蜷作一团，竭力伪装成一无所知的毛球。

那抗拒的后脑勺简直像是写满了“球球不知道，不关球球的事”。

“虾饺。”

主人喊话，小胖子很不情愿地摆了摆尾巴，犹豫片刻后才缓缓看向他，眼神有点哀怨，似乎在问“我不是猫，我只是毛线，你为什么要和毛线说话”。

周明叙抬手叫它：“过来。”

虾饺起身，从猫爬架上跳下来的时候，意外带出了一只浅蓝色的袜子。

周明叙滞了两秒，继而不可置信地蹙眉道：“你现在还开始偷人家袜子了？”

小胖子耳朵后折，一言不发，像是听训的小孩。

周明叙重重地叹息了一声。

这只猫从他驯养开始一直很听话，晚上虽然喜欢到处晃悠，但一向按时归家，也从来不会偷东西。

可最近不知道怎么回事，虾饺的窝里忽然开始出现一些莫名其妙的小玩意，比如马卡龙色的发圈，又或者是魔法阵钥匙扣，现在更过分，还叼人家袜子。

“不准再偷了，”周明叙严肃教育它，“再偷我就把你关阳台，听到了吗？”

还没来得及听到虾饺的回答，他的手机响了。

郑和这厮的声音非常亢奋：“在干什么呢？”

“训猫。”

“你家猫咋了，不是挺乖的吗？”

周明叙把情况一说，郑和也蒙了：“不至于啊，你家猫是富养，它干什么去偷这些用不上的东西？”

周明叙蹙着眉没说话。

“偷女孩子的东西，要不是缺只母猫，要不就是玩具都玩腻了。”郑和灵机一动，“崇人路有个宠物市场，我带你去买点新玩具吧，刚好买完还能吃火锅，那边有家火锅店挺不错的。”

周明叙颔首，顺势抓起手边的包问：“在哪儿见？”

“爽快！就在崇人路见吧，我过会儿就到。”

客房还在装灯具，里头是清一色的少女风格，粉蓝粉蓝的。

周母见他拿着包，赶紧道：“要出去呀？我不是说今晚有客人吗，你可不能缺席。”

“我知道。”他意有所指地问，“房间怎么这么花哨，客人要来住？”

“来住的可不是客人。”周母挤眼笑了笑，卖起关子，“到时候你就知道了。”

乔亦溪和舒然很快就买好了滑板，搭了公交往新开的火锅店去。

她和舒然从初中起就是闺密了，两个女生高中不在一起，但是今年考进了同一所大学，这会儿自然有聊不完的话题。

车在崇人路站停下，乔亦溪被宠物市场吸引了视线，往外看去的时候，正巧看到队伍最末的人上车。

舒然推了推她的手臂："你看门口，那男生好帅。"

她看到了。

男生的衬衣白净平整，与此相配的也是一张过分惹人注意的脸，微垂的眼，高挺的鼻梁。他侧身，侧脸弧线更是轮廓分明，她甚至能看到他轻咬后槽牙时的下颌角。

有点苏，带着冷调的少年感。

他腿长，很快在她身侧站定，一阵柠檬气味席卷而来，乔亦溪正想着谁在喝柠檬水，忽然反应过来，这股好闻的味道，是他身上的。

他似乎心情不大好，同伴在一边啰里啰嗦地解释："你就陪我坐一回公交车不行吗，我实在不爱搭出租车，而且过去又没有地铁直达……忍忍，很快就到了。"

乔亦溪弯了弯嘴角，很快又和舒然聊起了别的话题，A 大马上要开学了，很多东西都要采买。

舒然说："A 大好像还有滑板社，就在教学楼旁边的空地练习，等咱们加入了，就是整条街最酷的崽。"

滑板是她们俩都很喜欢的运动，可惜高中没什么时间玩，毕业了才把这事提上日程。

想到这里，乔亦溪拉开袋子，准备再欣赏一下新买的绝美滑板。

拉链拉到一半，坐在前面的中年男子忽然起了身："怎么突然就到迅嘉街了？崇人路怎么没停啊？！"

司机专心致志在开车，车内沉默了一秒，男子离开座位到了前门："你这司机怎么不停车的？停车停车，我要下车！"

司机说："崇人路停了，你自己没注意。没到站不能停车，你等下一站吧。"

"你肯定没停，我靠车门这么近，你停了我能不知道？这个桥要二十分钟才能开过去，我走回去那不累死了！"男子很固执，手一挥，"我不跟你扯这么多，我现在要下车。"

"车停不了。"

"开什么玩笑，那不有开门按钮吗？"

男子说着，就要越过司机去按键，司机抬起手肘挡了一下，男子恼羞成怒，竟直接去抓司机的方向盘，嘴里还骂骂咧咧的。

车在沿江大桥上晃了一下，乔亦溪还来不及反应，整个人踉跄几步，滑板掉到脚边，人也堪堪欲坠。

就在她以为自己会栽倒的时候，柠檬少年往她这边侧了侧身，她的头便直接撞上了他的后背。

有点疼，可是有了支点，人也能站稳了。

“过来过来。”舒然也吓了一大跳，拉着乔亦溪站回原位，“这人有神经病吧。”

乔亦溪晕晕乎乎，被扯回去的时候说了声“谢谢”，不知道他听到没有。

再站稳的时候，男子已经被少年的同伴扯开了。

郑和手臂绷直，吼道：“你是脑子有问题还是眼睛有问题？我就是从崇人路上来的！”

男子骂骂咧咧了几句，趁大家放松戒备时，竟然更大力地去掰扯方向盘：“我要下车！”

这次的摇晃十分猛烈，车险些从车道向护栏冲去，生死时刻司机紧急拉下手刹，车这才在偏离轨道前刹住。

乔亦溪看见柠檬少年的肩膀抖了一下，而后他快速上前，抬腿，干净利落地把男子从司机旁边踹开。

他踢的地方是膝盖，虽然力道不大，但是成效不错，男子向后退了几步，紧接着“砰”的一声跪在了地上——滑稽又活该。

这时候车里大部分人回过神来了，蜂拥而上，围在司机身旁，像是筑起一道保护墙，还不忘数落男子。

“什么疯子，车再偏一点就直接从桥上开到江里去了，你要整车人陪你送命啊？！”

“自己不下车还怪司机，什么德行。”

“没打死你都算轻的，我告诉你！”

乔亦溪看舒然拿着手机，便问：“报警了没有？”

这点默契还是有的，舒然点头：“报了。”

看大家都站在司机那边，男子更是愤怒，站起身似乎还想做点什么。

脚边就是滑板，乔亦溪足尖抵着滑板一个用力，滑板飞速行进，把闹事男子又绊了个狗吃屎。

警察来得很快，十分钟后，警车就停在了公交车门口。

“不是要下车吗？”周明叙垂眸扫了一眼男子，声音含着淡淡的凉，“下啊。”

男子被警察带走，还有人留在车上安慰司机。

下车后，想到方才的生死时刻，乔亦溪还心有余悸，安抚似的拍了两下胸口的位置。

舒然也还在回忆：“看你被甩出去我都吓死了，不过车上的乘客都好好啊，世界上还是好人多，我们才能平安活着。”

想到要摔跤时撞上的后背，乔亦溪有点恍惚，伸手触了触额头。

火锅店门口的服务生热情上前：“您好，四个人吗？”

乔亦溪一愣，回头，看到了少年和他同伴。

服务生高兴极了：“我们刚好只剩一张桌子了！”

知道他们并不是一起的之后，服务生随机应变道：“刚好那桌是两张桌子拼一起的，我可以帮你们挪开。”

这火锅店生意极好，顾客满满当当，他们也不好占太大位置，两桌之间就拉开了十厘米，窄窄的一条。

点完东西之后，郑和跟周明叙闲聊：“今天你挺帅啊，那一脚踢得，啧，带劲。”

周明叙还在看菜单，漫不经心地回一句：“他踩到我的白鞋了。”

混乱中，那男子的脚掌结实地压上他的新鞋，严丝合缝，不留虚空。

“你这强迫症什么时候能改改，只要被人踩过就重买，很有钱吗？”刚说完，郑和又耸了耸肩膀，“好吧，你真的有。”

一边的乔亦溪听不太清他们的对话，只是听到“鞋”这个关键字，忽然也记起来，跟舒然说：“然然，我今早发现我那双黑色高跟鞋不见了一只。”

“这么玄乎？钢铁直男都夸好看的那双吗？”

“嗯，就那双带铆钉蝴蝶结的。”乔亦溪叹息，“当时三十七码半断货，我等了两个星期才拿到，说不见就不见，太磨人了。”

那双细高跟经典中不失设计感，扣带在脚踝处，绕几圈上去绑成一个蝴蝶结，材质是高级绒面，还有铆钉点缀，又酷又甜，适合她到不行。

“会不会是变态？听说大学寝室有很多变态，专门偷女生内衣内裤啥的……”舒然身子抖了一下，“你家周围不会就有个这样的变态吧？”

乔亦溪也有点没底了，问道：“应该不会吧，有专门偷高跟鞋的变态吗？”

不过很多男生是喜欢鞋，譬如她旁边这个柠檬少年，刚刚就说了半天。

“怎么没有，万一那人有特殊癖好呢，恋足癖或者……”

两个人提高了音量，郑和正在乐滋滋地听热闹，感觉女孩子的话题也是真稀奇。

而周明叙想到了某只猫，正为对话中的“偷”字而沉默。

乔亦溪怅惘地倒了杯饮料，入口的时候才发现不对，问道：“这不是我们点的吧？”

一转头撞上周明叙的目光，她看到他们摆在桌角的单据，急忙起身说：“不好意思，这饮料是你们的，服务生上错了。”说完，她就把饮料往他们那边送：“我就倒了一点，还是干净的，如果介意的话，我再给你们买一瓶。”

周明叙一句“没事”还没说出口，服务生路过上菜，乔亦溪又想收回手又想递过去，一时间慌了拍，无意中撞到他放在一边的包。

包的拉链没拉上，歪倒在桌面上的时候，有个东西顺势从里头滚了出来。

粗略一看是只鞋，仔细一看，是只黑色绒面细高跟，带铆钉和蝴蝶结。

再细致一点，码数是三十七码半。

乔亦溪霎时愣住，惊愕地抬头。

乔亦溪看着那只熟悉的高跟鞋，一时间分不清这到底是她的鞋，还是只是纯粹撞款。

她把饮料放在桌上，正琢磨着怎么开口，涌起的气音还没来得及组成一个语气词，对面舒然的电话响了。

接完电话后，舒然道：“我哥有点急事，我现在得帮他拿件外套送过去。”

乔亦溪也拿起手机说：“现在就过去吗？那我和你一起吧。”

毕竟她一个人留在这儿，有点微妙。

两个人急匆匆地起身离开，退了单后朝门外走去。

乔亦溪虽然也有点好奇那只鞋的事，但想到大家只不过是萍水相逢，就算那鞋真是她那只，他也不一定愿意给她。

更何况，万一鞋的主人真是他，那不就尴尬了。

周明叙还在天降一鞋的震撼中没反应过来，想叫住她说点什么的时候，少女的身影已经消失在店门口了。

一边的郑和回过神来，然后发出了今日第一声情真意切的爆笑。

“哈哈哈，这什么东西，我们叙神的包里怎么会有一只女人的高跟鞋？怎么搞的，不会真是刚刚那个妹子的吧？！”

店内很多客人的目光被吸引过来，周明叙冷声道：“你再笑大声点啊。”

郑和自觉放低音量，弓着身子凑过来说：“我不笑了，但是……那个，你确定就让这鞋躺地上吗？”

周明叙伸手，修长匀称的手指半勾着，把鞋子拎了起来。

“真没想到，您这双在键盘上叱咤风云的手有朝一日还能捡高跟鞋呢。”郑和继续道，“这会不会是你妈的？或者是你家猫藏进去的？”

“不清楚。”

周明叙感觉后者的可能性更大，低头去观察扣带，试图寻找虾饺的咬痕。

郑和忽然咳嗽了两声，还伴随一些如同抽搐般的表情暗示，周明叙感受到什么，缓缓往身后的窗外看去。

方才的少女露了双眼睛，等车间隙正隔着玻璃瞧他，和他目光相撞时又仓促移开视线，上车前跟同伴说了句话。

如果他没看错的话，她好像在说：果然，谁不喜欢欣赏漂亮的高跟鞋呢？

他头疼地捏了捏眉心。

给舒然她哥送完衣服，乔亦溪找了家川菜馆解决了午餐，喝柠檬汁的时候还在回味。

“你说，怎么会有正常人在包里装高跟鞋呢？”

舒然反问她：“那万一不是正常人呢？”

乔亦溪舔唇，跟她交换了一个有些奇妙的眼神。

回家之后没多久，乔亦溪就被父母带去了周家。

她家是这几天才搬过来的，忙到现在才算是差不多安顿好了。

电梯上行的时候她才知道，原来周家就在她家楼上两层，她那个小竹马，叫周明叙。

周明叙和她一样，今年刚高考完，也考上了A大。

一见到周母，乔亦溪便弯了弯唇，颊边梨涡漾出甜感：“陈阿姨好。”

正是少女感十足的年纪，小姑娘一双星眸笑意盈盈，皮肤白皙通透，像枝漂亮又矜傲的白玫瑰。

她本身就讨喜，周母一下就笑眯了眼，答道："啊——亦溪，几年不见你都这么漂亮了，比照片上还好看哟，拉琴的时候也是，特别有气质。"

周母比想象中更亲切，后来还问她有什么兴趣爱好。

她如实道："看电影、拉琴、拼乐高，最近想学滑板。"

乔母补充说："还喜欢买衣服买鞋。"

周母笑道："我们家明叙也喜欢买鞋，鞋柜都堆不下了。"

她鬼使神差地说："我今天好像也碰到喜欢鞋……"

话音未落，门被人推开，周母循声望去："终于回来啦？"

开门的是一双很好看的手，骨节弧度微敛，再往上是眼熟的白衬衫，衬衫纽扣敞开一颗，露出少年滚动的喉结。

她今日有过一面之缘的柠檬少年，此刻正提着三个鞋盒，站在周家门口和她对视。

四目相对，她有一点迷茫。

周明叙顿了一下，很显然也受到了冲击。

介绍完乔父乔母后，周母指着乔亦溪说："这是乔亦溪，就是小时候你们俩说有机会一起结婚的那个。"

乔亦溪又按了一下头皮。

"怎么了？"

"没事。"就是感觉有点头疼。

这人，她的小竹马，就在俩小时前，她甚至和朋友就"他到底是不是个变态"展开了激烈讨论。

周明叙只是滞了一秒钟，很快，他倾身跟乔父乔母打招呼，唇畔扬起礼节性的笑容。

简单说了几句后，他回房放鞋，想了想，又喊了周母进来，问包里那只细高跟是不是她的。

答案当然是否定的。

而后周母去做饭，其余的人坐在沙发上聊天，周明叙被安排坐在乔亦溪旁边，二人时不时听着父母回忆童年那些事，提及最多的就是暗许终身那一段。

毕竟这么久没见，一见面就被人用"未婚夫未婚妻"这种话调侃，两人多少有点坐不住。

她扯扯他的袖子，问：“你觉不觉得有点尴尬？”

周明叙垂眸，看到小姑娘白皙纤长的手指，点了点头。

“那我们换个地方待着吧。”

周明叙起身，沉声道：“我带她参观一下家里。”

周父乐呵呵地答应：“你看过了这么久，两人还是喜欢一块儿玩……”

乔亦溪加快脚步，讨论声终于被甩在身后，她长舒一口气。

周明叙好像确实是在带她参观，乔亦溪站在某个房间门口往里看，梦幻少女风迎面扑来。

她看装修细致，觉得应该是主卧，心道她这竹马内心居然还是个小公主呢，怪不得连高跟鞋都喜欢。

她很给面子地说：“你房间……装修得还挺好看的。”

周明叙眉心蹙了蹙，答：“这是客房，我房间在隔壁。”

“啊——”她拉着尾音，扯着耳垂小心翼翼地瞧他一眼，状似恍然，“你们家客房还挺精致。”

周明叙实在不明白，自己到底是哪里出了偏差，才让这姑娘觉得自己是个喜欢高跟鞋少女风的变态。

他推开自己的房间门，试图将一切拉回正轨，解释说：“这边是我的。”

他的房间是黑白极简风，映入眼帘的是一台非常大的电脑，还有机械键盘和音响等一系列高端配件。

乔亦溪往里走了两步，看到了摆在鞋柜上的那只高跟鞋。

周明叙总算是找到了机会：“你是不是掉了一只这样的鞋？”

“嗯……”

“我们家猫最近有点反常，你住楼下，又刚好丢了只一样的，应该是它干的。”少年抿抿唇，声音低磁诚挚，“抱歉，我会好好教育它的。”

乔亦溪思索了一会儿，这才觉得一切隐隐约约连上了线，她摇摇头，笑道：“没事，也怪我没把东西收好，宠物嘛，有的是很调皮。”

鞋子的事总算解决了，乔亦溪把鞋装好，长辈问起来的时候，只说是周明叙送自己的一些东西，没有让他陷入尴尬的境地。

一顿饭吃完之后又聊了两个多小时，临了要离开时，乔亦溪小声问周母：

"阿姨，我怎么没看到你家的猫啊？"

"我家没猫啊。"周母起了玩心，笑说，"只有狗。"

乔亦溪茫然地眨了眨眼。

周明叙浑然不知，只是在开电脑的时候想起来："对了，虾饺呢，我怎么没看到它？"

"你说那只狗啊，你小姨中午来，说想带回去养一周，我就给她了。"

虾饺是他小姨家猫生的崽，因为一窝奶猫太多养不了，周家就抱了一只回来。

抱回来的时候虾饺还很小，隔壁的狗又一直叫，过了一个月，虾饺耳濡目染也学会了狗叫……

慢慢地，虾饺一张嘴就变成了"汪呜"的猫狗混杂叫，周母开玩笑的时候就会说它是狗。

就是因为老爱瞎叫，它才被起名"虾饺"。

周母又说："刚刚亦溪也问我猫，我还逗她说我家只有狗，她还有点惊讶。"

周明叙按键盘的手顿了一下，旋即，他回忆起来。

怪不得她临走时意味深长地看了他一眼。

他捏捏眉心，感觉自己命里是不是有这么一劫。

晚上九点的时候，乔亦溪忽然收到舒然发来的消息："救命，速来。"还跟了条位置分享。

她一看地点是酒吧，吓得一个激灵，也不敢轻举妄动打电话过去，赶紧抓了手机就往外飞奔。

跑到大门口的时候碰到了周明叙和周母，周母问她什么事，她只说朋友有事，自己得赶过去。

周母担心不安全，干脆说："现在都这么晚了，一个女孩子在外面多危险啊，不如让明叙跟你一起过去吧。"

乔亦溪一开始自然没答应，但周母又好心劝了几句，她为了早点脱身，最后还是点了头。

车在酒吧门口停下，乔亦溪一路飞奔进去，终于在吧台旁边看到了趴着的舒然，她忙问道："舒然……晕了吗？还是被下药了？"

“你少看点电视剧，我打盹呢。”舒然睁眼，“噗”的一声笑出来，“我没事，就是水喝多了想上个厕所。”

“那你给我发救命？”

“是啊，我这酒很贵，又没人帮我看，我怕回来就不能喝了。”舒然笑眯眯地说，“不这么给你发，你能过来吗？”

乔亦溪沉默了，开始怀疑自己交的到底是个什么朋友。

“我去了，你在这儿坐会儿啊。”说完，她就没影了。

乔亦溪叹一声，坐在吧台边百无聊赖，最后点了杯纯牛奶。

酒保有点不可置信，问道：“纯牛奶？”来酒吧喝纯牛奶？

乔亦溪点头说：“或者你们有甜牛奶也行。”

后下车的周明叙在酒吧里转了一圈，这才看到坐在高脚凳上的乔亦溪。

少女在陆离的灯光中抬起脸，侧脸凝着一种冷调的空灵，接过牛奶时礼貌地弯了弯唇，颊边又忽地漾起梨涡。

旁边有人在讨论她：“看到了吗，刚进来的那个妹子，身材真的养眼，腿巨好看。”

“刚进来的时候那气场，我以为是个酷姐姐，哟，捧着牛奶一笑，原来还是个甜心啊。”

几个人都对她有意思，争了半天才决出前去搭讪的赢家，周明叙远远看着那人走过去说了两句，然后乔亦溪指指自己的喉咙，又摆了摆手。

——好像说自己不会讲话。

那人也是第一次遇到这种情况，不知道该怎么办比较好，一脸蒙地走了，边走边自言自语：“居然是个哑巴？”

周明叙低头笑了声，觉得真是有点意思。

为了拒绝搭讪不惜说自己是小哑巴，够狠的。

他走上前，她往他这边看过来。灯光晃得人眼花缭乱，她没认出他，以为又是搭讪的，于是指指自己的耳朵，又摆了摆手，说自己听不到。

模样很真诚。

周明叙抬了抬眉，问：“真的听不见？”

乔亦溪点头道：“真的听不见。”

愣了几秒后，她发现自己上套了，玻璃杯落在大理石台面上，清脆的一声响，伴随少年悦耳的笑音传入耳中。

“听不见还能对答如流，你挺厉害的。”

乔亦溪有点恼，认出他后又消了气，说：“对了，刚刚车费是你给的吧，多少钱？”

“不用。”

“那我请你喝东西吧。”

他没说话，只是目光若有若无地掠过她喝了一半的牛奶杯。

乔亦溪摸了摸鼻子说：“喝牛奶对睡眠好。”

“在酒吧喝牛奶……”

“是对酒吧的侮辱，”乔亦溪接得很快，“但要是喝醉了，朋友会对我进行羞辱。”

周明叙就抄手倚在吧台边，顿了会儿说：“朋友没事了？”

“没事，她只是喊我来看酒。”她说，“耽误你的时间了。”

“不会，刚好我也有事跟你说。”周明叙酝酿了一会儿，又说，“就是偷鞋的事，我们家养的确实是只猫，但是它喜欢学狗叫，所以我妈偶尔会说它是狗。”

他说话时正好碰上放歌，背景音乐嘈杂，两个人又离得远，乔亦溪只听到：鞋、喜欢、偶尔会收。

她正琢磨着他是怎么个意思，忽然看到有人披着长发穿着裙子在跳舞，可又明显是个男人。

也有人注意到了那边，喊了一声：“女装大佬啊。”

她感觉自己好像明白了什么。

她转过头去，感觉自己应该说点什么表示尊重，于是询问道：“噢，那你们平时收集女装什么的，开销大吗？”

她说的每一个字都是中文，可连在一起，周明叙觉得自己仿佛听不懂。

他停顿了很久，好像听到了什么不可思议的事情。

“什么？”

乔亦溪的手指在玻璃杯旁边滑了一圈，灯光隐隐地照出她嘴角遗留的一点奶渍。

她说的时候本来还觉得没什么问题的，可是被周明叙这么一问，心里忽然就有点没底了。

他五官非常周正，眉眼也是，微垂的眼上有浅浅的内双痕迹划过，眼尾稍开，目光灼灼地盯着人看的时候，带着一种极富气场的侵略感。

她轻咳一声说："就是……你不是说你喜欢收集那些东西吗，我问你开销大不大来着。"

周明叙还是疑心自己幻听了："收集什么？"

乔亦溪没再说话了，眼神往舞池中舞步勾人的女装大佬身上示意。

定了片刻，周明叙内心百感交集，明明感觉自己应该生气，可偏偏又无言得笑出声来。

"我刚刚说的是猫偷你鞋的事，因为猫喜欢学狗叫，所以我妈有时候说它是狗，不是说我喜欢收集女装。"过了会儿，他又补充，"我对高跟鞋也没有任何兴趣。"

她"噢"了一声，一边思索一边点头，像一个没有感情的点头机器："是这样啊。我还以为男生收集 AJ 腻了，偶尔也想换换口味。"

"不会。"

"啊？"

"不会腻，常买常新，每年都有很多新款鞋。"

他说这话的时候一本正经，就像乔亦溪对着看起来一个色的口红时："不一样，真的完全不一样，你仔细看这支偏橘，这支偏玫，这支偏红。抱歉，每支都是不可取代的。"

她觉得自己在某种程度上跟这人有点灵魂共鸣，于是也给他点了杯纯牛奶。

酒保觉得今天是自己从业以来遭遇的最大挑战和滑铁卢，当代青年男女这么躁，这么多凶猛艳丽的酒，这两人就看上了纯牛奶，是不是在歧视自己调不出好东西来？

果然，舒然看到乔亦溪面前的饮品，毫不掩饰地翻了个巨大的白眼。

"有的美少女表面上是酷甜心，背地里却来酒吧喝纯牛奶。"

"酷甜心"是这帮朋友给乔亦溪起的外号，倒也没什么别的原因，主要就是她这人做事干脆，不拖泥带水，还有主见。

她刚学小提琴做艺术生那阵子学校疯狂打压，并积极倡导大家投入正儿八经的学习，她被约谈也没有就此放弃，而是带领大家联名上书表示各有各的活法，最后还以专业课第一的成绩考上了 A 大。

本来只有朋友这么喊，但高三快毕业的时候她替朋友告白，在食堂门口拦住那男生，声情并茂地朗读了朋友的告白信，末了道："你也不要觉得有压力，我们就是觉得三班何璇很不错，你可以关注一下。如果不想关注的话——建议还是关注下吧，她真挺好的。"

她就这么在全校出名了，本班外班的学生也都开始这么喊了。

乔亦溪舔了舔嘴角，回敬舒然："有的人表面上挥金如土、一掷千金，背地里却让朋友打飞的来给她照看一杯八百块的酒。"

"而有的人，却在她熬夜蹦迪时喝上一杯牛奶，满足地睡美容觉。行行行，您睡您的养生觉去，我过会儿再走。"舒然也道。

乔亦溪起身："那我走咯，你真不回去？"

舒然摆手道："不回去，这酒这么贵，我得一口口把它品够才能喝回票价。"

乔亦溪无语半晌，抬手跟周明叙挥了下，说："那我们走吧。"

舒然怔忡，不可思议地道："不是，你俩怎么凑到一块儿了？认识吗？"

"家长关系好，小时候认识。"要不是不太现实，八岁的时候还差点结婚。

舒然给了她一个眼色，边叹边笑："到底是什么样的缘分，才让一只高跟鞋也成了见证人。"

道了别，乔亦溪往门口走去。

她今天的打扮比较随意，晚上风凉，她就随手加了件黑色绑带外套，水洗磨旧过的黑色牛仔裤包裹着颀长漂亮的腿，脚踝细瘦，小小的一截露出来，因为出门太匆忙，脚底下的鞋只是踩跟穿着。

发色乌黑，发尾有一点小卷，长发被风吹得飘浮摇荡。

有蹲在路口抽烟的小混混朝她吹口哨。

她没受影响，步伐一拍都没乱，从容地站在路口拦车。

在酒吧里过了一遭，周遭的年轻躯体都陷入尼古丁和酒精的麻醉中，她却还保持难得的清醒……除了下车之后差点忘记给钱。

走到楼栋口的时候，她蓦然回头，有点惊诧地跟周明叙说："我是不是忘记给钱了？"

"是。"他插着口袋回了个笑，"我给过了。"

等电梯的时候，舒然给她发了条语音消息："你到家了跟我说一声啊。那男生送你吗？行不行可不可靠啊，别明天我见你，你又丢了只鞋。”

她没戴耳机，身旁的人自然也听到了这句话。

乔亦溪一边跟舒然解释，一边还得感受着电梯内周明叙的情绪变化。

见他不说话，乔亦溪问：“你干什么呢？”

周明叙道：“在想。”

“想什么？”

浅黄色灯光从头顶倾落，顺着他根根分明的睫毛淌下碎光，少年半抵在镜面旁，声音在密闭空间里缭绕回荡。

“在想你们到底是怎么看我的。”

她忽地笑出声来，两边梨涡陷进去，明晃晃的，像盛了两勺甜酒。

“没有怎么看你，就是误会嘛，解释清楚就好了。”

电梯到了七楼，她出去的时候，周明叙皱着眉，不解地问：“我看起来像个变态？”

少年一身正气，话不太多，长得挺帅，顶多算个斯文败类。

乔亦溪启了启唇，正要说话，却听“砰”的一声，电梯门朝内推进合拢了。

要说的话没说出口，睡前她想了会儿，其实他的穿衣风格很简单干净，给人的感觉也是清爽的少年感，说话做事得体，跟“女装大佬”这种词并不沾边。

他就像是青春时代里，很多人都会暗恋的那种云淡风轻的学长。

再说了，无论如何鞋子找到就行，其他的都不重要。

她翻了个身，累了一天，很快睡着了。

一周后，周明叙家的客房装修总算告一段落，里头挂上了除味的东西。

但是周家并没有立刻安静下来，因为周母买的全自动麻将机到货了。

麻将机在书房一装好，周母立刻在旁侧布置好了桌子和茶壶，然后喊人来家里打麻将。

很显然，楼下的乔母也在受邀之列，第一个抵达了周家。

周母问：“亦溪呢？没跟你一起上来吗？”

“她上午要学琴，下午有滑板课，晚上再叫她过来吃饭。”

周明叙在客厅倒了杯水端进房间，后面的对话就没听到了。

幸好房间隔音，书房离他房间也比较远，他才免于被麻将声轰炸。

房门关好，降噪耳机内传来《绝地求生》的背景音效，周明叙用鼠标点了确定，四人队开始匹配。

《绝地求生》是从国外引进的一款枪战类游戏，可以单人模式战斗，也可以和他人组队。玩家需要在场景里搜各种物资，并在不断缩小的安全区内对战其他玩家，让自己生存到最后。

这款游戏还有个通俗的叫法是“吃鸡”，所谓“大吉大利，晚上吃鸡”就来源于此。由于死掉的人会变成盒子，“落地成盒”这个词也是从这里出来的。

除了电脑端游，这个游戏还有手游版，手游和端游稍有出入，不过大体差不多。

跟他一块儿玩的都是朋友，彼此默契度已经非常高，他全程都没怎么说话，只是手指灵活地在键盘上游走，机械键盘发出“咔嗒咔嗒”的按键声。

“我去解决房区那人，你们三个把石头后面的搞定。”

伴随着周明叙最后一声枪响，面前弹出满屏幕的胜利提示——

大吉大利，晚上吃鸡。

又打了几局，场场战绩亮眼，周明叙捏了捏后颈，摘了耳机起身放松。

窗外栽满绿植，梧桐茂密长势正旺，他合了合眸，再睁开眼的时候，发现空地上有人在玩滑板。

放在桌面上的手机振动了一下，是周母发来的消息：“我有个快递到了，你下楼帮我拿一下。”

周明叙拿了取件码，快递柜正好在他刚刚看的空地处，他一靠近就看到了正在练习滑板的乔亦溪。

少女左脚踩上滑板，右脚在地面行云流水地那么一划，滑板当即加速前行，她则稳稳当当地站在上面，用微小的动作调整方向。

哪怕有斜坡阻挡她也没有停下，反倒大大方方地迎上去，一个流畅的起伏弧度过后顺利越过，滑板先落地，她的身体在空中蜷了一下又张开，最终也稳稳地落在滑板上。

一切继续。

周明叙取完快递，她正好练习了一个来回，此刻如冯虚御风般朝他驶来，风勾勒出她纤细的腰肢，拨动她耳侧的软发。

她从他身旁滑过一段后停下，滑板本来还躺在地上，但她探出足尖轻轻一踩，滑板又听话地直直立起，她一把扶住，有点酷。

乔亦溪回身看他，眼里带着一丝得意："怎么样？"

他挑了挑眉，说："很不错。"

收了滑板，两个人一起上楼，电梯到九楼的时候，她才反应过来说："我忘记按我家楼层的了。"

"不用。"他按住开门键，"今天在我家吃饭。"

乔亦溪进了门才知道乔母在这儿打麻将，她去书房晃了圈，自然地被问到今天的情况。

"上午提琴课累不累？"

"有点，老师太严格了，"她伸了个懒腰，"打算今晚看电视放松下。"

"想放松可以玩会儿游戏呀，我们家明叙游戏打得挺好的，你可以让他带你玩玩。"周母边出牌边思索，"就你们年轻人爱玩的那个，吃什么鸡的。"

一场麻将局打到十点还没散，乔亦溪刷完了更新的电视剧，实在没事可干，坐在沙发上打哈欠。

乔母道："你要是实在无聊，就跟明叙去打打游戏，我看他陪你看电视也挺无聊的。"

周明叙这人还是很懂礼节的，不会撇下乔亦溪一个人回房间厮杀，乔亦溪想了想，看向他："但我没玩过吃鸡啊。"

"很简单，教两把就能上手。"他捏了捏眉心，坐起身，"我们人多，可以带你。"

游戏开始前，周母还特意嘱咐："你好好照顾人家啊，别只顾自己！"

周明叙问她："玩过射击类游戏吗？"

她摇了摇头："谦虚点说，我玩竞技类游戏的经验为零。"

周明叙算到了一切，唯独没想到她会晕 3D。玩到最后，乔亦溪弄错方向直接冲向对手屋内，瞬间被对面四个围攻致死。

好在最后他们把那群人解决了。

他决定换策略："打手游吧，操作简单。"

刚刚带她玩的是端游，操作有按键要记，确实不适合新手。

乔亦溪下好软件，熟悉了一下流程后，新一局开始。

一开始，大家都在飞机上，要通过跳伞去往自己的目的地。

她凝视着地图："跳伞好难。"

周明叙顿了一下："那你跟着我跳吧。"

3 号玩家应该是他的朋友，闻言捏着嗓子叫唤："人家也想要叙神邀请人家跳伞啦！"

周明叙直犯恶心："不会说话可以滚出去。"

4 号笑个不停："没想到我们'击杀王'也有带妹吃鸡的时候。"

他解释："这是我们家的客人。"

乔亦溪不懂就问："什么是'击杀王'？"

"就是一场游戏里击杀数值最高的，也可以理解为杀人最厉害的。"

手游看起来比端游简单多了，有自动拾取，还有药品推荐。乔亦溪琢磨着自己刚刚都在高难情况里练了一把了，这把应该会打得比较轻松。

输什么都不能输气势，于是她撸了撸袖子，张口就来："那就期待小乔姐姐拿下本场'击杀王'……"

话还没说完，一排子弹迎面射来，随着一声惨叫，她的人物倒地了。

气氛寂静了几秒。

旋即，耳机里传来沉沉一声笑，裹着少年嗓底的些微磁性，在她耳边爆炸开来。

周明叙一边笑，一边去找打她的人，那人似乎想把她彻底打死，正从山顶往下跳。

等那人卡在石头缝里的那一秒，他开镜，瞄准。

感觉自己被嘲笑了，小姑娘气鼓鼓地偏过脸去，撇了撇唇："你笑什么？"

"没什么。"

他两枪把那人解决完毕，这才勾着嘴角徐徐开口："就是觉得这人死得挺好笑的。"

卡在石头缝里变成盒子的人蒙掉了。

乔亦溪虽然并不相信他的话，但人在屋檐下，不得不低头。

姑且就认为他笑的真的是那人的死法吧。

把敌人解决后，周明叙跑到她这边来扶她。

这个游戏比较循序渐进，先是被人打倒，然后才是死亡。被打倒后有几秒的时间可以等队友来救援，如果队友没来，或是敌方又补了几枪，游戏就彻底结束。

救援的时候两人都不能动，周明叙便趁机说：“这种局的‘击杀王’不太好拿，我们段位不低，匹配到的大部分是会玩的。”

她咕哝：“所以刚刚果然还是在笑我。”

少年鼻腔里逸出一道浅浅的气音，不知是不是在笑：“没有，只是提醒你小心。”

乔亦溪道：“那我要怎么小心，爬着走吗？”

“不用，尽量在我附近就行。”他淡淡地道。

她乖乖点头，按照他的提示用药打满了血，然后开始搜房子。

她实在是新手，翻个窗都要找好几次角度，晃来晃去才能从房门进屋。

外面偶尔会有枪声传来，没多久就会显示周明叙又淘汰了几个人。

3 号对着话筒打了个哈欠：“这儿怎么都没人杀啊？”

4 号回应他：“这不是有妹子吗？叙神跳的是人少的地方。”

乔亦溪忍不住问：“你们平时跳人很多的地方吗？”

“对啊，一个别墅里装十几个人那种，一下去就打，打完就去下一个地方继续打。”

“每次你们都能活着出来？”

“不一定，有时候只有叙神一个人活着，然后我们仨观战，最后躺赢。”

“那下次也带我跳那里吧。”

一直未说话的周明叙这会儿才道：“新手去别墅容易死，没有游戏体验。”

“我现在也没有啊。”她惨兮兮地吸了下鼻子，“我看我朋友打，有很多人机往她那儿跑，一局能杀好几个呢，我一个人都没看到。”

所谓人机就是系统安排的机器人，打人不怎么掉血，很好杀。

4 号：“因为在你看到人之前，叙神就把他们打死了。”

一边的周明叙沉吟半晌，而后才若有所思地道：“知道了。”

乔亦溪还没来得及问他知道什么，他那边又传来几声枪响，然后他说：“到我这儿来。”

乔亦溪反应了一会儿：“我吗？”

“嗯。”

她一头雾水，但还是跑到了周明叙那边，有一个人正倒在他对着的山坡上。

他淡声道："杀吧。"

"啊？"

周明叙偏了偏头："你不是想杀人？"

他可还记得周母的叮咛，要没好好待客，周母非把他耳朵说出茧来。

山坡上那人正在做垂死挣扎，蠕动着往前爬。

她明白了，周明叙把人打倒之后没有立刻杀死，而是让她来补枪。倒地的人没有反击能力，她不会受伤，而且也有了游戏体验。

她美滋滋地说了声"好"，操控枪口对准那人，那人绕着树丛躲她，她硬是打了一分钟才打死。

"厉害啊！"3号说。

她还沉浸在杀了人的喜悦中，谦虚地道："还好还好。"

3号："太厉害了！三十发子弹就中了一发！"

乔亦溪觉得这人嘴也太毒了，往左上角去看他的名字——"你说你马呢"。

4号的名字也很骚，叫"秋名山鸡神"。

乔亦溪的名字是临时起的，简简单单的"Ciao"。

3号大概也看到了她的名字，说："这咋还有人整英文名呢？"

乔亦溪说："不是英文名，读起来像乔，我姓这个。"

3号愣了几秒："乔不是'Qiao'吗？你打错了吧，我头一回见语文比我还烂的……"

周明叙听不下去了："音近乔，在意大利语里是'你好'的意思。"

乔亦溪有点惊喜地看着他，没想到这他都知道，她刚要说话，却被4号的声音打断："有车在附近停了，四个人。"

少年漫不经心地应了声，很快从窗口跃出去。

乔亦溪看其他两个人没动，疑惑道："你们不去吗？"

"不需要，他一打四绰绰有余。"

何止是绰绰有余，简直是轻而易举。

他放倒了两个，还有工夫喊乔亦溪去补枪，她一个人在外面打飘枪，屋子里他打得战火纷飞，好像是两个世界。打到最后，敌人只剩下五个，乔亦溪就蹲在屋子里听，外面枪声噼里啪啦此起彼伏，热闹得像在放鞭炮。

热闹是他们的，她只想唱一首《好运来》。

后来吃鸡了，结算页面系统给她颁发了一枚奖章，她一看，还挺优雅。

“我可能是进来练习绘画的吧，”她晃了晃手机，“你看，它说我是人体描边画家。”

周明叙顿了几秒，旋即垂眸笑了：“以后教你杀人。”

乔家搬过来以后，周母的娱乐生活眼见着丰富了起来。

她同乔母不是一起喝茶聊天，就是喊人来周家打麻将。

一来二去，乔亦溪到周家的频率也高了。

那天照例有麻将局，吃过晚饭后周母问：“亦溪怎么没来？”

乔母道：“她上提琴课去了，八点才完。”

“去接她吗？”

“接一下还是好的，毕竟她什么都不怕，就是有点怕黑。”乔母清了清手中的牌，“但我走不开啊。”

周母转向正在推椅子的周明叙：“亦溪怕黑，你去接她一下吧，正好当散步了，整天待在房间里也不好。”

他深知自己也没什么选择权，只能点头。

乔亦溪上课的地方有点偏，沿着街出去才能打到车，可路灯不是很亮，有的地方就黑黢黢阴森森的，所以大部分家长会来接。

八点一刻，课程结束，有的学生被家长接走，有的还在等待。

老师看了乔亦溪一眼：“你妈妈今天没来啊？有人接你吗？”

她看到母亲下午发来的打牌消息，正想说应该没人来的时候，发现了站在门口的一道身影。

周明叙很高，身材比例很好，身形极易辨认，重要的是那双白鞋亮得几乎在发光。

他站在门口，似乎在找她，探身往里看了看。

这种人无论走到哪里桃花运都不差，他只是往内走了两步，就激起一阵矜持又雀跃的惊呼。

乔亦溪抿了抿唇，忽然觉得有个竹马还不错。

“好像有人接我。”她转身朝老师和朋友挥了挥手，“我先走了，明天见。”

周明叙插着兜等她出来，然后两个人往外走。

“我妈问你吃过晚饭没有，没吃的话我先带你吃点，他们已经吃过了。”

“还没吃，”她揉揉肚子，“晚上只吃了一个面包垫肚子。”

“那想吃什么？附近有家田螺还不错。”

“田螺太难戳了。”她说，“吃点简单的吧。”

“巷子口的菠萝炒饭，配一杯椰奶。”

乔老板开口：“我觉得可以。”

周明叙对这里似乎很熟，在店内坐下后，她问：“你经常来这儿？”

他颔首：“附近网吧的电脑配置好，他们偶尔会叫我出来打游戏。”

老板上了椰奶后，他又要了根吸管给她，能看出是如影随形的教养，他把她当客人，所以在尽力周到地照顾。

乔亦溪推了一碟炸椰奶过去：“你也吃点吧，不然光等我多无聊。”

其实也不会无聊，她吃东西的时候，他刚好可以开一把游戏。

他打的是单排，一人单打独斗，乔亦溪凑过去观摩，明明看的是一个屏幕，但他偏偏就是知道敌人在哪儿，她满目皆风景，他开镜就能爆头。

“人和人的差距太大了，你打多久了？”

“有一阵子了。”

她这才觉得稍微安慰了些：“一年……”

“加起来三个多月吧。”

好，可以。

他身边枪很多，索性给她讲了些干货：“AKM、M416、M762用来近战都不错，你以后可以试试。”他一边说，一边随手换那些枪打人，让她有直观的感受。

她说：“我觉得你这样没有说服力。”

周明叙顿了下：“嗯？”

“什么枪在你手里不好打？”她撑着脸，“我根本看不出区别。”

没有人不喜欢听夸奖，尤其是漂亮妹子的夸奖，于是回去的那一路，周明叙心情都不错。

到了周家，乔亦溪先是看了会儿母亲打牌，然后跟周明叙吃了两把鸡，时间就到了十一点多，困意袭来。

她窝在沙发里打哈欠，长发被压在脸颊底下，一团一团混着。

未几，睫毛翕动了一下，扯着眼皮下坠，很快她就悄无声息地睡着了。

周母起身接水的时候，发现小姑娘睡了过去，便从一边拿起周明叙的衣服给她盖好，并小声吩咐他："把头顶灯关了，电视声音调小点。"

周明叙起身去关了灯，黑暗笼罩下来，把少女的身影融进夜里，他想了想，把电视机关了。

半夜十二点多麻将局才结束，乔亦溪被收麻将的声音吵醒，揉了揉眼睛，迷迷瞪瞪地看过去。

周母道："我还说你没醒，不如就留在我们家睡算了，既然现在醒了，刚好跟你爸妈一块儿回去。"

她还有点迷糊，卷着自己的衣服就进了电梯。

到家后，乔父乔母在客厅大声讨论什么，她的神思这才一点点回笼，抓着头发去浴室洗澡。

脱衣服的时候，她才发现自己身上多了件棕灰色的外套，回忆了会儿才想起这好像是周明叙的。

怪不得半梦半醒间感觉有人往她身上搭了什么。

洗完后，她拿着外套出了浴室，准备放阳台上晾晾，路过客厅的时候，乔母还在说："所以找男人真不能找特别自我的，不然自己真的得活活累死……"

她心道也不知道又在讨论哪家的事，刚拿了只衣架，乔母发现她了："干什么呢，亦溪？"

"周明叙的外套搭我身上了，我给他晒晒还回去。"

"看到没，"乔母感慨，"多好一孩子，看亦溪睡觉还给她搭件衣服，要我说跟这种人在一起才会轻松快活，哪个人妻还不是家里的宝贝了？"

乔母八卦地凑到乔亦溪跟前："亦溪，你觉得周明叙这个人……怎么样？"

乔亦溪的脑子还轴着："什么怎么样？"

乔母的眼神透出些微的暗示："周明叙啊，你觉得他人怎么样？"

脑子顺着转了圈，她好像有点明白乔母在暗戳戳试探什么了。

乔亦溪把衣服挂上去，无语之余又觉得有点好笑："这才几天啊，我都不了解人家。"

"小时候不是认识吗？那么久呢。"

"小时候的事哪还记得？再说了，人也不是一成不变的。"

乔母点头："是，我就觉得小周他吧，真是越来越帅了，好正的一个帅哥。"

乔亦溪按了按眉心。

“没事没事，你好好了解着吧，也不着急。”乔母摸摸她发尾，“现在先抓紧时间去睡觉吧。”

头天熬了夜，次日，乔亦溪睡到快中午的时候才醒。

刷完牙洗过脸之后，一阵香味把她勾到了厨房。

乔母正在做鸡翅包饭，酥脆的外皮裹着鲜嫩的鸡肉，一口咬开就是酱汁入味的糯米饭，弹弹软软，还不粘牙。

她绑了条发带，就坐在桌边热火朝天地开吃，葡萄气泡水“刺啦”一声打开，跟甜软的糯米饭一同刺激着味蕾。

鸡翅包饭很大，吃完她差不多也饱了，看乔母还在厨房里忙活，她转着瓶子道：“我吃饱了，妈，不用再做了。”

“我知道你吃饱了，但这不是要再做点带到你陈阿姨家去吗？”乔母殷切道，“让小周也尝尝我的手艺。”

乔亦溪打了个葡萄味的气泡嗝，晃晃易拉罐，留了最后一口没喝。

喝了一瓶饮料＝超多卡路里。

还有一口没喝＝一部分卡路里≈一点点卡路里。

她一边这样自我催眠地计算着，一边起了身。

乔母正好把三个鸡翅包饭装进碗里，盖好盖子递给她：“刚好，你赶紧送上楼，热的最好吃。”

小姑娘单手托着碗，另一只手去开门，纤瘦的足踝半趿着一双帆布鞋道：“得令。”

坐电梯上了九楼，她伸手按铃，门很快被人打开。

周明叙还穿着睡衣，发顶带着一种慵懒的蓬松，蓝灰色条纹衫松松垮垮，却恰如其分地勾出他平直硬朗的肩线，居家小周少年感更甚。

“嗨。”乔亦溪不知道说啥，索性直接挥了挥手，“睡好了吗，我妈做的鸡翅包饭要不要吃吃看？”

他“嗯”了一声，道：“先进来吧。”

乔亦溪刚进门，就看到一团浅灰色的东西从远处狂奔而来，那东西在她脚边站定，然后胡须轻动：“汪！”

她仔仔细细地看了会儿，感觉这东西像猫，可为什么耳朵是狗耳朵的形状，还会学狗叫？

不明生物再度奶声奶气地开口：“汪汪汪。”

她心情复杂地看向周明叙：“你家养的这是个什么？”

“猫。”周明叙接过她手上的碗，“矮脚猫。”

俗称小短腿。

乔亦溪蹲下身，挠了挠它的脑袋，又摸摸它的耳朵：“这耳朵是你给它戴的头套啊？怪不得我说怎么亦猫亦狗的。”

周父连声叹息，看向周明叙：“它本来已经够像狗了，你还给它戴狗的头套。”

周明叙不甘示弱：“你不是还准备给它起名柴犬？”

乔亦溪觉得这一家人都挺有意思的，问：“它叫什么？”

“虾饺，因为老是爱瞎叫。”

“噢……那你们能把它训练出狗叫，也挺不容易的。”

“没训练。”周明叙说，“它只会狗叫，不会猫叫。”

后来周家三个在餐桌边尝鸡翅包饭，乔亦溪就在阳台跟虾饺玩，虾饺的玩具很多，猫爬架也属于别墅级别的，更重要的是，虾饺对她有种莫名的亲近。

其实她一直挺喜欢猫的，但乔母觉得不好养，所以家里才没只宠物。

她有个朋友也喜欢小动物，家里还开了家宠物医院。

虾饺本来玩逗猫棒玩得好好的，忽然停了一下，乔亦溪偏头，还没来得及说什么，虾饺忽然一哽，吐了一团东西出来。

那团东西灰扑扑的，她也不知道这是什么情况，心想难道猫跟人玩的时候会这样吗？

可不过一会儿，虾饺又吐了，这回还带着一点食物残渣。

不像是游戏了，应该是真的出什么问题了。

她手足无措地站起来：“周明叙……”

“怎么了？”周明叙很快走了过来，看到地面上的两摊东西时也愣了愣，“这是什么？”

“我……刚刚跟它在玩，然后它忽然就张开嘴吐了，还吐了两次。”

周明叙皱了皱眉。

这只猫当时是他妈抱回来的，小姨说过一些注意事项，但他妈没有全记住，只告诉了他一部分。

他一直没有喂不该喂的东西，也不清楚这个情况到底是怎么回事。

毕竟猫是跟她玩的时候出了事情，乔亦溪担心是自己做了什么不该做的，赶紧跟医院的朋友打了个电话。

“代悦，我这边有只猫刚刚忽然吐了，我也不知道为什么，你现在在医院吗？要不要抱过去看看？”

代悦问：“吐的是什么？严不严重？”

“我也看不清吐了什么……一团团的，还有一些猫粮之类的。”她说。

“吐毛了吗？如果是吐毛，那买点化毛膏就行了。”

“可……”

“实在担心的话就抱过来给我看看，记得把吐出来的东西拍个照，我在医院。”最后代悦说。

挂断电话后，乔亦溪跟周明叙转述：“我朋友在宠物医院工作，说可能是吐毛，虽然不知道严不严重，但还是去医院一趟吧。”

周明叙点头：“我也觉得去看看比较好。”

事不宜迟，两个人把虾饺装进猫包，很快出发去了医院。

最后的检查结果也很简单，就是没有吃化毛膏，所以吐毛了，跟乔亦溪没关系。

“不是什么大问题，不用担心，要记得喂它吃化毛膏，毕竟猫经常舔毛。”代悦看着乔亦溪笑，“你刚给我打电话的时候语气那么焦急，把我都吓了一跳。”

“我不清楚嘛，而且猫也不是我的，我怕我真的把它弄受伤了。”

代悦又转向周明叙：“猫是你的吗？几个月了？”

他道：“快六个月了。”

“那差不多可以做绝育了，这两天可以准备一下，我刚好在医院，找最好的医生帮它做。”

周明叙又问了一些养猫的注意事项，记在备忘录里之后，他们才起身离开。

临走前，乔亦溪笑着给代悦比了个“OK”的手势：“感激不尽。”

“不用。”单身的代悦散发出如饥似渴的清香，“你让你的帅哥朋友给我介绍几个帅哥就行。”

一顿折腾完，乔亦溪带着碗回到家已经是下午六点了。

乔母道：“你是去送鸡翅包饭还是去送人了啊？这么久才回来，跟明叙打游戏去了？”

“没有，他家猫出了点问题，我带他去了朋友的医院一趟。”

后来代悦又给乔亦溪发了猫绝育前后的注意事项，乔亦溪摁了转发找联系人的时候才反应过来，她没有周明叙的微信。

于是她一个鲤鱼打挺从床上翻起来：“妈，你有没有周明叙的微信号？”

“没有。”反应过来之后，乔母又赶忙改口，“有有有，等一下，我去帮你要。”

周明叙这会儿正在《绝地求生》里厮杀，一局刚打完，手机就振动了一下。

他滑开，一条新提示，有人申请加他好友，备注是乔亦溪。

他点了通过。

通过之后不久，乔亦溪就给他发了一串注意事项，还跟了条语音。

“这是我朋友发我的，你看看。”

他是在游戏间隙听的语音，又开了麦，对面几个垃圾队友立刻就听了个明明白白。

“叙神居然在游戏中听语音，还是个女人的声音。”

“不不不，女人给他发消息没什么可怕的，可怕的是女人发消息他还听了。”

“什么都别说了，谁先主动追的谁？结婚纪念日是几号？孩子几岁了？什么时候办酒席？”

周明叙指尖压过开镜键，冷静地连枪摁压：“赶紧滚。”

第二章
恭喜中奖

周四的时候，周明叙准时带虾饺去做绝育，因为需要代悦安排好医生，所以乔亦溪也去了。可怜的虾饺对此一无所知，上车前还高高兴兴地叫了几声。

司机师傅感慨：“你们这狗什么品种啊，怪小只的。”

乔亦溪想了想，说：“狗猫吧。”

“那我还没听过，哈哈哈！”

“正常。”少年挠了挠猫的下巴，指骨屈了屈，轻笑道，“我也没听过。”

绝育前，医生照例询问道：“注意事项都看了吧？禁水禁食了？”

“嗯。”

“其他指示也照做了？”

“做了。”

“好，十分钟后手术。”

乔亦溪眼见还有十分钟，看了眼虾饺，欲言又止：“我听说……”

周明叙示意她继续讲：“怎么？”

“好像猫做绝育手术之前，主人不能一副主动把它送走的样子。要演戏，演成是医生一定要抢走，然后你不得已才放了手，不然它会记仇。”

“记什么仇？”

“割蛋之仇。”

她的目光中似乎带了些期待和酝酿：“所以，你要演吗？”

他确实不是表演欲旺盛的人，也隐约知道这个事，当时想的是记就记吧，过几个月就好了。

"看情况吧。"

几分钟后，医生来抱猫了，周明叙正准备把虾饺递过去，动势刚起了个头，少女灼烫的视线就黏过来了。

面对着乔亦溪凛然的"注视"，他想了想，把猫往怀里抱了抱，敷衍着保护了一下。

医生抱住猫腿的时候，周明叙很自然地要松手，她的声音再度传来，饱含郑重的盼望，是入戏了。

"我觉得还差一点，你要再表现出一些后悔、不舍和愤怒来。"

周明叙在脑子里把这几个词过了一遍，眉心蹙了蹙，就在乔亦溪以为他会骂自己脑子有病的时候，少年对着猫开口了。

他面无表情，一字一顿："我真是不舍，后悔，愤怒。"

就跟有人掐着脖子逼他说这句话似的……他是一个没有感情的复读机吗？

"可以了。"医生终于绷不住地笑了一下，看了眼乔亦溪，目露钦佩。

乔亦溪也觉得自己谋划得可以，就是周明叙那句台词说得太敷衍了，如果虾饺智商高，可能会看穿。

但虾饺作为一只刚绝育的猫，很显然是没工夫去思考这些的，回去的路上它四脚朝天地摊开，舌头从嘴里伸出来悬在一边，整只猫的表情就是大写的"生无可恋"。

她看它好可怜，可是真的很好笑。

过了几天，因为乔母打牌，她又去了周家一趟，一推开门就赶紧关切地道："虾饺恢复得怎么样？"

"还不错。"

"那它有没有恨你？"

"没有。"周明叙凝视着她的眼睛，"只是这几天它看我的眼神都像是在看蠢货。"

后来她又跟着他一块儿四排吃鸡，跳伞的时候"你说你马呢"还在说："唉，我们虾饺是真的惨，年纪轻轻就没有了性生活。"

"秋名山鸡王"不甘示弱，很快搭上了话："不要慌，以后叙神会替它有的。"

乔亦溪没想到这车发得如此突然，没稳住，手机"啪"的一声反摔在桌面上。

她沉默了。

你说这好好的一双手，在男生开车的时候出来找什么存在感呢？

乔亦溪手机摔下去的声音太大，那一声“砰”冲进话筒，对面两个人都被砸蒙了。

旋即，“你说你马呢”嘿嘿笑开：“你看你瞎说什么大实话，叙神乐得手机都掉了。”

“秋名山鸡神”谦虚地道：“可能是迫不及待了吧，也是，这么多年他都……”

周明叙道：“不是我。”

对面的人蒙了：“啊？”

乔亦溪颤颤巍巍地把手机扶稳，弱弱地道：“是我手滑。”

“哦——”“你说你马呢”的声音拉得抑扬顿挫，“手滑啊——”

语气怎么听怎么戏谑，好像“手滑”现在已经变成一个不值得相信的词。

乔亦溪觉得现在真是越描越黑，力难从心。

周明叙换了个地图，这才轻飘飘地呛回去：“既然不会好好说话，建议把扁桃体摘除，我认识一个兽医可以帮你做。”

“我才不要。”小马同志反应了一会儿，才说，“你说我是狗？”

“猪也可以，马牛羊也行，”鸡神添油加醋，“反正你不是个人就对了。”

小马嘤嘤道：“我好惨，我就是大家发泄辱骂的受气包。”

“是我们想骂你？”周明叙漫不经心地道，“是你欠骂。”

小马见情况不妙，灵机一动赶紧换了话题：“那个，小乔同学啊，你现在是在叙神家里吗？”

乔亦溪说：“是啊。”

“你跟叙神……关系挺好的？”

关系好不好倒不好说，毕竟这么多年没见，两个人虽然有一丝熟悉感，但更多还是把彼此当客人的温和疏离。

“我们是邻居，家长在一起打牌。”她侧面回应着，“怎么了？”

“没啥，就是如果你要经常跟我们一起打游戏的话，大家就相互认识一下。我，小马，马期成。那个‘秋名山鸡神’叫傅秋，秋就是冬虫夏草的那个秋。”

“冬虫夏草的秋？”

“是的。”

“你应该也看出来了，”傅秋总结道，“他就是一个没什么文化但又爱显摆的人。”

说话间，人物已经落了地，大家兵分四路去搜房子，乔亦溪搜到第五个房子时“啊”了一声：“三级头？”

马期成回应她：“捡到三级头了？你这运气真够好的。”

游戏里的人物会有头盔、铠甲和背包作为装备，分为一级、二级、三级，一级最次，三级最好。

三级头和三级甲都属于稀有装备，能在被打时有效护体，三级包能装的东西最多。

乔亦溪悠闲地戴好三级头，正在琢磨换一把什么枪的时候，只听“乓”的一声，她的头盔被人打爆了。

“西南房区有人。”

乔亦溪心里有一丝难受：“我的三级头没了。”

“先捡个别的戴着。”周明叙反应很快，“傅秋，你去她周围帮她分散一下火力。”

傅秋过来后，乔亦溪才敢跳出去，发现隔壁房子里还有个二级头。算了，二级头也行。

刚戴上二级头，她准备瞄一下那人在哪儿的时候，就听“哐哐”两声，她不仅头盔又爆了，而且还倒了……那人在针对她吧？

队友让她爬进屋子以便扶她，周明叙找到枪之后则上去正面刚，她凄凄惨惨地道：“你可以也一枪爆他的头吗？”

他低笑了声：“我尽量。”

“太丢人了。”她摇头，“太耻辱了。”

没过一会儿，周明叙果然没有辜负她的期望：“那人倒了，三级头也没了。”

虽然这也算是报了仇，但乔亦溪还是不死心地问道：“有没有什么办法，可以也真实地羞辱到他呢？”

他认真思索半晌，而后说：“你可以把枪收了，用拳头捶死他。”

她一想，觉得神枪手被菜鸟拿拳头捶死是真的很丢人，于是赶紧采纳了周明叙的建议，跑到他那儿把枪收了。

“怎么用拳头打人来着？”

“蹲下，对准他，点这个。”

乔亦溪这回开的是全麦，声音迷惑，出拳生涩，那人全部知道，只觉得死都死不痛快，死亡过程漫长到让人绝望。

星钻选手被青铜段位用拳头捶死，到底是人性的扭曲还是道德的沦丧？他为什么要招惹一个拥有逆天队友的妹子？

伴随着一声声惨叫，打她两次的人总算变成了盒子，周明叙就在一边看着她舔包。

“行了。”乔亦溪收手，“还比较满意吧。”

打完这局之后，两个人被叫出去吃饭，周母没时间做，直接叫的外卖。

现在的外卖也很丰盛，七八个菜带一个汤，摆满了整张桌子。

吃饭的时候周母问她：“明叙有好好带着你打游戏吗？没有放你一个人吧？”

乔亦溪点点头：“他很善良，没嫌我打得烂。”

“他倒是敢。”周母当即接过话，“他要是对你态度不好，你告诉我，我批评他。”

“没有，他态度蛮好的。”

这话是真的。

能看出来周明叙经常玩端游，但端游和手游不能匹配，她又晕3D，所以他也换了手游，只不过用电脑的模拟器打，相当于用电脑打手游。

模拟器就是手机投屏到电脑的形式，下载了模拟器的玩家也会优先匹配其他模拟器玩家，电脑屏幕那么大，看人都清晰多了，乔亦溪就一部小小的手机，又是新人，打不过是肯定的。

乔母在一边笑道：“亦溪从小就不擅长电竞，小周你多包涵。”

“我们组的局都很难，她一个新手能活下来已经很不错了。”周明叙说，“而且她也不会乱跑。”

弱而自知，她还比较听话。

乔亦溪戳戳碗里的饭：“我觉得这有点像商业互吹。”

他笑了声。

长辈们没听懂，周父咳嗽两声说饭局上别讨论游戏，于是话题就此打住。

吃完饭，乔亦溪跑去跟虾饺玩，虾饺好像对她感觉还不错，一直蹭她腿，在她怀里的时候也乖乖地求抚摸，乔亦溪跟它拍照，它也很配合。

“它挺喜欢你的。”周明叙在一旁说。

“是吗？”乔亦溪抬起脸，“我以为它就是这么乖。”

“没有，它一般不亲近陌生人，要认识几天才会好。”他淡声解释，“上次马期成想跟它拍照，它一爪子把马期成的手机拍水里了。”

乔亦溪摸了摸虾饺的头，多看了两眼，这才说：“马期成和傅秋是你现实中的朋友吗？我还以为是打游戏认识的。”

“同学，认识有几年了。”

后来周明叙去忙什么，乔亦溪发现头上没有头绳，摸着空荡荡的发根，她琢磨着……自己今天出门扎头发了吗？

就在她奇怪的时候，虾饺在窝里动了动，乔亦溪看过去，发现它尾巴底下圈了个马卡龙发绳。

是她的。

她虽忘了今天用的是不是这个，但既然在这里看到，应该是虾饺刚刚帮她找到了。于是她心里更觉得小家伙可爱，心中喜爱之意更甚，忍不住摸了摸它的下巴。

将发绳收起来之后，她回头看到周明叙坐在沙发上，表情有点复杂，有些难以启齿，还有些欲言又止。

“你刚吃饱了吗？”她问。

周明叙眉尾压了压：“怎么？”

“想不想饭后消消食？”她发出邀请，“我们去《绝地求生》里走走吧。”

没想到她是要去游戏里散步，他沉默了几秒：“好。”

饭后消食的这一把，他们也打出了一种月下散步的悠闲和清静。

具体表现在，乔亦溪搜了一大圈没搜到多少药，自言自语道：“我这点药来之不易，要是这时候还有人打我就过分了。”

话刚说完，身边忽然丢来了个什么东西，她还没反应过来是什么的时候，血条就被手榴弹炸没了一大半。

马期成说：“有人丢雷，现在开车去对面石头后了。小乔，你以后听到有东西掉周围要赶紧跑，不然容易被炸死。”

乔亦溪觉得挺郁闷的，她怎么老是怕什么来什么，搜罗了大半天就拿到一点药，现在还都打完了。

周明叙看了她一眼："不要站着不动，否则很容易被当成靶子打。"

"那怎么办？"

"没有掩体的时候要左右移动走位，或者跳。"

傅秋也说："你静止的时候很好瞄准，动起来就不容易被打中了。"

她理解了，点点头："那我等会儿试试。"

"好了。"聊天也没耽误叙神散发光芒，周明叙收枪道，"石头后面那个人倒了。"

乔亦溪有一点想法，于是问："他离我们是不是有点远？"

"嗯，让他自己死吧。"

没有队友搀扶，十秒后他就会自己死掉。十秒内明显是跑不过去的，只能开车。

"我想亲自过去用拳头捶他。"小姑娘舔舔嘴角，"这样对他是不是不太尊重？"

少年勾勾唇："有点。"

她立刻来了精神："好，那我要赶紧过去了！"

周明叙凝噎片刻后问："这么恨他？"

乔亦溪说："也不是，他害我搜了这么久的药一下就用完了，我觉得我必须对他造成一些伤害，心里才能够平衡。"

虽然开车过去捶人有点大费周章，但千金难买她乐意。

走到车边的时候，乔亦溪才发现自己根本不会开车，但时间宝贵，于是她问周明叙："你能帮我开一下车吗？"

马期成的话又毒又嘲："我明白了，你让弹无虚发的'击杀王'周明叙叙神给你当司机，开车载你去捶一个必死的人。"

乔亦溪这才意识到，自己居然让大佬给自己开车，这胆大程度不亚于让姚明去参加校内篮球赛吧。她哽咽了一下，琢磨着自己会不会把车开到河里。

周明叙确实没见过执念这么深的人，无言到尽头，又觉得有点好笑。

他走到车边，点了驾驶键，启唇示意："走吧，去捶。"

乔亦溪一时没反应过来。他说什么来着？

直到车内的周明叙按了按喇叭，她才恍然反应过来，赶紧坐上了副驾驶。

不得不说，从击杀高手转行司机的他表现依然可圈可点，开车又稳又快，穿梭在树林中间，却连一棵树一块石头都没撞上。

一个急刹后，车正好停在那人背后，乔亦溪赶紧下车，收枪，用拳头捶人。

千里送拳头，礼轻情意重。

谁知她还没来得及挥拳，那个人就死了。

周明叙也看到了死亡提示，问她："捶到没有？"

她蹲在那儿舔包："没有，晚了一点。"

他笑了声："那你不得郁闷一天？"

"还好吧。一想到叙神能给我当司机，好像也没那么气了。"她如是说。

这感觉真像邀请姚明打了一场无聊的校内篮球赛，还有什么奢望呢？

周明叙还没说话，马期成"噗"的一声笑出来："乔妹妹可真是太会讲话了，这马屁拍得妙啊。"

傅秋敲桌子："玩归玩、闹归闹，别跟你乔姐开玩笑。人家什么时候成你妹妹了，我劝你少打嘴炮。"

马期成还在说："论玩游戏的水平，她可不就是最小的妹嘛。"

"那你马期成就是弟弟。"

马期成骤然暴怒："骂谁呢？！"

周明叙无语地抬了抬眼睑："他是说你菜。"

傅秋叹了口气，语重心长地道："有人就像炮仗精，一点就炸。"

"炮仗精"发言了："行吧，现在打游戏你们嫌弃我，一周之后，我就是全场最受欢迎的人气王，无数妹子前呼后拥，只为获得和我亲近的机会。"

傅秋询问："人蠢到一定境界是不是就会开始做梦？"

"不是，我跟你们说，下周一班同学聚会，居然邀请了十班的我，哈哈哈，我爆笑！"马期成非常得意，"就是因为不知道能不能请到叙神，所以他们把我叫过去，让我带他们吃鸡。"

傅秋道："你就庆幸叙神没去吧，他去了谁还管你，人家颜值和技术双杀，我怀疑那群女的能尖叫到酒店灯管破裂。"

"说真的，叙神你到底去不去？我一带三很累的，你就一起去一趟呗？"

乔亦溪听他们聊了半天，此刻瞟向周明叙。

周明叙回复："不想去，太吵。"

马期成还在劝："你考这么好也没回去看老师，我听说李华卫特想你，天天在办公室夸你这好那好。”

她心想，这样的感情牌很少有人能不接招。

果然，周明叙松了松手指，退让几步：“到时候再说。”

当天回家之后，乔亦溪还不是很困，索性又点开了吃鸡，打算自己去训练场练习一下。

跟他们一起玩的时候，大多是傅秋和马期成开车，周明叙观察周边情况，有时候周明叙坐在车上就能杀人。

她自然是坐在车里听音乐的那个，驾驶座都没沾一次，加上又没玩过开车类游戏，理所应当认为自己不会，赶时间的情况下才会去求助于他。但现在想来，自行车和摩托车她都会骑，开这种四个轮子的应该也不会太难。

她找到车库，选了一辆看起来比较坚固的车，点了驾驶按钮。果不其然，她上手真的挺快，而且车也没她想象中那么难开，除了有一次速度太快冲到河里差点溺亡，其余几次都比较顺畅。

又掌握一个新技能，她心满意足地放下手机睡觉。

醒来的时候发现收到了新消息，说因为老师的个人安排，周六的提琴课由下午五点半到八点半改为下午一点到四点。

周六她醒得晚，乔母给她留了饭就打麻将去了。

乔母平时工作忙，唯一的爱好就是打麻将，所以一到周末就乐呵呵地跑去周家。

今日天气有点阴沉，乔亦溪打开衣柜，准备找件长袖。

她的衣服大致可分为两种风格，一种是比较简单青春的，牛奶盒印花 T 恤配牛仔短裤或者格子裙，很适合见长辈，在不想出风头的场合也算中规中矩。

还有一种就是切切实实的酷女孩风，纯黑皮衣加绑带圆环元素，扎扎实实的冷淡少女白内搭，只袖口有一个品牌标志。

就连舒然看完她的衣柜，都会感慨一句：“酷甜心人设果然不崩，这两种状态你切换自如啊。”

看似截然不同的两种风格，却在她身上融合得恰到好处，毫不违和。

她待人礼貌，笑起来弯眼卧蚕小梨涡，让人想与之亲近；但在某些方面她又确实有种桀骜不羁的气质，坚持自我的时候又很帅。

想了想，乔亦溪抽了顶帽子压好，穿了一身黑去上课了。

下午三点半的时候，酝酿已久的暴雨轰然而至，正在打麻将的乔母看了眼窗外："怎么突然下雨了？"

周母出了一个八筒："亦溪带伞没有？她今天有提琴课吧。"

"没带啊，过会儿就下课了。"乔母边摸牌边答，"我还想着今天下课时间早，不用去接她呢。"

周母侧身看了看，周明叙正好蹙着眉从房间里走出来，到阳台上拿伞。

周母问："你干什么去？"

他语调里有点莫测的烦躁："买两盒柠檬糖。"

每个人多少有点自己的习惯，他心情差的时候，会含两颗柠檬润喉糖调整状态。方才玩游戏手感不太好，他手伸过去摸糖盒，打开却见空空如也，被吃完了。偏偏周围只有一家超市卖这种糖，还得走一段路才能到。

周母转念一想觉得挺好："那你要去可宁路的便利店买吧，亦溪是不是也在那儿上课？她没带伞，你顺道接她回来吧。"

他没搭腔，只拿了柄深蓝色雨伞就朝玄关走去，手抵在门框边换鞋。

周母生怕他只顾着买糖，声音大了点："我说的听到了吗，乔亦溪在……"

"知道了。"少年的背影在门缝中一晃而过，声线略带嘶哑。

雨连绵不断地溅在伞面上，稍有泥泞的水泥路把原本只有十分钟的路程，生生延长了一倍。二十分钟后，周明叙抵达便利店门口，收了伞，把某个牌子的柠檬薄荷糖悉数买走。

付完款后，他一只手提着袋子，另一只手拇指推开糖盒，往嘴里倒了颗糖。

剔透的糖粒碾过他下唇，他喉结滚动了一下，然后流畅地关上盒子，扔进手提袋。

店员忍不住频频朝他看去。

怎么有人吃糖跟吸烟一样性感，一股子性冷淡式的撩拨，若有似无漫不经心的。

周明叙把糖咬在后槽牙，打开伞往家的方向走去，走了两步又想起什么，折身向左。

乔亦溪下课的时候，雨正有点收敛的意味，虽然还大着，但是比起之前稍有和缓。她琢磨着乔母估计还在麻将世界里快乐遨游，自己又没带伞，干脆等半个小时后雨停了再走。

她正要开一局游戏消磨时间的时候，有人火急火燎地跑过来，对她说："乔乔，外面那个小帅哥等你几分钟了，你怎么还能坐得如此镇定？"

她侧身往外一看，周明叙单手插兜，举着伞站在雨幕里，眉头皱得很深。断断续续的雨丝蒸腾起些微雾气，裹得他身形越发挺拔修长。

有个穿红色波点裙的妹子说："他今天好凶。"

本以为妹子会害怕，谁知她兴奋得红了脸："凶起来也好帅啊。"

乔亦溪旋即想到有些拍照的人会捕捉明星皱眉或是生气的瞬间，底下粉丝的关注重点也会完全跑偏，大喊着："来凶我！哥哥凶我吧！我可以！"

皱眉是上天赋予帅哥的专属苏点。

收拾了桌上的东西，乔亦溪背着琴摇摇晃晃地蹭到他身前："又被你妈发配来当苦力了啊？"

他兴致不是很高的样子，沉沉地"嗯"了一声，递给她一把刚买的伞。

乔亦溪挑了挑眉尖："心情不好？"

他没说话，只是抬头看了她一眼。

"全写在脸上了，"她指指他眉头，"你这比精卫填的海还深。"

周明叙的声音里带着一股砺过的沙："玩游戏手感太差了。"

"吃鸡吗？"

"嗯。"

乔亦溪是没有过这种感受的，她只拿游戏当消遣，赢或者输都没太大感觉。但他在这方面似乎挺认真的，因为在意，所以才会要求结果。

"这很正常，谁都要看发挥的。"她问，"是落地成盒了吗？"

她自己玩经常落地就死，也没什么的。

周明叙道："那倒不至于，三把都是第六。"

乔亦溪感觉自己被欺骗了感情。

他看她一副欲言又止的表情，问："要说什么？"

"我现在什么感觉你知道吗？"

"什么？"

"就是那种马上要出成绩了，朋友说自己考得不好哭得稀里哗啦的，我安慰了半个钟头，结果发现她的成绩是全班第一。”她微笑，“你们真的不是组团来羞辱我的吗？”

少年顿了一下，旋即溢着气音笑出声来。

大概是柠檬糖吃到了底，大雨也终于收敛不少，他的心情居然奇妙地有了好转。

回去的路上雨停了，乔亦溪半途就收了伞，把伞柄挂在自己手肘上。

快走到楼栋口时，周明叙接到马期成的电话：“今天晚上的聚会你知道吧，你来不来啊？”

周明叙正要回答，那边又说：“我刚碰到老李了，他真的想你，我说你可能不来，他还挺失落的。”

“看吧，”最后他还是道，“主要是怕堵车。”

现在快到下班时间了，堵车时段也即将来临，更遑论刚刚还下过一场雨，交通状况只会更糟。

乔亦溪似乎正在思索什么，过了一会儿才问：“堵车你会迟到吗？”

“会迟很久，还不如不去。”

她往后看了一眼车流，随口道：“也是，这种情况只有开摩托不堵。”

“你去吗？”她扬首看他，“你老师不是很挂念你？”

他转着手里的糖盒子：“但我讨厌堵车。”

乔亦溪的目光掠过车棚里那一排车，很快答道：“骑摩托啊。”

“我不会骑。”

她想起自己之前上滑板课借的摩托还没还回去，这下正好派上用场，便道：“我会。”

少女走到车边，一个翻身潇洒地跨上座位，眼尾勾了勾，声音清亮：“来，小乔姐姐带你飞。”

周明叙看着摩托车后座，蹙了蹙眉。

乔亦溪拍了拍后头的座位：“赶紧的，来啊。”

周明叙还沉浸在一种无可名状的感觉里，心情一时有点复杂。

谁带谁？一个小姑娘，带他一个男的……骑摩托？

乔亦溪似乎也感受到了他的踌躇，手指拢着长发拂到一边，扣好头盔搭扣：

“怎么，看不起我们女司机啊？”

他启了启唇，找回自己的声音：“不是。”

“那就是不相信我能开？”她给他打安神针，“我真的会开，不用害怕。”

倒也不是害怕。

乔亦溪问他：“你是不是觉得我是个马路杀手，紧急时刻会用脚刹车的那种？”

“不是。”

“那上车。”

周明叙顿了一下。

“上啊，《绝地求生》里的四轮车我不会开，这俩轮子的车我还玩不转吗？”

少女启动摩托，掉了个头停在他面前，声音清亮，英姿飒爽。

后来周明叙想自己到底为什么会上车，大概是因为她目光太坚定，自己那股子倔气也被激出来，好像他不上车就是不信任她。

在被她载和可能被她撞之间，他选择了前者。

她开车的技术不算顶好，但也不算差，偶尔带他穿行在汹涌的车潮中，少女会稍微起身一点，迎风安抚他：“没关系，不要害怕。”

周明叙额角跳了一下：“我没在怕。”

乔亦溪只知道大概方位，到了附近的时候想问问他具体在哪儿，结果远远看到一群人举着耀眼的红色横幅站在门口台阶上，横幅上写着：热烈恭迎绝地欧皇周明叙莅临省实验同学聚会！

她停车，回身跟他说：“绝地欧皇，到了。”

很显然，周明叙也看到了，他叹息一声，揉了揉越发酸胀的太阳穴，无语地骂了一声。

马期成看到周明叙下车，高高兴兴地跑下来恭迎：“你为了及时赶到还叫了摩的啊？太让人感动了吧。”接着，他又小声嘀咕了一句：“现在的摩的女司机都这么漂亮了？”

周明叙说：“不是摩的。”

“那是干什么的？”

乔亦溪看他们开始聊天了，想着刚刚路过了一个公园，她可以顺便在里面练一会儿滑板，如果周明叙这边结束得早，她还能带他回去。

毕竟人家接过她两次了，出于人道主义精神，她还下人情也正常。

于是她问周明叙："你们大概几点结束？"

周明叙蹙了蹙眉："还不太清楚。"

"那你觉得差不多了跟我说一声，我看有没有时间……"

她话还没说完，马期成就一惊一乍地叫嚷开："这声音……小乔妹妹？！"

乔亦溪点了点头，转向周明叙："到时候再给你发信息吧，我先去公园了。"

她掉了个头往公园入口开去，还能听到马期成不敢置信的嗓音："小乔妹妹骑摩托送你？"

乔亦溪进了公园，把摩托锁好后，给朋友发了信息，说自己过会儿去还车。

然后她拿出绑在摩托后面的滑板，就地开始练习。

她顺着公园晃悠了两圈，沿途有人在拍视频，顺便把她也拍了进去："遇到在玩滑板的小姐姐，很少看到女生玩这个，好新鲜。"

练了会儿，她觉得累了，一看时间过去了一个多小时，又进了游戏，玩了两局之后发现周明叙也在，观战了一会儿，看到他们吃鸡了。

她这才给他发信息："结束了？"

她时间卡得挺准，周明叙正好在看手机："还没有。"

乔亦溪问他："大概还有多久结束？"

周明叙："半个小时吧，怎么了？"

乔亦溪："顺道跟你一起回去，刚好我也要还车。"

他说："不用，你可以先回。"

她过了会儿才说："没事。"

他也不知道她到底是什么意思，是说自己先回，还是接他也行？

这个问题在散场时找到了答案。

一行人走出包间，不少男生喝了酒，走路晃晃悠悠的，周明叙不想跟他们挤，是最后几个出去的。

"郑和今天没来太遗憾了，错过一出好戏。"一出去，马期成就跟他挤眼睛，"乔妹妹还来接你吗？"

有人在一边起哄："就是，我也想看叙神被人带，刚没看到啊。"

醉醺醺的男生们也加入了讨论。

"怎么，叙神有妹子来接？"

“我就听说是一个好看的小姐姐送他来的，周校草果然名不虚传，走到哪儿都是芳心收割机。”

马期成撞了撞周明叙的手臂：“刚刚可有人找我要乔妹的联系方式，我没给哦。”

周明叙看门口也没人，觉得她应该先回去了，心下松了口气。

“不用等了，我自己回。”

“不会吧。”马期成左右乱看，“人没来？”

这时候才有摩托声姗姗来迟，自黑暗处一路驶到周明叙面前。

乔亦溪停了车，身子一侧，笔直纤细的足尖斜斜点在地面上。

纯黑直筒裤下的线条流畅漂亮，脚踝白皙，带着一股港风轻慢散冷的气质，很好看。

少女扬手打了个响指，眸光被夜熏得稍亮：“这儿。”

“你不知道，昨晚我们学校群都快炸了，哈哈哈！我看他们一个两个都超亢奋，主要还是有人拍了照。”第二天吃鸡的时候，马期成还在连麦里疯狂回忆乔亦溪开摩托的事。

傅秋跟着道：“我也听说了，昨天还看了截图，叙神在群里吗？”

“他肯定不在啊，我们叙神怎么会加入学校八卦群这种东西。”

周明叙没说话，单枪匹马潜入敌营，站在高点把一个房区的队全端了。

马期成看着左上角不断减少的剩余人数，还在闲聊：“别说他们，我都不能想象这么猛的叙神有朝一日会坐在妹子的摩托车后座上，不过那张照片拍得还挺带劲，两人都帅。”

过了几分钟，周明叙收到了微信消息，放在桌面上的手机振了振。

“啧，小乔妹妹又给你发微信了？”

傅秋说：“不是，是我发截图给他。”

周明叙进了屋子，一边端枪瞄准对面的空投，一边打开微信。

傅秋发来的是学校最大的八卦群的聊天记录截图，首先是某不知名人士发了张照片，并道：“猜猜后座是谁，猜对没奖。”

照片是在漆黑的夜色中拍的，前座乔亦溪的长发被夜风吹得四下飘摇，后座的周明叙低着头，正在蹙眉扣头盔搭扣。

即使这是无奖竞猜，但因了主角里有个风云人物，所以话题很快就热了起来。

“周明叙吧？”

“他昨天是去了同学聚会，我作证，我还看他吃了好几把鸡，操作特厉害。”

“如果别的男生被女生载，我肯定觉得好弱，但如果这个人是周明叙，坐摩托车后座都酷帅有型，嘻嘻。”

“绝了，戴头盔也好帅，一股顶级信息素的味道。”

渐渐地，有人聊到乔亦溪：“没人扒前面的女生是谁吗？能载周明叙啊。”

“不太清楚，看起来像禾高的一个提琴甜心，但那个妹子有梨涡。”

“好帅，想嫁。”

“醒醒吧，周明叙不会娶你的。”

“不是，我是说想嫁这个小姐姐。”

周明叙越看心情越复杂，好像活了快二十年，男人的尊严……突然被挑衅了。

以往围着他的热门话题也有很多，譬如运动会只是跑了个接力，却引来大半个赛场的女生去观看助威；或者看他打了一局游戏，感慨他惊人的操作；又或者是毕业典礼上收到了最多的花和徽章……

打游戏都是冲在最前头的硬气击杀王，哪有被女生载上热搜的理。

“乔亦溪，好神奇一女的。”就连马期成都忍不住感慨，“第一次见有人和周明叙站一起，却没有被他压下光环的。”

马期成刚说完，就挨了对面山坡上的一梭子枪子：“谁打我？”

“打得好。”傅秋在一边腾空拍巴掌，“让你胡说，打死你。”

打第三局的时候，周明叙感觉身边好像无声无息地多了什么。

他偏头一看，乔亦溪已经搬了个板凳坐在他身边。

疑心是自己眼花，周明叙又看了她两眼。

乔亦溪捧着苹果片开口：“阿姨说你打完这把就出去吃饭。”

看来是乔母又来打牌，她顺便来这儿吃饭的。

周明叙点了点头。

乔亦溪就在一边看他打，这种直接观看和观战不一样，她甚至能听到他耳机里传来的各种音效。平时她只顾着自己，现在才发现他是真的猛，但不是那种愣头青的瞎冲，他有自己的战术。

他在好好打，马期成他们时不时飙骚话，打到最后居然还吃鸡了，乔亦溪真是深深感受到周明叙在队内的重要性。

他收局后刚好开饭，两个人出房间上了餐桌。

吃饭的时候乔母问起来：“是不是快开学了啊？”

“嗯，九月三日报到，我打算提早一天去。”

“那明叙也提早一天去好了，毕竟有那么多东西要收拾呢。”周母说。

九月二日那天，乔亦溪吃过午饭，准备慢吞吞地往学校去。

乔父乔母陪她一起，她背了个包拉了个行李箱，下楼时电梯打开，正好碰上了周明叙和周母，两位母亲一拍即合：“一起去学校吧！”

出了小区，见拐角处新开了一家麻将馆，周母“咦”了一声：“新开了家麻将馆，要不要先去看看环境？”

两位母亲又一拍即合，进去试了一下椅子软不软，布置舒不舒服。

最后变成了两个人坐在椅子上，颇为不舍地看了乔亦溪和周明叙一眼。

乔亦溪明白了：“那你们就在这儿玩吧，我们自己去学校。”

反正学校离得也不远，拦辆车去也不是事。

两位母亲再度一拍即合：“好哇，注意安全！”

二人年纪轻轻就扛起了自立的“重担”，拦了车去往 A 大。

周明叙前一晚可能没休息好，眼下还有淡青色的黑眼圈，一路上都闭着眼浅寐。

乔亦溪也没打扰他，自己听着歌看风景。

约莫一个半小时过去，车在 A 大校门口停下，乔亦溪降下车窗的瞬间，周明叙醒了。

司机本来准备帮他们拿后备厢里的箱子，但周明叙一手一个，很轻松地就把二人的箱子都提了出来。

乔亦溪握着自己行李箱的拉杆，问他：“A 大的路好像很复杂，你知道在哪儿报名吗？”

少年微垂眼睫，摇头淡声道：“找找吧。”

乔亦溪拿出手机：“我打开地图导航看看。”

当他们第三次路过同一个站牌的时候，周明叙暗叹自己的失策。

他怎么能让一个在《绝地求生》里都能迷路的人来带路？

一边负责新生接待的学长发现了什么，赶忙跑了过来："是大一新生吗？找报到处？"

乔亦溪点了点头。

学长笑了笑："那你跟我来吧。"

这个学长还挺热情，带着她排了队不说，还一直看着她填完了登记表。

乔亦溪拿了各种票据后一转身，手机"叮咚"一下，一条新的好友申请，备注是"刚刚的学长"。

周明叙扫了一眼，这才顿悟那人刚刚为什么盯着她填表，原来是为了记下联系方式。

下一步就是找宿舍了，乔亦溪站在原地思索了片刻，听到周明叙在耳边道："我朋友知道怎么走，他等会儿到。"

她找了个阴凉处："那好，我们就在这儿等等。"

郑和到后却没有找到他们的方位，周明叙让乔亦溪就待在原地，他去找郑和来。

会合后，郑和看他："你不是说还有人吗？"

"那边树下。"

郑和"啧"了一声："是个妹子对吧？根据我的经验，漂亮学妹很抢手的，搞不好等我们过去，她已经被'志愿者'带走了。"

果不其然，周明叙离树还有十几米的时候，就发现乔亦溪身边已经围了三个人。

有一个作势要帮她拎行李，有一个给她递水，还有一个滔滔不绝地在介绍学校。

这些人负责的事各不相同，眼里兴奋激动的光却一样。

周明叙看着少女微卷的发尾，感觉她比自己想象的还要更受欢迎一点。

这时候，他的手机收到短信："您好，您订购的摩托已经调到货了，今天就可以来取。"

郑和瞟一眼，捕捉到重点："摩托，你怎么忽然买这玩意？要学这个啊？"语毕，郑和神秘兮兮地凑近他："怎么，准备载哪个小仙女上街呢？"

阴凉处的乔亦溪已经起身，显然是被三个人闹得坐不住了。

郑和还在等周明叙回答他为什么忽然买摩托，但周明叙只是侧眸睨他一眼，扔下一句“关你屁事”后，便施施然往自己行李箱的方向走去了。

乔亦溪回头看到周明叙，问：“你朋友来了吗？”

他颔首。

她善意地朝那三人笑笑：“真的不用你们带，我这边有认识的人了。”

那些人看她真的有同伴，便也只能把“泡漂亮学妹”的心思藏在心底，放下她的行李箱。

“好的，那要不加个微信吧，刚开学事情多，以后有什么不懂的都能问我。”

乔亦溪想了想，有点为难地说：“但我的微信号被盗了。”

“QQ 呢？”

“QQ 也被盗了。”

“手机？”

“手机屏裂了，暂时点不了。”

对面的人看着她那张人畜无害的脸蛋，那双水汪汪的杏眼，还有颊边圆圆的梨涡，一时间失去了分辨能力。

她那模样太无辜了，以至于说出这样的话也感觉很真诚。

当三个人面面相觑地离开时，周明叙才忍不住垂头笑了声。

她说起这些倒是一板一眼的。

郑和这会儿也走到这边来了，他看了乔亦溪一眼，脑子里浮了个问号出来。

好熟悉的一张脸，就跟在哪儿见过似的。

乔亦溪很快记起自己和郑和的一面之缘，高跟鞋乌龙事件时，周明叙的同伴就是郑和。

不过不重要，所以她也没开口说。

郑和提前了几天来，所以学校的各个位置差不多也打探清楚了。

“这边是一食堂，那个巷子绕过去，打印店旁边的是二食堂。”

“学生公寓门口右边是三食堂，往里走到底是四食堂。”

“这个通道走出去是快递代收点。”

乔亦溪逐个记住，然后顺利到了自己的六栋宿舍门口。

刚停下，她就听到周明叙的手机响了，是周母打来的：“到了没有？”

“到了。”

“那你记得送亦溪去寝室，她的包和箱子都很重，有什么重物也适当帮人家提一下，你是男生。”

周明叙挂了电话，乔亦溪正想说“没事我提得动”，可下一秒，他已经提着箱子大步流星地上楼了，甚至没给她开口的机会。

灯光在他肩头若隐若现地逗留，透过衬衣，似乎能看到手臂肌肉起伏。

本来以为他是偏瘦的那种类型，可他略微绷紧的下颌线和此刻的背影，都带着趋向于男友力的苏点。

乔亦溪是最后一个到寝室的。

A大比较人性化，因为之前她和舒然有上报过想要住一间寝室的意向，所以这次两人真的分到一间了。剩下的室友，一个叫阮音书，一个是向沐。

两个女生看起来都很好相处，她到的时候，向沐的床铺边还有人在帮她支蚊帐。

她本来以为那是向沐的男朋友，可那男生下了床之后，和她讲话的语气还很客气：“可以了，这边蚊子多，有床蚊帐的话就不会被咬了。”

向沐也是一个劲道谢，客气一番后男生就离开了。

“那我先走了，有问题的话可以给我发信息。”

“好的。”

关上门之后，向沐才长舒一口气：“现在的志愿者太周到了吧。”

“我还以为是你男朋友。”乔亦溪扬了扬脖子。

舒然往后靠：“我还以为是推销蚊帐的呢，连怎么拒绝都想好了。”

向沐说：“不是，是我在门口遇到的一个小哥哥，人还挺好的，一路都很耐心。”

“我发现这些人就爱找漂亮妹妹下手。”舒然看乔亦溪，“你碰到没？”

乔亦溪点头：“四个。”

舒然一脸“我就知道”的表情：“音书呢？音书长得这么可爱，肯定也有吧。”

阮音书抿唇笑笑：“我妈妈送我来的，所以我不太清楚，车是直接按导航开进来的。”

“怪不得，就知道他们喜欢找独行的妹子。”舒然摸摸下巴，“一个迎新硬是搞得像大型交际现场，也不知道这种破风气是怎么形成的。”

很多男生都是奔着撩妹才做的志愿者，目的只有一个，那就是做第一批刷存在感的人，总能泡到懵懂无知的学妹。

第二天晚上社团招新，她们吃完晚饭之后就集体去大礼堂门口转了一圈。

各色各样的棚子前挂着各不一样的横幅。

电竞社：只要游戏打得好，带妹不愁没人找。

话剧社：你是我们正在寻觅的戏精吗？

舞蹈社：长腿小细腰，够胆来单挑。

乔亦溪差点在形形色色的招揽声中迷失，舒然二话不说，拽着她去滑板社报了名。

滑板社人不太多，大多是男生，社长见两个女生走了过来，身子霎时坐正了。

“先、先填报名表吧，初试时间我们到时候会短信通知。”

乔亦溪填完报名表再起身的时候，听到旁边的棚子里起了一阵骚动。

舒然奇道：“怎么了？”

向沐和阮音书很快来喊她们：“电竞社那边好热闹，好像要直播打游戏了。”

乔亦溪绕到人群中央，看到一道熟悉的身影伫立在棚前。

虽然灯光略有些昏暗，但毫不影响周明叙的五官立体度，他深邃的眉骨在眼窝处投落暗影，眼睫像一排黑色翎羽。

由于电竞游戏的涉及面太广了，所以来报名的人特别多，很显然周明叙是被朋友拉来的，因为他耷着眼睑，一副兴致不高的样子。

电竞社社长一看人这么多，想做点筛选，有人提议：“先问个主要问题吧。”

“好。”社长往后一靠，思索了三分钟，这才严肃而深沉地开口道，“你的梦想是什么？”

这什么问题，看起来像是会出现在晚十点卖惨选秀节目里的台词。

但是中二的电竞少年们十分热血。

“我想打职业赛！”

“我想拿到排名前一百。”

“冲出亚洲，走向世界？”

轮到周明叙，他沉吟了一会儿，在万众期待中淡淡地开口：“明天中午吃可乐鸡翅。”

“哈哈哈哈。”人群里响起一阵笑声。

社长问："你是被室友喊来充数的吧，兄弟？算了，不问了，你们直接开局打一把吧，我们只有两张报名表了，前两名可以拿去。"

旁边有台投影仪，电竞社近水楼台，大家直接把手机和投影仪一连接，整场比赛就这么大屏直播出来了。

社长本来还在笑周明叙，结果组队后定睛一看，顿时笑不出来了："战神？谁段位打到战神了？"

战神是游戏里最高的段位，而且非常难上，有专属的降落伞。

有人回答他："刚刚要吃鸡翅的那位。"

"哈哈哈，他的 ID 名字也好有意思啊，叫'我有猫'。"

"笑什么笑，人家有猫你有吗？"

"呜呜呜，我没有。"

"我有猫"的段位直接拉高了整场比赛的难度水平，毋庸置疑，这是一场高端局，对面会匹配很多厉害人物。

但那又怎样，周明叙依然我行我素打得很猛，从修罗场里杀出了一条血路。

队友挂了一个，四人只剩三人。

其余两个很自觉地把驾驶座让给周明叙，让他来开车。

他没说什么，驱车一路往下个目标点走，当车行驶在一望无垠的雪地中时，忽然停了下来。他一言不发地下了车。

正当他们一头雾水以为要在这里休息的时候，底下传来一排提示。

你的队友"我有猫"使用 AWM 淘汰了"有种你来打死我啊"。

真是……又骚又酷。

有女孩被他的操作俘虏，小声说："太厉害了吧，这种闷声做大事的小哥哥巨帅。"

"空投！东 70 度方向的山坡上！"

空投是飞机会随机掉落的盒子，里面一般有很好的物资，比如三级装备和枪什么的，周明叙的 AWM 就是空投枪，伤害很高。

东西这么好，自然很多人去抢，周明叙将车停在空投边的时候，刚好和两辆车相撞。

三队交火，一时间战况激烈，脚步声和枪声你来我往四面环绕，人一个接一个地倒地。这场仗打得快而激烈，最后只有周明叙活了下来。

乔亦溪屏息看他在烟里打满了药，然后把身上破碎的装备换掉，开车驶向下一个地方。

依然很稳，心态丝毫不崩。

沿途他又打死了三个人，捡第三个空投的时候只剩下一个敌人，乔亦溪正在找那人在哪儿的时候，忽然看到周明叙拉了个雷往对面房子上扔，扔了一个，又扔一个。他沿着台阶上去，绕去左边，然后跳到天台屋檐上，再往前，有个人正趴在那里，他开枪扫死。

吃鸡了，轻松得像碾死一只蚂蚁。

他打了个哈欠。

"击杀王"的内心毫无波澜，甚至有点想睡觉，但围观的人已经炸了。

"我以为我在看直播呢，兄弟，你这操作厉害啊，不会真是主播吧？"

"这个线拉得好啊！先丢雷，把对方逼到右边角落，然后上楼去左边，踩屋檐杀人。"

"等一下，这个屋檐是能踩的吗？我还以为那人躲的地方是个死角呢，只用防前面。"

这话是真的，乔亦溪还真不知道这么窄的屋檐能踩上去，还能用这种方式袭击敌人以为最安全的后方。

社长推开椅子站起来："来来来，老大，这社长我不当了，你来当！"

当晚，乔亦溪回寝室后试了一下这种操作，但还没来得及从屋檐绕到敌人身后，就从房子上摔下来了。

学习有风险，骚操需谨慎。

社团招新完，三天后是军训。

滑板社的初试和复试突然提前，就定在军训前两天。说是滑板类迎新节目临时缺人，他们要找两个会玩滑板的替补。

"参加这个节目排练的话，有一半的军训不用参加哦，大家好好表现。"

因为上过几节课，所以乔亦溪和舒然两个女生脱颖而出，压倒了一大排男生。

前几天的军训乔亦溪都不用参加，被学校特批去练滑板，但滑板这个节目其实很简单，很多技巧她都会，所以那几天都比较悠闲。

挑了个中午，周母、乔母来看她，三人在饭店吃过午饭之后，周母问她：“你练滑板的地方离明叙远不远呀？”

“还好，怎么了？”

“没什么，天热，我怕他中暑，想给他买杯西瓜汁，又怕你带不过去。”周母说，“他太忙了，中午都出不来。”

“没事，可以的。”她提过西瓜汁，说，“他军训的时候，我给他送去。”

下午三点，骄阳炙烤。

周明叙正站着军姿，忽然看到不远处驶来一辆摩托，手柄上还挂着什么。

全是方阵的操场上骤然出现一辆拉风的摩托车，大家全往那边看去，好奇这车是来做什么的。也许只是路过？

很快，车在周明叙的那个方阵处停下了。

细小的讨论声不绝于耳。

“这是来找我们班人的吗？”

“不知道为啥，我有点紧张。”

“女的女的，开摩托的小姐姐！”

乔亦溪习惯了这样的注目礼，丝毫没受影响。

她偏头扫了周明叙一眼，确定他也看到自己之后，就把西瓜汁取下来，晃了晃。然后她把饮品放到他附近的阴凉花坛上，给他做了个手势，示意他休息的时候要记得喝。

周明叙收到过周母的信息，所以很快点了点头。

少女又骑上摩托，风一样离开了。

虽然平时军训也有来送水的，但大多是社团给新社员的照顾礼，一般是一大帮子人提十几杯西瓜汁，挨个方阵找自己的社员。

这种孤身一人前来，只给一个人送的，扎扎实实是头一个。

更何况周明叙长得好看，因了电竞社那一战，已有了不小的名气。

而乔亦溪也是一晃而过的帅气小姐姐。

吃瓜群众感觉自己发现了什么不得了的事情，开始起哄，越喊越大声。

“哇——哦——”

后面方阵的起哄声太大，乔亦溪都不自觉地回头看了两眼。

那意味悠长拉腔拽调的咏叹，明显一副看热闹不嫌事大的样子。

教官当即呵斥一声："叫什么叫！军姿再加长十分钟！"

起哄声立刻识趣地停了，还有人收得太急，打了个空嗝，又有断断续续的笑声传出。

"还笑？！再加十分钟！"这下彻底鸦雀无声了。

乔亦溪收回目光，往滑板训练场开去。

这次的滑板节目在迎新晚会中比较靠后，是倒数第二个，也算是学校比较重视的节目之一。

毕竟传统的歌舞不排除看腻的可能，滑板则可以在大家周围呼啸而过，不失为一个点燃气氛的好节目。

乔亦溪跟着滑板练换脚，练了几个来回后，社长问她："你以前是不是学过啊？"

"上个月学了几节课，高中的时候玩过同学的。"她抽纸巾擦汗。

"嗯，挺好的，到时候你就最后一个出来，点那个烟花。"社长在头上比了比，"还有那种彩绳可以编进头发里，到时候给你编一点，肯定特好看。"

滑板社十年难遇一妹子，还是个天资不错的妹子，当然要好好珍惜。

节目彩排了几次，都没有什么特别大的问题，社长一挥手："明天上午就放假吧。然后接下来的几天，我们上午来这边练一次保持感觉，下午两个大一学妹去军训。"

这个安排还不错，起码她上午不用军训，可以睡懒觉。

第二天是周六，许久不见的代悦来学校找她玩，说是想参观一下A大。

"我都还没摸清这儿，你就不怕我把你带迷路了？"乔亦溪举着手机，边打哈欠找边衣服。

"你懂什么，A大是我当年没考上的学校，我很喜欢你们教学楼后面的花坛，姜花一簇一簇的，别的学校哪有。"代悦叹息，"算是圆我学生时代的一个梦吧。"

乔亦溪和代悦是前几年认识的，那时候代悦还在一家青少年护眼机构工作，每天负责给过度用眼的孩子们按眼睛穴位和用艾草蒸眼等，以给他们的眼睛解压。

乔亦溪也在那儿办了一个疗程的卡，两个人因为喜欢同一部韩剧聊上天，慢慢关系就好了。后来代悦转到宠物医院，乔亦溪也高考完上了大学。

代悦在A大转了一圈，然后说："其他新生是不是在军训？"

乔亦溪点头。

然后，她们俩就很不人道地一边喝着西瓜汁，一边欣赏太阳下的新生被晒得生无可恋的样子。代悦这个没人性的还拍了照片留念，照片里，两个女生举着果汁，笑得惬意，和身后一众皱着眉头的学生形成了鲜明对比。

代悦笑得花枝招展："我们俩真不是个东西。"

"我先声明，我什么都没干。"乔亦溪举着手指撇开关系，"计划都是你想出来的。"

欣赏完军训，代悦提议："我们去附近的猫咖坐坐吧。"

乔亦溪有点惊诧："你平时在宠物医院还没看够吗？出来还愿意看？"

"那可不一样。"代悦说，"在医院是我伺候它们，在猫咖是它们伺候我。"

"那你想得有点多。"

猫这种生物，不鄙视你就不错了，指望它们伺候你？白日做梦。

进了猫咖，乔亦溪看到有只英短眼下有棕灰色泪痕，便跟代悦说："猫这样是正常的吗？我有个朋友家里的猫，眼睛底下好像也有这个。"

"有的猫有，但是影响美观。"代悦说，"你让你朋友换一种猫粮试一下，然后每天早上起来，先用热毛巾给猫咪敷一下眼睛，再把眼周清理干净。坚持一段时间，就会好了。"

乔亦溪点了点头，从代悦那里获得了一个猫粮牌子，然后转发给了周明叙。

"我上次好像看到虾饺有泪痕，朋友说换这种猫粮会好点。然后每天早上给它热敷再擦干净，过段时间应该就会好了！"

周明叙本来正在吃饭，看到乔亦溪这条信息，愣怔了几秒。

他最近确实发现了虾饺的这个问题，也一直试着去调理，但成效都不怎么大。她倒是帮他解决了一件麻烦事。

过了会儿，乔亦溪收到他的回复："嗯，好。"

几秒后，他又发来了一个中老年风格的表情包，紫罗兰花一边开一边呈现出七彩艺术字：谢谢。

是马期成以前发他的。

乔亦溪盯着手机看了半晌，想到他面无表情地选择表情包并按下发送，甚至心里还一边嫌弃的样子，忽而笑了。

看来这个人……也不是那么无趣嘛。

军训期间放了一天假，这短短一日假期对学生来说简直是天堂式的调剂。

周母和乔母从麻将声中幡然醒悟片刻，跑来学校看了他们一眼。

周明叙不算忙，这次也赴约了。乔亦溪下午有事，饭局便定在下午两点前结束。

结束时周母问她：“亦溪下午有什么事啊？还背了个包。”

“我准备去买台电脑。”乔亦溪道，“下午去电脑城看看。”

“这个你可以问我家明叙啊，男生对这方面有研究，”周母笑呵呵地说，“而且他表哥就在电脑城卖电脑，方便。”

“这么巧？”

“嗯。”周明叙也放下杯子看她，“你想买什么样的电脑？”

“性能稍微好一点的，轻薄，然后好看。”女生总是比较追求外观好看。

“平时用不用电脑打游戏？”

“目前还没有用电脑玩过。”

他顿了会儿，才道：“也对，你晕 3D。”

周母道：“问这么多干什么，你直接带人家去就好了嘛。”

周明叙一时默然。

“怎么，下午有事？”

“没事。”

“那就跟人家一起去呗，亦溪跟你表哥又不熟。”

两个人就这么半推半就地被拉到了车站。

周母她们走后，乔亦溪很体贴地跟他说：“你要有事就去忙吧，我自己可以去的。”她怕他不是很想忙活这一趟。

“没事。”他答得倒快，“我送你。”

她理所当然地以为他是受母命所迫：“你别为难自己，真的可以不用带我，我又不是没去过。”

“哪里为难？”他像是笑了，“你又不是什么麻烦。”

她愣了一下。

很快，周明叙拦了辆出租车，二人上了车。电脑城离 A 大不太远，半个小时就到了。

最后，乔亦溪选了一台轻薄的笔记本，主要是因为好看。

付款的时候是周明叙表哥开的票，他表哥看了一眼乔亦溪，问他：“这是？”

“朋友。”他说。

直到回到宿舍，乔亦溪还有点恍惚，虽然她潜意识里也把他当朋友了没错，但周明叙瞧着冷冷淡淡的一个人，原来……对她的称呼，也从“客人”变成了“朋友”。

以后再让他带自己躺鸡，就不会那么有罪恶感了。

临睡前，她迷迷糊糊地想着。

第二天上午，乔亦溪去排练了一次滑板节目，下午去军训。

说来惭愧，军训了这么久，这还是她第一次参与。

今天天气较以往好像热了点，因为平时下午乔亦溪不会出现在这种露天场地，所以今天的感受格外深刻。

非常热，日光好像要透过表里把人烤化了一样，灼得人血管都在沸腾。太阳亮得像个过曝的火球，晃得人睁不开眼。她手心滚烫，眯着眼在那儿站军姿。

教官一边在方阵内巡视，一边掰手。

掰手是什么意思呢？

军姿要求两手有力地夹在身侧，不可以软趴趴，不可以不用力。当教官路过你身边，感觉到你的军姿不标准的时候，就会往外掰一下你的手，看你是不是使力了。假如没掰动，证明你还是挺认真的。假如掰动了，恭喜你，你中奖了。

乔亦溪当然不想“中奖”，所以也没开小差分散注意力。

今天的军姿要站半个小时，据说时长是教官逐步加起来的，第一天没有这么久。

但乔亦溪没有之前循序渐进的铺垫，这时候觉得有点吃力。

汗渗出来，从她鬓角慢慢向下滑落，有点痒，但又不能擦。

难道是之前喝西瓜汁拍照的报应吗？因为那时候太得意了，所以遭到了反噬？她讪讪地想。

过了几分钟，教官被人喊走了，只能临时换一个人来监督他们。

人群里起了小骚动，乔亦溪定睛一看，被挑出来管束他们的居然是周明叙。

军训服和阳光是少年得天独厚的优势，他站在那里，只是皱了皱眉，就好像拍了一部青春电影。

趁着换人的骚动，以及自己和周明叙那一点点薄弱的关系，乔亦溪决定搏一搏。她飞快侧头问舒然：“带纸了没有？”

好死不死，方阵在此刻又切换为静音模式，她声音虽然不大，但是也不小，不知道周明叙听到了没有。她赶忙转回头目视前方，余光却瞟到他往自己这边走来。

不是吧，大哥，好歹我们还认识，这点面子都不给我吗？

少年缓缓走到她旁边，而后站定了。

乔亦溪紧张得快吐了，思维有一瞬的恍惚，感觉面前的景象似乎变成了叠影，太阳一分为二，一个照她的皮囊，一个照她的五脏六腑。

他的手缓缓抬起，向她的手腕贴近。

后面的舒然好像在唱：“轻轻靠近你的手侧，掰手检测……”

乔亦溪全神贯注地把手贴近裤缝线，心想这人可能真的铁面无私，看她不认真要来搞她了。

烈日持续普照。

周明叙看着面前的少女，她被晒出了一层汗，细小汗珠蕴在鼻尖和梨涡，脸颊上也有一颗缓缓下落。可能被晒得不太舒服，她耳朵都红透了，表情也不太好，眉皱起来，疲惫地坚持着。

这会儿更是不知道在用力干什么，脸颊都快憋红了。

乔亦溪感觉到手腕被人往外推了推，她心想，终于来了，气沉丹田正要和他一较高下的时候，忽然感觉到有个软软的东西蹭过手心，落进了她口袋。

她正奇怪着，有几个女生也好奇地往这边看。

周明叙抬眼扫过去：“目视前方，不要左顾右盼。”声音很低，带着不近人情的冰凉。

可那张纸巾平稳地到了她兜底。

第三章
养成系乐趣

直到后来教官归队，周明叙离开，乔亦溪还有点没反应过来。

待铃声响起，可以休息的时候，她赶紧在树下占了个阴凉位置，然后把手伸进口袋里摸索。

的确是一张纸巾，长方形的一小块，带着一点点柠檬的味道。

舒然盘腿在她旁边坐下，叫唤了一声："你刚刚是不是找我要纸来着？"她接着打开包装袋扯了张出来，递给乔亦溪："喏。"

手刚伸过去，舒然停了一下："你这不是有纸吗？有还找我要？"

乔亦溪没说话，往前两个方阵看过去，依稀可以看到少年的背影，挺直的背，宽阔的肩。

发丝被日光染色，描摹出金色勾边。

离军训结束还有三天的时候，乔亦溪所在的 522 寝室准备庆祝一下。

庆祝方式是……四个人一起玩一局游戏。

阮音书和向沐都是新手，舒然的水平比乔亦溪稍微高一点，但也就高上那么一点点，差不多是菜鸡互啄的水准。

乔亦溪经常跟着周明叙他们一起打，赢得多了，积分也提上去了。

但因为阮音书和向沐的段位低，她觉得这个局的难度应该不会很大。

果不其然，刚开始她们碰到的很多是电脑机器人，简称人机，很容易杀死，阮音书摇摇晃晃找不到人，乔亦溪天降正义赐死人机。

杀了好几个人之后，乔亦溪有点膨胀了。

是不是高端局打多了，她进步了？她现在也可以制霸《绝地求生》了吗？

她陷入一种虚浮的想象中，就连进房子搜东西的动作都有些心不在焉，在门口晃了几下才进去。

舒然刚好在看她，无语地问：“你是大禹吗，三过家门而不入？”

“我在想事好不好。”她不服地辩驳，“你没看到我刚刚救了音书的命吗，我杀死三个人机了。”

“哇哦，”舒然面无表情地鼓掌，“好厉害哦。”

“有时候我杀了个人，周明叙都会象征性地表扬一下我，”乔亦溪摁着屏幕，“而你居然还不友好地嘲讽你的室友，性质很恶劣。”

向沐问：“周明叙是谁啊？”

“上次电竞社直播赢了的那个。”

“你还认识这么厉害的大佬啊？”向沐抬了抬眼，“有时间让他带带我们咯。”

乔亦溪抿唇一笑：“我们也就是认识，我太菜了，也不好让别人一直带我。以后有机会肯定喊你们。”

向沐弯眼说了声“好”，然后继续埋头学习游戏操作。

阮音书鼓着小脸玩得很认真，一直没怎么说话，乔亦溪闪过去一看，见她正站在两个盒子前纠结换哪套衣服。

她问乔亦溪：“你说粉色的好，还是这个红色的好？”

“红色的吧。”乔亦溪笑，“你玩《绝地求生》还是《奇迹暖暖》呢？这在你眼里是个换装游戏啊？”

舒然道：“这有什么，我还见过在河边自拍的。”

说话间，乔亦溪捡到了一个三级头，一抬眼，又看到一个空投掉落，目测很近。

她看一眼舒然：“你也杀了好几个人了，我估计这局不难，不如我们去舔空投吧。”

舒然也有点膨胀了：“运气这么好？行，走，去看看。”

赶往空投的路上，舒然问她：“你舔空投一般会死吗？”

因为空投很打眼，一般很多人会盯着这边，看到人就狂打。

乔亦溪想起自己以往的战绩，说：“还没死过。”

“那就好。”

两个人高高兴兴地跑到空投边上，乔亦溪换了个三级甲，正看着里面的AWM，心想，要不试试这把厉害的枪？

还没想好，就听左右响起一阵枪声，她甚至不知道往哪儿跑，就被人打成了盒子。

舒然也不例外。

二人的盒子靠得很近，和谐得完美又残忍。

舒然神色复杂地看着乔亦溪：“不是说你从没死过吗？”

乔亦溪还没缓过来：“我以前真的没死过啊……今天怎么……”

“你以前是被人保护得太好了吧，”阮音书小声说，“所以没想到会这么危险。”

她们俩阵亡，阮音书和向沐又是新手，紧张得手都在抖，最后也自雷了——用手榴弹炸死了自己。如果不是万不得已，谁又愿意这样选择呢？

游戏结束后，向沐“啧”了两声：“这游戏太可怕了，我不玩了。”

阮音书转身收拾东西：“我也不玩了，洗澡去，过会儿还要背单词呢。”

舒然也退出了游戏，转身徜徉在文学的海洋中。

乔亦溪一个人还陷在意难平的情绪里，看着人物发呆，忽然收到了一条邀请消息。

马期成：“我们三缺一，乔妹来不来？”

乔亦溪：“来。”

一加入他们的战队，她就听到马期成哈哈大笑：“你们刚刚在打吧？我们观战了，死得也太惨了吧，哈哈哈！”

乔亦溪撑着脸颊：“你们观战我找乐子是吗？”

“是马期成这个变态好奇非要看的，我也跟着看了一下。”傅秋说。

“那周明叙看了吗？”

可惜她问的时候正好赶上游戏开始，有那么几秒是没有声音的，也不知道周明叙听到没有。

但她也没纠结这个问题，和他们一起打，她心理压力小了不少，一路都在慢悠悠地捡物资。只可惜这场她运气不太好，装备什么的一直很差。

她想起上一把游戏里空投的肥美，又动了心思。

过了会儿，飞机驶过，否极泰来，空投就掉在她房子前的马路上。

她跃跃欲试："我还想舔空投。"

她到底还是不服的，想在哪儿跌倒就从哪儿爬起来。

不知道是不是周明叙笑了一下，有很浅的气音漾过。

"可以。"

"可我一个人的话，怕死。"她轻咳一声，提出一个不情之请，"你能帮我架个枪吗？"

"架枪"是她新学会的词，大意就是让对方端枪帮自己看着周围的局势，免得自己舔东西时被人打死。

乔亦溪从窗户跳下去，跳到空投旁，怕周明叙不同意，还在跟他讲条件："捡到 AWM 的话，我给你，行吗？"

周明叙还没回答，马期成又"噗"的一声笑了："兄弟，你胆子真是一天比一天大，现在还敢让叙神给你架枪，怎么，让他做你的小喽啰吗？"

声音刚落，周明叙已经跳到屋檐上，对着树后面的车一顿扫，霎时显示两人被淘汰。

马期成闭嘴了，感觉自己头晕眼花，陷入了什么绝世梦境——周明叙居然真的在帮她架枪。

乔亦溪见周围的人已经死了，舔得更肆无忌惮，甚至蹲在那儿看枪。

忽然，她听到身边有一声响，条件反射就选了个方向乱跑。

周明叙觉得好笑："你跑什么？"

乔亦溪神经高度紧张，也高度敏感："你没听到吗？有人丢雷炸我啊，上次我没躲就差点被炸死……"

"嗖"的一声，刚刚那东西没爆炸，反而散出丝丝缕缕的烟雾。

她有点茫然地看过去。

"那是我扔的烟，掩护你的。"他低声笑了，似乎真是被逗得不行。

游戏里有烟雾弹，散开是很大的一团烟，躲在里面相对安全。

剩下那两个也狂笑不止，但偏生周明叙的气音从耳机一路钻进来，她耳蜗都有点痒了。

她咬了咬下唇，含混不清地小声道："那你不早说。"

那一把自然也吃到鸡了，她全身上下满级装备，站在石头上招摇还活到了最后。

舒然看着她的胜利页面，不禁感叹："抱上了一条金大腿，真香。"

维持着半天排练半天军训的节奏，乔亦溪终于熬过了漫长的军训期。

军训的最后一天晚上，是迎新晚会。

这昭示着军训的结束，也代表对他们这一届新生的欢迎。

刚开始气氛还不错，尖叫、荧光棒和掌声什么都有，但临近结束时，大家的热情逐渐冷却，都有点不耐烦了，只想赶快结束回宿舍。

乔亦溪的节目是倒数第二个，这时候才来。

"接下来让我们掌声有请滑板社带来的节目——《靠近你身边》。等下请大家注意不要随便走动，因为他们会出现在你身边哟！"

滑板社的节目不是在舞台上表演的，而是围绕着观众席，目的是为了让现场重新燃起来。

舞台灯熄灭，有人踩着滑板从左侧斜坡骤然下落，把大家吓了一跳，紧接着第二人朝他迎面滑来，二人击掌后，第三块滑板从中间留好的狭窄缝隙中呼啸而过。

他们轻巧地跃过一个个障碍，在停留的瞬间摆出潇洒的姿势。有人踩着滑板做了个跌倒的假动作，下一秒又站起来，只剩下滚轮摩擦地面的声音。

有人开始欢呼，现场重新被点燃，观众又期待又害怕，紧张地看着他们一个个表演。

乔亦溪是最后一个，她直接从舞台上冲下来，途经周明叙身边，一边落地换脚一边踩滑板，这么难的前行她做得行云流水，很是漂亮。

最后一秒她没有再站上去，而是用足尖推了一下滑板，滑板直直撞上准备好的木箱，"砰"的一声，礼花从箱内绽放而出，洋洋洒洒地落了下来。

气氛被推至顶峰，大家纷纷站起来鼓掌欢呼。

"精彩！"

乔亦溪站在一旁轻喘，和全员一起做着最后的定格。

灯光自她身后投洒，她的脸颊逐渐清晰起来，漂亮的一双眼，微挑的唇，陷下去的梨涡。

发顶还挂着一点点彩带，像个精心包装好的礼物。

出格不跋扈，特别又少女。

她鞠躬离场后，观众才陆陆续续回过神来。

“居然还有妹子，啊，这个玩滑板的妹子真好看。”

“我忽然感受到了滑板女孩的苏点。”

有人甚至大叫：“怎么都不留个微信号再走啊！”

底下一阵哄笑，有好事者接过话茬：“仙女才没有微信号！”

表演完毕后，乔亦溪折身去后台整理，刚整理完，就听到外面一阵骚乱。

按理来说，这时候该准备下一个节目了，怎么还这么吵？

她好奇地走过去看了两眼。

有个女生正蜷缩着倒在男生怀里，一边站着三个男生，仔细一看，还有周明叙。

气氛有点沉重，她探头问：“什么事？”

周明叙抬头瞧了她一眼：“我室友女朋友阑尾痛，但是她最后一个节目还没表演。”

一旁的负责老师叹了口气：“肯定不能硬撑了，得去医院，叫车了吗？”

那男生道：“叫了，五分钟后就到。”

“那你们等着吧，她这情况也不能上台，万一晕在台上就糟了。”老师表情惆怅，“这可怎么办，大提琴谁拉啊？虽说拉不拉琴都不影响唱歌，但是拉琴会增加节目的层次感和记忆点，不然都是唱歌，我们凭啥最后上？可时间这么紧，我去哪儿找个能拉琴的……”

“大提琴？”乔亦溪敛了敛眼睫，“什么曲子？”

“《伟大的渺小》，就拉前奏。”

她想了一会儿，道：“我……也许可以试一下。”

“真的？！”负责老师的眼睛都亮了，她想了想，不如死马当活马医，问道，“你会？”

“我是音乐系的，会拉琴。”

“那正好，来来来，换上这件礼服，看合不合身。”

乔亦溪被推去换衣服，一身香芋紫长裙出来，长发披散，倒意外地适合。

老师还在确认："太好了！你真会拉琴是吧？"

外面有人催："琴上了，人呢？赶紧来啊！"

"就这样吧，"老师也没了法子，"来不及练习一次了，架子上有谱，你要是不会就随便拉一点，不出错就行！"

乔亦溪深吸一口气，掀开幕布上了台。

"最后一个节目，让我们一起欣赏《伟大的渺小》。"

阑尾痛的女生被朋友带去厕所换外套，那男生看着乔亦溪，表情复杂。

"我估计这妹子要崩，换场太突然了，我都还没来得及拒绝呢。这谱子不简单，我女朋友这么会拉的都练了几个小时……"

他声音中的质疑太明显，一旁的周明叙终于开了口，却是问道："你女朋友以第几名的成绩考进来的？"

男生顿了一下，这才说："四五十吧，怎么了？"

周明叙说："她第一。"

"啊？"

周明叙的目光落在舞台边淡紫色的裙裾上，声音好似随意，却又带着不可反驳的味道："我说她是以音乐系第一的成绩考进来的。"

主持人报幕完毕，乔亦溪托好琴，往侧边看了一眼。

预备唱歌的歌手就站在她身边，大概也知道了刚刚的意外情况，所以看到她不怎么惊讶，只是点点头，示意她可以开始了。

她扫了一眼谱子，压下心里因为陌生环境带来的紧张，闭了闭眼，琴弓撩动琴弦……

周明叙所站的地方，是个绝佳的观赏位置。

少女的头微微仰着，脖颈细长，皮肤细腻，在灯光下泛着冷调的白皙，嘴唇红润，像陈列在橱窗里的洋娃娃。

长发散在一侧，手肘高抬，琴压在铺开的淡紫色裙摆上，酿出不规则的褶皱走向。

她和紫色很衬当下的场景，温柔中又带着一种雅致的神秘。

调跑没跑他听不出来，只觉得流淌出来的音符都很悦耳，完全看不出她是五分钟前临时来救场的。

前排的观众也发现了一些端倪。

“啊，这是刚刚那个玩滑板的吗？”

“我也觉得像，但是没敢说……”

“是她是她，辫子里编了彩绳，看到了没有？！”

“一个人两个节目啊？这也太厉害了，哈哈哈！”

凑热闹的大三学子也抄着手感叹：“全场最佳就是她了，这是什么宝藏学妹啊。”

一段十几秒的演奏过后，乔亦溪缓缓停下，重新把舞台交给歌手。

萍水相逢，她也算是做了好人好事给自己攒人品。

歌手唱歌的时候，她就在旁边跟着节奏小幅摇晃，整首歌结束后才提着裙子离场。

上场前没有高跟鞋给她穿，情急之下，她是蹬掉了脚上的运动鞋，赤着足上台的。幸好她全程坐在椅子上，所以在台上也没什么问题。

但是下台阶的时候就有点晃了，她要尽力弓着脚背以免踩到钉子之类的东西，还要提着裙子看脚下的路。

到最后一级台阶时有人在催，她脚踝软了一下，往旁边踉跄两步。

一双手及时托住了她的手肘。

乔亦溪凭借熟悉的气味，闻香识得周明叙，抬头一看，果然是他。

她站好，笑着看了他一眼：“你刚刚一直在台下看啊？”

他颔首，眉峰轻轻一挑：“真看不出是临时顶上的。”

完全不喧宾夺主的表演，却又从侧面给舞台增添了立体度。

“这是在夸我？”她很受用，偏了偏头，“以后打游戏你要是也能给予我这样的肯定就好了。”

他笑，从善如流地道：“游戏你也打得挺好的。”

她虽然没太当真，但是好奇他会怎么说，便问：“是吗，好在哪儿？”

“给敌人当活靶子。”

迎新晚会结束之后，学校的论坛就炸了。

起因是有人发了这么一条帖子：“那个穿紫裙子的滑板小姐姐，我想认识你。”

底下陆陆续续有人回复，有很大一部分人才知道她滑完滑板又拉了琴，表达了一下自己的震惊。

“为啥别人一进学校就拿了两个大节目，而我大三了还没找到门道？”

然后楼主又发了照片佐证。

一张照片是乔亦溪逆风驰骋，长发在身后飘扬。

另一张是她坐在台上拉琴，头发柔柔地搭在肩上。

楼主又说：“如果有人知道她的联系方式，请给我好吗？要是成功了，我必有重谢。”

三页的跟帖之后，某知情人士镜片一闪，敲下内幕：“她是我们高中的，人送外号‘酷甜心’，据我了解，目前还没有男朋友。”

楼主一下就慷慨激昂了，开始追问她高中的事，还想知道她具体是哪个院、哪个班的，说有时间去班上找她。

“现在有些男的真是太可怕了，打着喜欢的幌子把人家的生活扒个底朝天。”舒然一边看帖一边吐槽，“他说如果你不愿意，会追求到你愿意为止。他知不知道，如果他不是帅哥，如果你不愿意，这就是死缠烂打加骚扰？”

向沐说：“可能他还觉得自己特别深情吧。”

阮音书不知看到了什么，抱着手机在一边咯咯笑：“他发新帖了，说，看到你的第一眼就被你深深吸住了。”

乔亦溪也被这种八〇年代征婚交友词条震慑到了，“嚯”了声：“敢情我还是块吸铁石啊？”

“那你准备怎么办呀？”

“怎么办？”她反扣手机，扯下书架上的一张粉色便利贴，“我明天就去消磁。”

乔亦溪被那个帖子搞得有些心烦，后来她跟周明叙他们一起遨游《绝地求生》，心情这才平复了一些。

她戴上耳机，打进决赛圈，正在欣赏难得一遇的紫霞天时，听到了周明叙的声音。

“前面有人。”

乔亦溪往前面看，草天相接，绿意盎然，一望无垠，静世安稳。

有人吗？

周明叙看风景：石头后有人，树后有人，房区有人，从那人视线盲区绕到其背后，对方全死了。

她看风景：石头好逼真，踩在草丛里的声音好清脆，树叶真绿，啊，这儿没人吗？

她觉得自己不能这样，她要进步，于是问："人在哪儿呢？"

周明叙道："75 度方向的树后。"

她转到 75 度方向，然后开始怀疑自己和周明叙可能玩的不是一款游戏。

或许是察觉到她在出神，他再度提示："你开镜看。"

乔亦溪开镜后，一株放大的树丛把她吓了一跳，下一秒，只听"嗖嗖"两声，她中了两枚子弹。

伏地打好药以后，她开始疯狂走位，觉得此仇不报非君子。

"你再报一次，人在哪儿呢？"

结果刚问完，她就直接被打倒了。

幸好在她被打倒的时候，周明叙也把那人打倒了，她免于被补枪，在烟雾里被扶了起来。

打满血之后，她独自惆怅，问他们："我有一个很真诚的问题。"

"嗯？"少年发出单音节字，声音低低的。

"我玩游戏这么菜，你们是怎么样才能忍着带我打的啊？"

她想，菜约莫是一种天赋，不需要理由。

跟朋友打还稍微好点，她从来不匹配陌生人，就是怕坑了别人之后被人狂骂。

周明叙说："还好。"

乔亦溪不太懂他的意思："啊？"

马期成补充："他是说还好，用力忍忍就过去了。"

周明叙调整了一下耳机，垂着眸笑，声音递到她这边。

也不知道这有什么好笑的。

"哎，讲真，"马期成稍微正经了一点，"乔妹，你没发现你是圈之锦鲤吗？"

圈也叫安全区，是这游戏里的设定。随着时间的推移，安全区会越缩越小，在安全区外就会不停掉血，跑入圈内才能停止失血。而安全区是一点点刷完的，圈外淡蓝色的"危险"会逐步将你笼罩，跑不跑得赢就要看命了。

一场游戏里，圈会刷很多次，每次安全区缩小前，都会给玩家几分钟时间逃离危险地带，因为越到后面，在安全区外掉的血越多，越容易因没血而结束游戏。

傅秋也说："上一场游戏，马期成就是因为舔包跑晚了，明明只差一点就能到安全区，结果还是掉光血死了。但是只要跟你一起打，安全区百分之八十会往我们这边刷。"

安全区刷得很随机，运气好就刷你面前，敌人都得往你这边跑；运气不好给你刷个对角圈，你可能刚跑完还没来得及反应就被敌人打死了。

经他们这么一提醒，乔亦溪才发现好像确实是这样，每次决赛圈他们都不用疯狂往安全区跑，基本上站在哪儿，哪儿就安全。

末了，周明叙总结道："所以带你打……还是有好处的。"

军训结束之后还有一周才上课，乔亦溪如获大赦地睡了好几天懒觉，基本九点半才醒过来。

有天早上室友都起床之后，她发现向沐床上空空如也。

"向沐哪儿去了？怎么这么早就走了啊？"她有点纳闷。

舒然说："恋爱去了。"

乔亦溪有点蒙："恋爱？什么时候的事？"

"早就谈了，快一个月了吧。"舒然在桌子上煮着面，"上次她在寝室说了的，你戴着耳机没听见。"

"她跟谁在一起了？"

"就上次给她铺床的志愿者，记得吗，叫丁玄。"舒然说，"其实我觉得不太靠谱，天知道这种志愿者一天服务多少个人，加多少微信，而且他对小沐特别殷勤。"

"不过有的女生就是喜欢这种，无所谓了，她喜欢就好。"

刚进大学，多少男孩子都没玩醒，大面积撒网、选择性捕捞的也不是一个两个。

当天向沐回来后，乔亦溪眼尖地发现她桌上有个心形的水晶，一个寝室的全在揶揄她，她自己也说："他说逛市场的时候看到这个，店家说这是天然水晶，长成这样很不容易，他就买下给我了。"

乔亦溪觉得丁玄还算有心，所以两周后逛街看到一样的东西时也没太在意，只觉得可能是撞款。

卖小首饰的店内桌上，心形水晶摆了一排，五颜六色，琳琅满目，她猜这些应当是人工切割，和丁玄买给向沐的肯定不一样。

一边有个男生在打电话："喂，宝贝，明天是你的生日，我给你准备了特别好的礼物，你一定会喜欢，百年难得一遇的珍贵呢。"

五天后，事情爆发了。

乔亦溪一回寝室就听到舒然破口大骂："这是个什么品种的渣男啊？一模一样的礼物送七八个人，怎么，他们渣男世家是搞水晶批发的吗？这就算了，他还借钱你知道吗？他找小沐借了五千块钱，我都不知道有没有要回来的可能。"

乔亦溪一愣："什么意思，那心形水晶丁玄送了好多人？"

"是啊，前几天他还放小沐的鸽子，给别的女人过生日，小沐从别人朋友圈里看到的。"

"分吧，"乔亦溪说，"都这样了，还犹豫什么。"

"小沐已经在跟他讲了，手肯定要分，钱也得要回来。"舒然道，"小沐不会吵架，我说要是有什么问题就给我发短信，姐妹给她撑腰。"

乔亦溪笑了："行啊。"

五千块对一个大学生来说并不算少，更何况还是花在渣男身上。

没多久，向沐就发来求救短信："渣男太油嘴滑舌了，快来支援我。"

乔亦溪她们赶到的时候，丁玄正深情地道："我真的很喜欢你，也没想过骗你的钱，和她们都只是玩玩，但做男人也要有担当。"

活脱脱一副油腻渣男故作姿态的模样，打着感情牌，妄图证明自己的无辜。

他捂着心脏的位置，像在搞诗朗诵："你牵我手的那一刻，是真的俘获了我的心。"

乔亦溪举着他和别人的合照走过去，好声好气地询问道："那请问您是蜈蚣精还是千手观音，或者来自外星，不然怎么有这么多双手，还有这么多颗心？"

渣男被问蒙了，一时间竟无言以对，只是呆呆地看着乔亦溪。

旁侧忽然传来一声笑，嗓底带着若有似无的磁感，沉沉的。

周明叙笑得胸腔都在共振，他勾勾唇，似乎还想鼓掌："讲得挺好。"

乔亦溪没想到他也在这里，愣了两秒，在打招呼和先办正事之间选择了后者，又对着丁玄说：“其他话就别扯了，感情可以抹掉，但是欠的钱不行。什么时候还钱，水晶男孩？”

丁玄不知道自己怎么又多了个这种外号，听起来有点刺耳，可又没什么发脾气的理由，只好一股气憋在喉咙口：“我不是那种人，等手头宽裕了我就会还的。”

她点头，从一边撕了张纸，连着笔推过去：“那先写欠条。”

水晶渣男一下就皱了眉：“这就没必要了吧？”

“当然有必要了，”她轻抬眉，“不是你说的做男人要有担当吗？”

周明叙咖啡也不喝了，饶有兴致地看着她“主持正义”。

水晶渣男又说：“不是，你相信我，都是一个学校的，低头不见抬头见，这钱我肯定会还，但是写欠条就太古朴了吧，闹得这么客套多没意思。”

舒然道：“您说巧不巧，我们今天还就想玩复古。”

乔亦溪想了想，体贴地道：“不写欠条也行，明天我就去学校论坛注册个账号，就叫‘丁玄今天还钱了吗’，然后天天发帖‘没有’，打卡到你还钱为止，你觉得怎么样？”

作为一个水晶渣男，还是个要面子的水晶渣男，丁玄当然觉得不怎么样。

“就不能再宽容点吗？”他皱眉道。

“我们还不够善良吗？利息都没收呢，要不我查查银行利率？”乔亦溪作势要拿出手机，“你非要给利息补偿的话，向沐的银行卡也不介意。”

向沐非常体贴：“我也不介意。”

眼看着说不过她们，丁玄无奈叹息，只好写下欠条，逃避道：“手印就不用按了吧？这儿没印泥。”

乔亦溪顺势道：“没事，我带了没用的口红。”

欠条收走后，几人还拍了照备份，这才离开。

见她们转身了，丁玄低头骂了句脏话。

“没收你利息你就偷着乐吧，少在那儿骂人。”舒然手指指过去，眯了眯眼，“就你这样的，裸贷都贷不到五千。”

出了咖啡厅，向沐朝乔亦溪和舒然比了比大拇指：“你们太会了吧，我以后也要跟你们学习狗嘴里吐不出象牙。”

乔亦溪扬眉：“怎么？”

向沐赶紧纠正：“不是不是，是学习如何不说脏话地羞辱人。”

“这是一门学问，你以后好好跟舒然学，她擅长。”乔亦溪拍拍向沐后背，“你这种一吵架就语塞的也挺可爱的，但是在正式场合容易被欺负，还好舒然够凶。”

突然背锅的舒然道：“哦？”

有了欠条，看样子钱也能要回来了，向沐便请她们吃了顿晚饭。

吃饭时，乔亦溪问：“五千也不算少了吧，你怎么借他这么多？你们才谈没多久啊。”

向沐一脸无奈：“他之前骗我说水晶很贵，还有鉴定证书什么的，我当时就有点过意不去。后来有天晚上他没回我信息，说是肚子饿所以睡得早，我就问他怎么不吃饭，他说没钱了。我就给他转了两千，他还是说自己要少吃，攒钱买电竞椅，我就……”

“渣男真的好会打感情牌，还懂得循序渐进呢。”舒然感叹，“我还以为你喜欢他喜欢得走火入魔了呢。”

“那倒没有，知道他劈腿之后，我就没感觉了。”向沐说，“当时也是觉得可以试试才在一起的，事实证明，在一起前渣男说的鬼话一句都做不到，不能信。”

舒然道：“所以说，找男朋友还是要找帅的。”

乔亦溪偏头：“怎么说？”

“就算人品不好，起码还有脸可以欣赏。”舒然举例子，“就像周明叙那种，多少女孩上赶着被他欺骗感情啊，骗钱也行。”

“他不会的。”乔亦溪说。

“咋的？”

舒然刚想说你这么了解他吗？下一秒，乔亦溪镇定地开口：“他有钱。”

晚上，乔亦溪又有幸和话题的主人公——周明叙打游戏了。

游戏刚开始没多久，她就看到有人往这里冲，还没来得及呼唤，周明叙就把他打死了。

她过去舔包，舔完的时候发现又有个人从山坡上冲了下来，大概是那人的队友。

脚步声绕过一圈，她跟着走，周明叙在后头叫她：“你别冲那么前。”

是怕她死。

乔亦溪声音缥缈：“没事……我就看看。”

她躲在房子拐角处没向前，拖动角度观看，发现那人就蹲在不远处，于是侧了个身立马开枪，那人就在她枪下成盒了。

马期成闻声而动：“哇，乔妹现在能杀真人了！虽然这个真人技术无比的烂。”

周明叙淡淡地道：“那也是真人。”

也算有点长进。

傅秋问：“怎么样叙神，现在是不是感受到了一丝养成的乐趣？”

周明叙没理傅秋的话。

轻松的聊天戛然而止，马期成骂了一句：“石头后面还有人，拿狙击枪的。”

狙击枪伤害很高，装上倍镜后是远战爆头的不二之选。

乔亦溪这回学乖了，跑到掩体后才发问：“哪儿呢？”

周明叙说：“东南方向。”

她正琢磨着东南方向是否有石头，就听周明叙继续道：“我标了点。”

顺着周明叙标的点看去，清澈河面水波粼粼，乔亦溪怀疑自己可能患有障碍性失明症。

但是老找不到人显得自己好像脑子有点问题，所以她决定浑水摸鱼糊弄一下，装作看到似的随便瞎开了几枪。

不错嘛，还是挺聪明的。

她正为自己的聪慧而沉醉的时候，周明叙倏然扯了扯麦，侧过身来好整以暇地问她：“你朝草丛开什么枪？”

乔亦溪说不出话了——这他也能发现？

虽然杀了一个人，但她最后还是难逃被打倒的命运，不过好在她跑出去吸引了敌人，周明叙也顺利把最后一个人杀了。

她还没来得及看到自己掉血，也没来得及吐槽敌人的枪法，系统就出了胜利结算页面。

周明叙似是觉得稀奇："怎么不说话，今天中午在咖啡厅不是很会怼人？"

"那只是帮朋友捍卫正当权益，"她声音半扬，"怎么，你也想试试吗？"

马期成立刻接茬："好啊好啊。"

"你让我怼周明叙？那可不行。"乔亦溪说，"他是我大佬，得带着我吃鸡，我得罪谁也不能得罪他。"

马期成哼了声："游戏打得好了不起吗？"

傅秋道："就是了不起。"

周末的时候，乔亦溪考虑到很久没回家了，加上周日上午和朋友约在家附近看电影，于是回家了一趟。

她没有提前跟乔母讲，一个小时后提着一杯鲜芋青稞牛奶敲了敲家门。

乔母提着箱子打开了门。

乔亦溪抬眼，问道："你提着箱子干什么？"

"我跟你爸要出差，去三天，正在收拾行李呢。"

"今天就走？"

"对，等会儿的飞机。"

乔亦溪觉得这无异于天降噩耗。

"你不会这几天准备回来住吧？"

她耷拉着肩膀点头，感觉手里的绝味饮品都变得索然无味了。

周母一下楼，面对的就是这样的气氛。

"怎么啦？怎么都杵在门口？我刚卤了鸡爪，你们要不要吃吃？"

乔亦溪道谢后抓了只手套，坐在桌边慢慢吃着，情绪还是没能提起来。

"亦溪怎么了？好不容易回来一趟，怎么感觉心情不太好？"

"就是呀，好不容易回来一趟，发现我们都要出差。"乔母无奈地笑道，"我们家这小孩别的缺点没有，就是怕黑，不喜欢一个人睡觉。"

乔亦溪高中寝室的室友特别喜欢看恐怖片，一个月能看三四回，市面上的恐怖片她们都搜罗来了。

每次室友也会撺掇着乔亦溪一起看，时间一长，她胆子变得更小了——

她不敢一个人在家里睡觉。

因这胆小的毛病，她也自我嫌弃了无数次，奈何真的改不掉。

“那干脆去我家睡吧！”周母蓦地兴奋了起来，“今晚明叙不回来，你周叔也不在，你洗了澡就上来呗。客房也布置好了，上去就能睡。”

乔亦溪愣了一下，似乎没想到还有这种解决方式。

周母又道：“客房是特意为你布置的呢，就是怕你要去睡，你要是拒绝，阿姨可就伤心了。”

乔亦溪一想到明天还要去看电影，回学校太过麻烦，于是便答应下来，今晚去周家睡。

当晚她洗过澡，带好充电线和手机就上楼了。

为了营造一个良好的形象，她还带了本《漫长的告别》，准备当睡前读物。

周家客房的布置真的很舒服，除了颜色太过粉嫩之外别无缺点，她越躺越放松，真有点把这儿当自己房间了。

大门就是这时候被人打开的。

周明叙甫一推开门，便迎上了周母惊诧的目光，周母问：“不是不回吗？怎么回了？”

“回来拿个东西，顺便休息一晚。”

他本来还奇怪于周母今天的态度，直到看到客房内有一张素净的小脸探出来，目光带着一点惶然的无所适从。

她睡衣的领口太大，这会儿掉到肩下，露出莹润小巧的肩胛。

被子底下的腿也不太安生，大半条吊在床榻外头，笔直匀称的腿一晃一晃的，空调被堪堪遮到腿根下一点，大片皮肤白得晃眼。

周明叙指尖动了动，旋即挪开目光。

乔亦溪似乎也觉察到了什么，赶紧收回身子拢好领口，腿缩进来，盖得严严实实。

她轻咳一声：“嗨，晚……晚上好？”

周明叙回身把大门带上，这才沉声回应了她一句：“晚上好。”

虽然他觉得这个夜晚有点出乎意料。

他回到房间，从抽屉里拿出落下的键盘托，一回头就看到周母一步步靠近。

周母若有所思地问：“回来拿什么？”

“键盘托。”

周母就站在他床边，看他又从衣柜里拿了睡衣，便问：“今晚……要在家睡啊？”

“嗯。”

他觉得周母的语气不太对劲，道：“平时不是老催我回来吗，今天怎么不太情愿的样子？”

“不是……主要是亦溪父母出差了，她来我们家睡嘛，我是告诉她你今晚不回她才肯来的，结果你忽然给我杀了个猝不及防……”

周明叙停下手里的动作，抓着条白毛巾看过去，示意她继续说。

“要不你今晚回宿舍睡？我没别的意思，我就怕多个男孩子，亦溪不自在。”

他明白了。

周母的意思是，因为要把乔亦溪留下，所以希望他回宿舍去睡，免得在这儿影响到她。

他觉得自己应该是办户口的时候国家顺便送的。

人生中第一次被嫌弃多余的周明叙开了口：“宿舍有门禁，现在回去也进不去了。”

“那要不你去外头酒店开个房间？”

周明叙手搭在颈后，不禁皱了眉头。

周母也觉得自己临时想的这个法子有点损，赶紧摇头否定了它：“我瞎说的，你就留在家里睡吧，啊，家里舒服。”

将白色浴巾搭在脖子上，少年定了定，墨黑色发丝徐徐垂下，轻轻“嗯”了一声。

他自己房间有浴室，隔音效果也不差，只是水声漱漱间，好像仍然可以听到从客厅传来少女的笑声，清脆得像银铃，带着盎然的气息。

大概是在跟虾饺玩。

这只猫平时一副困得不行的模样，一到晚上就精神起来了……精神得甚至可以跨越两层楼的高度，偷人家的高跟鞋和首饰。

他看着瓷砖墙面，蓦然想起自己在楼底下张贴了启事，说这些物品的失主可以联系他拿回东西。

结果到现在，一个给他打电话和上门寻物的都没有。

虾饺到底是专衔别人不要的东西回家，还是……衔的全是同一个人的东西？

他感觉太阳穴有点痛，伸手关了花洒。

明明家里的拦网已经做得够好了，为什么它还是能突出重围寻找自由？

擦着头发出去的时候，周明叙果然看到虾饺窝在乔亦溪怀里看电视。

乔亦溪正挠着它的下巴，小东西惬意地半眯着眼睛，短腿揣得好好的。

周明叙往阳台上走了一遭，没看到什么新增的陌生物品，这才稍稍松了一口气。

幸好虾饺近来有所收敛，没有再偷什么东西回来了。

因为蓦然多出来一个异性，乔亦溪也谨慎了一些，衣服穿得整齐端正，被子恨不得把脚踝都包得严严实实。

看到周明叙，她攒出一个优雅而不失礼貌的微笑，算是打了招呼。

少年朝她点了点头，路过时又想起什么，脚步顿了一下："对了，你之前告诉我的那个消泪痕的方法我让我妈试了，它泪痕淡了不少。"

乔亦溪抬了抬腿："是的，我发现了，再坚持一阵子估计就会好了。"

好像听到有人叫自己，周母朝他们这边走来，一来却看到周明叙准备回房的身影。她喊住周明叙："你别动不动就回房间玩游戏，客人来了，你陪陪不行吗？"

周明叙喉结滚了下，很快接道："客人也想玩游戏。"

"你净胡扯，人家亦溪还什么都没说呢。"周母转向乔亦溪，"亦溪，你想干什么？没事，尽管说，让他陪你聊天也行。"

乔亦溪抱着虾饺站起身，笑了笑："我确实有点想玩游戏。"

"你们一伙的吧。"周母一脸她偏心周明叙的表情，"行吧，去玩吧，别玩太晚了，晚点该睡了。"

她乖巧地偏头道："阿姨你也去忙吧，我就玩一会儿。"

这话没错，就她这种水平，玩太久了只会犯困，毕竟高难度的作战任务都轮不到她，她只是一个不可说的躺鸡萌妹。

乔亦溪跟着周明叙进了他的房间。

他房间有股很特别的味道，大概是一股居家式的温软安眠气息，混着一点柠檬香气。

他在一边开电脑，她找了个凳子坐下，并问他："傅秋和马期成打吗？"

他点了点头："他们刚刚还在喊我。"

马期成和傅秋在线等待，三个男生很快组队成功，乔亦溪却发现自己的游戏软件要更新，安装包看起来挺大，大概要等二十分钟。

“要不你们先打一局吧，我这边还要等等。”

“嗯。”周明叙瞧了她一眼，“等你下好，我们差不多也打完了。”

马期成很快感到不对劲：“咋回事啊，这么晚了，乔妹怎么好像还在你身边？”

但是周明叙没理他，只是淡声制定战略：“速战速决。”

——直到周明叙跳伞落地，乔亦溪才明白这个“速战速决”是什么意思。

他跳的是人最多的地方，小小的别墅区藏了十几个人，脚步声和枪声缭绕回荡，乔亦溪光是看着都起鸡皮疙瘩。

但周明叙向来是不怕这些的，用一把不怎么好用的霰弹枪一口气灭掉了一队，然后换上 98K 和 AKM 一层层地往下扫，就像清理垃圾一样简单迅速。

她知道他打游戏信手拈来，但不知道居然这么淡定从容。

这里打完之后，他又驱车开往下一个地方，仍然是人多的城，一下去便继续打架。

就这样，本该久一点才到来的决赛圈提前到来了。

想打快点就去修罗场杀人，想节奏慢点就慢慢杀——原来大佬是真的能控制一局的时长的。乔亦溪掐着大腿根，有点不冷静地想着。

最后只剩了一队，那队很会打，傅秋和马期成被他们直接从车上打了下来，周明叙下车的瞬间拉枪开镜，打死了趴在草里的那个人。

这会儿他的血只剩一半，可石墙后面还有两个人，乔亦溪以为他会打个药，可他居然就直直地冲了过去。

他绕过房子先解决了左边那个，这时右边的那个追了出来，底下刚好有个坡，周明叙顺着下去绕了个弧，血量已经快要空了。

那人也在跟他绕，他往上爬的时候，那人正好从高处跳下来，按理来说高打低是占据了绝对优势，但周明叙下一秒走着位转镜头，仿佛掐好了方位极快地连枪扫去，那个人还未落地，就死了。

马期成大喊：“空中去世！够骚！”

傅秋说：“屠城还是我叙神厉害。”

乔亦溪完全看愣了。

这么点时间，她可能连人都找不着，周明叙已经解决了占据绝对优势的三人。

半晌后，她才幽幽地道：“你让我想起昨天看的《动物世界》。”

周明叙看着胜利页面，轻飘飘地“嗯”了一声。

她娓娓道来：“像猎豹，又快又稳，还狠，一下就咬到猎物的动脉。”

一种极富侵略性的凶猛，完全服从兽性的乖戾，即使隔着屏幕，依然会被震慑到。

“这形容到位。”傅秋说，“他平时给人的感觉其实没有这么霸道，但一上游戏就变了，感觉什么都被释放出来了。”

“反差萌？”说完马期成又反驳自己，“哦，反差萌不是这种，是乔妹那种看上去酷，没想到打游戏这么菜的。”

乔亦溪的手指顿了下。

傅秋说：“对，能存在于叙神身上的反差萌，大概是游戏时超狠、对女朋友却超温柔的那种吧。”

马期成也说：“你这是在说梦话，这种萌不会存在的。”

傅秋点头：“不瞒你说，我也这么觉得。”

两个人荒腔走板地一顿乱聊，自然少不了被周明叙骂，骂完之后两个人还不安生，继续嘻嘻哈哈地畅想着，周明叙以后要是有了女朋友，会怎样。

两人甚至模拟起来。

马期成饰女友：“周明叙，你爱我还是爱游戏？”

傅秋饰周明叙：“宝贝，你说什么胡话呢，我当然爱游戏了，你怎么能和游戏比呢？”

马期成继续扮演女友：“分手！”

傅秋也很入戏：“太好了，我终于可以把我的时间全部贡献给《绝地求生》了。”

周明叙绷着嘴角，乔亦溪在一边都笑疯了。

结果夜里她连做梦都梦到了周明叙，还有他的虚拟女友。

他的女友因为他重视游戏忽略自己而爆发，用手去捶他的键盘，结果手背流血了。

她想这下周明叙总该心疼了吧，结果梦中的小周眉头一蹙，立刻变了脸，握住女友的手腕拉开："远一点，血别滴到我键盘上了。"

言辞之绝情，她直接笑醒了。

笑醒之后，她抓着被子放空了一会儿，决定偷偷摸摸回家换件衣服，再买早餐上来答谢。

毕竟睡了一晚，她的衣领更松了，随便一晃都是限制级画面。

她裹着被子正准备出门，却被虾饺半途拦住。

于是周明叙一出来，就看到了这样的场面：小姑娘衣衫散乱，扯着正在缓缓下滑的被子，衣服垂下大半，露出玲珑纤细的一字锁骨。

许是刚醒，她肌肤浸着淡淡的粉，锁骨窝深深凹陷进去，一种……有点靡乱的清纯。

一时间，两人面面相觑，有一丝奇妙的气氛在发酵。

虾饺咬着她身上那条薄薄的空调被，仍一副不肯松嘴的架势。

周明叙低声斥了句："虾饺。"

小家伙耳朵一折，接收到制止指令，不情愿地晃晃尾巴，松了口。

乔亦溪赶忙把被子裹好，双手交叠压在胸前，一时间不知道自己该摆出个什么样的笑容比较好。

少年倾身，托着猫前腿把它抱起来，另一只手顺势垫在它身下，虾饺就一脸茫然地被他掌控在怀里了。

他食指若有似无地摩挲着猫毛茸茸的下巴，抬眸看她："起这么早？"

因为刚醒，他声音里还带着一点倦意和轻微的哑。

她心道不早了，马上十点了。

"我……准备下去换件衣服来着。"

周明叙点了点头，挪开目光，去桌边倒水。

门被周母锁得严严实实，她拧了半天也没拧开，急得都要渗出汗来。

周明叙经过她身边，听到响动，一只手抬着猫，一只手搭过来，状似很轻松地一转，门就开了。

这门还挺认主。

回家洗漱过后，她挑了套简单干净的衣服换好，便去早餐店买早点。

忙活了十几分钟后，她拎着一堆早点敲响了周家的门。

给她开门的仍然是周明叙。

他好像刚洗完脸，眼睫还沾着水，有水珠顺着鼻梁和下颌往下淌，落进他衣领里。

她看他喉结滚动了一下，感觉今天是不是升温了，怎么莫名有点热。

“我买了早点。”她小心地提起袋子，“阿姨起了吗？要叫她吗？”

“不用，她起了。”

乔亦溪买的早点种类丰富，琳琅地摆了一桌。

烧麦和奶黄包徐徐散发热气，新鲜的油条浸入微麻的鲜鱼糊汤粉中，粉条根根分明。

“我还买了蛋酒银耳汤和豆浆，看你们喝什么。”她把最后一个碗摆上桌，“还有一碗热干粉。”

周母边走出来边笑道：“怎么买了这么多？”

周明叙看着这一大桌，又被逗笑了，勾唇道：“你是按你自己的食量买的？”

被间接冠以“大胃王”称号的乔亦溪愣了一瞬，不服气地看过去：“我怕你吃不饱怪我。”

“他不敢怨你，”周母拆筷子，“他怨你的话，我打他。”

吃完一顿早餐，乔亦溪便匆匆离开，赴朋友的电影之约。

沿路经过一所大学，里面有不少宣传横幅和立牌，好像是个什么电竞比赛，惹得她都多看了两眼。

她本来以为这只是一个学校内的小型比赛，回了学校才发现，A 大也有很多这个比赛的宣传。

晚上和他们三个一起吃鸡的时候，马期成还说起了这个比赛。

“叙神，最近有个大学生电竞比赛要开始了，你知道吧？以往热度没这么高，但是今年好像找到金主冠名了，还和一些公司有合作，好多人都开始重视这个比赛了，学校里到处在宣传。”

周明叙淡淡地回道：“嗯，我知道。”

“你参加吗？这么好的机会，去报个名呗，反正又不亏什么。”

马期成这么激动，但周明叙好像没被感染到，仍是说：“再说吧。”

“什么叫再说吧？你知不知道现在有些电竞战队在挖人，如果你在比赛中表现得特别出挑的话，是可能有公司来找你签约的。”

“我听说裴寒舟的公司有组建战队的意向，而且他们好像也在关注这个比赛。”傅秋加入了讨论，“裴寒舟哎，有钱又有背景的老板，要是能去他公司，再怎么也不会差的。”

裴寒舟虽是富二代出身，但自身能力也过硬，公司产业涉及面极广，甚至在逐步扩大。

更重要的是，这位老板不仅多金，并且长相帅气，知名度高，稍微有点什么大活动就能顶上热搜，也算是个圈外流量人物。

周明叙像是笑了声：“你们对我还真有信心。小公司能给的资源有限，去了也很难混出名堂；大公司就更别说了，一个空缺位成百上千的人竞争，大多是参加过培训的选手才能被选上。”

并非他没有自信，只是当下情况本就如此，他没有主播和职业选手那么多的时间，只是在业余玩家里能冒个头，和职业选手对决，谁会更胜一筹，还未可知。

故而这个比赛他觉得去不去都无所谓，就算参加后拿到了很好的成绩，生活也未必会因此有什么改变。

“不过……”本在一旁默默听的乔亦溪也开口了，“你想当职业选手吗？如果想做职业选手的话，每一个机会都是很重要的。如果不想，参不参加也就是看心情。”

她问他，想不想做职业选手。

他似乎从未想过这个问题，一时间也不知道怎么回答。

乔亦溪想到什么，接着问：“你好像是靠文化分考进A大的吧？A大的录取分数线那么高，你成绩应该很好吧？”

马期成忽然提高了音量：“很好？他就是个变态好不好？明明一起打游戏，他永远在快班里，高考前一天我们还在一块儿开黑——他考上A大，我和傅秋连三本线都没过。”

“也别这么夸张，有一说一，人家学习还是挺认真的，高考前那一个月也就每天打一局放松放松，咱们俩可是天天都在打啊。”傅秋说。

马期成不由得气道：“我们俩天天打还没他打得好，你非要我说这样的大实话来伤害我俩是吗？”

傅秋沉默许久才道：“对不起。”

两个人继续插科打诨，刚刚的话题就这么揭了过去。

最后，马期成说："报名下个月就截止了，叙神，你要是想去可别错过了啊。"

没过多久，学校放了个小长假。

虽然高中老师说的"到大学你就轻松了""大学就没作业了""想睡到几点就睡到几点"通通是假的，但大学的假期确实比中学时多。

乔亦溪她们寝室有三个人是本地的，除她和舒然，还有阮音书。

向沐是邻省的，家离学校说远不远，说近不近，坐火车要十几个小时，坐高铁也得好几个小时。

那个小长假，其余三个室友全部要回家，乔亦溪因为不想一个人在寝室睡，所以也回家了。

为了避免之前的惨剧再度发生，她特意打了个电话回家，问乔母他们今天在不在家。

"在的在的，我们中午正在搞抽奖呢，搞完就回去，你晚上想吃什么？"

她高高兴兴地道："娃娃菜。"

当她到了家，把所有行李打开，躺在床上悠闲地玩手机的时候，乔母打了个电话过来。

她有点不好的预感，但还是强撑着把电话接起来。

乔母的声音亦喜亦忧："亦溪啊，我跟你爸刚刚抽奖，我没中，他中了一个济州岛三日游，就这三天的……"

乔亦溪的声音有一丝颤抖："几个人？"

"双人游。"

她转头看向窗外，思绪有片刻的游离："今天就要走吗？"

"是啊，我们已经在机场了。"

"这么快？"

乔母说："不是，主要是你爸不知道你要回来，抽中之后也没立刻跟我说，填好资料之后才说要给我惊喜……我以为他带我去新开的超市呢，谁知道他带我到机场来，然后告诉我去旅游。"

乔亦溪勉强攒出一个微笑，继续听着。

"资料都填好了，改不了，现在临时反悔就等于浪费了，你也知道，妈妈好久没有出国玩了……”

“我知道，”她捏捏眉心，“你们去玩吧。”

“你要不回寝室睡？”

“我寝室也没人。”

“你现在到家了吗？要不还是去陈阿姨家借宿一晚？”

“算了吧，”她说，“我老去他们家也不好，而且这次阿姨也没有邀请我。”

“我可以跟她说呀。”乔母道，“说说不就行了。”

“不用，我再想想办法，自己对付几晚也行的。”

“也对，人都是要成长的……啊，马上过安检了，不说了，我先挂了，有什么问题你跟陈阿姨说啊！”

电话挂断，乔亦溪内心五味杂陈。

她本来想熬一夜，但平时作息规律，一到十一点眼皮就开始打架。她不得不臣服于困意，喝了杯甜牛奶，然后火速盖上被子，闭眼。

加油，乔亦溪，你可以，你能行。

闭眼那一瞬，无数看过的恐怖的电影画面从脑海里闪过，异常清晰，并且循环播放起来。

她的意识逐渐清醒，明明困得不行，可就是睡不着，十分钟之后，她完全坐了起来。

——她不行。

楼上似乎有些响动，混杂着几声猫叫，她模糊地想着周家不是跟自己家还隔着一层吗？怎么……越想越觉得毛骨悚然。

她感觉自己这个毛病真的很不好，可又不知道怎么改掉。

叹息一声，她下了床。

周明叙打了一晚的《绝地求生》，感觉有点渴，便起身去倒水。

今天周父周母出去看朋友了，不在家，所以他从寝室回来了。

他刚喝了一口水，就听到好像有人敲门。他以为是自己听错了，但敲门声又响了三下。他走到门口，打开门——

暖黄的灯光铺洒在少女柔和的五官上，耷下去的嘴角有点无助。

发现是他，她惊了一下，但很快收起情绪，小声开口：“我爸妈旅游去了。”

似乎觉得有点难以启齿，她轻轻地咬了咬下唇，唇心被压出一片青白，又弹回软红。

夜已经很深了。

睡衣宽大，她看起来瘦瘦小小的一只，裸露在外的肌肤瓷白，风绰约地游走，时轻时重地描摹着她姣好的身体曲线。

他绅士又不太自然地挪开目光，半晌，又和她视线对上。

杏眼微垂，无辜的水波潋滟，恍然间给人一种她说什么他都会答应的错觉。

“我有点怕，你、你能不能……”她的声音被风揉碎，轻轻细细的，像羽毛一样扫过人耳郭，泛起痒意。

周明叙没作声，就倚在门框边瞧着她。

他差不多明白她的意思了，今天乔父乔母都不在家，她不太想一个人睡，所以跑上来求助于他。

应该是和上次一样，想住客房。

虽然一男一女在这么个景况下住一起有点奇妙，但毕竟是特殊情况，他稍微克制一下，不会吵到她。

稍微注意点，应当也不会看到什么不该看的，擦出什么越界的花边新闻。

乔亦溪轻咳一声，再度斟酌了一下说辞：“所以我想说，你能不能……”

周明叙的喉结滚了滚。

乔亦溪委婉地试探着问：“能不能把你的猫借我一下？”

“猫？”

她重复了一遍：“因为我不太习惯没人陪我，想着我们离得挺近的，虾饺看起来也比较喜欢我，所以你能不能把它借我，让它陪我一晚上？明早你醒了，我就把它还回来，我保证。”

周明叙一时间竟没反应过来。

见他的表情不太对劲，又一直沉默，她低声踌躇道：“你不愿意吗？”

他这才回过神来，淡淡道：“不是。”他转身朝阳台走去：“猫可以借你，养几天都行，没粮了就来我这儿拿。”

“好的。”她在后面连声道谢，“真是麻烦你了。”

“不麻烦。”

只是她抑扬顿挫欲言又止迟迟不进入正题，导致他“脑补”了一出同居大戏，这才比较麻烦。

周明叙把正在架子上蹦跶的虾饺装进笼子，然后将笼子递给乔亦溪：“它晚上可能会比较吵。”

“没关系，有个活物在我身边就好了，不至于一个人冷冷清清的。”似乎是想到什么，她又问，“叔叔阿姨今天也不在家吗？”

“嗯。”

她稍稍掀开眼睑，瞳仁里淬了亮光：“那你一个人睡……不会怕吧？”

本还低落的情绪倏然消散，周明叙被这句话逗笑，无奈地放低声音提醒她：“乔亦溪，我是个男人。”

没有男人会害怕一个人睡觉的。

她鼓了鼓嘴：“噢，那我下去了。”

关门前，她诚挚地道：“祝你今晚睡个好觉，真男人。”

提着虾饺离开周家之后，笼子里的小家伙就开始叫唤了。

乔亦溪以为它是一时不习惯，回家之后先是给它倒了水，又喂了营养膏，这才爬上床睡觉。

躺下还没超过十分钟，虾饺把小饼干吃完，又开始叫了。

刚到陌生环境，叫也正常，她想着忍忍，迷迷糊糊就要陷入昏睡，又硬生生被小家伙喊醒了。

这么一折腾，乔亦溪真有点神经衰弱了，她起身“咕咚咕咚”灌了好几口水，然后打开笼子，把虾饺抱了出来。

她一边抚摸着它，安抚它的情绪，一边酝酿睡意，手放轻力道的时候，虾饺从她怀里跳了出来，光速奔逃。

如果这时候配有背景音乐，她想一定会是《起舞弄清影》。

它在床底钻了一道，又在卫生间逛了一圈，最后跑到门口，用爪子扒拉着门缝。

乔亦溪蹲在它身边，稍加思索后问它：“你想回去了吗？”

小家伙好像能听得懂人话，对着她“汪汪”了两声，语调很有些凄惨和怀念。

她认命地把虾饺装回笼子里，然后送上楼。

毕竟它想回去，她也不能自私地留它在家。

敲了敲门，她又想起要不要跟周明叙发个信息说一下，正低头，面前的门就打开了。

她缩了缩脖子："我没有吵到你吧？"

他摇头道："我没睡。"

"还没睡啊。"想到自己也还没睡，她默默接过话题，"虾饺好像不适应新环境，想回来，所以我把它送回来了。"

一到楼上，虾饺果然不再叫了。

乔亦溪把笼子放在周明叙脚边，颇为不舍地看了它一眼。

周明叙察觉到她的目光，一边打开笼子把猫抱了出来，一边道："别折腾了，就在我家睡吧。"

"啊？"

少年挠着猫下巴，声音也带了一丝慵懒意味，回身看她："不是怕吗？"

第四章
血气方刚真男人

乔亦溪眨了眨眼睛，不知道为什么，忽然有种放松下来的感觉。

“客房我妈每天都会打扫，放心。”他顿了一下，又补了一句，“我就在你隔壁，不用害怕。”

虽然讲这些话时他是看着虾饺的，但少年声音轻缓，恍然间像是给宠物顺毛一样安抚她，还有一点迁就的味道。

他这么一说，她好像也没什么理由推拒了。

更何况，此时困意翻涌，她累了一晚，没有什么比安然入睡更重要的了。

她侧头瞥了他一眼，少年五官端正清隽，眼神清明，谈着这样的话题仍能显出风度而不轻佻，给人的感觉还是挺正直的。

加上这些天的了解，她便直接在客房歇下了。

本来以为自己还要再适应一阵才会睡着，没想到一闭眼，翻了个身就进入了梦乡。

她平稳地睡到了第二天一早。

窗外鸟鸣声阵阵，时不时还有遛狗的铃铛声，灼亮日光虽被窗帘渡了一层，但仍然倔强地照亮了整个房间。

她拿起手机一看，时间是十点半。

房间外面很安静，周明叙还没醒。

她这次有经验了，安静而顺利地拧开门锁，然后回到家洗漱。

一切弄好之后，她打算点个外卖，点之前给周明叙发了条信息：“醒了没有？”

如果他没醒，她就先吃；如果他醒了，她就顺便点份他的。

收留之恩，重于泰山。

没等到周明叙的回复，她挑好食物正要下单时，收到了新消息。

“醒了。”

于是那顿早餐加中餐又是两个人在一起吃的。

毕竟大家的爹妈都在外边玩，家里只有他们和一只矮脚猫，看起来颇有点“相依为命”的味道。

吃完之后，乔亦溪理所当然地跟着他打了几局游戏，看了会儿电视，就到晚上了。

她“噔噔噔”地跑进周明叙房间，问他：“我们晚上吃什么？”

他垂着头在看手机，手指划过屏幕：“我在点。”

她凑过去看了一眼，发现是一家很有名的泰国菜，价位不低，这位公子哥眼睛眨都不眨地点了两只大海蟹。

他侧头问：“有没有什么不吃的？”

她没什么忌口的，所以摇了摇头。

周明叙的号还挂在游戏上，麦克风没关，房间里的人把他们的对话听得清清楚楚。

马期成是个耳朵尖的，当即就叫唤起来：“哟，你们俩又一起呢？怎么，烛光晚餐啊？”

周明叙没理他，点了两道菜之后把手机给乔亦溪：“你挑你想吃的，点完下单就行。”

乔亦溪看着菜单，计算着：“你爸妈回来吃吗？要是他们回来的话，就多点些菜。”

“不回。”

她思索了一会儿，想到什么，问：“那他们晚上回来吗？”

周明叙还没说话，马期成就加大音量嚷嚷开了：“怎么，他爸妈要是不回来，你们俩今晚准备偷偷干什么啊？开房打……”

乔亦溪正想解释，但见周明叙长臂一展握住鼠标，直接把马期成从队伍里踢了出去。

世界一下就安静了。

一时嘴爽的马期成完全蒙了。

晚餐她没点多少，但周明叙点了几道大菜，所以也算丰盛。

两个人在客厅桌上吃着吃着，少年忽而笑了一下，浅浅淡淡的鼻音，像笑又不像。

她还在跟螃蟹壳大战三百回合，疑惑道："怎么了？"

"没什么，"他用勺子盛了勺蟹黄，"就是觉得我们有点像留守儿童。"

乔亦溪认真思索了一番，好整以暇地问他："有一顿晚餐吃四位数的留守儿童吗？"

周明叙偏了偏头："行，说不过你。"

吃完饭，乔亦溪又准备去《绝地求生》消食。

马期成好不容易进了队伍，就开始喊冤："小马比窦娥还冤啊，我刚刚原本是想说，你们准备去房间打一整晚的游戏吗？我发誓，我真的没有别的意思，我比谁都知道你们纯洁的友谊地久天长。"

傅秋连连摇头："乔妹别信他，他这个糟老头子坏得很。"

那一局打得不错，最后他们四个人全部活着，对面只剩下一个人。

仅剩的那个人躲在石头后面，周明叙先过去打，乔亦溪心想反正就一个人了，也跟了过去。

那人在石头后面跑了一圈，找到周明叙他们就开始开火，乔亦溪刚好跟在那人屁股后头，趁他打别人的时候，把他打死了。

最后结算页面上，她的名字后面跟着个"终结"——意思是最后一枪是她开的。

她第一次获此殊荣。

"我居然是'终结'啊……"

马期成乐不可支："没见过世面的乔妹，一个'终结'就够满足成这样。"

乔亦溪侧头去看周明叙，似乎在寻求什么。

周明叙好笑地看她一眼，而后点头："嗯，厉害。"

两人晚上才得到消息，周父周母今晚也因故不回。

乔亦溪见周明叙也没赶自己走，而且做的也是她今晚也在此蹭睡的打算，便又心安理得地住下了。

今天她睡得早，凌晨时迷迷糊糊地起来上厕所，看到周明叙房间的灯还亮着。

他还在战斗。

马期成和傅秋先死了，他一个人对战两个，她就情不自禁地走过去多看了两眼，等他结束时才开口问他："你怎么还没睡？"

小姑娘倾身靠过来，长发软软地搭下来，有那么一两缕落在他肩上。

这样的距离，他隐约闻到一股甜牛奶的香气，还裹着一丝浅浅的玫瑰味。

她声音含混不清，困着打了个哈欠。

周明叙回她："快了。"

她点点头，没有灵魂地回了房，倒头又睡了过去。

过了几秒，游戏里的马期成好像反应过来什么了。

"现在是凌晨三点没错吧？乔妹的声音听起来是刚醒没错吧？她和你睡一块儿吗？！

"啊！周明叙！你这个道貌岸然的家伙！你居然，你居然……"

周明叙没什么表情地合了合眼："你的戏能不能不要这么多？"顿了一下，他又淡淡地道："再打两局，打完就不打了。"

到最后他也没回答马期成，但马期成求知欲旺盛，所以那一局里，马期成使出浑身解数想得到一个回答。

跳窗时，马期成说："叙神，你看这碎掉的玻璃，像不像你不回答我时我破碎的心？"

捡空投时，马期成说："你看这冒烟的空投，像不像我得不到回答而七窍生烟的身体？"

在湖边时，马期成说："你看这湖里的水，像不像我的眼泪？"

周明叙不堪其扰，皱着眉道："她借宿。"

马期成再接再厉："借宿为啥偏偏住在你家？她没有别的朋友吗？而且为啥要挑你爸妈都不在的时候？这样的情况是真实存在的吗？"

傅秋忽而道："我爷爷活了九十五岁。"

马期成觉得傅秋这话挺无厘头的，问道："你爷爷九十五岁和我有啥关系吗？"

傅秋淡定地回击："那人家为啥在周家借宿和你有啥关系呢？"

马期成愣了一秒，然后咬牙回了句脏话。

很快，他的好奇心又熊熊燃烧了起来，问周明叙："她为啥要借宿啊？"

周明叙回答得言简意赅："害怕。"

马期成骤然爆笑："哈哈哈，跟你住一起难道不害怕吗？你是个男人啊，刚成年的血气方刚的男人啊！被禁锢了十八年的身体正磅礴欲出，你确定她和你住一起不会更害怕吗？"

他们一局打完，吃鸡了。

周明叙慢条斯理又意味悠长地问他："这种情况下……想知道血气方刚的真男人会做什么吗？"

马期成想着周明叙是不是兽性大发了，以为自己要目睹大事件了，于是摩拳擦掌热血沸腾，感觉全身上下都有劲起来了。

他紧握双拳呐喊道："想！"

下一秒，他被血气方刚的真男人踢出了队伍。

次日中午，乔亦溪刚吃完午饭，就听到门铃响了。

她也没多想，扎着辫子过去开门，门一打开，正拎着大包小包的周母和她面面相觑。

周母的"明叙啊"还卡在喉咙里，没叫出来。

"亦溪？"

周母还以为自己走错了门，特意退出去，看了看门牌号，才确定这里真的是她家。

"阿姨好。"乔亦溪这会儿也才反应过来，"我……那个，我爸妈不在家，所以就……"

周母顿刻间明了："哦，好的好的，就应该这样嘛，你们年轻人之间要互相帮助。以后有事就直接找他，知道吗？"

周母留她吃了晚餐，然后周父开车送二人回学校。

上了几天课后，周四下午整个学校都没课，舒然问她要不要一起出去玩。

"去哪儿玩？"

"不知道，好像是野餐什么的……滑板社和电竞社一起组织的。"

乔亦溪奇道："滑板社和电竞社为什么一起组织活动？"

这不是俩八竿子打不着的社吗？

舒然说："好像是两个社的社长谈恋爱了，所以就一起了，我也是听别人说的。"

乔亦溪回味了一会儿，这才似懂非懂地点了点头。

因为下午没事，她们就跟着一起野餐去了。两个社团租了一辆大巴车，她和舒然上车比较早，两个人边聊天边玩手机。

忽然，一批妹子涌上车，伴随着一阵小小的骚乱。

乔亦溪回身去看，发现自己座位后居然坐着周明叙。

很显然，妹子们视线和讨论的焦点是他。

但这人浑然不觉似的，正在闭眼休息，拿本书反扣在脸上遮光，摊开的书脊正好扣合在他高挺的鼻梁上。

少年只露出了唇和下颌，但人气并没有因此削减半分，长相条件仍然优越。

有人偷偷打开相机拍他。

他坐在最里头，旁边还有个位置被大包占据，阻挡了他人落座的可能，所以他睡得也还惬意。

乔亦溪问舒然："刚才怎么上来这么多女生啊，电竞社的？"

"对啊，电竞社的社长很好笑，招了一批操作强悍的男生，又单独开了个新人妹子的分类。这些妹子长得都很漂亮，每天只需负责貌美如花和躺着上分，社内大把男生愿意带。"

乔亦溪道："那社长招她们干吗……"

"你不懂，漂亮妹子能激励人奋起，那些男生一想到要带妹子上分，还不苦练技术？而且还特有动力。"舒然竖起大拇指，"社长真是高。"

乔亦溪笑了笑，觉得这剑走偏锋很有趣了。

车开了半个小时，到达目的地。

乔亦溪起身的时候往后看，发现书还搭在周明叙的脸上，不禁小声道了一句："书怎么能不掉的？"

"因为我全程扶着它。"周明叙长指一抬，把书掀开叠在一边。

乔亦溪抬眸："你没睡着？"

他捏了捏眉心："这么吵，我能睡着就奇怪了。"

"那你怎么全程都不讲话？"乔亦溪禁不住道。

舒然替周明叙回答了这个简单的问题，她看着乔亦溪，徐徐道："笨呀你，他要是不装睡，不就更吵了吗？你觉得那群女生能放过他？估计得吵得车厢都爆炸好不好？"

好像也在理。乔亦溪似懂非懂地点了点头，和舒然一道下车了。

下车后，两个社的社长清点人数，乔亦溪看了一会儿，蓦然握住了舒然的手臂："你刚刚是不是跟我说，两个社长恋爱了？"

"对啊，我听说的。"

乔亦溪又看了一眼，确定地道："这俩社长都是男的。"

舒然循着她的目光看去，好一会儿才反应过来……这俩社长好像确实都是男的。

"这也太感人了吧。"舒然双手握拳，立刻代入了，"强强联合，校园背景，真像我昨晚阅读的绝美小说，勇敢而猛烈的少年们啊，敢于冲破世俗的禁锢……"

这时候，在她身后的周明叙终于不得不开口道："是社长和副社长恋爱。"

乔亦溪回过头："怎么说？"

"滑板社社长和电竞社副社长。"

乔亦溪"啊"了一声："你们社副社长是女的对吧？"

周明叙颔首。

幸好这个乌龙没传出去，只有他们三个人知道，大家仍在一边乐呵呵地准备烤肉。

乔亦溪也装作什么都没发生一般，抽了瓶水坐在旁边看。

因为人多，一顿烤肉吃了整整三个小时。酒足饭饱之后，大家开始打游戏。毕竟电竞社这么多游戏大佬在这儿，不愁上不了分。

男生一队，女生一队，乔亦溪就跟着其他几个小姐姐一起开了局四排。

大家刚认识，没多少默契，而且也没有打得特别好的，她们全程不敢去人太多的地方。

就这样进了决赛圈，她们队里还剩下两个人，乔亦溪是其中之一。

她很清楚，虽然大家都活到了这个时候，但对手肯定要比她厉害得多，所以听到枪声她都不敢冲，只是在桥下躲着。

男生那边战况激烈，一直有人在喊。

“安全区刷到对角圈去了，我们也太倒霉了吧，赶紧跑。”

“这也太远了吧？！”

“我死了……”

乔亦溪本就紧张，听他们这么一说，更是心跳加速，咽了口口水，全神贯注地盯着屏幕。

她和另一个队友准备跑到房子后面，转移阵地时，她看到房子里有人。

队友在奔跑途中被打倒，救肯定是救不了了，乔亦溪便趁着那边枪声吸引注意的时候，开枪对着屋内的人就是一顿乱扫。

那人终于也发现她了，转身开始和她对枪。

几秒钟之后，乔亦溪变成了一个乖巧的盒子。

她还有点没反应过来，放下手机时还在想：“我怎么就死了？不是我先看到他的吗？不是我先开的枪吗？为什么先死的那个人是我呢？”

“还要我说几遍，”舒然为她答疑，“因为菜。”

周明叙不知什么时候也看了过来，听她在那里噼里啪啦提了一堆问题，又扫一眼她的战斗结算页面，不轻不缓地笑了声。

乔亦溪强忍着心里沉痛，问他：“你们打完了？”

“嗯，第三。”他垂了垂眼睑，“安全区太远了，我们没优势。”

旁边有男生附和：“是啊，这把运气不好。”

乔亦溪舔了舔唇：“这时候，你们就需要一个小乔姐姐……”

舒然立刻接过话：“需要你拉低队伍水平是吗？”

乔亦溪挑了挑眉，白皙的脸颊上浮现些微悦色：“本人，刷圈锦鲤，你不知道吗？”

周明叙朝她晃了晃手机：“打不打？”

她和周明叙还有其他两个男生组了一局，不得不说，这局他们的运气就好多了，男生都开始哇哇叫唤。

“圈刷到我们这里了！这把必吃鸡！”

“有人跑过来了，我们守楼就行。”

那把理所当然地吃鸡了，乔亦溪发挥了比较关键的作用。

后来玩着玩着就到了晚上，他们已经绕出初始地很远。

“有小情侣要骑摩托车回去啊。”电竞社社长的目光落在电竞社副社长和滑板社社长身上，“下午叫不到大巴车，我们再步行半个小时去搭车吧。”

大家七嘴八舌地议论：“那为啥我们不能骑摩托车回去？”

社长问：“有多少人会骑摩托车？”

纷纷扬扬的手举起来，还不少。

社长盘算后开了口：“骑摩托车也行啊，我们三十个人，有十五个会骑摩托车的，一辆摩托车载两人，正好。”

因为车站离得实在太远，大家都累了，于是大部分人接受了这样的提议，少数服从多数，不会骑摩托车的女生就坐后座。

旁边刚好有个租摩托车的地方，他们去跟老板商量了一下，借了十五辆出来。摩托车启动的声音嗡嗡地此起彼伏，动作快的人已经载着妹子走了。

会骑摩托车的多数是男生，坐在后面的以妹子居多，这么一来，给了很多男生撩妹的机会。

摩托车这种工具本身就有点暧昧，更何况还是异性一起。随便贴一贴抱抱腰，再说两句骚话，气氛立刻就升了温。

乔亦溪扣着帽子看过去，心有余悸地想着，幸好她和周明叙一起，她会骑摩托车，避免了这种亲密接触。

但帽子刚戴好，她就发现周明叙坐在了前座。

少年的大长腿支在地上，眼尾扇了扇，喉结轻动：“你往后坐。”

乔亦溪蒙了一下：“啊？”

“今天我来开。”

他声音肯定，没给她选择权。

她还在诧异他怎么忽然会开摩托这件事，半推半就地被人按到后面坐好，反应过来的时候，鼻尖同他的后背已经非常接近。

少年的白衬衫带着干净的柠檬清香，有个瞬间非常像偶像剧里的场景。

摩托车往后退了两步，她鼻子猛地撞上他的后背。

触感太陌生了，头一次撞到男生的肩胛骨，乔亦溪僵了一秒。

有点硬，但又带着点荷尔蒙的味道。

他回身提醒她：“抓紧点。”

乔亦溪揉了揉鼻子，不忘问他：“你怎么会开摩托车了？”

上次送他去聚会，他还说自己不会开，难道是在骗她？

周明叙回答得倒也快："学过了。"

"学过？"她有一瞬间的恍惚，"就最近吗？你学这个干什么？"

"觉得有必要。"他从后视镜里望了她一眼，"坐好了？"

她正想说要不自己来开得了，但又骤然想到少年的那句"觉得有必要"，似乎想到了什么。

像他这种连打游戏都冲在最前面的人，可能无法心安理得地坐在摩托车后座，且开车的还是个女生。

大概在他的意识里，遮风挡雨的事都该自己来做，这样才像个男人。

想到这里，她收回呼之欲出的那句话，一只手扶着身下坐垫，一只手抓紧了他的衣服："嗯，坐好了，你开吧。"

伴随着启动声响，摩托车顺着轨道冲了出去。

他的开车技术也挺野，和打游戏时的作风一模一样，风驰电掣一往无前，视线范围内的车都被他一辆辆超过，乔亦溪甚至想给他颁个奖。

舒然那辆车紧跟着他们，乔亦溪下车后没多久，舒然也捂着胃过来了。

"我都快坐吐了，请问他们俩是在开摩托还是在飙车？"舒然看她神态自若，问，"你不觉得有点晕，有点犯恶心吗？"

"没有啊。"乔亦溪扶住舒然，认认真真地感受了一下身体发来的指令，"我感觉还挺刺激的。"

回寝室之后，向沐撑着脸叹息："渣男又找我了。"

"怎么，终于想还钱了吗？"

"没有，他问能不能分期付款，每天还一点。"

舒然边放下包边骂："这人有病吧？还钱要人催，分几期就算了，现在还想日还？你让他做梦去吧，梦里才有这种好事。"

乔亦溪问："他想分几天还？"

向沐看手机，再次确认道："三百六十五天。"

阮音书算了一下："五千块分一年还，平均一天还十三块七。"

"我一记飞踹踢爆渣男的狗头。"舒然吹了吹刘海，"他不嫌麻烦，我们还嫌麻烦呢，一天收十几块那多烦人啊，细细碎碎的。"

"那肯定啊，"向沐也点头，"一次五千和一年五千差别挺大的。"

乔亦溪拉开椅子坐下，给出自己的建议："你别答应他，就说让他半年内一次还清。”

“他要是不答应呢？”向沐撑在椅背上，还在思索。

“到时候再说，总有法子能治他的，”舒然道，“实在不行，我们就真的去论坛要钱，他肯定怕。”

“嗯。”向沐应了一声，扭头去编辑消息。十几分钟之后，她又是悠长的一声叹息。

乔亦溪道：“怎么，没答应？”

“不是，他没回我了。”

“肯定看到了，”乔亦溪斩钉截铁地道，“你等着就行。”

“一次性借五千还还不上，他到底把钱花在哪些地方了？”阮音书摸着下巴问。

舒然翘着手指涂指缘油，笑了：“你懂什么，人家女朋友那么多，来回周旋很花钱的。”

又讨论了一会儿，向沐往后一靠：“算了，做点快乐的事吧，亦溪，我们一起打游戏吧。”

舒然有点难以置信：“跟她打游戏会快乐？你确定？”

“我进步了好吧？”乔亦溪扯扯袖子，“小乔姐姐福运高照。”

进了游戏页面，乔亦溪发现向沐把ID改成了“一记飞踹踢爆渣男狗头”。

舒然真是个出色的俗语制造家。

“一时嘴臭一时爽，一直嘴臭一直爽。”舒然拉着凳子靠过来，“这一看就是能吃鸡的名字，本人‘果汁分你一半’也申请加入战队。”

乔亦溪伸手示意，舒然问她：“干什么？”

“不是分我一半吗，果汁呢？”

舒然舔舔嘴角：“我喝光了。”

游戏开始，谁知她们刚落地，就听到周围有脚步声。

向沐有些哽咽：“救救孩子吧，我真的不想刚下来就死，我想活着。”

“你……放心吧，我们不会落地成盒的。”乔亦溪颤抖着手安慰她，她做出判断后，在右手边标了个“前方有敌人”，说道，“应该在这个房子里，你们小心点。”

她正想换房子看看的时候，发现有人给她发消息了，黄色对话钮一闪一闪的。她点开后，发现居然是周明叙。

“人在西北的蓝色大仓里。”

过了几秒，她才反应过来周明叙是在提醒她敌人所在的方位。

这时候也顾不得问他是怎么知道的了，乔亦溪赶紧通知：“我刚刚标错了，人在西北的房子里，我再标一下。”

重标之后，她向他求救：“你说我能打死他吗？”

周明叙道：“那边就一个人，你们一起去，能打死。”

既然周明叙都这么说了，她便澎湃激昂地提枪前去，跑到一半又收到他的消息：“换另一把步枪。”

她换了枪，看身后的队友们也跟上了，一咬牙就朝敌人冲过去。

三个女生一顿狂扫，那人自然招架不住，但被扫死之前打倒了向沐，乔亦溪也中了好几枪。

“不错嘛，乔乔，”舒然夸她，“我本来还以为你会判断失误，没想到这次决策正确。”

一开始她的确判断失误了，幸好周明叙给她制定了战略，她们才免于落地成盒的惨剧。

那把打完之后，她发现周明叙已经跟马期成、傅秋开局很久了。

大概是他一上线发现她也在，就顺道看了一眼她的战局，正巧看到她标错敌人位置，这才讲了两句。

大佬果然是大佬，还能一对一云教导。

周末的时候，乔母给乔亦溪打电话，说是周六中午周母请吃饭，让她记得及时赶去周家。

她应下了，准备周六一早出发，正好中午到周家。

谁知道周五晚上打游戏手感不好，她不服输的劲上来了，心想着再打一局就睡觉，就这样打了几局，时间很快到了凌晨。

周六自然是起迟了，在被窝里骤然惊醒的那一刻，她对着自己的手机发出了质疑：“我不是定了三个闹钟吗，怎么一个都没响？”

底下坐着的阮音书小声回她：“响过了，但每次刚响几声就被你关了。”

乔亦溪觉得自己的睡意委实顽强，夸张得她自己都有点钦佩。

她匆匆起身梳洗，收拾了四十分钟就出发，谁知路上遇到堵车，到周家的时候已经是下午两点。

午餐时间早就过了，她在路上也跟乔母说了情况，让他们先吃。

此刻宴席已经收了，她正琢磨着吃点什么填肚子，周母在麻将房里问："亦溪来了？吃了没有？"

她摇头："没。"

"明叙也是刚回，你们俩一起下去吃吧，"周母笑，"我现在也抽不出空给你们做了。"

周明叙从房间里出来，垂眸扣着手表，漫不经心地同她道："走吧。"

两人选了家港式茶餐厅，乔亦溪点了一碗叉烧饭和一块菠萝油，周明叙点完饭菜之后又添了个汤。

乔亦溪问他："你怎么也这么晚到家？"

"路上遇到朋友，聊了一会儿。"他道，"你呢？"

"路上遇到堵车，加上早上起太晚了。"她手指敲着脸颊，"昨晚连着三把落地成盒，气得我差点失眠。"

少年带着鼻音又浅笑了声："是不是跳到人多的地方了？"

"没呀，我就跳你平时带我跳的那些地方。"

他思忖了一会儿，勾了勾唇，道："今晚带你打。"

今晚他带她，意味着她能找回主场，遇到好打的人机，他们也会让给她。

乔亦溪的心情这才好了一些。

没一会儿，饭菜都上来了，乔亦溪盛了碗汤。

不知道周明叙点的是个什么汤，她喝了两口，感觉口感非常特别。

周明叙也尝了两口，微微地皱了眉头："怎么这么甜？"

她想了一会儿，撑着脑袋信口胡诌："可能是田鸡。"

他瞧了她半晌，失笑："这是鹌鹑。"

"那就是这只鹌鹑有糖尿病。"乔亦溪兀自点了点头，"这就是鹌鹑不勤于锻炼的结果，所以说运动还是挺重要的。"

周明叙放下勺子，瓷碗轻轻碰出脆响。

他竭力压着嘴角，状似附和地点头："嗯，有道理。"

他们虽然很少一块儿吃饭，但独处时也难得不尴尬，不说话时气氛也不会冷下来。

气场还挺合，就像认识了有一阵子的朋友。

晚上，周母的麻将局还没停，他们俩就窝在周明叙的房间打游戏。

马期成一上线，就开启了话匣子。

“哟，小乔妹妹来了！”

“小乔妹妹晚上好，又和叙神在一块儿吧？”

“上个星期那天晚上睡得怎么样啊？今晚在哪儿睡呢？”

乔亦溪一头雾水：“啊？什么？”

周明叙靠在椅背上，眸光淡缓：“不用理他，他脑子有问题。”

马期成正想说什么，傅秋在一边提醒：“你要是还想被踢出队伍就可劲地说，多说点。”

小马闭嘴了。

打完几局，乔亦溪一雪前耻，连赢了三把，嗓子都差点打哑了，她咳了几声。

周明叙正拧开保温杯喝水，余光瞥到她掩唇咳嗽，看了她空空如也的桌面一眼，这才想起自己忘记给她倒水了。

“喝什么？”他取下耳机，修长的手指在桌面上敲了敲，“奶茶还是柚子茶？”

马期成在那边捏着嗓子道：“只要是你倒的，人家都喜欢喝啦！”

乔亦溪笑了笑：“奶茶就行。”

过了几分钟，一杯热奶茶被放到她桌上。

她有点惊讶，也觉得有点好笑：“你大夏天都喝热的啊？”

他颔首：“太冰的对嗓子不好。”

“我明白了，”乔亦溪瞥了一眼他的保温杯，打了个响指，“熬最晚的夜，喝最贵的枸杞水。”

马期成也加入讨论：“我们叙神就是最潮的养生男孩。”

养生男孩戴好耳机开了游戏，又是一局厮杀。

这一局有点难，快进决赛圈的时候枪声在四周炸响，周明叙和傅秋灭了两队，还剩一个拿 AWM 的狠人在石头后扔雷。

马期成说：“我去引诱一下他，你们记得打。”

说完，马期成绕到左边去吸引那人的火力，周明叙往右边绕，傅秋往后绕，配合得很好。

一阵枪响之后，系统显示淘汰名单，敌人虽然死了，但也带走了马期成，后来还剩一个敌人的时候傅秋也被打死了，只有乔亦溪和周明叙还活着。

安全区已经缩得特别小了，敌人就在对面的树后，乔亦溪觉得僵持下去不是个办法，也想沿袭马期成的曲线救国："要不我也出去吸引一下他，你来打？"

毕竟马上就要英勇就义了，临死前，乔亦溪还想获得一点认同。

她吞了口口水，瞟了一眼周明叙，问："如果我死了，你会觉得我是个英雄吗？"

这次他倒是回得很快，声音淡淡的："不会。"

乔亦溪耷了耷嘴角。

都不鼓励夸奖一下，这人真是够绝情的。

少年的声线仍是沉，但带着一股毋庸置疑的明朗，伴随着呼吸渗入她耳骨："我不会让你死。"

"周明叙，你瞧瞧你说的是人话吗？什么叫你不会让她死？我和傅秋的死就不值钱了是吗？我们随便死没关系是吧？"

这局结束之后，马期成以超高分贝在对面叫嚷开，阵势之大，宛如即将斩木为兵揭竿为旗，领导一场旷世起义。

"这位炮仗精能不能冷静点，我的耳膜都要被你叫裂了。"傅秋并未加入这场起义，"你又不是漂亮妹子，还跟乔妹计较起来了？"

傅秋娓娓道来："带妹是男人的天职，让妹子活着吃鸡是男人的自我修养，保护妹子的安全也能证明男人的能力。你让乔妹去送死，不就是说叙神要靠妹子献祭才能赢吗？摆明了说叙神不行呗。周明叙可行得很。"

"知道了，鸡婆，"马期成重新坐回位置上，"你话怎么这么多，敦煌来的吗？"

傅秋头一次跟不上马期成的脑回路，问道："为啥是敦煌来的？"

乔亦溪本来还在活着吃鸡的茫然中没反应过来，听两个人讨论了好半天，思绪这才被拉拽了回来。

她缓缓替傅秋解惑："敦煌壁画多。"

"打不下去了，咱们解散吧。"

长辈们今天的牌局没有持续太久，快十点时已经有了结束的迹象。

乔母隔着一道门通知乔亦溪：“等会儿我们就不打了，你玩完这一局也准备回家啊。”

乔亦溪拉长音调回应：“好。”

马期成也听到了这番对话，不知道为何叹息了一声：“不在一起睡啊今天？唉，可惜了。”

乔亦溪正想问我们为什么要在一起睡时，突然听到周遭有脚步声，赶紧往右上角的小地图里看。但地图里并没有显示脚印，她连人在哪儿都不知道。

她有那么一瞬的紧张，每寸神经都跟着警惕起来：“我这边好像有人。”

过了两秒，周明叙缓缓道：“我在你楼上。”

“噢。”她缩了缩脖子，这才放松下来。

“放心吧，他但凡还有一口气，你就不会死的。”马期成申请加入群聊，“乔妹，刚刚活着吃鸡感觉如何，是不是觉得叙神很帅？”

马期成的话真的很多，乔亦溪怀疑他玩这个游戏就是为了在线闲聊的。

她给枪上满了子弹，回答了马期成那个问题：“有那么一点。”

毕竟男生游戏玩得好真的很加分，况且他在那种情况下也没有让她在冲锋陷阵枪下惨死，确实有点苏。

马期成继续高调采访周明叙：“本片……不是，carry 全场的叙神有什么要说的吗？”

话筒转向周明叙，捕捉到的是均匀的呼吸声，他在跳伞，懒得回应。

过了会儿，他才稍有意地抬了下音节：“有。”

“嗯，您说。”

“马上给我闭嘴，吵得要死。”

过了一阵子，没有忍住的马期成又小声试探道：“真是可怜了这副好皮囊。”

乔亦溪问：“什么？”

马期成立刻跃跃欲试：“叙神你看，是乔妹先问我的，那就怪不得我说话了！”他娓娓道来：“你看周明叙，多帅一男的，多好的身材，多好听的声音，你不知道，以前我们学校有个吃饱了没事做的评选，选那种连呼吸都在引诱人犯罪的男性，我们小周屈居第一。多么好的天然撩的条件啊，只要他愿意，泡多少女神都不在话下，劈腿都不会被骂。但他偏偏就对游戏感兴趣，害得多少女性同胞单身至今，多气人。”

不知道为什么，听到“天然撩”这三个字的时候，她莫名想到上提琴课那天，他举着一把黑色的伞，站在雨里等她下课的情景。

黑色伞面隔绝了雨滴，却还是有那么一两滴沾湿他指尖，伴着喉结微滚输出节奏，有雾袅娜，他像个猎食者，沉默时是在蓄积力量，以便快准狠地抓住目标。

少年的气质清清冷冷，却与侵略感相得益彰。

一种收敛的、禁欲的性感。

好像相斥，但又似乎兼容，像压抑的火山，正因为涌动与静默糅合，才有了吸引力。

如同幕布未拉开的古堡歌剧，你总忍不住想看完全释放的他，是什么样的。

由于当天回去已经晚了，所以乔亦溪就留在家睡了一晚。第二天吃午饭的时候，乔母对她进行了旁敲侧击：“亦溪啊，你……你觉得周家怎么样？”

“挺好的啊。”她毫无防备，只当是闲聊，“陈阿姨很平易近人，家里氛围也不错。”

“那……那你觉得周家布置得好不好看？”乔母道，“那个客房，陈阿姨新装修的。”

“审美不错，阿姨有颗少女心。”她戳了个紫薯丸子，“怎么了？”

“没什么，就是阿姨是给别人准备的那些，她怕女孩子不喜欢。”

“不会啊，有心就蛮好的了，而且客房嘛，舒服就行。”

乔母闻言，眼睛“唰”的一下就亮了：“嗯，那你应该喜欢在那儿住吧？”

“嗯。”她随便应了一声，随即感觉到不对，“什么叫我喜欢？我喜不喜欢……有什么关系吗？”

“当然有关系啊，周家那个客房……”乔母缓缓地揭开谜底，“是给你装修的。”

乔亦溪差点连筷子都捏不稳：“给我准备一间客房干什么啊？我要去他们家住啊？”

乔母拍了下她的头，说：“我们不是前阵子才搬来吗，你也知道你陈阿姨喜欢你，以前没见到你的时候，就老找我要你的表演视频，后来这里有空房子，她就介绍给我们，我们就搬过来了。我之前也提过，说你不喜欢一个人在家睡，我们出差时，你都去朋友家住。她就说，反正往后两家住得近，我和你爸也老出差，你要是一个人在家没饭吃很寂寞，就可以去她家住着。”

乔亦溪抿唇：“所以她还专门为我准备了一个房间？”

“对呀，你看人家多重视你。”乔母顿了一下，缓缓道，“我和你爸下周真的要出差了，估计要走几个月。”

“中间没假吗？”

“有啊，每个月有几天，要是平常的话，妈妈肯定想赶回来，在家给你做顿好吃的，”乔母总归是觉得学校的饭菜不如自己做的好吃，“但你要是愿意住到周家，妈妈就放心多了，不用那么累地往回赶，也能适当休息一下，抽出时间去学校看你。”

乔母这话说得没错，以前她上高中时，乔母一边出差一边还要回家照顾她，但那时候她毕竟没成年，现在她上大学了……也不能一直拴着家里。

他们也该在忙碌之余休息一下，老往家里赶，精神状态也不好。

亲戚住得远，倘若父母都出差了，她就近能依靠的，还真的只有周家。

毕竟生活里意外常出，万一真有什么事，她好歹有地方求助。

乔母继续道：“昨天你陈阿姨还跟我说这事来着，说我们走了，你放假就去她家住着好了，毕竟你也不喜欢一个人待着。而且周叔叔跟你爸一块儿出差，家里就陈阿姨和周明叙。”

学校肯定不如家里舒服，洗澡要去澡堂，洗衣服也不方便，况且有时候上完提琴课只能在家休息。

目前唯一让她犹豫不决的是……周明叙。

不再是借住两晚了，如果她同意，她即将和一个血气方刚的同龄异性同居。

可能会彼此分享很多亲密的时刻，并且无法避免。

思索片刻，她放下筷子：“我想想吧。”

次日回学校，乔亦溪也没把这件事抛之脑后。

滑板社马上要办场活动，租用场地的流程需要学生会审批，她上课恰巧要经过学生会，流程单就交到了她手上，让她拿去盖个章。

在学生会楼底下，她恰好碰上了周明叙和郑和，还有电竞社的几个人。

日头正盛，少女偏头问了句：“你们来这里干什么？”

周明叙道："拿篮球场的钥匙。"

她抬了抬眉，笑了："你还会打篮球？"

"那可不，我们叙神打篮球贼帅，有空来看啊！"电竞社的齐甘朝她挥手致意，"你还记得我吧？聚餐时我们见过的。"

其实不太记得了，但这时候不适合说实话，所以乔亦溪只是轻轻点了点头。

齐甘低了低头，说："我们就在二号球馆打球，你要来看也挺好的，我是后卫。"

她表示了解，一行人一起上了楼。

齐甘落在后面，有一句没一句地跟她搭话，但因为周明叙隔在中间，也不好说太多。

等着盖章的时候，她发现学生会的一台电脑上正在播视频，仔细一看，是迎新晚会那天的录像。

正巧放到她顶替上台那段，香芋紫裙下隐约可见赤足，当时情况紧急，没有她所穿尺码的鞋，她上台前只好临时蹬掉了脚上的运动鞋。

她抱臂缓缓回忆："以前有一场演出，我的高跟鞋坏了，也是赤着脚上去的。当时是冬天，地板特别凉，冻得我差点拉走音了。"

周明叙"嗯"了一声。

"你'嗯'什么？你知道这事，还是只是回应我？"她眨眨眼。

"我知道。"他说。

正因为那时候是冬天，看到有人光着脚踩上地砖，他才至今仍记得。

"你怎么知道的？那是去年的事了。"

"我妈给我看过。"

乔亦溪恍然，又想到了什么："既然你之前见过我，那公交车上见面的时候……是认出我了吗？"

"只觉得可能是你，"他低声答，"没想到真是。"

之前都只是猜想，回到家后，推门见到她的那一刻才确定下来。

聊完之后，周明叙说要回家拿东西，乔亦溪也回寝室休息。

一到寝室，她就听到正儿八经的播音腔在念："昏暗灯光姿势妖娆，一看就是给钱就能摸的……"

她目光转向声音发源地："舒然，看什么呢？"

舒然头也没回："撸猫。"

她凑近一看，舒然果然在看撸猫视频，视频里的猫一看就不是什么正经猫，被人从头摸到尾，非常享受，臀部舒服得翘得老高。

虽然没什么关联，但她莫名想到了虾饺。

很久没见它了。

晚上的时候，她和舒然抱着滑板去空地上练习，远远看到有个人影伫立在树旁，瞧着装应该是周明叙。

他怀里还抱了个东西，毛茸茸的，银灰色。

乔亦溪理所当然地以为他是把虾饺抱来了，于是扯了扯舒然的袖子："不用云吸猫了，然然，你看那边那一团姿势妖娆，不正是我们梦寐以求的给钱就能摸的……"

听到一些奇怪的响动，周明叙怀抱着抱枕回过头。

他四下环顾一番，就见她的目光直勾勾地落在自己身上。

他眉心蹙起，迟疑地抬起手指指向自己，低声问："摸什么？"

气氛一时间有些难以言喻。

热闹中带着一丝沉重，沉重中裹着一点茫然，茫然间还有点……不正经。

舒然看了看周明叙，少年的浅蓝色衬衫模糊成云，唇线轻抿，手里抓了个玩偶。

她觉得非常奇怪，不知道是什么戳到了乔亦溪的点。

好端端的，乔亦溪为什么要摸人家？

——虽然周明叙帅是帅了点，夜晚的到来也刺激了人的犯罪欲望，但乔亦溪就这么克制不住吗，说要摸就要摸，还要给钱摸？

人家缺那点钱吗？

舒然转向乔亦溪："乔乔，咱们是遵纪守法的好公民，金钱肉体混合交易是不被允许的。"

乔亦溪启了启唇："不是，我……"

"我知道你单身很寂寞，但是在帅哥面前，我们也要把持住，不能动不动就摸来摸去。"舒然摸了摸下巴，"不过，周明叙看起来确实身材很好的样子。"

乔亦溪一时沉默，有那么点想把舒然此刻的发言投稿进《迷惑语言大赏》。

舒然还沉浸在自己的世界："你喜欢腹肌还是胸肌，或者人鱼线？"

乔亦溪没理会舒然天马行空的乱问，轻咳两声后解释：“不是，我以为他手里抱的是只猫来着，就想让你摸摸，没想到是玩偶。”

说话间，周明叙已经三两步走到她面前，声音低了低，似是有些犹豫：“摸我？”

她疯狂摇头，指着他怀里：“我说虾饺，我以为你把它抱来了。”

“它不爱出来玩，”他淡淡地道，“而且麻烦，所以我一般把它放家里。”

舒然看了他们俩一眼，意味深长地舔唇：“所以乔乔，你见过周明叙家的猫？”

“回去再跟你说。”乔亦溪咬着牙齿小声道了句，然后就拖着舒然回寝室，还不忘侧头跟周明叙道别，“那我先走了，拜拜。”

“嗯。”

当晚滑板没练成，乔亦溪被舒然逼着看了好几张腹肌图倒是真的。

乔亦溪一打开对话框，立刻吓得手机都差点滑出去：“别给我发了，我对这些没兴趣。”

“对年轻肉体都没兴趣，瞧瞧，你这说的是人话吗？”舒然摸了摸屏幕，然后一脸满足地把手机贴在脸上，“那他们就是我的，我一个人的。”

向沐路过，看到舒然正在犯花痴，随口问了句：“在看腹肌图？这些图都没意思。”

舒然双眼放光：“怎么，你有更好的？”

“要论神仙身材，还得看我们人间绝色纪时衍，”向沐满足地笑了笑，“绝世帅哥，入股不亏。”

“纪时衍啊。我知道，男艺人嘛，粉丝特多的那个，没想到你还追星啊。”舒然伸出手指摩挲了一下，“你不是说他身材好吗，有腹肌照吗？”

“没有。”

“没图你说个……”

“虽然没有腹肌照，但是能看出来。”向沐说，“除了倒三角身材，无论你是手控、脚踝控、锁骨控还是颜控，在他身上你都可以得到满足。”

一说起自家偶像，向沐就来了精神，从他的作品讲到现况，乔亦溪几乎是在滔滔不绝的“安利”声中入睡的。

没过几天，乔母乔父就要出差去Y市了，上飞机之前给乔亦溪打了好几通电话。

乔母叮嘱道："要真有什么，你就去周家住，没事的，陈阿姨做的饭也很好吃，是你喜欢的口味。周明叙也不是天天回去，你偶尔去把枕头和被套洗洗也挺好。"

她含混地应付过去，挂断电话后在床上坐了几分钟，想起自己该洗被套了。

床单和被套一个月洗一次是她的习惯，女寝毕竟潮湿，要注意卫生。

乔亦溪把床单掀出来，决定先试试在学校能不能洗。

她提了一桶被单，前往洗衣室，洗衣机那边有人在排队，不过幸好只有一个人，她准备等等。

在洗衣机停下的那一秒，她亲眼见证了那个人从里面拿出自己的内裤和袜子，还有一件内衣和若干条毛巾。

是把洗衣机当百宝箱了吗？什么都往里面塞？

乔亦溪心情复杂，跑到楼上去看了一眼。

不看不要紧，这一看，正好看到有个人从洗衣机里拿出了一双鞋。

鞋？这玩意还能扔进洗衣机里甩的？

她之前就听说洗衣机不适合共享，但没想到如此夸张，如果不是她及时止步，可能会目睹别人从里面掏出一座游乐园吧。

这时候，她口袋里的手机响了。

乔亦溪拿出手机接起："喂，陈阿姨？"

"亦溪啊，听说你妈出差去了，她走之前跟我说让我照顾你呢。"周母在那边道，"现在月底了，你要洗床单和被套了吧？手洗不方便，你拿过来洗吧。"

她顿了几秒，想起刚刚目睹的一切，内心的震撼久久不能平息。

"怎么，不愿意过来住啊？"周母笑，"你要这样，阿姨可就伤心了。"

"没有的事，"乔亦溪赶紧道，"我今天下午就过去。"

"可以，下午我在家，记得把要洗的衣服带过来。"周母愉快地挂了电话。

乔亦溪歇了一口气。

想想去周家住也挺好，明晚上完提琴课寝室都关门了，回家一个人睡肯定又是煎熬，而她向来最看重睡眠，睡不好，一天都提不起劲。

更重要的是，不用面对一台饱经沧桑的洗衣机。

乔亦溪素来是行动派，回去就打包好了洗漱用品，出发去周家。

今天下午周明叙好像没回来，周家难得很安静，她的被单在洗衣机里翻搅，周母在外头看电视。她看了会儿小说，又看了两集更新的电视剧，很快就到了晚上。

她收拾了东西去浴室洗漱，在花洒声中隐约听到开门关门的响动，但没太在意。

半个小时后，洗浴战斗结束，她裹着头巾从厕所出来，正巧看到有人坐在凳子上吹头发。

不知道他是什么时候回来的，甚至洗了个澡，短袖睡衣被提到肩膀处掖住，露出起伏的大臂肌肉，上头还挂着水珠。

少年随意地搭着腿，跟腱明晰，脚踝凹陷进去一截，整个人好像还弥漫着水汽，头发半湿着，一只手正边理头发边吹。

生活化的细节让他真实得有点虚幻。

看到乔亦溪，他也没太惊讶，从抽屉里又取了个吹风机递给她。

“谢谢。”她恍惚地小声说着，“阿姨呢？”

“出去散步了。”

她点了点头，本来想问“你怎么回来了”，可转念一想这是他家，他回家有什么稀奇的，想回随时都能回。

就这样，两个人坐在插头边吹干了头发，像完成了二重唱。

刚收好吹风机，虾饺就从阳台上“咚咚咚”地跑过来开始叫。

乔亦溪俯下身摸了摸它的下巴，看它仍对着周明叙叫，便问他：“它想要什么吗？”

“在等，”周明叙从桌上拆了袋零食倒进虾饺碗里，“等我给它带零食回来。”

这么说，他是为了给虾饺带零食才回来的。

小家伙得了零食，开始“吧唧吧唧”地嚼起来，尾巴一晃一晃的。

乔亦溪看着周明叙：“你每个周末都回家？”

“看情况，有空就回来。”他揉揉脖子，“家里打游戏舒服点。”

她点头表示明白了，晃晃手机：“那我们玩一局？”

他们有几天没一起打游戏了。

他揉了揉蓬松的软发，勾唇笑了笑：“好。”

马期成和傅秋好像二十四小时在线一样，随叫随到，立马响应邀请上线。

今天周明叙带她打的是雨林地图，这个地图挺漂亮，郁郁葱葱的绿树生机盎然。

她在一边的房子里搜东西，因为对这个地图不熟悉，所以有时候站在路中间会有点迷茫——这个房子她搜过没有？

迷茫不过三秒，她忽然听到“砰”的一声，惊雷般的轰炸声响起，乔亦溪的人物随之倒地。

“哈哈哈，乔妹居然被‘天降正义’炸倒了，”马期成笑得直点鼠标，“这个轰炸区太神了吧。”

轰炸区也是游戏设定，飞机会在一个小圈子里随机轰炸，轰炸的威力不小，大家开玩笑的时候也叫它“天降正义”，只有被神选中的孩子才会“幸运”地被炸死。

傅秋接过话：“没事，倒了还能扶……”

话没说完，第二道轰炸再次福泽乔亦溪的身边，她在蘑菇云一般的火光中被炸成了盒子。

连炸两次，连被救的机会都没有。

马期成在对面笑出鹅叫，傅秋也忍俊不禁，就连周明叙都笑了。

打游戏时一向蹙眉的周明叙笑得胸腔都在颤，也算是难得了。

乔亦溪感受着耳机里的三重奏：“笑什么，没见过被随机炸倒的人吗？”

周明叙的手指仍在键盘上敲击，他眉眼微弯：“连着两道直接被炸死的，还真没见过。”

说完，他从房子里跳出去，捡脚边盒子里的东西。

乔亦溪心想，这个盒子怎么有点眼熟呢……

“我都被炸死了，你还舔我的包，周明叙你是人吗？”

少年右手扶额，忍不住扩大嘴角的弧度，像是愉悦极了。

马期成劝道：“乔妹，莫要动怒，他这是代替你活下去。一般人的包，叙神可不稀罕。”

“我又不是一般人。”

周明叙挑了挑眉。

“今晚的我是个绝世倒霉蛋。”乔亦溪十分慨然地放下手机，目光悠长地落在窗外，“我觉得不是我在玩游戏，是游戏在玩我。”

后来三个人开车，乔亦溪看着空出来的那个座位，想起了某部电影里的经典台词。

“周明叙。”

“嗯？”

小姑娘撑着脑袋，语调凄凄惨惨：“我觉得，坐在这里的，本来应该是四个人。”

“不一定，”他道，“马期成也不算人。”

后来他们还在打，她准备去睡了，睡前跟虾饺玩了一会儿。

虾饺本来在她房间里，忽然光速冲到周明叙房间，把周明叙的手表叼到了她床上。

打完一局，周明叙无奈地走出房间：“我手表去哪儿了？”

“在我这儿，喏。”乔亦溪把枕边的手表递给他。

虾饺独自待在阳台有一阵了，这会儿，有断断续续的、似狗叫又似猫叫的声音从阳台上传来，语调有些凄婉，还有些求欢的意味。

游戏打久了，周明叙感觉胸口有点闷，顺势解开了一颗胸前的扣子。

乔亦溪本来还觉得一切正常，结果躺下的那一瞬，看到少年在她门口……噙着笑解开了一颗扣子？

什么玩意？

她心里的警灯闪了一瞬，盯着他胸前的纽扣道：“怎么……突然……”

周明叙的目光还落在阳台上，想起医生说的，绝育的猫三个月内发情是正常现象，所以这叫声也不稀奇。

他以为她在问猫，便毫无遮掩地低声道：“发情了。”

少年声音低醇，掺杂着一丝沙哑和意味深长，倒像是真在想什么了。

乔亦溪的背脊一瞬绷直，她没想到少年的欲念说来就来，并且如此直白。

这该不会是在暗示她，今晚两个人来做点什么吧？

想了想，她从抽屉里抽出之前准备的书放在枕边。

这是她为男女同居生活准备的功课。

周明叙看她阵仗那么大，于是也侧身看了一眼。

三本书并排摊开，颜色醒目，端正的宋体黑字映入眼帘——

《同居禁区：向纵欲人生说不》

《翩翩君子：不要伸出你罪恶的魔爪！》

《合理距离：你一定不是那个衣冠禽兽！》

周明叙的手指垂落至衣襟，他蹙着眉道了句：“什么……意思？”

“啊，”她抓了抓眉尾，“就是看看书嘛，看看书。”

他思索了片刻，恍然大悟：“我是说虾饺发情了。”

乔亦溪倏然抬头：“它不是做了绝育手术吗？”

“绝育手术后三个月内会发情，是正常现象，”周明叙淡声科普，“过阵子就好了。”

无论是公猫还是母猫，绝育都有益于身体健康和寿命延长，还能避免虾饺四处留情，从而变成一个“不合格”的父亲。

乔亦溪后知后觉地反应过来，虾饺今晚的叫声的确有点不同寻常。

“那，我们要帮它做点什么吗？”

“不用。”周明叙又抬手扣上那颗扣子，“现在说说你的书的问题。”

她清了清嗓子，目光飘忽：“我的书怎么了？”

少年修长的手指逐个点来，不疾不徐地念道：“向纵欲人生说不？罪恶魔爪？衣冠禽兽？”

作为对同居生活早有准备，且思维缜密的小乔姐姐来说，低级错误她自然是不会犯的。譬如此刻，为了避免警戒之后的尴尬，她为自己准备的台阶是——

“不是你想的那样，”她灿着眸子真诚地道，“这些都是我最近在看的书，因为书名不是特别好听，我就随便找东西包了一下。”

乔亦溪把《同居禁区：向纵欲人生说不》的外皮掀开，里面果然别有天地，又是一本新书的名字。

甚好。

既可以把书名做提醒之用，又可以在提醒后恰到好处地圆场，不会让双方陷入尴尬，点到即止。

周明叙垂眸看了一眼，里头那本新书的名字赫然是《新婚 101 夜：总裁大人你轻点》。

这种小说……好像是该遮掩一下。

乔亦溪也随着他的目光看了一眼，一时竟不知道要说什么好了。

离开学校之前，她随便在舒然桌上抓了三本书包装，现在才发现居然是这样的小说。

她真的不明白，很多当代女大学生看起来无欲无求，为什么私下里喜欢看这种小说？

他勾着唇低笑了声，不知道在笑什么。

他转了个身，离开前咬着沉音同她道："那你好好看。"

乔亦溪捏了捏鼻梁，绝望地把书重新塞回抽屉。

舒然能靠谱，母猪会上树。

周六晚上有提琴课，乔亦溪准时背好大提琴前去上课。

虽然已经上了大学，专业课似乎不用再补了，但她觉得学校老师难以兼顾每个学生，她不能放低对自己的要求。

距离下课还有十分钟的时候，一个熟悉的侧脸准时出现在窗户外头。

旁边的女生用谱子戳乔亦溪："啊，外面那个又是来等你的啊？"

"严格意义上讲，不是等，是接。"她小声道。

不用想就知道，周明叙肯定又是被周母发配来接她的。

生儿子真好，有什么事都能交给儿子做。

女儿就不行，这么晚的天可不放心女孩子到处瞎跑。

乔亦溪天马行空地想着，忍不住感慨了一句："我也想生儿子。"

旁座女生一下睁大了眼睛，难以置信地看着她："不是吧，你们俩都到这一步了？开始讨论生儿育女了？"

她摆摆手："你想多了，我只是觉得男孩方便，我和他什么关……"

"好了，今天的课就上到这里，下课。"老师的声音打断了她即将要出口的话。

旁座女生才不听她解释，促狭地拍了一下她的肩膀，然后蹦蹦跳跳地走了。

乔亦溪收好东西，也出了门。

有几个女生不愿意走，围在门口叽叽喳喳地讨论，目光控制不住地往周明叙身上飘。

也不知道这些女生是怎么回事，一见到他就讨论得热火朝天，可一个上去搭讪的都没有，还没 A 大那些女孩子勇敢。

周明叙正在低头看手机，乔亦溪伸手在他面前晃了晃："走吧，人气王。"

回去的路上，她买了个小猪挂件放手里把玩，和他一起慢悠悠地走在路上的时候，听他问："明天有没有课？"

"明天没有，这个课两周一节，怎么了？"

"没什么，"他道，"就是明天有事，没法来接你。"

说有事就有事，果然，第二天一早周明叙就出去了，她起来的时候他人影都没了。

吃午饭时，周母着急地道："明叙怎么还没回来？"

乔亦溪戳着米饭："他干什么去了？"

"跟一个老师见面去了，说好中午回的，到现在也没回。"

"那可能是太久没见，所以聊得久了一点。"

"聊得饭都不吃呀？"周母想了会儿，"亦溪，你等会儿是不是要下去练滑板？"

"嗯，就去公园。"

"那我装份饭，你顺便帮我带过去吧。"周母道，"那家咖啡厅底下是个网吧，我怕他打游戏打得没饭吃。"

她笑笑："不是可以点外卖嘛。"

"外卖都不干净，还是自己做的好一些。"

长辈心里"外卖不干净"的思维已经固化，一时无法开解，她只好带着那份爱心便当赶往周明叙所在的咖啡厅。

今天天气有点阴沉，乔亦溪仰头看了眼，铅灰色流云沉沉压下，像要下雨的前兆。

没过一会儿，她就感觉有雨滴在自己脸颊上。

她还没来得及观测这雨到底是什么趋势，一场倾盆大雨就淋了下来。

暴雨来得快去得也快，光速把乔亦溪淋了个透心凉后，就停了。

她抹了一把脸，感觉这雨是在故意跟她作对。

匆忙清理了一下衣服，她决定先去一趟咖啡厅，等会儿再回去洗个澡。

推开咖啡厅大门，空调冷风迎面扑来，她瑟缩了下，给周明叙发了条微信消息："在哪儿呢？"

周明叙：“漫咖啡二楼。”

乔亦溪：“好，我带了东西，在楼梯口等你。”

楼梯口正对着立式空调，空调温度很低，吹得她一阵冷一阵热，她只好换了个位置。

十五分钟后，周明叙下楼，看到站在楼梯边的少女。

她头发湿成一缕一缕的，在空调冷风里抱着臂，衣服湿漉漉地贴在身上。

他走到她面前，蹙了眉：“怎么湿了？”

“刚刚遇到阵雨了。”她声音微颤，举起手臂，“喏，阿姨让我给你带的饭。”

周明叙打开保温袋，探手进去触了触，竟然还是热的。

自己身上淋成这样，便当倒是一点没洒。

他又拉上拉链。

乔亦溪问他：“你现在不吃吗？”

“不吃。”

“你淋雨了，”他把手上的外套递给她，“我们先回去。”

回去之后，乔亦溪立刻洗了个澡，但身体状况并没有因此缓和多少。

晚餐过后，周母问：“明天有课吧？今晚送你们回学校？”

她头还有点晕，小声道：“我明早再走吧。”

“可以，那明叙也明早跟亦溪一起走吧。”

周明叙放下手里的筷子，“嗯”了一声。

第二天一早，周明叙发现乔亦溪房间的门还关着。

周母已经上班去了，他叩了叩她门框：“乔亦溪。”

喊完之后他就去洗漱了，结果洗漱完后，她房间里还是没有丝毫动静。

他又走到她门口，催促：“该起床了。”

没有回应，连翻身的声音都没有。

周明叙沉吟半晌，拧开了她房间的门：“乔亦溪？”

她正蜷在被窝里，明明天还热着，她身上的被子却盖得严严实实，还把外套也压了上去。

他蹙了眉，听到她迷迷糊糊地哼唧了两声，脸在枕头上摩挲了一下，面颊微红，不太舒服的样子。

他俯身探出三根手指压上她额头。

很烫——发烧了。

“你发烧了。”他说，“手机在哪儿，我先帮你请个假。”

“枕头底下。”她糯着鼻音，混沌不清，“我起不来，不想走去医院……”

周明叙手指动了动：“那就不走了，我叫医生来。”

“嗯。”她不轻不重地漾出一个音节。

拿到她的手机，他才发现有密码锁，他没再问她密码，转而给郑和发了微信消息：“通知乔亦溪室友，她发烧了，不能去上课。”

郑和蒙了：“我怎么知道她室友的联系方式？”

“去找。”

发完这两个字，他就把手机扔到了一边。

医生要半个小时之后才能来，他又找了一床被子给她盖上。

被子里的小姑娘有点不太情愿了，拱来拱去，小泥鳅似的。

“热。”

“出点汗就好了，”他把被子掖得更加严实，“别乱蹬。”

乔亦溪皱了皱鼻子：“你今天好严格，妈。”

周明叙淡淡地道：“我不是你妈。”

她费力地挤着一只眼睛，掀开另一只眼的眼睑，觑了他一眼，又闭上了：“噢，小周啊。”

她裹在被子里安眠，医生到来后，给她塞了个体温计。

“怎么发烧的？”

少年的喉结滚了滚：“应该是淋雨之后吹了空调冷风。”

医生点了点头，量完体温之后给她开了一盒药，还有几张退烧贴。

“过会儿她醒了，就叫她起来吃点温和的东西吧，比如粥之类的。”

他说“好”，随后送走了医生。

周明叙第一次照料人，不太熟悉，点开外卖软件叫了两份粥，便靠在窗台边发呆。

粥到了之后，他试探着道了句：“要不要起来喝粥？”

本以为她不会回应，谁知道她竟点了点头，从床上坐了起来。

然后她就那样靠在床头等粥，丝毫没有伸手要接的意思。

她的意思是……等他来喂？

她现在这样，和虾饺生病时等投喂的模样如出一辙。

过了好半晌，周明叙才视死如归地拿起勺子。

算了，好歹她也是为了给他送东西才发烧的。

周明叙舀了一勺粥递到她唇边，咳嗽了声，示意她张口吃。

乔亦溪想也没想就吃了一大口，烫得差点当场去世。

她脑袋往后晃了晃，眉头轻轻皱起，浅粉色的舌尖若有若无地往外探着降温："把我烫死，你能得到什么好处吗？"

全身无力的她声音也软趴趴的，没什么攻击性。

末几，他等粥凉了一点，又舀了一勺递到她唇边。

乔亦溪抗拒地往旁边闪了闪："不要……烫。"

周明叙收回勺子，目光飘忽不定，最终像是做了下心理建设，认命又无奈地低下头，对着勺子里的粥吹了两口。

他再次递过去，她又往旁边躲，表示自己对温度的恐惧。

"不烫。"他不太适应地抿了抿唇，喉结滚动，半垂眼睑，"我吹过了。"

少年的声音低低的，带着安抚和诱哄的味道，像棉花糖滚到喉咙口。

她张嘴尝了一小口，发现果然不烫，这才满意地吞了下去。

小姑娘烧得七荤八素，眼睛是闭着的，头仰起来，脑子里混混沌沌像一锅糨糊，说话全靠本能。

她扬唇笑了笑，梨涡陷进去，像个陷阱："剩下的你也吹吗？"

周明叙沉默半晌，叹了口气，舀了一勺白粥，吹了两口，递到她唇边："嗯。"

第五章
耳根红透

昏睡到下午，乔亦溪才慢慢清醒过来。

她揉了揉眼睛，看到自己手上打过针的创可贴，一时间有点恍惚。

她刚刚好像发烧了？

记忆不太清晰，她赶紧抬手摸了摸额头，幸好打过针后已经退烧了，现在的温度是正常的。

只是身上的重量有点不太正常，乔亦溪把被子上搭着的外套推到一边，掀开被子准备下床。

她掀开一床被子发现还有一床，再继续拉，还有一层……

她居然在三十度的天气盖了三床被子？

她的房间就一床被子，这么多存货应该不是她自己搜刮来的，大概是周母给她加的吧。

出了房门，客厅和厨房都空荡荡的，只有阳台上的虾饺在猫爬架上活蹦乱跳。

乔亦溪开了阳台门，虾饺立刻冲到她腿边求摸摸，她一边撸猫，一边点外卖。

因为打过针，现在口腔里还残留着一点苦涩余味，恰好桌上摆了盒柠檬糖，她便打开吃了一颗。

没过多久，周母便拎着一袋菜回来了。

开门见到她，周母有些惊讶：“这么早就下课回来了？”

她也跟着怔忪了几秒，这才说：“我今天没去上课来着。”

“啊？怎么没去上课？”

“上午发烧了。”

周母看起来对此一无所知，赶紧放下手里的塑料袋来探她的体温：“还好现在不烧了，去医院了吗？”

“好像……打针了？”她看着手上的医用创可贴，“我也不太记得了。”

她每次发烧都很迷糊，通常不太记事，不知道自己做过什么。

这时，门锁一响，是周明叙回来了。

周母回头看他：“上课去了？”

少年低低地“嗯”了一声。

周母道：“你没和亦溪一起走啊？”

周明叙把门带上，陈述道：“她发烧了，我走的时候就没叫她。”

乔亦溪眨巴着眼睛看过去：“那……是你帮我请的医生吗？”

周明叙点头，对上她的视线：“假也帮你请过了。”

既然医生已经上门诊治过，乔亦溪的烧也退了，周母便道：“那我先去做饭吧，吃完饭亦溪早点休息，估计明天就好了。”

第二天，她的状态的确好了很多，跟着闹钟响准时起床，开门的时候正好碰上周明叙出来。刚洗完脸的少年干净清爽，瞳仁黑得发亮，发丝沾湿，荷尔蒙跟不要钱似的往外冒。

她摸了摸后脖子，飞奔进洗手间刷牙。

两人在楼底下吃了早餐，站在路口拦车，准备去A大。

此时正值上班高峰，经过的出租车全部载着客，停都不带停一下的。

“要不咱们坐公交车吧，再等下去要迟到了。”乔亦溪指了指前头，“再往前一站有很多出租车在那儿发车，你可以过去拦出租车。”

恰巧一辆公交车停站，乔亦溪抓着他的袖子往前一推：“走，先上去。”

周明叙半只脚已然踏上了台阶，袖子还被一截细软的手指紧攥着，他低头看了眼，抬脚往车里走。

乔亦溪刷完卡之后站到他身边，却被身后的人挤了一下，下意识地抬头看他。少年抓着最高处的栏杆，正皱着眉看着窗外。

她蓦然想起两人在公交上重逢时，他也是这么皱着眉，而郑和一个劲地劝他忍忍。

“我忘记你不喜欢坐公交车了，”她补救一般道，“不过下一站你就可以下了，那里有出租车。”

“不用。”他定了定神，“过会儿就到了。”

“也是，等会儿就能转地铁了，”她说，“地铁上人会少点。”

这应该算是去往A大上学的一条常规路线，很多学生都会先搭公交车，然后转地铁直通A大。所以周明叙上车没多久，后排有两个女生就眼尖地发现了他。

双马尾女生扯扯同伴：“你看前面那个很高的，是不是周明叙？我们过去看看吧？”

丸子头女生眯了眯眼：“周明叙是谁啊？我不过去，我永远只喜欢电竞社男神，绝不变心。”

双马尾道：“这俩是一个人。”

丸子头当即改口：“是个好提议，咱们过去吧。”

两个女生从后头挤到车厢前半截，正好听到乔亦溪跟周明叙聊天。

乔亦溪的声音跟着车抖了一下：“我昨天……应该没做什么出格的事吧？”

周明叙脑子里闪过某些画面，不太自然地轻咳一声，似是没懂：“嗯？”

“就是，我发烧的时候喜欢提一些莫名其妙的要求，”她偏头，举起手指在脑袋旁画了几圈，“可能是脑子被烧坏了。比如上次在舒然家发烧的时候，我要她叫我三声爸爸才肯吃药。但我烧退之后完全不记得了，要不是她录了音，我可能一辈子都发现不了我这个隐藏属性。”

周明叙默然几秒，又倏地笑了：“所以，叫了吗？”

“叫了。”她下意识地回答，随即又反应过来，“你关注的重点是不是不太对啊？”

“哪里不对？”

乔亦溪说：“你不是应该诧异我让别人叫我爸爸吗？”

这有什么好诧异的。周明叙垂眸，你还让我把整整两碗粥，一勺一勺地吹好送到你嘴边。太烫了不行，凉了也不行，吹慢了不行，快了也不行。这么比起来，叫三声爸爸又算得了什么，搞不好初为“人父”的你还给了点压岁钱。

他正在腹诽，忽然感觉手臂被戳了两下。

小姑娘手指悬在空中，指尖圆弧形状漂亮：“所以，我对你提了什么无理要求吗？”

宛如走马灯般，周明叙脑海中循环播放着某个场景。

他跟个老妈子似的，坐在她床沿边吹粥，半点没有平日里战场上叱咤风云的样子，马期成他们要是知道了，估计能笑到缺氧。

这要他怎么说，压根开不了口。

最终，他淡淡地摇头：“没有。”

乔亦溪松了口气：“那就好，我还怕我要你端茶递水做我小弟呢。”

双马尾和丸子头在后面听了好一会儿，虽然听不太清楚，但好歹听到了些关键字。

丸子头下了车，心里把方才听到的信息理了一遍，这才颇为悠长地叹道：“真想不到，有的帅哥表面上光鲜亮丽，背地里居然喜欢别人叫他爸爸。”

乔亦溪对某些误会的形成一无所知，只是从周明叙口中得知自己没做什么坏事，很是放松了一些。

两个人很快到了学校。

穿过学校门口一大排美食店时，乔亦溪喊了停：“等一下，我帮舒然带份早餐。”

早餐店里人有点多，要等个几分钟的样子。

她随便张望了下，从手边抽出一张纸，仔细一看，是 WINNER（优胜者）电竞赛的宣传单。

WINNER 电竞赛就是马期成他们之前说的那个比赛，算是高校间的比赛。这次赛方有了金主，也和几家大公司有了合作，冠军或有机会进入知名战队，作为重点培养的职业选手。

没想到早餐店也是个报名点。

她顺手把那张宣传单递给了周明叙：“你参加吗？”

周明叙扫了两眼，然后伸出手指勾了勾：“带笔了吗？”

她眼睛一亮：“你真要参加？”

他轻松地道：“试试吧。”

上次乔亦溪说的话他也想过，他的确不喜欢一成不变的生活，各种挑战和机遇都可以选择一试，毕竟未来怎么走，谁也不知道。

况且现在等着太无聊，他刚好填报名表消磨一下时间。

当他随手填好报名表时，乔亦溪点的奶黄包也出炉了。

乔亦溪帮他把纸张塞进报名箱，再三和老板确认后才离开。

那个周末她本打算不回周家，就待在学校，结果她把洗面奶落在了周家，所以不得不再去一趟。

周六晚上，乔亦溪在空地上练习滑板的时候，看到一个熟悉的身影从楼道里走出来。

她足尖点地，恰好停在周明叙跟前："干什么去？"

"买糖。"他扶了扶后颈，"打游戏打得头疼。"

"我跟你一起去吧，刚好我想买瓶酸奶。"

"好。"

他不疾不徐地往前走着，她踩着滑板紧随其后。

"你妈真好，我妈都不准我吃糖。"

周明叙回头看了她一眼："怎么？"

"怕我蛀牙啊，平时吃她就会说我，要是晚上吃……"她舔一圈嘴角，"还会落一个长胖的罪名。"

他顿了一下，感觉她说得有点道理，于是佯装回身："那我不买了。"

"别啊，"乔亦溪轻皱眉头，"都走一半了，回去多浪费。你趁牙齿不注意的时候吃，不就不会长蛀牙了吗？"

"好主意。"少年笑着，又折回身子，继续往便利店走。

乔亦溪扬头展望："你这到底是要去哪儿啊，我们都路过一个超市了。"

"那种糖只有可宁路才有的卖，"周明叙道，"其他地方没有。"

"你放茶几上的那个柠檬糖吗？确实很好吃，"她回忆了一下，"听说可宁路有家甜品店的甜品很不错。"

抵达可宁路，周明叙买了几盒糖，而闻到沿路的食物味道后，乔亦溪也有点馋了。

便利店旁边就是那家颇负盛名的甜品店，靠近门口的冰柜里摆着块芒果千层，甜而不腻的奶油裹着新鲜芒果，不用凑近都能想象出味道。

大概是玩了会儿滑板真有点饿了，一看到周明叙从便利店里出来，她就遵从内心叹了句："我有点想吃蛋糕了。"

她本来觉得他会骂醒自己，又或者劝她别吃，但少年竟抬抬眉：“吃吧。”

——然后她就真的去买了。

罪恶的脚一步步拾级而上，罪恶的语言系统告诉店员她的目标，罪恶的手拿出手机扫描付款码，罪恶的灵魂亟待出笼。

三分钟后，她和滑板一起坐在了椅子上，面前是待人采摘的芒果千层。

如果再看细致一点，她好像能看到千层上浮现出一个可怕的数字，那是夜晚进食奶油的超高卡路里值。

周明叙就靠在她对面，眼尾稍稍掀了掀，示意她可以开始享用了。

乔亦溪思索片刻：“你转过去吧。”

周明叙蹙了蹙眉：“去哪儿？”

“背对我，”她挥了挥手，启动梨涡攻势，“别看着我就行。”

周明叙道：“怎么？”

乔亦溪端正地坐好，非常学术派地解释道：“如果没人看见我吃的话，这块蛋糕就是零卡路里。”

听着她的歪理，周明叙溢了道笑音，转动椅子背对着她，开了一局游戏。

自欺欺人地吃完蛋糕后，乔亦溪又开始一本正经地胡说八道：“我休息好了，周明叙，我们走吧。”

周明叙转头看了一眼空空如也的桌面，理解地点了点头。

出了甜品店之后，乔亦溪用“等会儿跑步半个小时”这个借口稀释了夜晚吃甜品的罪恶感，只是下台阶的时候还在和他确认：“你等会儿就把我来这里的事忘掉吧？你妈要是知道了，肯定会告诉我妈，我妈能给我唠叨一篇万字作文出来。我上次晚上吃炸鸡，她就把我一顿痛批，好像我马上就要得癌症了一样。”

见他没回应，乔亦溪又忍不住蹦到他身边叫他：“周明叙。”

“怎么？”

她继续提醒道：“我刚刚干的事……”

少年回过头，打断她：“你刚刚干什么了？”

他眉头轻皱，目光之真挚，言辞之疑惑，仿佛陪她进甜品店的根本不是自己，而她也正直得没有动一点食欲。

迎着街道旁忽明忽暗的灯光，他的轮廓被模糊成剪影，好看得有点过分。

乔亦溪张着唇愣了一瞬，忽而明白了什么，跟他交换了一个“你知我知”的眼神，手背在身后，偏了偏脑袋。

很上道嘛。

像跟人对了个暗号，小姑娘狡黠地眨了眨眼，舔掉舌尖上最后一丝奶油证据，嘴角控制不住地一点一点扬了起来。

她凑到他耳边，带着芒果气味的吐息丝丝缕缕地飘摇：“什么都没干。”

回去的路变得出乎意料地短，乔亦溪还在回味场景和味觉的时候，电梯已经把他们送到了九楼。

坐在沙发上边看电视边玩游戏的周母探头往门口看：“怎么去了那么久？”

周明叙把那一袋子糖扔到了桌上。

“就买了这些啊？”周母问，“亦溪没买什么吗？”

芒果千层的余味还在唇齿中荡漾，乔亦溪用舌尖扫了扫，没想好怎么回答。

周明叙抬了眼，干脆利落地答道：“没有。”

这是什么人间好伙伴？

乔亦溪暗中给他比了个大拇指，向后退了几步：“阿姨，我下去跑步了，一会儿就上来。”

在周家休息了两天，又得回学校上课了。

不过在寝室住安生自在，除了条件不太好，其他的都还算可以忍受。

周四晚上，乔亦溪出门买水果，路过学校某条街的时候，发现新开了个游戏摊子。

大概是最近学校情侣越来越多，这些老板发现了商机。

她心道，反正回去也没啥事干，就花十五块买了十支箭。

不远处有个靶子，游戏规则也很简单，射箭，最后看有多少箭中了靶心，中八个送一个大玩偶，中七个是送星空灯，中六个送立式镜子……

乔亦溪气沉丹田，缓缓眯了眯眸，箭从她手中飞旋而出。

沉闷的一声响，是箭上了靶，她还没来得及看落在了哪一环，就听到身后传来熟悉的声音：“厉害。”

半明半昧，似笑非笑。

乔亦溪回过头去看，见周明叙插着兜站在她身后，一副悠闲欣赏的样子。

她没想到在这儿也能碰到他，便问：“你来干什么？”

周明叙扬眉，目光指了指对面网吧，示意自己刚从里面打完游戏出来。

她点了点头，继而去看自己的箭到底归属何处。

扎歪了，离靶心非常远，差一点就脱靶了。

“这就是你说的好箭吗？”她怀疑周明叙眼花了，嘟囔道，“搞得我还真以为自己是什么神射手。”

他垂着眸低笑了一声：“你的箭和你的枪法一样。”

“怎么说？”

“总是能完美避开所有目标点。”

这话说的……乔亦溪咬了咬牙，不服输地把手里的箭递给他：“行，你来，世界冠军你来。”

周明叙顿了一下，接过她手里的箭。

这时候，摊主跑来道：“小姑娘，不能找别人帮忙哟。”

乔亦溪晃着脑袋往旁边看了一眼：“那边不都是两个人一起吗？”

摊主愣了下，看看那边，又看看她和周明叙，便没再继续阻拦，回位置上坐着了。

不远处隐隐飘来对话，女孩子甜腻的“老公，人家想要星空灯嘛”递入耳内，乔亦溪霎时起了身鸡皮疙瘩。

原来是情侣啊。

她刚刚居然还用自己跟人家作比。

她有点虚地看了周明叙一眼，发现他好像并没听到，正在认真游戏，这才松了口气。

很快，她就没再琢磨这个美丽的误会，而是认真看周明叙射击。

不得不说，“击杀王”就是“击杀王”，那箭在他手上就跟有灵性一样乖。

周明叙一共中了七箭，可以得一个星空灯。

大概很少人能中这么多，老板连灯都没有摆出来，在袋子里翻了很久才找出来一个。

“不错嘛，厉害呀小伙子。”老板朝他一边递灯一边夸赞道。

周明叙却没抬手，侧头看了乔亦溪一眼，眉抬了抬：“还不接？”

乔亦溪指着自己：“给我啊？”

“不然呢？”他揉揉发顶，“我拿着也没什么用。”

恭敬不如从命，她心情颇好地抱着灯回了寝室。

晚上熄灯之后，她下床去上厕所，无意间摸到星空灯的开关，浅蓝色灯光一下铺满墙壁，在墙上绘出曼妙星夜，月色交融。

舒然掀开床帘往外看：“哇哦，什么东西这么好看？”

阮音书揉着眼睛迷迷糊糊地道：“我还以为眼花了……”

乔亦溪委实没想到会突然被这么个东西美到，还挺惊喜的，忙拍照发了朋友圈。

“一位不愿意透露姓名的大佬所赠，有点好看。”

睡前，翻过一堆提示后，她发现周明叙点了个赞。

周末的时候，大家一起打游戏，她的队友还是雷打不动的三人——周明叙、马期成、傅秋。

马期成从知道周明叙报名了电竞赛就一直在叨叨，就跟夏天的蚊子似的，“嗡嗡嗡”在你耳边吵个不停，偏偏你又打不死。

“我的天哪，你要真是一战成名，岂不是会有战队看上你？

“啊，你说，要是真有战队跟你签约，你签不签？签了是不是要休学去打职业？可是A大那么好，不像我们大学这么水，真要抉择的话岂不是很难……

“我跟你说，之前有个直播平台要签我去做游戏主播，但是我看平台挺小的，就没答应。”

他一个人在那里说得特别起劲，大家应该都没怎么听。乔亦溪在房子里转来转去，听到脚步声，她问周明叙：“你现在不在我楼上吧？”

“不在。”

“楼下呢？”

“也不在。”

周明叙把屏幕转了转，很快发现她那边有人，只是他现在在房子四楼，不大方便跳下去。

他说了声：“红色房子里有人。”

马期成立马道：“我去看看。”

马期成跑到红房子楼下转来转去：“哪儿呢，人在哪儿呢，我没见着啊？”

周明叙眼睁睁看着那人丢了个雷，已经端枪准备打乔亦溪了，而马期成却还在楼底下茫然地瞎转。没时间再磨蹭了，他直接从天台跳下去，开镜瞄准，然后爆头。

马期成听到枪声后赶紧道："人死了啊？到底在哪儿呢，这给我一顿找，还没找到。"

周明叙淡淡地说："眼睛不需要的话，可以捐给需要的人。"

"怎么说话呢？！"马期成咳嗽了一声，"好歹这把我也杀了五个人了好不好。"

马期成又挑衅地问他："你呢，周明叙，杀了几个？"

周明叙道："十三。"

这下马期成闭麦了："哦，打扰了。"

乔亦溪往右上角看了眼大家的血条，发现周明叙的血居然掉了不少。

她问："刚刚那人打你了吗？"

"没有，我从楼上下来摔的。"

马期成感慨："太英勇了，为了拯救队友不惜跳楼，叙神，你真是个好人。"

少年没什么情绪地道："滚。"

这周乔亦溪有提琴课，所以周末是待在周家的，本来两个人还准备打一局，正欲点"准备"，一个球团子跳到了她的腿上。

虾饺趴在桌沿，伸爪子去蹭乔亦溪的手，然后把她的手往自己的脑袋上放。

她顿时明白了，摸了摸虾饺的头，跟周明叙说："你们玩吧，我陪虾饺玩会儿。"

马期成好像又被点着了："你陪虾饺玩？那臭东西没挠死你？上回都给我留下心理阴影了，又是把我手机往水里拍又是咬我的，不知道的还以为我抢了它老婆。"

"它不可能有老婆了，"傅秋提醒道，"它现在是没有蛋的公猫，已经不配拥有爱情了。"

马期成顿悟："对哦，这么一想我就释怀了，起码我有。"

傅秋道："你有不也找不到老婆？"

马期成作势要发怒："你个狗东西又开始胡扯了？！"

两个人又在队伍里杠上了，乔亦溪正在给虾饺顺毛，谁料小东西又伸爪子去打周明叙的手，示意他也不要再玩了。

就这样，两个人被一只猫终止了今晚的游戏事业，就在桌边陪它玩。

它似乎很喜欢乔亦溪身上的味道，总是咬她的袖子，周明叙皱着眉连声制止，又被乔亦溪摇头打断。

她问：“你打游戏的时候，它也经常让你陪它吗？”

“那倒没有，它比较喜欢烦我爸我妈。”

乔亦溪笑：“它好像有点怕你。”

有的猫闹腾的时候直接瞎踩主人的键盘，虾饺就不会，只是试探性地蹭他的手。

“嗯，我平时对它比较凶，”他合眸，“但是你在的时候，它的胆子好像大了很多。”

由于前一天晚上没有好好再打一局，第二天一早醒来，乔亦溪自己进游戏开了个单排。

一个人打的时候就孤独多了，既没有马期成在旁边碎碎念，也没有周明叙的枪声迭起，她跳了 P 城，搜了半天只捡到一把霰弹枪。

这个枪怎么形容呢？属于会打的人很会打，不会打的就完全是瞎打。

因为它虽然伤害值很高，但是一次只有一发，打完还要花几秒钟上弹，如果不能打得很准，是完全比不上步枪的。

她正祈祷自己不要遇着人，结果绕过一个转角就看到了敌人，她开了一枪，也不知道中没中，等上弹的时候毫不意外地被人打死了。

去周明叙房里喊他起床的时候，她还在叨咕：“以后真的不能用霰弹枪了，像我这种枪法不准的只能用子弹多的枪，不然只能打一枪还打不中，就只有死……”

话说到一半戛然而止，因为她发现周明叙正坐在床上拿着手机打游戏。

而他手上端着的，好死不死正是霰弹枪。

他这一局已经快完了，正在从下往上打蹲在楼梯口的人，那人手上拿着一把子弹多伤害又高的 AKM，他居然在冒头的那一瞬一枪将其打倒，然后退下去，上弹，再冒头。周明叙凭借自己超强的临场反应能力和控制能力，两枪就干掉了对手。

吃鸡了。

用霰弹枪吃鸡了。

在乔亦溪的世界里，这几乎是不可能的事情。

她嫉妒得握紧了拳头：“你对这个游戏太不尊重了吧。”

他笑了声，正要说什么，手机铃声忽然响起。

是个陌生来电，他本来想挂掉，但是乔亦溪说：“万一是快递呢？”

顿了一下，周明叙转而接起，等那边先说话。

“你、你好，我是艺术系环境设计班的姜甜，你是周明叙吗？听说你游戏打得很好，可……可以带我打吗？”

乔亦溪回味沉吟，兀自道：“艺术系啊，听说艺术系的漂亮妹子很多。”

这个自报家门的女生也还知道抓重点，而且姜甜这个名字她还有点熟悉，在系里应该算比较有名的了。

“我打游戏很菜。”一位用霰弹枪吃鸡的“击杀王”这样说道，然后挂断了电话。

乔亦溪启了启唇，抬眉，似乎没听懂：“你打游戏很菜？”

少年跟着点头，满脸诚挚：“嗯。”

就像她跟别人说自己没有微信、手机坏了一样真诚。

乔亦溪拍了拍手掌，说：“阿姨今天有事出去了，早上吃什么？”

“外卖啊，”他漫不经心地转了转手机，“不然还有的选？”

乔亦溪侧头：“你看不起我？”

这下周明叙来了兴致，眼尾扇开，瞧着她：“你会做？”

她谦虚地掸掸衣襟：“一般般吧，也就厨坛巨匠的水平。”

他没忍住笑弯了眼，惬意地眯眸：“那厨坛巨匠去准备吧，我都可以。”

厨坛巨匠退出了他的房间，不一会儿，她的手背在身后，静悄悄地凯旋了：“你选一下。”

周明叙这下是真的有点好奇了，心中似乎生出了那么一丝丝的钦佩。

“还能选？”

“嗯。”厨坛巨匠一手一桶方便面，“红烧牛肉和鲜虾鱼板，吃哪个？”

周明叙觉得自己刚刚选择相信少女的鬼话，真的是浪费感情。

“快点，水要烧开了。”她频频回望，又像想起什么，“对了对了。”

他心中又燃起一丝希望：“嗯？”

“还可以选择加根肠，我顺手给扔进去。”

除了方便面，乔亦溪也没把握能做别的东西了。

她倒是敢做，就怕周明叙不敢吃，当然，也怕他中毒——在人家家里寄住，还做顿饭把人家送进医院，怎么着都有点像恩将仇报。

见他沉默了，乔亦溪问：“怎么，是嫌弃不够丰盛吗？”她舔唇：“知足吧，我没把你家厨房炸了就不错了。”

“没有，”周明叙捏捏眉心，“太丰盛了，我有点受宠若惊。”

周明叙掀开被子下床，踩着拖鞋走过她身边。

她生怕他是瞧不起自己煮泡面的能力，准备逃离现场，赶紧道：“你去哪儿？”

周明叙站在门口，表情有点微妙：“上厕所。”

他的目光中似乎还带着一点懒散，像在问“难道你要一起吗”。

她讪笑两声，退出房间：“你上，你先上。”

出了周明叙房间之后，乔亦溪撕开了鲜虾鱼板面的盖子，拆了调料包倒上热水，打算先给自己泡一份。

没一会儿，周明叙就出来了，他已经刷过牙洗过脸，身上带着薄荷牙膏和柠檬混杂的味道。他洗了洗手，从柜子里拿了个碗出来。

乔亦溪茫然地看着他：“方便面有桶，不需要碗吧？”

“我知道。”他说。

紧接着，他拆开一袋方便面倒进碗里，加水没过面饼，放进微波炉，中火微波一分钟。

乔亦溪虽然看不懂他在干什么，但乖巧地没有出声，只是在一旁当个观众。

周明叙掐着时间，又加了调料包和两小勺醋，用筷子搅拌了一下。

中火微波两分钟后，他从冰箱中拿出鸡蛋，单手在碗沿敲了一下，掰开，一整颗蛋就听话地倾泻入碗，他修长的手指又夹了一片芝士盖上去。

又微波了一分钟，鸡蛋差不多成型，他把面饼翻上来盖住鸡蛋，再送进微波炉中火微波一分钟。其间，他又陆陆续续加了火腿肠和青菜，最后出锅，香气逼人。

入门级选手乔亦溪从没想过，泡面还能这么做。

知道的以为他在煮泡面，不知道的还以为这是非物质文化遗产呢，阵仗这么大，考究得跟做实验似的。

乔亦溪这么想着，突然记起来自己那简易版的泡面已经泡好了，忙跑去客厅，掀开盖子尝了一口。

很正常的泡面味道，好像比不上周明叙那个豪华版。

她的目光若有若无地瞟过去，视线还没来得及进入厨房，周明叙就走了出来。他抽了双筷子，连着碗一起递给她："尝一下。"

一碗仪式感十足的泡面，乔亦溪接过的时候，差点想喊一句"吾皇万岁万万岁"。

吃了一口后，她感觉清晨的光都在这一瞬间明朗起来了。

这是什么人间美味？

微波过的面吸收了汤汁，每一根都软糯鲜香，鸡蛋的口感也刚刚好，溏心顺着淌，覆盖过表层的汤，是真真正正的入味，每一寸味蕾似乎都在跳舞致谢。

如果普通泡面只是面饼和汤交往的话，那周明叙煮的这碗面，应该是面饼和汤已经进入了蜜月期，相知相识相互渗透。

乔亦溪抓着筷子，毫不吝啬自己的赞美："神仙煮面。"

"嗯，那你吃吧。"他点头，转身欲走。

"那你呢？"

他似乎心情不错，勾着唇回眸望她："我再煮一碗。"

他进行第二次"艺术创作"的时候，乔亦溪端着碗"嗒嗒嗒"地跑过去看："你是怎么掌握这个技能的？"

"忘了在哪儿看的，试过之后觉得还不错，"他俯身去调微波炉，"后来就都这么做了。"

乔亦溪看了一眼自己的手："同样是手，为什么打游戏和烹饪的差别能这么大？"

"没你想的那么夸张，我也就只会这个。"

少年的手臂撑在料理台的边沿，晨光飘洒进来，给他皮肤铺上高级又细腻的质感。他指尖半垂着，下颌线条明朗清晰，一点点刘海遮住眉眼，唇边隐约在笑。

莫名其妙地，场景有点温柔。

一回学校，乔亦溪立刻就忙了起来。

滑板社组织的活动，场地已经批了下来，接下来就是布置了。

因为场地不小，所以需要的装饰品也不少，中午休息的时间，大家都在那边帮忙。

乔亦溪本来在帮着摆椅子，忽然有人叫她："乔亦溪，有时间吗，要不你去艺术楼帮我们搬两盆花过来吧？"

"可以啊，花在哪儿？"

"就门口那两盆假花，一盆白的一盆粉的。"

"行。"

"门口有辆自行车，你骑车过去吧，那花好像还挺重的。"

她点头，拿了钥匙去开了锁，骑车赶往艺术楼。

艺术楼门口正站着人，应该是给他们送花的，见她来了，急忙招手道："滑板社的？"

"对，我们有两盆花是吧？"

"是的，"那人走过来，"放你篓子里了。"

乔亦溪刚拿完花，眯眼就看到阮音书和向沐从对面教学楼走出来。

向沐也看到她了，远远地跟她挥手，然后跑了过来："你啥时候买的自行车，我咋没见过？"

乔亦溪道："别人的，我帮滑板社搬东西。"扫到她们手上的面包，她问："你们是出来买面包的？"

"对呀，这种吐司很好吃的。"阮音书拆开袋子拿出一片往她嘴里送，"你尝一下。"

乔亦溪刚刚搬了椅子，手不大干净，没办法直接拿着吃，只好先衔在嘴里，沿路找水龙头洗手。

周明叙他们今天正好在露天篮球场打球，中途休息的时候，恰好看到她骑车经过。

少女骑得很快，身子不自觉地前倾一些，及脚踝的中长裙摆波纹一样荡漾，长发被风扬起，露出白嫩小巧的耳垂，嘴里还衔着四方面包的一角，惬意又自在，一瞬而过，极其惹眼。

树影与碎光忽明忽暗地在她身上交织，火球远远悬挂，像在她身后爆炸的一个光点。

画面像是被午后的太阳覆上了柔光。

周明叙运着球看了两眼，旁边的齐甘忽然吹起了长长的口哨。

周明叙淡淡地瞥过去：“你嘴巴漏风？”

“没有，我是让你们看看那个仙女，”齐甘将手搭在他肩膀上，“刚刚骑车那个，看到没啊？”

周明叙漠然地把搭在自己肩上的手挪开。

有人揶揄齐甘：“我可是看到了啊，齐甘，之前我们去拿篮球场钥匙的时候，你就一直在跟人家套近乎，还让人家有空来看你打球。说说，是不是一肚子坏水呢？”

“齐甘，你春心萌动了啊？”有人附和。

齐甘嘿嘿笑，没有否认：“爱美之心人皆有之嘛。”

没一会儿，齐甘又凑到周明叙身旁：“啊，你跟那个乔亦溪是不是认识？是兄弟就帮我多创造点机会呗？成了请你吃饭。”

周明叙还没回答，旁边有人笑了：“齐甘你神经病啊，叙神哪有工夫给你做媒？人家一天天打游戏收告白都累得够呛，还帮你追妹啊？”

篮球在地上滚了两圈，周明叙抬头：“对了，前两天有人给我打电话，艺术系的，是你们给的我的联系方式？”

场中突兀地传来两声咳嗽，有人心虚地打圆场：“没人吧……”

“不聊这个了，时间到了，赶紧练球吧。”

这个话题就这么被带过了。

另一边，乔亦溪忙着给社团布置场地，那几天都比较忙，好不容易告一段落，回到寝室休息的时候就听到舒然在那儿念叨：“景人路是不是新开了一家本本鸡？想吃本本鸡了。”

乔亦溪温馨提示：“那是钵钵鸡。”

“什么本本波波的……”舒然骤然回头，“你一回来就搞我是吧？”她又念念叨叨地凶乔亦溪：“就你有嘴，一天天巴啦啦的。”

“不是巴啦啦，是叭叭。”

舒然抬头：“再说一遍？”

“就我有嘴，一天天叭叭的。”乔亦溪无惧压力，再次给出标准答案和错误理由，“巴啦啦的那是小魔仙。”

舒然指了指门口：“你别进522寝室的门了，这里不欢迎你。”

乔亦溪笑：“行，我换身衣服就出去。”

“真的假的？你去哪儿啊？”

“我出去吃个饭，很快就回来，”她拍了拍舒然的脑袋，“小乔老师回来再给你批改作业。”

舒然作势要打她：“你别回来了！”

在食堂打饭的时候，乔亦溪正好碰上周明叙，他看起来刚训练完，喉结上还有汗，顺着脖颈一路往衣领里滑。

她抽了张纸递给他：“擦擦汗。”

少年接过纸巾，随意地擦了两把，还在想吃什么，找她参考道：“你点的什么？”

“可乐鸡块。”她耸耸肩，又看到他额发也湿透了，“你们打球很累吗？”

“有一点。”顿了一下，他说，“明天下午还有训练，就在露天球场。”

乔亦溪看着他，示意他继续。

他问：“要不要来看？”

少年穿着干净的八号球衣，湿润的额发漆黑，连带着眸光都泛着亮。

她偏了偏头，欣然应允：“好啊。”

次日下午三点，乔亦溪看了眼表，然后出发，经过小卖部的时候顺手买了瓶水。

空手去似乎不太好，她看那些看球赛的女孩都会带瓶水。

她本来买了瓶冰的，转念一想，周明叙他老人家不是养生吗，于是又放了回去，尝试着问阿姨：“有热的矿泉水吗？”

阿姨看了一眼外头，艳阳高照，用奇怪的眼神瞅了她一眼：“只有常温的。”过了会儿，阿姨又说：“肚子疼的话还是回去喝热水吧。”

“不是我，我肚子不疼。”她摇头，“那就换一瓶常温的吧。”

于是她就这么打着太阳伞，拿着一瓶常温水去了露天球场。

她到的时候，他们正在训练，周明叙打球和打游戏的气势非常相似，带着蓄势待发的攻击性，给人一种生人勿近的凶猛感。

他平时看着挺瘦，没想到其实也有肌肉，身材比例还不错。

她坐在场边看了会儿，他们也到了中场休息的时候。

扎堆在球场中的少年们生机勃发，连汗滴在塑胶跑道上都有种说不出来的魅力。

休息时间一到，篮球队瞬间作鸟兽状散开，她站起身，寻觅周明叙的身影。

篮球在地面上横冲直撞的声音迭起，还伴随着一些运动鞋摩擦跑道的声音。

齐甘正想去拿瓶水呢，一回头，整个人一愣，他赶紧拉了拉旁边的郑和："郑和，郑和，那边那个是乔亦溪吗？"

郑和热得够呛，正在用衣服擦汗，抬头随便看了一眼，一边扇风一边说："是啊。"

齐甘一下就兴奋起来了，见她手里还有瓶水，以为她是来看自己打球的，赶紧跳起来招了招手，做完这些动作又感觉不够帅，收敛了一下，找了个栏杆靠上，然后摆了个自认为帅气的姿势，拉出长长的口哨。

周明叙实在是不喜欢听口哨的声音，刺得他耳朵都在发疼。不过看到站在观众席上的乔亦溪，他瞬间就明白了。

"吹什么？"周明叙眯了眯眼，看向齐甘，"是来找你的？这么激动。"

"难道不是吗？"齐甘"呵"了一声，"再说了，口哨都不让人吹了啊？"

"就算不是来找我的……"齐甘有点不服气，和他呛了起来，挺直腰杆道，"难道是来找你的啊？"

观众席里的小姑娘扎着马尾，清爽明亮，手里还拿着瓶矿泉水。

周明叙闲闲散散地夹着篮球，展眉，嘴角勾了勾，神清气爽地回道："是啊。"

你说气人不气人，就是来找他的。

乔亦溪看周明叙站在那儿跟人说话，还以为他没看到自己，又挥了挥手上的水。

周明叙捕捉到她的信号，瞥了一眼旁边的齐甘，道："我走了。"

齐甘有点不爽："去哪儿？"

刚刚齐甘还以为乔亦溪是来找自己的，甚至向周明叙撂下"难道是来找你的啊"这种狠话，没想到她好像真是来找他的。

周明叙这次没回答齐甘了，直接朝观众席走去。

他接过乔亦溪手里的水，拇指顺着一转，单手就拧开了瓶盖，由于动作太迅速，还有点水洒了出来。

乔亦溪仰头，叹为观止。

没过一会儿，场中央的人喊周明叙："周明叙，你过来一下！"

周明叙擦了一把脸颊上的汗，朝场中走去。

他刚走，乔亦溪旁边的位置就被另一个人占了。

齐甘抓紧每一个时机凑到她身边，这会儿没了周明叙，他更是心下一松。

"可以帮我拿瓶水吗，仙女妹妹？"

乔亦溪愣了几秒，指指自己："我吗？"

"对啊，不然还能是谁。"齐甘说，"水就在你脚边。"

她低头一看，旁边果然有个装矿泉水瓶的大箱子，便从里面抽了一瓶递给齐甘。

齐甘拧开矿泉水盖子喝了一大口，然后问她："你还记不记得我啊？"

她迟疑又保守地轻轻点了一下头。

隐约记得，但印象不太深。

"你第一次见我应该是聚餐那次吧？"他笑嘻嘻地问。

"是……吧。"

"我第一次见你不是哦，是学校的迎新晚会。"齐甘如数家珍，"你玩了滑板，还拉了提琴。我当时就觉得，啧……"

周明叙和郑和正在听教练说后面训练的事，余光不经意地看了一眼那边，眉头顿时蹙起，不爽得都能夹死蜻蜓。

郑和拍了一下周明叙的肩膀："干什么呢，表情这么严肃。"

少年收回目光，声音低沉地道："齐甘坐到我衣服了。"

郑和往那边一看，见齐甘正好死不死地坐在周明叙搭衣服的位置上。

周明叙这人他清楚，鞋被踩一下都想扔，衣服皱一下都觉得烦。

后来教练一个个单谈，郑和和教练谈完就火速溜走，跑到观众席上去。

郑和刚走近，就听到齐甘这家伙滔滔不绝地讲："哈哈哈，搞笑吧？像我们球队……"

郑和踹了他一脚。

齐甘被打断，有点不爽，臭着个脸："怎么了？！"

郑和要笑不笑的："你坐在周明叙衣服上了。"

“德行，坐他衣服上怎么了？”

齐甘伸手就要去拽衣服，郑和一把拦住：“你坐一边去吧。”

齐甘非常不悦：“怎么的？”

“省得周明叙回来跟你发脾气啊，你别动他衣服了，就往旁边坐一格，也要不了你的命。”

“烦死了，一件衣服还这么宝贝。”

虽然这么吐槽着，但齐甘还是不情愿地挪到了旁边的位置上。

郑和比手指：“他这衣服贵得要死，搞不好都买不到第二件。你要是把这衣服坐出个三长两短，我可不敢保证你的安全。”

这话说得夸张，但又好像在理。

乔亦溪笑了笑，想到周明叙利落扔鞋的做派。

郑和跟齐甘还没说上几句，周明叙就远远地走过来了。少年长腿一迈，二话没说，直接坐在了自己搭衣服的那个位置上。

齐甘本来还想跟乔亦溪说什么，但周明叙坐到了他们中间，他自是翻不出什么浪来了，只能随便吹些无关痛痒的牛，像刚刚那种一个人把控全场，球队缺他不可的屁话是再说不出来了。

后来大家也围拢过来拿水，乔亦溪离得近，顺道就帮大家派发了。

有人问起：“哎，这里怎么多了个女孩，来看周明叙打球的啊？”

乔亦溪想了想，说：“算是吧。”

“那我可跟你说，叙神可太抢手了，无论是电竞社还是篮球场，只要有他的地方，就有女生的尖叫。”

那个男生本来还想继续说，谁知道乔亦溪听到这里，赞许地点了点头，向周明叙露出一个钦佩的眼神：“厉害。”

周明叙沉吟半晌，道：“你也挺厉害的，承让了。”

看完球赛之后，乔亦溪也没什么别的事做，便直接打道回寝，结果一打开门，就听到舒然关切的问候：“今天下午去看男生打球啦？”

她点头：“是啊，怎么了？”

“没怎么，就是好奇。”舒然说，“这好像是你第一次去看男生打篮球？有没有什么特别的感受？”

乔亦溪仔细琢磨了会儿："有。"

舒然一下子就兴奋起来："什么感觉？"

乔亦溪回忆了一下自己的伞被太阳烤得内里黑胶涂层都在发烫，如实说道："特别热。"她翻开天气软件："我感觉今天能有三十八度吧，热得我吃了两根冰棍。"

舒然简直想翻白眼了："我是想听你说这个吗？"

"那不然你想听我说什么……周明叙特别帅？"她冷静地倒了杯凉水喝了，"这不是我们学校的女生早就喊烂的口号吗？"

舒然翻了个白眼："算了，跟你这种不解风情的人没啥可说的。"

"什么时候开始降温啊？"阮音书趴在桌子上细声哼哼，"我快热死了。"

乔亦溪说："再等一阵子吧。"

这边的炎热总是持续很长时间，属于夏日的气温也像是粘在了气候表上一样，迟迟不肯散。

幸好比起厚重的冬天，乔亦溪更喜欢夏天，衣柜里也是夏装居多。

晚上的时候，马期成又喊她打游戏，顺便哭诉自己这次又死在了安全区外，傅秋在一边哈哈大笑。

乔亦溪安慰他："我刚刚打了一局，也和你一样。"

马期成道："真的？"

"真的，我忘记决赛圈的时候，在安全区外掉血很快。刚好打了个人，盒子很肥，我就在那儿琢磨着要不要换把枪，"乔亦溪徐徐道，"然后我就死了。"

马期成心理平衡了："看来不是我们的问题，是这个游戏有问题，为什么给一个那么肥的包让我们舔呢？我们当然容易迷失啊！"

乔亦溪投上赞同票："我讨厌用脚跑到安全区。"太慢了。

马期成连连点头："我也是。"

两个人闲聊着，周明叙负责跳伞，这次他跳了军事基地——一个修罗场。

跳下来如果捡不到枪，可能很快就会被乱枪打死。

他们跳伞采用的是侧飘法，据说是落地最快的一种方式，虽然乔亦溪到现在为止都不知道这个侧飘怎么操作。

他们随便搜罗了一些装备，附近枪声不断，前后左右都是人。

虽然不是第一次面对这种情况了，但乔亦溪仍然没办法冷静从容地应对。

他们四个人去了某个地下负一层，军事基地的建筑都透着一股冷冰冰的森严，她在里头晃了一圈，外面枪声仍然没有消停。

右上角有个小地图，附近的枪声在地图上会呈现红色标记，乔亦溪看了眼，感觉局势很严峻。

周明叙好像出去杀人了，她就在底下搜罗物资。没一会儿，周明叙退进来打药补充血量，看到她只背了一把枪。

“没捡到枪？”他问她。

“不是，刚扔了把霰弹枪，”她说，“我想找一把M416。”

没一会儿，马期成就嚷嚷开了：“乔妹，外面有把M416，你去捡着呗，我给你标了个点。”

“好。”她欣然应允。

周明叙道：“等会儿再去吧，外面都是人。”

乔亦溪已经迈步了，现在肯定是停不下来的，于是飒爽地给他打安神针：“没事，我捡了枪就回来，不会死的。”

过了半晌，她听到少年低低地叹了口气：“我跟着你吧，怕你在外面被打死。”

她愣了两秒，发现大名鼎鼎的“击杀王”周明叙真的跟在她屁股后头，陪她跑到门口去捡枪，就因为怕她被人打死了。

她捡了枪，但他好像做了无用功。

乔亦溪又捡了点子弹装好，正想去外头看看，就听到他无波无澜的声音通过耳麦传过来：“人都死了，出来舔包。”

乔亦溪走出去一看，五个盒子蜿蜒着散了一地，看起来像在献祭。

“这莫名其妙的男友力是怎么回事？”马期成忍不住道，“你那一瞬间好像霸道总裁哦，搞得人家都有点心动。”

周明叙忽而道：“乔亦溪，过来。”

“啊？好。”

她以为他是要给自己什么东西，于是到了他那边，谁知刚站到他旁边，便见他往马期成的方向扔了个雷。

“轰”的一声，马期成被炸倒。

傅秋在一边冷眼旁观："叫你胡扯，蠢狗。"

最后，等马期成的血差点掉完时，傅秋终于去扶了一把，后面马期成就识趣地没再说话了。后来马期成和傅秋两人有事，双双下线，乔亦溪看时间还早，就跟周明叙开了一把双排。

两个人打的时候比较安静，偶尔周明叙会问她缺什么，她如实相告，他就丢点东西给她。

当然，她也不会白拿，看到98K、M24这种稀有而自己又不会用的狙击枪，就会老老实实地带给他。

也算有点默契。

今天乔亦溪的运气不是特别好，安全区刷去了对面，她离那边还有个几百米。这种距离属于可以开车过去，也可以跑过去，只是跑过去会累一点。

周明叙本来在她隔壁的房子，她正想问怎么走的时候，就看到他绕着公路径自跑了出去。

乔亦溪问他："你干什么去？"

"找车。"他答得言简意赅。

"我们开车过去啊？"

"嗯。"他的声音穿过麦克风抵达她耳边，咬着尾音半扬不扬地问她，"你不是不喜欢用脚跑？"

她有一瞬间的恍惚。

当时死在圈外，她只是随口一说，虽然是真心话，但没想到他居然还记得。

打完游戏之后，乔亦溪搁了手机准备睡觉。

跟着周明叙总是赢，就连入睡前的心情都变好了。

谁知楼上622寝室毫无预兆地疯了，十二点之后准时开始蹦迪，不只是蹦迪，还伴随着一阵阵的狂笑和叫嚷，甚至在墙边用椅子敲圣诞快乐歌。

这样的情况一直持续了三天。

乔亦溪其实不是睡眠浅的人，但晚上十一点四十放了手机，正堪堪要睡着的时候，被大笑打断了。

她平复心情继续尝试入睡，却再度于要滑入梦乡时被笑声吵醒。

这下是彻底睡不着了。

舒然终于忍不了了，像个勇士一样拿起小板凳，站在上床的扶梯上，以同样的力度敲天花板回击："楼上的！别吵了！"

接下来的两天，她们和丧心病狂的622寝室进行了无休无止的斗争。

譬如说上楼去好言相劝，又或者是托朋友去沟通，再或者是以其人之道还治其人之身。

当然，最后622寝室以她们的坚守自我，大获全胜。

她们所说的收敛，只是把每十分钟一次的大笑换成了每十五分钟一次。

乔亦溪真是不知道大晚上的哪来那么多好笑的事情。

舒然抱着被子："据我观察，她们的平均睡觉时间是夜里两点。"

只有两点之后，吵闹声才会平歇。

"我是真的不明白，十二点之后还能这么嗨，她们是不用上课吗？"向沐用枕头裹住耳朵，她都被吵得快神经衰弱了。

对当代大学生来说，其实凌晨睡觉已经不算什么稀奇事了，熬夜也不过是生活的调味料。只不过大家都是熄了灯默默在床上玩手机，哪有622这种几乎灯火通明的寝室，这段时间凌晨了还在走来走去，疯狂地接水放水，学生宿舍的隔音又很差。

那个周末，乔亦溪本没有回周家的打算，就准备在学校完成作业，结果这事一发生，她不得不打包回周家睡觉。

谁让她想睡个好觉呢。

回周家那天，她九点就洗过了澡，换好睡衣，提前酝酿睡意。

周母下去收了个快递，是周明叙和她一起拎上来的，快递被放在乔亦溪房间门口。

乔亦溪用手指梳了梳微湿的发尾："这是什么？"

周母回答："给你买了张小书柜，我看你书那么多，没地方放。"周母顿了一下，又道："我先去洗个澡，明叙，你帮她把这张书架安装一下。"

周明叙点了点头，拿把小刀把快递拆开。

里面的东西都是零散的，一块块的木料，还有一些钉子和螺丝帽。

这种书柜拼装，一个人肯定是难以完成的，于是乔亦溪搬了个板凳坐他旁边："要我帮你拿东西吗？"

他低着头，正在认真找零件，闻言点点头："把螺丝刀递给我一下。"

周明叙在拼第一个格子，要把木板垂直钉在另一块平铺木板上，乔亦溪就俯下身帮他扶着，一边确认："我把螺丝拧上来吧？是这里？"

"嗯。"

周母一出来，就看到两个人围在一块儿，周明叙在左，乔亦溪在右，画面竟难得的和谐。

于是她乐呵呵地拍了张照片，并发到朋友圈："拼书柜（微笑）"。

书柜拼到一半，外面传来周母的呼唤："十点了，明叙，你先去洗个澡。"

乔亦溪伸手："你去吧，手套给我，我来装。"

周明叙抬了抬眉："你来？"

"我也能做点别的好不好，比如拧螺丝。"她摸了摸鼻子，又说，"少瞧不起人了，我只是打游戏菜，手可不菜。"

"行。"周明叙笑着颔首，取下手套递给她。

她接过戴好。

手套里残留着少年手指的温度，是热的，那股热度很正常，但又似乎有些陌生，顺着肌理密密麻麻地弥散开。她有点无所适从地轻扯手套，摩挲了一下手心。

手好像也被带热了。

过了会儿，周明叙洗完澡出来，穿着黑色的短袖睡衣。

少年肤白眸黑，乍一看冷冰冰的，还有点不近人情。他经过她身旁，一阵柠檬味沐浴露的香气飘来。

少年抬手往墙上比了比："柜子就放这儿吧，方便你拿书。"

她说"好"，又小声说："也不知道阿姨给我买书柜干什么，我也没多少书……"

他撑着墙沿，眼睑半耷，目光若有若无地晃过她桌上那一排摆放整齐的书。

厚厚一大摞，是她买来"威吓"周明叙的，还有一本曾短暂在他视线范围内出现过，即《同居禁区：向纵欲人生说不》。

乔亦溪也跟着看过去，不自然地咳嗽一声，然后挪开了目光，打算换个话题。

少年的手撑在墙上，他太高，衣服自然就被高高带起了一截。

乔亦溪发誓，她真的不是有意要往他腰上看的，但是人下意识的目光无法收回，于是除了他隐约蜿蜒向下的清浅人鱼线，她似乎还瞟到了一条细细窄窄的……暗红色的……裤边……

周明叙的睡裤是纯黑的，而男生在夏天基本只会穿两条裤子，那么这条暗红色的就是……

那一瞬带给乔亦溪的冲击力太大，她也没想太多，抬起头就喊了他一声：“叙神。”

她从来没这么喊过自己，周明叙恍然了那么一瞬，旋即问：“嗯？”

乔亦溪大脑当机，思维系统下线，就那么直直地看向他，脱口而出：“你今年本命年啊？”

少女眸子里还酿着光，探出舌尖舔了一下唇瓣，下唇晶晶亮亮的。

周明叙动了动手指，似乎意识到了什么，而后及时放下了手，衣摆落下来，遮住腰际。

问完那个问题之后，乔亦溪就后悔了，周明叙今年大一，肯定是跟她差不多大的，她居然问别人是不是本命年……

本命年，要么十二岁，要么二十四岁，怎么算都跟他的年龄不搭边。

……她刚刚到底在想什么。

少年这时候才沉声回她：“乔亦溪，我跟你一样大。”

她抬手掩住唇部，装模作样地咳了两声：“噢，是这样。”

房间内寂静了几秒，只有空调的运转声声声不息，冷气下沉，游荡在地面上。

过了一会儿，少年的声音再度响起，带着一点沙哑的无奈：“是我妈买的。”

也是，他酷爱性冷淡的风格，大概是不会给自己买暗红色内裤的。

她本来想说红色有什么不好，招财招福还辟邪，转念一想，这时候好像不宜继续这个话题。她目光闪烁了一下，用手指推了一下书脊，这才小声“承认错误”：“是我唐突了。”

这时，周母在外头喊道：“出来吃梨啊！”

乔亦溪如获大赦般夺门而出，选了个小角落坐着削梨子，尽量降低自己的存在感。

周明叙在房间里把最后一块木板安装好，这才去了客厅。

少女的存在感委实很低，她端坐在沙发一角，差点跟身后的绿植融为一体。她长发垂散，遮住了表情和五官，只隐约能看到泛粉的脸颊，以及轻咬住下唇的牙齿。

明明先挑起混乱的是她，这会儿又懊恼得像是受了委屈。

这点倒是和虾饺有几分相像。

每次小家伙把家里的电线咬烂、把花瓶打碎后，他还没来得及训斥两声，它就揣着短腿窝在一边，耳朵耷拉着，假装自己是团毛球，像是刚刚有人逼它做了那些事。

他好笑又无奈，摇着头笑了笑。

周母举着梨子，奇怪地左右看了看："你笑什么呢？"

"没什么。"他信口胡诌，"就是觉得这梨子长得挺赏心悦目的。"

在周家睡了两个好觉，周一如期而至，乔亦溪打包回了学校。

她刚进寝室就听到舒然在讲："我打游戏菜，嘴巴又不菜，不服对骂啊，垃圾！"

乔亦溪茫然抬眼："这是怎么了？"

向沐说："她刚刚在打《王者荣耀》，打着打着队友就骂了她，她就跟人杠起来了。"

"没杠了，我退出来了，"舒然烦躁地扯下耳机，"我骂不过他。"

乔亦溪拍拍她的背以示安慰："别骂了，喝点水休息一下。"

"我决定以后多跟我哥联络一下感情。"舒然道，"他骂人厉害，我要跟他学学。"

乔亦溪坐到椅子上，一边收拾东西一边感慨："我现在觉得他们对我真的太好了。"

"谁？"

"就带我打游戏那几个，"乔亦溪道，"我这么菜，他们都没骂过我。"

舒然总结："所以乔乔，你不要轻易跟陌生人匹配，不然很容易被骂的。"

她们正聊着，向沐忽而举起手机："啊，渣男好像还我钱了。别生气了，丁玄真的还钱了，走吧，请你们出去吃饭。"

舒然立刻来了精神："真的假的，那我要喝两杯益禾堂的珍珠烤奶。"

"行，五杯都行。"

天降两杯奶茶，舒然心里的阴郁一扫而空，美滋滋地搭着乔亦溪的肩膀出去了。

吃饭时，正好碰上滑板社的社长，社长顺带给乔亦溪说了一下下周的任务。

“我们的活动马上就要开始了，到时候我会在几个大群里说一下，让各班班长都通知一下，想看我们表演的就来。你到时候不表演，就在旁边帮大家扫码，你看行不行？”

乔亦溪点头：“可以啊。”

学校的活动大部分有学分，集满规定的学分才能毕业，所以学生们会在课外选择一些自己感兴趣的活动参加。

滑板社这次的活动也没什么特别之处，就是一些基础讲解，然后穿插几个社员的 solo（个人展示）就完了。乔亦溪因为最近课比较多，所以就没参与表演，负责在旁边帮参加的学生扫码录入加学分。

“就这么说定了啊。”走之前，社长还给她留了瓶饮料，“我们到时候还有几次彩排，你要有空可以来看看。”

“行。”

中午她们都吃得挺饱，下午就去逛街消食。乔亦溪正好被社长喊住，就让向沐和舒然先去了。阮音书还没回来，自然是错过了这顿饭，还有这一次的逛街。

其他两个人去逛街，还有一个在赶回学校的路上，乔亦溪百无聊赖，拖着滑板在学校里练了一圈，又买了些日用品，就回寝室休息了。

六点的时候，乔亦溪下楼买饭，她打算吃个小火锅，正在排队等餐的时候，忽然听到一道拔高的嗓音。

“我想起来了！”

她有点惊诧地转过目光去看，发现郑和就站在她左边买黄焖鸡米饭。

郑和直勾勾地看着她：“开学之前，在公交车上，在火锅店里，都是你对不对？”

他居然现在才发现那个搞了乌龙的女主角是她。乔亦溪轻轻叹息一声，说：“是我。”

郑和问：“你的鞋呢？后来找到没有？”

“找到了，虾饺偷的。”

“虾饺偷你的鞋？它怎么做到的……”郑和一边嘀咕着，一边端起了自己的饭。

乔亦溪的小火锅也好了，她端着找了个就近的位置坐下，坐下后才发现旁边是周明叙。

他估计是和郑和一起来的。

他点的是照烧鸡沙拉饭，卖相看起来很好，金黄的鸡肉上面铺着沙拉，再撒上芝麻，看着就挺好吃，她打算下次尝试一下。

不一会儿，郑和又端着一碗配菜过来了。

配菜是他自己加的，最上面是一层香菜和芹菜末。

郑和递到乔亦溪跟前："要不要吃？"

乔亦溪摆手推拒："不用了，我不吃香菜和芹菜。"说完，她把目光往旁边捎了捎，示意他可以问问周明叙。

"别了吧，"郑和耸肩，一副别自寻死路的样子，"他非常讨厌香菜的味道，送到他一分米内我就会被暴揍一顿。"说完，他挪了挪位置，离周明叙远了点。

不一会儿，周明叙的手机连着响了几次，郑和朝他挤眉弄眼："有妹子加你微信？"

周明叙打开手机看了眼，旋即摇头："我妈。"

"发什么了？"

"虾饺的图。"少年徐徐道，"它又咬坏了两根数据线，抓烂了一个抱枕。"

郑和一下就明了了："那明天你岂不是要回去？"

周明叙点头。

乔亦溪问："回去干什么？打它吗？"

周明叙缓缓抬眸，镇定地道："回去给它洗澡。"

猫不爱水，虾饺自然也不爱洗澡，每次洗完澡都会恍惚一阵子，也会安分一些。所以一旦它特别不乖，周明叙就会给它洗澡，算清洁，也算是惩罚。

而且这阵子确实也该给它洗一次澡了。

"我还没看过猫洗澡啊，"乔亦溪抿了抿唇，"是不是很好玩？"

他笑了笑："想看？"

她点头。

"那你一起来，我让你上手洗。"

次日，乔亦溪不辞辛劳地坐车赶到周家，只为赴虾饺一澡之约。周母还在上班，周明叙拿着木桶去卫生间接水，她在外面跟虾饺玩。

先稳住它的情绪，让它放下戒备，这样才好趁其不备送它进浴室。

周明叙调好了水温，拿好了专属于虾饺的洗浴用品，站在门口，目光落在客厅里的一人一猫上：“好了。”

他话音刚落，虾饺就好像意识到了什么一样，“嗖”的一下从乔亦溪怀里窜出去，然后跑没影了。

乔亦溪看着自己空空如也的怀抱，蒙了一下。

但周明叙显然是老江湖了，他在屋子里晃了两圈，很轻松就把虾饺从某个箱子里拎了出来。

意识到自己要去洗澡，虾饺做了十二万分的挣扎，四只爪子到处划拉，抱着门框不松爪，一脸怨怼。

铁面无私的周明叙当然没有受影响，他三步并作两步，快速地将虾饺放进水桶中。

进了水虾饺还在挣扎，“呜汪呜汪”地叫个不停，结果自己可怜兮兮又喝了口洗澡水，可爱又好笑。

乔亦溪在一边笑个不停。

幸亏今天来了，不来可能真的会后悔。给猫洗澡这么好玩的事，她以前怎么就没参与过呢？

给它把身上打湿后，周明叙去挤沐浴露，转身跟乔亦溪说：“帮我把它摁住。”

她扶住虾饺的身子，这样小家伙就算想出去也出不去了，只能用爪子扒拉着木桶的边缘。

沐浴露起泡性能比较强，不一会儿，周明叙手上就全是泡沫了。

乔亦溪手上也有一些，不过好在不多。

快洗完的时候，虾饺这个不安生的又用力荡了一下尾巴，尾巴拍在水面上，溅起一大圈水珠。

周明叙离它近，本能地眯了一下眼。

乔亦溪问：“怎么了？水溅到眼睛里去了吗？”

他闭了闭眼：“好像是。”

少年手上一大堆泡沫，这时候还抓着虾饺，又迷了眼睛。如果让他放手把猫换给她抓着，那他还得自己摸瞎似的去洗手拿纸巾，太麻烦了。

好像还是她洗了手去抽纸比较快，而且干净一些。

飞快地权衡过后，乔亦溪起了身：“等等，我来吧。”

她快速地洗干净手并擦干，然后去客厅抽了两张纸，回到他面前，俯下身。

“你别动啊，”她提醒他，“我帮你擦一下。”

因为有点近视，所以她凑近了一些看。

即使靠得很近，她也看不到他脸上有什么明显的瑕疵，于是本能地放轻了呼吸和力度，像是生怕破坏了一幅好看的画。

她的指尖包裹着一层纸巾点在他眼睑上，周明叙本能地颤了一下，幸好她全神贯注，没有发觉。

少女屈起手指，用指腹缓缓从他的眼头轻柔地拉到眼尾。

他的五官在乔亦溪面前放大，近得能看清他每一根睫毛。少年根根分明的黑色眼睫像翎羽，一排排一根根地被她拨动，像在弹琴。

仔仔细细地来回擦了几遍，她才小声问他：“好了吗？”

少年睁开眼，周正凛然的眸，眼尾带出浅浅上扬的内双，瞳仁是墨黑色的，好像一眼就能在里面……看到自己的倒影。

呼吸交缠。

这距离似乎远远小于安全距离。

乔亦溪这才发现自己靠得太近了些，急忙退后两步，直起身子，感觉呼吸有一瞬间的停滞。

“那个……好、好了吧？”她吞吞吐吐地道。

他顿了一下，旋即点头，“嗯”了一声，然后继续垂头，装作若无其事地给虾饺洗澡。

她也有点无所适从，只好四处乱瞟，余光顺着他衣领向上延伸，看见他的耳朵。

乔亦溪眨了眨眼，以为自己看错了。

周明叙的耳根怎么好像……有点红？

第六章 一起吃醋

周明叙手上的动作快了些，很快，他就给虾饺洗完了澡。

乔亦溪赶紧收起自己心里那些乱七八糟的想法，拿毛巾帮虾饺擦拭身子。

中途虾饺还用力抖了两下，幸好乔亦溪躲得快，没被溅到。

小家伙的毛还没吹干，身上还是湿淋淋的，肉眼可见地缩水了好几圈。

周明叙从抽屉里拿出个吹风机："你抱着它，我来吹。"

"嗯。"

乔亦溪双手托着虾饺的腹部，把它半举起来方便周明叙吹。

少年给猫吹毛的动作干净利落，手指顺着银灰色的毛梳过，隐约可见他根根分明的掌骨。他的耳根也恢复了正常颜色，不再泛红。

乔亦溪甚至怀疑刚刚是自己看错了，不过也不是什么重要的事，她很快就将之抛到脑后。

周明叙收起吹风机，问她："今晚要留在我家吗？"

"不了吧，"她想了想，"明天有早课，我等会儿就回去。"

他点头："等我给它剪完指甲我们就走。"

"你明天早上也有课啊？"

"有，我们这阵子课很多。"

她若有所思："那岂不是没时间参加课外活动攒学分了？"

少年淡淡地"嗯"了声，夹杂着一点鼻音。

乔亦溪抿唇笑了，像是在讲一个秘密一样神秘又小声地道："滑板社周五有活动，参加有 0.2 学分，到时候你把二维码发给我，我帮你扫。”

虽然学校规定了到场才能扫二维码给学分，但他们这些活动组织者也偶尔能给朋友开开后门，给点小便利什么的。

她这次反正要帮阮音书和向沐弄，多一个周明叙不算什么。

周明叙勾唇：“你有表演？”

“我没有，我帮他们扫码，你要是有时间也可以去看啊，这次我们社长有表演，挺好看的。”

他挠了挠猫下巴，沉声应下。

滑板社的活动举办在即，社长又是凡事要做到最好的类型，于是活动前的几次排练他都参加了。

周五上午，社长给乔亦溪发信息：“乔亦溪，在吗？”

乔亦溪：“在，怎么了？”

社长：“你今天中午有没有空啊，帮我们去大操场空地上占个位置呗，我们要准备活动排练。”

乔亦溪很快答应下来：“可以，用什么占位置？”

社长说：“带块滑板过去就好了，因为只有我们和舞蹈社喜欢去那个地方练，所以用一些标志性的东西标明就行。一般情况下，如果两边撞了，谁先去便是谁的位置。”

她说“好”，背上滑板就去操场占位了。

今天的气温降了一点，但也算不上凉快，她穿着阔腿裤，仍能感觉到热。

到操场后，乔亦溪挑了宽敞的右手边，把滑板摆在地上占位。

刚摆好滑板，就听到前后两侧分别传来喊声——

“乔乔！”

“乔亦溪！”

她一时间不知道往哪边看，大概分辨出后头喊她的应该是向沐，而前面的人……已经快步跑到了她跟前，是齐甘，那个在篮球场差点把周明叙衣服坐垮的人。

他夹着篮球跟她寒暄：“你也来这儿啊。”

她并未多说，只答了声“是”。

齐甘倒是懂得自找话题，又说："来玩滑板啊？好巧，我们今天也在这儿打球。"

"是挺巧的。"她有些局促地回了一句，然后说，"我朋友还在喊我，我先过去了。"

"好！"

乔亦溪转身去找向沐，向沐正捧着一杯奶茶坐在花坛边惬意地喝着。

乔亦溪拍拍她肩膀："怎么一个人？"

向沐眯了眯眼："物色对象。"

"什么对象？"

向沐咂咂嘴："我来操场上休息会儿，顺便看看有没有哪个男生长得像我下一任男友。"

乔亦溪拍拍她的背："那你加油，任重而道远啊。"

向沐探头往前看："你看穿黑鞋子的那个长得怎么样？他旁边那个呢？"

乔亦溪索性坐下来，帮向沐参考，反正她已经把滑板放那儿了，假如舞蹈社的今天也来，看到她的滑板，应该会换个地方训练。

两个女生在日光下悠闲地闲聊，而另一边的情况就没有这么安逸了。

非常不巧，渣男丁玄今天就是负责帮舞蹈社来这里占位的人，还有几步就要到空地的时候，他发现走在自己前面的是乔亦溪。

这妹子的战斗力他可没忘，当时在咖啡厅，她可是把他堵得一句话都说不出来。

如果不是写了欠条，他也不至于这么早还钱。要知道，那五千块钱可是他东拼西凑求爷爷告奶奶，才在短期内搞到的。

丁玄又看到乔亦溪身后站着向沐，更是气不打一处来。看乔亦溪去找向沐后，他便走到了她放滑板的位置。他越想越气，抬腿踢了乔亦溪的滑板一脚。

滑板整个被踢翻，远处的乔亦溪没觉察，但齐甘看得特别清楚。他对乔亦溪的心思很明确，乔亦溪的滑板在某种意义上就是他的滑板，丁玄这个举动无异于在他领地上挑衅。

他要捍卫自己的男子气魄，也想在乔亦溪面前表现一下，于是站了出来。

"你干什么呢？！"齐甘一米八几的个子，吓起人来特别有威慑力，"别以为我不知道你干了什么，脚怎么回事，管不住啊？"

丁玄虽然有点后悔，但这时候输什么都不能输气势："我干什么要你管？你算老几啊？"

"你再说一遍？"齐甘也不玩手机了，转而跟丁玄杠上了，"滑板放这儿，你踢倒了还不道歉，这么嘚瑟，学校你家开的？你爹没教你做人？"

"谁看到这儿有东西了，我是故意踢的吗？"丁玄又踢了滑板几脚，"你爸爸今天还就踢了，怎么着吧？"

齐甘也是个脾气大的，一下就火冒三丈了："怎么着？你爹今天教你做人！"

下一秒，齐甘的拳头就抡到了丁玄脸上。

丁玄踉跄几步，站稳后去推齐甘："你脑子有病吧？"

来回推了几下，两个人就打了起来，手脚并用，拳脚相加，打得不可开交。

那边的响动和阵势终于吸引了两个女生的视线。

向沐拍了拍乔亦溪的手背："乔乔，那边有人在打架，黑衣服那个你是不是还认识？"

乔亦溪定睛一看："另一个人是丁玄吧？"

男生打得这么凶，女生肯定是没办法劝架的，天生的体力差距摆在那里，她们俩要是去劝架，混乱中也可能受伤。

乔亦溪视线一晃，瞥到救命稻草："周明叙！"

周明叙也是来这里练球的，远远就看到扭打在一起的两个人。

他快步走向乔亦溪："谁在打架？"

"就是、就是那个，短头发，个子很高，"乔亦溪一时忘了齐甘的名字，比画道，"你们队里话很多那个。"

郑和一下就反应过来了："齐甘跟人打起来了？！"

篮球队的那帮人立马冲上去劝架，扯了好半天才把二人扯开。

齐甘和丁玄也是打起劲来了，刚分开一会儿又扭作一团，把半个操场的人吓得离这儿几十米远，最后两个人是被赶来的值班老师扯开的。

两人脸上都挂了彩，眼眶嘴角青青紫紫，手臂上还有血迹。

值班老师带两人去了就近的医务室，然后开始教育他们："你们俩哪个班的？为什么打架？"

齐甘握拳："他很嚣张，在我面前把人家滑板踢得翻了几圈。"

丁玄无语了："又不是你的滑板，你管我踢不踢啊？"

眼见又要吵起来，老师赶紧喊停：“好好好，先不讨论这个。那滑板是谁的？”乔亦溪上前两步。

老师看了她一眼，似乎没想到“案子”还牵连到了一个女生——虽然她真的很无辜。

“好了，不管怎么样，有什么问题可以沟通解决，不要蛮横地动用武力。身体发肤受之父母，你说你们要有个什么事，家长得怎么怪学校？再者，影响自己的心情，也影响旁边同学们的运动热情，多少人被吓着……”

这老师话多，旨在用徐徐道来的话压下学生心中的怒火，荡涤他们的邪念，生怕自己说得不够多，等会儿两个人又打起来。

乔亦溪虽然全程没参与，但谁让那块滑板是她的，所以她也站在齐甘和丁玄旁边，接受着这念经一样的唠叨。感觉就像吕秀才在自己面前捧着一卷书，不停地“子曾经曰过”……

因为自己的学生是这次打架的主角，篮球队教练就过来看了一眼，队员自然也跟过来瞧了瞧情况。

郑和站在周明叙旁边百无聊赖地道：“你说咱们来这儿干什么啊？多无聊啊，还不如回去打局游戏。我跟你说，新赛季就要开始了，你还不赶紧回去上分啊……”

周明叙抄着手，蹙眉透过窗子往里看。

他确实很不爽，本来好好的一下午就这么被耽误了，一场球都没打。多大点事啊，搞得满城风雨的，恨不得全世界人民都得参与直播似的。

蓦然，他余光扫到站在一侧的少女，她垂着眼睑，像是困得要睡着了。

意识到自己被老师的话催眠了，乔亦溪又掐了掐自己的手臂，提醒自己别睡着了，结果反而酝酿出一个哈欠。正张嘴想打哈欠的时候，她意识到这不是一个好时机，于是眨眨眼用力一忍，把哈欠吞了下去，喉头滚了一下，好像真的吞了团空气进肚子。

惨兮兮地吞完一个哈欠之后，她微红着眼眶抬眼觑老师，小心翼翼地观察自己开小差有没有被发现。

答案是没有。

除了窗外的周明叙，没人看到她的小动作。

她那样子像只松鼠，明明也没做什么坏事，在藏完松果之后还要抬头四觑，小脑袋一耸一耸的，观察有没有人注意。

他松了松眉头，笑了。

郑和奇道："干啥啊你？"

"没什么，走，回去吧。"

他们转身欲走，下一秒医务室的门被打开，乔亦溪一行人终于被放了出来。

向沐在门口哀号："我等你等得都要饿死了。"

乔亦溪摸摸她脑袋："那我带你吃串串去。"

"是校门口新开的那家吗？"齐甘忽然加入讨论，"是我鲁莽了，耽误你们时间挺不好意思的，今天晚上我请你们吧！"

乔亦溪骤然梗住。

架是为了她的滑板才打的，作为滑板主人，她无法完全置身事外，似乎还是道个谢比较好。齐甘受了伤，话都说到这份上了，她不好再拒绝。

"今天麻烦你了。"她客套道。

四处看了看，乔亦溪准备多找点人，就当是个大饭局了："今天下午我请你们吃吧。"

郑和高高举手："我可以吗？"

乔亦溪松了口气："可以的，篮球队有空的都可以来。"

人一多，气氛就不会尴尬，齐甘也不会一直找她说话。

最后，大半个篮球队参加了这场饭局，一行人浩浩荡荡地涌入串串火锅店。

乔亦溪挑了个位置坐下，便开始点单，其余的人都去弄调料。

郑和端着个小碗，在周明叙旁边找存在感，不停地舀动醋缸："吃啥啊叙神？吃醋吗？"

周明叙顿了几秒："管好你自己。"

乔亦溪这边也不清静，因为齐甘一直对她嘘寒问暖，又是倒水，又是抽纸巾，搞得好像她才是那个受了伤的人。

菜差不多点好，服务员正要上锅底的时候，齐甘端着两碗调料回来了。

服务员端着锅底等齐甘先进，谁料齐甘直直地走到乔亦溪身边，把过道堵住了。

他絮絮叨叨地说："我顺便给你调了一份，你喜欢吃什么口味的？女孩子是不是很少吃辣？我给你调的这份是不辣的，酱油加一点点芝麻酱，还有香菜……你吃香菜吗？如果你喜欢吃辣，我这里还有一份网红辣碟，是……”

服务员一脸黑线，手都有点麻了。

齐甘继续滔滔不绝地道：“这个碟厉害了，是我特意背下来的，大家都说香菜配这个……”

话没说完，忽然有碗盘重重撞在桌边的声响，打断了齐甘的话。

大家循声看过去。

周明叙手抵在桌边，面上倒是瞧不出什么情绪，只是手指骨节捏住碗碟的地方有些用力。

伴着碗碟落在桌面上发出的清脆声响，他掀眸，面无表情地沉声道：“她不吃香菜。”

气氛似乎就这样被冻住了，大家面面相觑，像是被吓到了，一时都没有出声。周明叙这是……生气了吗？

这时，服务员颤抖着手挤到齐甘和乔亦溪中间：“不好意思，等很久了，能麻烦让我先上个锅底吗？”

乔亦溪连忙往旁边让了一下：“你上你上。”

服务员走后，氛围才稍有回暖。

郑和急忙出来打圆场：“那个，我们等会儿还要回去打游戏上分，所以他可能着急了点，想早点开吃。”

众人纷纷附和。

“我也着急啊，我都饿了，哈哈哈！”

“对啊，折腾了一下午，大家都辛苦了，赶紧坐啊。”

“你们谁喝可乐啊？芬达呢？”

……

大家你一言我一语，场子这才重新热了起来，乔亦溪拉着向沐去重新调调料。

向沐心有余悸地道：“周明叙刚刚真的有点吓到我了，我都不敢说话。”

乔亦溪舀了勺海鲜酱：“耽误了一下午，他还要赶着回去打游戏，肯定有点烦吧。”

“也是，那男生在那儿叽叽歪歪那么久，把路都挡了。”向沐一边加料一边回想着，“我要是站那儿干等半天，我也得发火。

“还有啊，丁玄踢你滑板，他那么躁干什么，打成那样，我还以为是丁玄把他绿了。”

乔亦溪叹息一声：“等我请完这顿饭就两清了，以后应该也不会碰着了。”

向沐想到二人打架时的惨状，忍不住感慨：“男大学生的脾气真的太差了，犹如炸药包。”

由于正在跟向沐聊天，乔亦溪走了神，鬼使神差地拿起了香菜的夹子，眼见就要夹香菜进盘了。

周明叙正好来拿空碗，少年一侧头就看到她在夹香菜，用紧蹙的眉头传递了一个像模像样的问号。

乔亦溪顺着他质问的目光看了一眼自己的手，这才在马上要松夹子的一瞬间重新捏紧。

她把夹子放了回去，不知为什么有点心虚：“我拿错了……”

后来火锅煮好了，齐甘又一个劲地给乔亦溪夹菜。

乔亦溪跟他隔得远，他每次夹菜都要跨越桌子的对角线，跟饿虎扑食似的。

他夹给乔亦溪的东西，乔亦溪一口没动。

周明叙正想夹虾滑，那道身影又猝不及防地覆上来：“这个牛……”

周明叙撂了筷子正要说话，郑和先忍不住了：“齐甘你别夹了，没看人家都吃不下了吗？而且你这样多耽误别人吃东西啊，每次你一起来都把锅挡住，你坐下好好吃自己的不行吗？乔亦溪又不是没有手，她自己能夹。”

穿绿色衣服的队友跟着点头：“就是，甘哥你冷静点。”

听了这话，齐甘才收手坐回位置上。

一顿饭总算吃完，乔亦溪迅速结完账，就和向沐赶回了寝室。

回到寝室之后，一切才算消停下来。逃离了令人窒息的空气，乔亦溪靠在椅子上，长长地舒了口气。

就当是一切已经结束了吧。

向沐抓着下巴道：“那齐甘还真是准备死缠烂打啊。”

乔亦溪累得连附和的精力都没有了，向沐又说：“他让我想起很久之前在学校论坛发帖的那个人，就是说第一面就被你深深吸引住的那个。”

乔亦溪闻言也愣了三秒，然后摇了摇头：“随便吧。”

只希望以后少碰到齐甘就好。

她晚上没吃什么东西，很快就饿得不行，恰逢隔壁寝室有人在煮泡面，香味飘过窗子散到她们寝室来，她的食欲一瞬间被激发，对胃很尊重的乔亦溪决定出去觅食。

刚出学生公寓大门，她就发现好像有个人跟自己并肩而行。

周明叙挂了半边耳机，换了件 T 恤，额发有点湿。

昏黄的路灯光洒下来，给他的眉眼铺了层暖光和质感，看起来是刚洗过澡。她想起之前郑和说打游戏的事，于是问他："游戏打完了吗？"

周明叙这才发现她，摘了那只耳机侧头瞧她，示意她再说一遍。

"我说，你打完游戏了？"

他淡淡点头："嗯。"

"打得好吗？"

"还行。"

他似乎有点冷淡，乔亦溪耸了耸肩："你今天好像心情不好。"

"没吃饱。"他沉声答，步伐放慢了一些，"你呢？为什么出来？"

她摸摸自己的小腹，有点不好意思地笑了："我也没吃饱。"

沿途路过一家关东煮，乔亦溪停下脚步，买了三串。

热腾腾的食物掉进杯子里，她的满足感这才逐渐真实起来。

一回头，发现周明叙站在旁边等她，她问："你打算吃什么啊？"

周明叙道："小龙虾。"

这个选项乔亦溪之前没想过，现在听他提到，竟也觉得不错。

"小龙虾那么大一盆，你吃得完吗？"

周明叙偏头瞧了她一会儿，像是领会了她的意思，倏然笑了："吃不完，最少是两人份起卖。"

她满意地点了点头。

本来她还想让老板再给她装一杯关东煮带回去吃，但现在看来不用了。

她朝老板摆摆手："不用再装了，我就买手上这些。"

周明叙上前两步，眉尾稍扬："怎么不买了？"

她仰着脸笑了笑："去吃小龙虾呀。"

他垂眸，状似恍然地点了点头。

暗影中，少年的嘴角缓缓勾起，明显又隐秘。

晚上八九点的光景正是热闹的时候，龙虾店里人也不少，乔亦溪选了个位置坐下，然后点了个小份。

周明叙建议："换中份吧？"

"行啊，"乔亦溪说，"你这么饿？"

"我怕你吃不饱。"

"我是小鸟胃，望知悉。"她敲重点，微笑着对服务员说，"再加两杯热豆奶，谢谢。"

周明叙倚着墙："吃小龙虾喝豆奶？"

"只有豆奶能热，你不是养生男孩吗，这都不知道？"她说，"而且豆奶挺好喝的。"

周明叙挑眉，状似附和地点头："吃辣的喝烫的，火上浇油这种搭配只有你能想出来。"

意识到自己的失策，她赶紧把热豆奶换成了常温橙汁。

换完之后，她忽然看着周明叙："你喝完会恨我吗？"

周明叙道："怎么？"

"因为橙汁里不能加枸杞。"

他被她呛笑了，饶有兴致地道："你今晚心情挺好？"这么会说。

那当然，有了火锅店一事，乔亦溪现在觉得能轻松愉快地吃顿小龙虾已经是莫大的幸福了。

小龙虾店离他们刚刚去的那家串串香火锅不远，乔亦溪往那边看了眼，道："刚从串串店里出来没多久，又来吃小龙虾，会不会显得我们俩特像饭桶？"

"不会，"他合了合眸，"只能证明那家串串很难吃。"

那家串串味道其实不错的，只是周明叙今天的嘴有点毒。

她撇了撇唇，识趣地没再继续这个话题。

小龙虾端上来，红红辣辣，光泽饱满，分量很足。乔亦溪戴好手套开动。

小龙虾确实不好剥，她动牙又动手，使出浑身解数，一分钟才剥了一个支离破碎的出来。

戴好手套的周明叙就在对面好整以暇地看她，宛如一个贵公子般从容优雅。

乔亦溪感觉这个对比有点强烈，于是问他："你在向我学习剥壳技巧吗？"

少年十指拢着，缓缓道："我还没这么想不开。"

他只是第一次见这么天然的去壳方法，一时间百感交集。

“你瞧不起我？”她皱鼻子，“不都是这么剥的吗？”

“谁说的？”

周明叙拿了只小龙虾给她做示范，先掐住第二节虾壳按压了一下，然后挤压虾身，固定住龙虾头，把它身子朝前推。

一套动作行云流水，只轻轻扯了扯前头的虾肉，一只完整的虾就轻易地剥了出来。

乔亦溪思忖良久，才道：“周明叙，你跟我说实话，你单身的这么些年，是不是尽琢磨着怎么吃东西去了？”

周明叙眯了眯眼：“那你别学。”

“我偏要。”

她拿了只小龙虾试，缓缓按过第二节虾壳，按照他的步骤剥了一只出来，不一会儿就上了手，吃小龙虾时的老大难问题也变得简单起来。

乔亦溪剥了几只就找到了其中的奥妙，后来甚至沉迷于剥壳而无暇吃虾，碗里逐渐堆起一座小山。

周明叙指尖微顿：“碗里的再不吃就凉了。”

“你不懂，我有准备。”

乔亦溪说着，从龙虾底下翻出被浸泡过酱汁的面，夹了好几筷子，然后和满碗的龙虾搅拌好。底下的面被泡过，味道很足，鲜香四溢。

很会吃。

看来是他多虑了。

少女卷了一筷子送入口中，细细的牙齿咬断面条。

忽而想到什么，他道：“这次不是零卡路里了。”

她愣了一下，面条也忘记咬断了，抬眸直勾勾地看着他，上目线弯成一道弧。

他慢条斯理地补充：“我看到你晚上吃东西了。”

由小乔姐姐著名的自欺欺人理论可知，晚上吃东西只要没人看见，就是零卡路里。

可惜这场龙虾盛宴所含的是巨额卡路里，又恰巧由周明叙目睹。

想了想，她擦了擦嘴，眼中闪过一丝坚毅：“那我销毁人证物证好了。等会儿出去就杀你灭口。”

说完，乔亦溪心安理得地继续吃，手上动作没停，又剥了几只小龙虾。

她虽然勤于练习，但还是不及周明叙经验老到，每次她只能剥一只的时间，他已经吃了两只。

吃饱喝足之后，乔亦溪靠在椅背上眯了眯眼，惬意地扫了一眼自己跟前的“战场”——小龙虾壳装了满满一盘。

她满意地道：“我其实剥得也挺快的，就是没你那么快。”

此时她已经彻底放松了，语言系统也放开了，开始想到什么说什么。

“不过也正常，你那是单身多年练就的手速嘛。”她脱口而出。

周明叙手上动作骤然一顿，启了启唇，却没说出话来。

单身多年练就的……手速？

半盆小龙虾和一杯橙汁下肚的乔亦溪自然没反应过来自己说了什么，所以对上周明叙略有些惊诧的目光，她也没解释到底什么叫单身多年练就的手速。

虽然“手速”在这种用法下也就只有那么一种意思。

乔亦溪满意地颔了颔首，然后从椅子上起身了，看周明叙没动作，她甚至小小地催促了一下：“不走吗？”

他顿了一下，这才徐徐地站了起来。

晚上的风带着些微的凉意，乔亦溪推开门走出去，飒飒冷风迎面扑来。

她跺了两下脚，搓了搓手臂。

周明叙这个年纪的男生属于完全不怕冷的类型，她看他从容自如地走出来，抖都不带抖一下的。

她问他：“你现在回去吗？”

周明叙垂眸：“怎么？”

“吃多了，我想散会儿步再回去。”

他揣着兜，点了点头：“往哪边走？”

“绕后门走一圈吧。”她欣然提议。

从后门绕进去有个树林，树枝上挂着星星点点的彩灯，夜色掩映下霓影斑斓，倒也雅致漂亮。

A大占地面积大，绕了半圈她有点累了，索性坐在草地上休息。

早晨阳光好的时候，经常能见到情侣来这片草地上看书和学习，花树盛放无虞，乔亦溪抱着书去上课的时候，偶尔也会有点羡慕。

周明叙在她旁边坐下。

她双手后压，撑着身子半仰在草坪上，陷入某种不太真实的绮丽幻想中。

如果她有男朋友了，一定也要拉着他来这里晒太阳，摊着本书放旁边，枕在他腿上，晒着暖和的阳光打瞌睡……

正这么想着，忽然感觉腿边多了个东西，她侧头去看，是一个手环。

“这里蚊子多，”他说，“戴着吧。”

“驱蚊手环吗？”

“嗯。”

她有点惊讶：“你还随身带着这种东西啊？”

“刚买的。”

周明叙转头，目光落在刚离开的中年人身上。

周明叙见她没反应过来，挑眉：“你别告诉我，刚刚那个人向我推销了半天手环，你根本没听见？”

乔亦溪咳嗽一声：“我真没听见。”

她刚刚正畅想着自己未来的恋爱生活，有点投入了。

戴好驱蚊手环，乔亦溪抬头一看，指着不远处荧光微弱的生物道：“那是萤火虫吗？”

周明叙点了点头：“你晚上很少出来？”

“对啊，我比较怕虫子之类的，所以晚上很少去树木茂盛的地方。”

“这么说来的话……”她缓缓道，“现在仔细听的话，应该还有虫鸣……”

她闭上眼睛，开始仔细聆听。

视觉感官被关上，听觉捕捉力显著提高，她仰着头细细探听。

听到了一阵……奇怪的声音？

“哎呀，你别乱摸！”

“不行不行，我衣服要被你扯掉了！”

“老公别闹。”

还伴随着几声女孩的娇哼。

以为能听到野虫的鸣叫，实际上只听到野战的乔亦溪脑子里回荡着无数个问号。

意识到树林里有人正在做奇怪的事情，她“咻”的一下站起身来，拉着周明叙的手臂就往外跑。

她小声催他：“走走走，赶紧走。”

周明叙跟着她跑了一段路，停下来时才蹙眉问：“怎么了？”

“嘶……就是……”少女脸颊漾起粉色，抓了抓下巴，不知该怎么解释，半晌憋出一句，“树林里的人可能需要一个无人的环境吧。”

周明叙许久无语，好一会儿才迈步向前走去。

两个人静静地走回宿舍，没有人再说话，各自消化着之前捕捉到的信息。

星星零碎点闪，镶嵌在天幕上。

走到宿舍楼下时，她才反应过来周明叙把她送到了这里。

乔亦溪站在门口朝他挥手，笑了笑：“那我上去了，晚安。”

少女笑起来时陷下去两个小小的梨涡，眉眼随之轻弯。

周明叙的喉结滚了滚：“嗯，晚安。”

乔亦溪回到寝室的时候，正巧碰到舒然在展示自己的新包。

舒然举着自己的编织包跳到她面前：“当当当，好不好看？”

“挺好看的，在哪儿买的？”

“网上买的，刚快递员送来的。”舒然的心情非常好。

向沐顺道问了句：“多少钱？”

“一千多，有点贵，但是非常划算。”

向沐愿闻其详：“划算在哪儿？”

“这个包原价两千多，打完折一千多，便宜了整整一千块钱啊！”舒然举起手指，“便宜了一千块啊，相当于送你一千块钱啊，朋友！”

舒然眼中迸出兴奋的光：“送你一千块，换你你要不要，你买不买，你干不干？所以我就买了。”

好像有道理，又好像在胡扯。向沐内心挣扎，一时间竟说不出话来。

女人的钱真好赚啊。

“你们说，我这是不是占了大便宜？”快乐舒然尽情膨胀，“如果这都不是奇迹，那我就不知道什么叫奇迹了。”

乔亦溪倾身上前，拍了拍她的肩膀：“然然，你真的很适合搞推销，别上学了，去卖保险吧。”

舒然跟着点头："不瞒你说，我也有这个打算。"

跟舒然扯完犊子，乔亦溪去洗了个澡，然后在床上趴着刷微博，刷到一个游戏视频，她正想去打一局的时候，收到了马期成的邀请通知。

"来玩吗，乔妹？差一个人！"

乔亦溪："来了。"

她上线，被拉进队，听到马期成感慨："乔妹真好，随叫随到。叙神到了，你也到了。"

乔亦溪道："我来消消食。"

四个人组队后很快开始，周明叙带三人跳伞。

阮音书爬上床的时候喊了句："好饿啊，然然，递包饼干给我。"

阮音书和乔亦溪的声音有点像，周明叙听岔了，问乔亦溪："你这么快就饿了？"

"是我室友说饿了，"乔亦溪回应，"倒是你，养生男孩，小龙虾那么辣，你胃受得了吗？"

周明叙淡淡地回道："我胃没问题。"

马期成接过话："那肾呢，肾好不好？"

周明叙没答话。

傅秋提醒："注意点影响，马期成，这里面有妹子呢。"

"知道了。"马期成笑嘻嘻地换了个话题，"你们俩晚上一起吃的小龙虾啊？"

少年有点不耐烦，咬着鼻音问："不行？"

"可以、可以。"

周明叙这次跳的地点是废墟，他们刚降落，就有一队挂着降落伞飘到了这边。

乔亦溪还没捡到枪呢，一下有点慌，还没来得及看到那边的人影，就看到底下传来提示：你的队友"我有猫"使用汤姆逊冲锋枪淘汰了"笑到声带打结"。

……

刚下来就死了，她觉得声带打结的这位可能再也笑不出来了。

紧接着，周明叙又淘汰了两个，底下可以看到他们的名字："笑到精神分裂”和“笑到神经劈叉”。

这名字起得……乔亦溪还挺好奇最后一个叫什么。

周明叙换了把枪，把妄图逃跑的最后一个也杀掉，最后一个的名字叫“笑到脑浆喷发”。

这真是非常团结的一个队，连名字都起得如此一致。

四个盒子摆得很近，也算是另一种意义上的和谐。

这把伊始，周明叙一滴血没掉就杀了四个，看似是一个非常好的开端，马期成也把自己搜得特别肥，一下就全身满配了。

一旦开头太顺风顺水，就意味着真正的风暴还在后头。

果不其然，刚杀进决赛圈，他们就被两队包围，马期成和傅秋太过鲁莽地瞎冲，很快就死在了外头。

马期成遗憾地摔鼠标：“我的锅，我的锅，我没看到树后面还有人啊！”

傅秋悔不当初：“现在说这些有啥用，我已经被你连累死了，马期成。”

马期成实行 B 计划：“没事，我们看叙神吃鸡吧，一样的。”

周明叙先是远远狙击掉了一个，然后趁队友扶那人的时候扔了个雷，那边仅剩的两人一起挂了。

还有一队剩三个人，乔亦溪听着耳机里四处回旋的脚步声，问周明叙：“我现在怎么办啊？”

他答得很快：“躲好就行，人我来杀。”

她就猫着腰躲在阁楼上，看到人了偷偷开两枪扔个雷。周明叙跟最后一个人刚枪的时候，她正好抛了个雷过去，就这么撞大运地把那人炸死了。

乔亦溪的血不多，本来想舔包添点药的，但周明叙在车里摁了两下喇叭：“别捡了，圈马上刷完了。”

“可是我的血快没了……”

“出去再说，”他道，“再不走，等会儿就掉完血死了。”

这句话很管用，非常怕死的乔亦溪立刻跳窗离开。周明叙判断得没错，他们一路和“危险”你追我赶，差一点就死在圈外，幸好周明叙有大局观。

进了安全区，乔亦溪在前面楼里搜了一圈，子弹挺多，可惜没有药。

这时候的圈已经很小，枪声四处响起，乔亦溪道：“我感觉我要死了，先提前跟你告个别吧。”

周明叙没说话，翻身跳窗出去了。

乔亦溪琢磨着虽然她是离死不远了，但是这不还没死吗，周明叙有必要这么快就抛弃她吗？

于是她问了句："你去哪儿？"

少年低沉的嗓音沿着耳麦窸窸窣窣地钻进她耳蜗："去给你拿药。"

她愣了好几秒，直到一阵枪声响起，显示周明叙淘汰了人。

他从淘汰者的包里搜到了几瓶药，而后折返到她面前，把药都丢给了她。

药不少，她的血很快就打满，哪还有刚才奄奄一息的样子。

马期成啧啧感慨："叙小弟，一个合格的医疗兵，时刻为乔大佬奔走在补给前线。乔大佬缺什么，他就去搞什么。"

乔亦溪稍作思索，很快接道："我缺钱。"

那把周明叙确实没有辜负马期成的期望，带着"拖油瓶"兼"活锦鲤"乔亦溪顺利地吃了鸡。

第二局，马期成一雪前耻，没再鲁莽地横冲直撞，跟着傅秋一起活到了最后。

滑板社的活动顺利结束，乔亦溪在寝室休息了好几天，才又满血复活。

周三下午，她被舒然拉着出去买蛋糕。

宿舍楼下经常会有一些摊位，有的是卖东西，有的是临时支起一个棚子，在里面举办一些活动，让你关注公众号什么的。

有时候是让你从数字"1"写到"300"，一个数字都不错的话，就送你一个超大玩偶；有时候是唱歌活动。

买完蛋糕回来的时候，乔亦溪发现今天的活动居然是做数独题，目的是宣传某个数学APP（应用软件）。

她本来以为这种难度不会有什么人参加，但或许是奖品太诱人，所以挑战者络绎不绝。

踮着脚往里面看了看，她居然在题板前看到了周明叙。

少年一脸冷淡，被郑和推着往挑战位上走。

"你玩一下吧，哥，我刚刚就没填出来几个，你帮我一雪前耻不可以吗？"郑和道。

周明叙非常冷淡："不可以。"

“不行也得行！”郑和二话不说，强硬地把周明叙按到了位置上，“你要是不写，今天回去就等着给我收尸吧！”

笔被交到周明叙手上，他垂头定了定，扫一眼题目，然后填了几个数字进去。

游戏一共十关，由易到难，乔亦溪就在旁边看着他解。

主持人在一边慷慨激昂地解说。

“第八关了！噢哟，这是第一个打到第八关的哦。”

“第九关了，他会成为第一个通关的人吗？”

“好，最后一关，最后几个空，我们的礼品会不会被他拿走呢？”

公式解完，周明叙放下笔，通关了，底下传来一阵掌声。

“恭喜恭喜啊！”主持人从身后拿出一个盒子，“这是我们的通关礼物，价值八百块的刷子一套！”

盒子里是一套粉白粉白的猫爪化妆刷，尾部软软的，还可以捏。

化妆刷最外面是个猫爪袋子，肉垫粉嫩嫩的。

周明叙蹙了蹙眉，看向郑和，用眉头询问他：你把我叫过来就是为了赢这种无聊的东西？

郑和也蒙了：“我也不知道奖品是这个，我只是想让你来做做题。”

“这个男生看起来不太喜欢我们的奖品啊。”女主持人笑了笑，“这是全羊毛的化妆刷，包括粉底、高光、阴影等面部刷，还有一套眼部刷，非常软。它的设计也很可爱，猫爪子还可以捏，女孩子肯定无法抗拒。看你这么帅，应该有女朋友吧，送你女朋友，她肯定喜欢。”

郑和在一边挤眉弄眼：“他没女朋友。”

“啊，没有女朋友啊。”主持人也是个会来事的，扫一眼旁边的观众，“我看这边很多观看的女生，你要是觉得没办法处理掉，送她们也行啊。”

周明叙掀眸看了一眼。

主持人抬手招呼出大家的热情：“有没有想要的啊？”

当即一呼百应，乌泱泱一大片的女生伸出手。

这时候，站在外头的乔亦溪正好和周明叙的视线对上。

她下意识地仰头跟他打了个招呼，笑了笑。

周明叙想着反正也没别人能给，长手一抛，袋子荡起一个弧度，落到她那边。

她几乎是本能地伸手接住，抬起脸，有点茫然。

他是人群视线的中心，他的动作也很大，旁边十几二十只手直直伸着，他却一眼都没看，把那么多人都想要的东西直接抛给了她，甚至没有一秒的犹豫。

人群里响起一阵羡慕又遗憾的呼声。

大家纷纷转过头来看她。

回到寝室之后，舒然还在感慨："我的天，那个瞬间，你是没看见众人齐刷刷投过来的那种羡慕嫉妒恨的目光。

"这刷子真可爱，哪个女孩不想要呢？

"不过我还真没想到，你站在离他那么远的地方，也没疯狂伸手找他要，但是他看过来一眼，就把刷子扔给你了。"

乔亦溪把刷子放在桌上，思索了一会儿："可能他实在不知道该给谁吧。"

当时围在周明叙身旁的一大圈女生他也不认得，而且他是个不怎么爱跟女性打交道的人，只和她关系不错，索性就把猫爪套刷送她了。

应该是这样。

舒然走到乔亦溪桌子旁边，伸手捏了捏袋子上软软的猫爪，又名猫咪肉垫。肉垫是硅胶材质的，摸起来跟真的猫咪肉垫有些像，就连舒然这种不怎么化妆的人都有点爱上这套刷子了。

舒然一边捏一边感慨："我永远喜欢猫肉垫。"

乔亦溪建议："那你也买一套？"

"太贵了，买了也派不上用场。我和你可不一样，你这是免费的好吗？"舒然说，"免费的多好啊，不用也不会心疼。"

末了，舒然靠在床头，目光呆滞地连连摇头："你今天真幸福，不是主角也出了风头。哎，有个厉害的竹马就是好啊。"

周五的时候，乔亦溪去帮老师送资料，远远就听到从教室里传来训练声。

"抬头挺胸，背挺直。"

"李叶，你正着走，别顺拐啊，哈哈哈！"

"两手要端住，对，端住。"

"好，你们现在把下面这段念给我听一下。"

紧接着就是断断续续的念稿子的声音。

她上楼送了资料，下来的时候正好碰上她们中场休息。

乔亦溪正欲下楼，只是往那边扫了一眼，看见眼熟面孔，还没来得及打招呼，就被喊住了。

“乔乔！”

“怎么了？”她停了下，偏头问道。

叫她的人是她在滑板社认识的学姐，叫江雪，两个人的关系虽算不上特别好，但也能说上几句话。

江雪赶忙跟她说：“你最近没什么事吧？”

乔亦溪摇了摇头。

“感恩节的时候我们有个小型会演活动，需要男女主持各两个，我这边还缺一个女主持人，”江雪的额头有汗沁出，“你能来帮个忙吗？”

“你看，这些都是我粗略筛选出来的干事，但是她们都没上过舞台，我刚刚看了看，效果都不怎么好。如果是你，肯定就不用这么麻烦训练了。”江雪嘿嘿笑了两声，“你仪态这么好，到时候上台随便念两段词就行。”

乔亦溪指了指自己，有些瞠然：“可是我没当过主持人啊。”

“没关系的，我到时候跟你彩排两次你就知道了，真的不难，照着念词就行！我请你吃饭好不好？”

乔亦溪摇头：“那倒不用。”

江雪使出最后的哀求攻势，双手握在一起，眼睛眨啊眨：“求你了……”

乔亦溪终于心软，答应下来：“行吧，我去。”

反正她最近也没什么事，既然能帮上忙就去吧。

江雪当即咧嘴笑开：“太好啦！那你先去忙，回头我给你发一些注意事项，下周我们来走一次过场。”

“好。”

回去之后，江雪给她发了份视频资料，里头是学校一些活动的现场，让她参考一下女主持大概需要的感觉。

其实也没什么特别需要注意的地方，无非就是背挺直，走台步，普通话说标准点。

她的普通话本来就标准，所以主持确实不算难。只是学校准备的礼服都是租的，而且也不算特别好看，江雪说如果她愿意，可以自己去买一套，白色的就行。

周末的时候她在周家，吃完午饭之后无所事事，便打算去街上逛逛。

起身的时候周母问她："到哪儿去？"

"学校的活动要我主持，我看看能不能买到合适的礼服。"她说，"去附近的商场转转。"

周母停下洗小西红柿的动作："明叙是不是也要买外套了？"

正在推椅子的周明叙顿了一下，旋即点了点头。

周母擦擦手："那你们俩去吧，我刚好在家做个卫生，好久没大扫除了。"

于是最后就变成乔亦溪和周明叙一起出了门。

出小区门的时候，乔亦溪收到了江雪发给她的视频，还附有一条微信消息："到时候就这样出场，怎么样，漂亮吗？"

她点开，看到两对主持从左右场次第出来，女主持挽着男主持，浅蓝色的追光灯一路顺着打，然后四人交会，站定。

确实还挺漂亮。

她问江雪："那我到时候要这样挽着另一个主持人吗？"

江雪很快回复："是的，男女搭配这样。不过只是开始的时候挽着，后面靠在一起就行了。"

乔亦溪："好的。"

周明叙觑了眼，而后倾身问了句："主持？"

她点了点头："帮学姐一个忙，她找不到女主持人了。"

少年的目光从她手机屏幕上一晃而过，他顿了几秒，旋即蹙了蹙眉头："是播音部找不到人了，要你去当主持？"

她眉尾轻抬："啊？"

"没什么。"他收回目光，喉结滚了滚，"礼服要什么样的？"

"大概……好看就行吧？"她说，"我也没什么概念。"

到了商场，他们顺着扶梯上行，三楼是男装，四楼才是女装。

乔亦溪在三楼楼梯口停下，同他道："先逛你的吧。"

少年点了点头，加快脚步。

男生逛街真的很快，乔亦溪看他径直走进一家店，然后目光在当季新品上扫一圈，最后取下一件纯黑色的外套，往身上比了比，似是觉得差不多了，便准备喊服务员来开单子。

乔亦溪还有点没反应过来："你选好啦？"

"嗯。"周明叙颔首，"怎么？"

"没怎么，"她摩挲了一下下巴，"就是觉得这种衣服，你不是有很多件吗？"

他好像特别多黑色外套，她有时候都分不清。

周明叙沉吟半晌："也不完全一样，袖子和口袋不是一个设计。"

她启了启唇，却没说出话来。他真的好厉害，分不清女生的口红色号，却可以把自己的黑色外套分得那么清楚。

他挑了挑眉："想说什么？"

乔亦溪仰起脸看了一圈，而后咬着唇小声道："一个意见？"

他"嗯"了声，示意她继续说。

"你都那么多黑色衣服了，换个色系吧，这里这么多好看的男装，肯定有适合你的。"

周明叙沉吟："比如？"

她瞟了瞟，取下一件红棕色的外套："比如这种颜色，比黑色稍微亮一点，但也不是特别骚气，我觉得你可以试试。"

这种颜色，穿好了还是蛮有气质的。

周明叙顿了一下，大抵是从没试过这种色系，有些犹豫。

"想试就试，不想就算了，"她靠在一边，"看你了。"

过了会儿，他接过了她手里的外套。

事实证明，乔亦溪的审美还是不错的。

这件衣服特别衬周明叙的身材，当然，这人本来就是个衣架子，肩膀到袖口都合身不说，还显得他多了一丝游走在禁欲和破戒之间的气质。

导购走过来也"哇"了一声："你穿这种也好好看啊。"

旁边有女生在帮男友选衣服，看到周明叙穿的这件，赶紧道："帮我也拿件这个吧，看起来怪好看的。"

周明叙对着镜子看了眼，垂头，嘴角似弯非弯："厉害。"

话是对她说的。

一种新风格，竟也难得地适合他。

乔亦溪得意地扬扬眉："就说吧，我很少失手的。"

其实她倒不怎么意外，因为周明叙在她眼里是天生的模特，大概很难有他撑不起来的衣服。

"女生研究衣服比较多，跟男生的眼光肯定是不一样的。"她说，"你以后可以多让女孩子帮你参考参考，说不定可以打开新世界的大门。"

不然怎么有种说法是，很多普通男生会被女友改造成男神，有时候走在路上一看打扮风格，大概就能看出这人有没有女朋友。

买完了男装，他们上楼去看女装。

女生逛街就没男生的目的性那么强了，乔亦溪走走停停，看见还可以的店面就走进去看两眼，遇到喜欢的就试一试。

最后她锁定了一家店，试了三条裙子。

一条白粉色的，裙摆镶嵌满贝壳，覆一层粉色薄纱，有一点海滩风，露肩。

还有一条白蓝渐变，蓝色过渡得很漂亮，像海浪，露锁骨。

最后一条是纯白色的，无功无过，不过带袖子，遮到手臂，算是最保守的一条了。

她不知道怎么选择，一时间犯了难。

导购便问她："喜欢哪条呢？"

"都还不错。"

"其实都挺适合你的，主要是你长得漂亮，穿什么都好看。"

由于刚刚她帮周明叙做过参考，所以这时候，她也向他投去了求助的目光："你觉得哪条好一些？"

周明叙端详半天，启唇："都好看。"

导购给时间让乔亦溪自己选择，目光扫到周明叙的袋子，随口问道："刚买的外套吗？"

乔亦溪没想到她眼睛这么尖，笑道："你怎么知道是外套？"

"他们家外套最好看啊。"导购笑笑，"挺好的，已经开始降温了，需要穿外套了。"

周明叙闻言，想到了什么，他抬头问她："什么时候主持？"

"这个月底。"

导购想起什么似的："对哦，月底的话应该会冷，要不你选带一点袖子的吧，这条裙摆也长，比另外两件御寒。”

就这样，在周明叙的“点拨”下，她买了最中规中矩的那条裙子。

买完已经是下午，周明叙问：“还有什么要买的？”

乔亦溪道：“鞋子吧。”

“那先吃了饭再逛？”他看一眼手表，“附近有家蟹脚面不错。”

乔亦溪觉得跟这人一起逛街也太省心了点，一口答应下来。

热气腾腾的蟹脚面吃完之后，他们俩开了局游戏，打算打一局再继续逛。

进了游戏，乔亦溪还在找枪，周明叙已经打死一个了。

他手里拿着一把DP-28轻机枪，俗称大盘鸡，特点就是子弹特别多，有四十多发。

他三枪就打掉了一个人，子弹还有三十多发，按理来说是足够的，但他还是重新上了次子弹，直到看到子弹装满。

马期成似乎正在线上观看他，这时候给他发来一条消息：“这么多年过去了，你的强迫症还是这么严重。”

就算只开了一枪，也要重新上膛，直到看到子弹装满为止。

这把很快就吃鸡了，他退出游戏的时候刚好看到马期成发来加入请求，直接挂掉了。

马期成回了个问号。

马期成：“你现在怎么变成这样了？宁可带妹也不跟兄弟打了？！你这个重色轻友的家伙！”

周明叙：“等会儿打。”

马期成：“那你现在要去干什么？”

周明叙：“买东西。”

马期成：“买啥？”

两人已经走到了鞋店，周明叙便直接发了个定位给马期成。

马期成放心了：“行，不是重色轻友就好。”

过了会儿，马期成打开定位一看，是家卖女鞋的店。

……这不还是重色轻友吗？！

给马期成发完消息，周明叙收了手机往店内走。

店里人不少，女生们忙忙碌碌都在试鞋，试完就把鞋放柜子上，摆得也不整齐。

别的鞋都是水平放着的，有一只红色的却是竖直挂住的，一眼扫过去，怎么看怎么不舒服。

强迫症晚期患者周明叙蹙了蹙眉，几乎是本能地伸手拿走了那只鞋。

似乎有人朝他投来些微迷惑的目光。

他这才意识到，自己作为一个男的，在这里拿起一只女士高跟鞋似乎有所不妥。

如果要为自己拿鞋找一个合理的借口，那应当是……

他的目光落在不远处椅子上的乔亦溪身上。

她看中了好几双鞋，这会儿正在等导购给她拿尺码，由于刚刚试过鞋，此时她正赤着脚，腿半抬着。

为了避免再次被人当作变态，他径直朝她走去。

乔亦溪两只手各勾着一只鞋，正在看导购何时归来，一件熨帖平整的衬衣出现在她视线里。

周明叙低声问："喜欢这个吗？"

她还没来得及说话，他却已经倾身，不容置喙地捏住她脚踝，为她穿上那只鞋。

灯光洒落，由他发尾描摹至下颌角，带出半透明的流畅线条。

由于被他抬起脚踝，她本能地后仰。

少年指腹的温热顺着她敏感的皮肤一路向上传递，是全然陌生的体验和姿势，宛如过电般，她轻轻抖了一下。

乔亦溪茫然地抬起眼睑，就看见少年紧绷的唇线。

怎么也没想到他会帮自己穿高跟鞋，她眨了眨眼睛，犹疑地惊呼出声："周明叙？"

周明叙没接触过高跟鞋这种东西，手上动作比较生疏，扣了四五次才把搭扣扣好。

终于扣好之后，他淡声回应她："嗯？"

少年嗓子里像是安了架低音炮，说单字的时候尤其低沉，在这种环境下，倒真有点像漫不经心的撩拨了。

……“天然撩”真不是浪得虚名。

足尖终于接触到地面，乔亦溪有了点安定感，问他：“你怎么了？”

后知后觉地意识到自己方才做了些什么，周明叙滞了一秒，拢了拢手指，手指上似乎还残留着她脚踝的温感。

他启了启唇，不知怎的，那一瞬间竟没能说出话来。

导购这时候拿着鞋回来了，目睹了刚才那一幕，她也愣了一下：“这是……”

乔亦溪看向周明叙。

周明叙同她解释道：“我刚刚看鞋柜比较乱，就提了只鞋出来，你脱掉也没事。”

乔亦溪点头，低头看了一眼，他“顺手”提的这只是基础款，看着还不错：“也还可以，先留着吧，备选。”

她换好导购拿来的那只，是坡跟款，配裙子不够秀气，索性就放弃了。

除了导购拿来的，她手上还有两只不同款，全部试过一遍之后，她意外地发现，周明叙拿来的那只居然是最合适的。

结账的时候，她非常真心地赞许道：“你看高跟鞋的眼光还挺准的。”

周明叙沉默几秒：“我随便拿的。”

“真的吗？”她还有点不太相信，“可是这双很合脚啊，而且款式也正合适。”

他道：“我只是看那里太乱了，想整理一下。”

她“噢”了声，没再说话。

回去之后，舒然问她衣服买好了没有，她就换了一套，在镜子前拍了张照片发给舒然。

舒然看了照片后连连夸奖：“不错，裙子和鞋都好看！”

乔亦溪回复：“不瞒你说，鞋还是周明叙帮忙选的。”

舒然疑惑道：“什么意思？”

乔亦溪：“我原本坐那儿选鞋，然后周明叙给了我一只鞋，我穿上一看，还挺漂亮的。”

舒然：“哦，真的假的？”

乔亦溪：“真的啊，他说是看鞋柜太乱，想整理一下，所以随便拿了一只。”

舒然：“鞋架乱他直接整理鞋架就行了呗，为什么要拿只鞋出来？”

舒然跟他不太相熟，所以还保留着初次见面时的印象。

过了半晌，舒然道："我觉得……他是不是真的挺喜欢高跟鞋呀？"

在周家休息了两天，星期一，乔亦溪再度投入A大早课的怀抱。

还没睡醒的向沐趴在课桌上，黑着眼圈哀怨地道："哪有大学生每天六点五十就得起床的啊……"

乔亦溪说："我六点二十起来的。"

向沐揉了揉眼睛："好，我平衡了。"

上午的课结束之后，她们四个约着下午一起去做糖饼屋，就是由糖饼干堆砌成的小屋子。

制作工序不是很多，她们做了五个出来。

向沐对着五个糖饼屋犯了难："一人吃一个，那还剩一个，怎么办？"

阮音书也说："一人一个都不一定吃得完，刚吃完中饭，我现在好饱。"

舒然忽然对着乔亦溪道："还剩一个，要不你给周明叙吧？"

乔亦溪有点意外："怎么忽然想到他了？"

"到时候让他带我们打游戏呀！"舒然笑了笑，"先收买一下他，就说这是我们一起做的。"

乔亦溪思索了会儿，不由得担心道："他一个人带我们几个技术菜的，能带得动吗？"

"你就别操心这个了。"舒然把一个糖饼屋塞给她，"带给周明叙啊，乖。"

既然舒然都把这个重任交托到乔亦溪手上了，那她自然不能抗旨不遵。

回去之后，乔亦溪给周明叙发消息，问他现在在不在寝室，可惜周明叙一直没回她。

乔亦溪走到宿舍楼下，想着要不就送到他寝室去得了，于是在男寝一楼登记过后，她提着东西去了他寝室。

门敲过三下，里头传来一道陌生的男声："谁啊？来了！"

大门打开，一个刚套好上衣的男生出现在门口，有点烦躁地喊了声："怎么一直不说话？！"

看到是个妹子，他愣了一下，声音一下就放轻了："你找哪位？"

乔亦溪问："周明叙在吗？"

"周明叙他……打球去了，"男生说，"什么事？"

乔亦溪挥了挥手上的袋子："我给他送东西来的。"

男生瞥了一眼她手上的东西，有点为难。

乔亦溪把东西递给他："帮我放他桌上吧。"

那男生挠挠头："可是……周明叙平时不收礼物，那些女生来送东西，他都让她们直接回去……"

她瞬间明白了他的意思，笑了笑："我和她们都不一样，你放心吧，东西给他就行，消息我已经发给他了，他会看到的。"

男生看她长得漂亮，讲话也有底气，似乎真的和周明叙认识，便接过了东西："那好，我把东西放他桌上。"

"嗯。"她点头，走出去几步之后又回头，扬唇笑了笑，"谢啦。"

男生愣了好几秒，这才木然地点了点头。

下午六点，周明叙打完球回寝室，路上看到乔亦溪给他发的两条消息。

第一条问他在哪儿，第二条在二十分钟后，说已经把东西送到他寝室去了。

周明叙一回寝室，室友就从床上探出个头："有个妹子来给你送东西了，她说她跟以前给你送东西的女生不一样，我就接了。可以接吧？"

"嗯。"

室友继续道："不过话说，那妹子是谁啊，你妹妹吗？真的好漂亮啊。"他用力"啧"了声："她走的时候，就站在楼梯口回头跟我说'谢谢'，我感觉那一瞬间魂都被勾……"

室友还在继续说，但周明叙并没有听进去。

他打开装糖饼屋的袋子，从里面取出东西来。

拉开最外面的一层，里头是……一颗高跟鞋式样的糖。

周明叙偏了偏头，盯了那东西许久。

乔亦溪并不知道里面有那样的玄机，后来再碰上的时候，她问他糖好不好吃，周明叙说味道不错。

只是……他欲言又止，却到底没有再说。

周末的时候，乔亦溪回周家住，因为那周有提琴课，周明叙在学校忙，没有回来。家里只有她和周母，虾饺自然就赖上她了，一个劲地找她跟自己玩。

乔亦溪自然就担起了"玩伴"这个重任。

虾饺不仅叫声像狗，玩耍习惯也挺像狗，比如喜欢玩捡球游戏。

周明叙给它买了一个小球，乔亦溪就在客厅跟它抛球玩，结果一不留神，它把球玩进了周明叙的卧室，并且很久都没出来。

乔亦溪怕它做出什么不好的事，等了会儿后便也跟了进去。

虾饺在周明叙床下扒拉来扒拉去，她凑近一看，原来小家伙在床底下玩球。

她帮虾饺把球拿出来，结果顺带又扯出了一个小小的东西，那东西看着挺眼熟，乔亦溪捡起来一看，是她的一个小耳夹。

这个耳夹不见了有一阵子，因为她经常丢这些小东西，所以当时也没在意，只当是放在了哪儿……现在想来，大概是在他房间玩游戏的时候不小心掉的？

毕竟耳夹这东西有时候会松，而她可能没注意到。

她摸了摸自己的耳垂，然后把耳夹收了起来。

这事她就只当是一个小插曲，没太在意，后来回学校忙主持的事，自然更是无暇顾及。

那天跟江雪顺了一下词，修改了一些句子，一下午就过去了。

两个女生去校外吃晚饭，餐厅内人坐得满满当当，只剩一张桌子还有空位。

乔亦溪过去坐好，才发现旁边坐的是周明叙。

他似乎在等餐，跟前是餐牌，手上拿着大屏的手机，横着屏，正在打游戏。由于戴着耳机，他对身旁发生的事情一概不知。

江雪瞟了两眼，坐下的时候用嘴型同乔亦溪道："这是大佬。"

乔亦溪似笑非笑地点了点头。

后来服务生过来点单，点了主食后她还想加个小食，精挑细选过后她抬头道："再加一份鸡块吧。"

服务生抱歉地看了看周明叙："不好意思，最后一份鸡块他点了。"

周明叙的餐正好上齐，他此刻恰好摘了耳机准备吃饭，显然听到了服务生的话，偏头看了她一眼。发现是乔亦溪之后，少年长指拢着那碗炸鸡块，放到桌子中间。

是示意她可以吃。

乔亦溪当即心领神会，拿了两把叉子，递给江雪一把。

江雪看她毫不见外地叉了一个鸡块，还有点蒙："真的可以吗？"

乔亦溪蘸好番茄酱，咬了一口，含混不清地回道："当然可以啊。"

江雪犹豫着叉了一块，心里想着难道这就是长得好看的特权，连陌生人的鸡块都能随便吃？

没一会儿，她们俩的餐也上来了，盘子里还剩最后一个鸡块。

乔亦溪拌了一下自己的饭，似乎想起什么，舔了舔唇，凑到周明叙身侧。

她还没开口呢，周明叙便如洞悉她所想一般，摇了摇头："我不吃了，你吃吧。"

乔亦溪呆滞了几秒钟，然后反应过来——他以为她是想吃最后一个鸡块。

"不是，"她抬眉，"我是想问你等会儿能不能带我们吃鸡？"

刚刚排练节目的时候，她和江雪玩了一把，状况有点惨烈。

他不置可否："你们几个人？"

她指了指自己和江雪，手指弯弯，比了个手势："两个。"

他颔首，扬了扬嘴角："可以。"

江雪凑到乔亦溪面前，小声问："你们认识啊？"

"肯定认识呀。"

吃完饭后，他们转战星巴克打游戏，房间是江雪创建的，先加乔亦溪，乔亦溪拉周明叙进来。

开局之后，队伍里多了个陌生人，乔亦溪说："你还点了自动匹配队友啊？"

他们打的是四排模式，但有的时候系统会匹配一些要了也没用、反而干扰作战的队友，所以偶尔她打游戏的时候，房主会取消自动匹配队友。

这样的话就是二人或三人打四人模式，也有的人会一个人单挑四个，但是由于少了人，所以作战难度也会提升。

不过因为有周明叙在，所以她也不担心，觉得三个人打就够了。

江雪有点意外："啊？你们平时不自动匹配的吗？那要不退出去重新开一局？"

周明叙已经在地图上标了点，便道："不用了。"

反正有时候匹配的队友也一句话不说，相当于没有。

但……这个新进来的四号队友，很显然不属于一言不发的类型。

一听乔亦溪开口说话，他立刻道："一号小姐姐，跳伞我跟你跳吧，听你声音这么好听。"

乔亦溪没说话，跳伞跟随了周明叙。

四个人落在集装箱附近。

下落后，乔亦溪捡到了枪，但是子弹很少，就问了句："你们有 5.56mm 的子弹吗？"

她忘了关麦，四号新队友自然也听到了她的话。

周明叙正欲开口时，发现四号在自己那边标了个地点，有乔亦溪要的 5.56mm 子弹。

乔亦溪还以为是周明叙或江雪标的，转了转屏幕就往那边跑。

点在树林里头，她正要跑过去的时候，就听到四号油腔滑调的声音："小姐姐，你说这算不算我俩一起钻小树林啊？"

她这才发现点是四号标的，江雪在她后面，周明叙在她旁边。

四号的声音太油腻，话里的性暗示意味太浓，她本能地感觉生理性不适，便停了下来。她还没来得及做些什么，便看到周明叙收了枪，然后抬手拉了两个手榴弹，扔到四号那边。

干脆利落，没有一秒停顿。

他枪法素来好，扔雷的水准自然也不差，两声爆炸响起后，四号死了。

四号的声音猛然拔高："怎么回事？！"

对着人精准抛完雷的周明叙重新拿出枪，面无表情地淡淡道："手滑。"

第七章
他喜欢她

把四号解决掉之后，他们的游戏体验感明显增强了很多。

乔亦溪全程没有离周明叙太远，一直在他附近转悠，一看到人就及时报备，所以活了下来，后来甚至跟着舔了个空投。

但江雪一不留神跑太远了，被人打死也没法救，最后只能观战，眼睁睁看着周明叙和乔亦溪吃鸡。

不，准确点来说应该是看周明叙吃鸡。

毕竟乔亦溪只是个打酱油的，周明叙在外面厮杀的时候，她就一直待在房子里。

打了几局之后，三个人便起身离开了。

要分道扬镳的时候，江雪忽然看向周明叙，问道："他是不是叫周明叙啊？"

乔亦溪点头："你是怎么知道的？"

江雪又惊又喜地睁大眼睛："真的是他啊？我听过这个名字。"

乔亦溪挑眉："就因为游戏打得好，所以连你们英语系的都知道他？"

"那可不止，要出名也是需要很多条件的，游戏打得好还不够，"江雪朝她挤眉弄眼，"还有长得帅，成绩好。"

周明叙一个人走在前头，江雪瞟了一眼他的背影，同乔亦溪直抒胸臆："他长得好不现实啊。"

"怎么？"

"我觉得他太好了，好得有点不像正常人。"江雪说，"一般人都会有缺点吧，怎么感觉上帝造他的时候忘记给缺点了。”

“因为你才和他认识嘛，”乔亦溪说，“哪有十全十美的人。”

“你和他认识多久了？”

“小时候就认识了，后来搬家又分开了，今年九月才重新遇到……按成年后的时间来算，两三个月吧。”

“那你说说，他有什么缺点？”江雪悄悄地抬眼睛，“或是怪癖？”

乔亦溪想了一会儿：“吃泡面不爱加鸡蛋算吗？”

江雪瞧着她，一阵沉默。

江雪先去了学校里的宿舍，乔亦溪和周明叙顺路，都住在校外的学生公寓里。

和江雪道别之后，乔亦溪三两步追上周明叙，拍了拍他的肩膀：“等会儿，我有个东西要给你。”

周明叙脚步顿了一下，侧眸问她：“什么？”

“你在我们宿舍楼下等一等，我上去把东西拿下来。”

他说了一声“好”，就静候在她宿舍楼底的夜色中。

身侧的人来来回回换了两趟，乔亦溪才穿着外套下来了。

他站在台阶下，她站在比他高两级的台阶上，两个人正好面对面。

她其实不矮，可无奈他太高了。

乔亦溪在口袋里捞了捞，然后扯出一根长长的数据线：“喏，阿姨说你充电器忘带了，让我带给你。”

周明叙伸手接过，带着鼻音半笑不笑道：“我还以为是什么。”

“以为是什么？我也没别的东西能给你了。”

乔亦溪虽是这么说着，但还是双手又伸进口袋搜了搜，摸到一张卡片。

“如果你还想要别的东西的话……”她把那张卡片抽出来，放到他面前，“这个给你。”

卡片半透明，映出她笑着的杏眼，卧蚕鼓鼓的，一副无辜明朗的模样。

他喉结滚了滚：“这是什么？”

“你看了就知道了，”她有点神秘地道，“记得晚上关了灯偷偷窝在被子里看啊。”

这其实是她之前买东西时候店家送的赠品，那时候顺手就放在口袋里了，今天刚好摸到，也算是有缘。

周明叙掀了掀眼睑，点着头把东西收好了：“行。”

晚上临睡前，他拿出充电器充电，意外瞥到那张卡片，便把它放到了枕边。

熄灯后，他从枕边拿起那张卡片，抬高。

黑暗中，夜光小卡片上终于浮现出图案，是一只可爱的胖胖的猪，正咧着嘴笑。

他看了两秒，忍不住勾了嘴角。

乔亦溪回到寝室之后，看到舒然正抱着腿窝在椅子里看东西。

见舒然看得太投入，她也凑过去看了两眼。

舒然小小的手机放在角落里，里头播放着纠缠的男女，女人衣衫半褪，男人手上一副泛着银光的手铐。

乔亦溪一开始以为是警匪片，不过越看越觉得不太像啊。

男人铐起女人的手，锁在床头，把她的衣服徐徐褪下，吻跟着覆盖上去。

乔亦溪愣了几秒，然后凑到舒然耳边，小声问：“好看吗？”

舒然吓得灵魂出窍，大叫了一声，飞速把手机盖在桌面上，捂着耳朵看她：“你什么时候回来的？！”

乔亦溪酝酿半晌才道：“你把耳朵捂着，是想听我说话还是不想听呢？”

舒然放下手，揉揉鼻子：“谁让你吓我。”

“我没吓你呀，”乔亦溪眯眸笑笑，“是你做了什么亏心事吗？”

舒然霎时有了底气，挺直胸脯道：“我没有啊，只是看电影！”

“什么电影？”

“《五十度灰》……”

这片子挺有名，乔亦溪虽没看过，但也是“久仰大名”的。

她点了点头，恍然大悟般道：“是这样啊。”

舒然指着她：“你那是什么表情啊？哎，我现在成年了好不好，这又不是什么禁片，你怎么这个语气？”

过了会儿，舒然又为自己正名：“你根本不知道手铐多有趣多好玩！”

乔亦溪奇怪地瞧了她一眼：“说得这么带劲，好像你试过一样。”

舒然指着她：“乔亦溪，你不要瞧不起人。”

说话间，乔亦溪已经在衣柜里翻找了。

舒然见她这样，不禁问道：“你找什么？”

“我的吊带衫。”她动作没停，“奇怪，最近怎么老是丢东西？”

“肯定是你没好好收拾，爱把东西乱放，再找找吧，指不定就找到了。”

一周过去，周母在家研究了一道新菜，为了让他们俩都回去品尝，特意开了车来接他们。

回去的车上，乔亦溪看着窗外掠过的风景发呆，突然听到手机振动的声音。她看了一眼自己的手机，不是她的手机在响。

旋即，周明叙的声音响起：“喂？”

他的音量开得不大，乔亦溪听不到那边说了什么，只听最后周明叙撂下一句：“好，回去再跟你说。”

也不知道是有什么神秘的事情，还要等到回去再说。

回到周家之后，周明叙径自去了阳台打电话，虾饺在他旁边“汪汪汪”地叫都没分走他的注意力，搞得虾饺只好跑到乔亦溪脚边找存在感。

乔亦溪一集电视剧看完，周明叙才挂了电话从阳台上回到客厅。

他似乎有点疲惫，捏了捏眉心。

她犹豫了一会儿，觉得自己还是不要管比较好，便点开了下一集电视剧。

周母正在厨房里做午餐，蒜香排骨的味道从虚掩着的门缝内飘出来，闻着确实挺香。

那顿午饭很丰盛，五个菜一个汤，道道都是大菜。

饭吃到一半，周明叙的手机疯狂地闪入消息提示。

他又吃了几口，然后放下筷子：“我出去一趟。”

“干什么去啊？”

“朋友有点事。”

他这么说着，很快出了门。

周母叹息一声，摇摇头：“什么事啊，这么急，提都不愿意多提几句。”

吃完午饭后，周明叙还是没有回来。

周母洗了碗，又兑了一桶肥皂水，开始擦窗户。

乔亦溪凑过去道：“干什么呢？”

“做个小扫除，”周母笑笑，“好久没打扫卫生了。”

既然周母在打扫卫生，乔亦溪自然是要跟着帮帮忙的，她主动请缨，揽下了两个卧室的清扫任务。

她的卧室东西不多，所以很好打扫，她擦过窗户之后，便转战周明叙的房间。

他的房间是一种生活化的、凌乱而不杂乱的状态，椅子上搭着两件外套，桌上摆着块手表，床角的床单叠在了一起。

乔亦溪走到床边，本来准备牵一牵他的床单，忽然又想起来自己还没洗手，所以便换了个方向，拿了扫把扫地。

扫把在他床底过了一道，扫出来不少东西。

乔亦溪本来想直接扫进簸箕里的，但乍一看那些东西有点眼熟，就蹲下身端详了会儿。

一根美少女发绳，一条星月足链，一支唇刷，还有一个内衣延长扣……

全部是她的。

乔亦溪一时间百感交集，对着那些东西愣怔了好一会儿才捡起来，还是觉得有点不可思议。

她的东西怎么跑这儿来了？她总不可能还爱梦游吧，大晚上把自己的东西送到他床底下？

床底这种位置其实很隐蔽，总让人感觉跟这里有关的都是一些不可告人的事情。

她一头雾水地把东西收好，洗过手，又坐在床上思考了一会儿。

没想出个所以然来，她准备和朋友讨论一下，起身的时候想起周明叙的床单还没拉，于是偏过身去拉了拉床角，却发现他枕头底下似乎有条什么带子，隐约露出来了一点。

乔亦溪小心翼翼地扯着那条带子，把东西拉出来看了一眼。

一件吊带衫展现在了她面前。

她再度惊讶地发现，这件吊带衫也是她丢的那件。

巧合似乎也无法解释面前的情况了。

周明叙的枕头底下居然还有她的吊带衫？

这可是她的贴身小吊带啊，偶尔穿在里头打底的那种……

她闭了闭眼，神思逐渐混乱，心情复杂。

如果不是自己亲手找到这些，她肯定会怀疑面前一切的真实性吧？

三番五次的“意外惊喜”已经让她的心理防线节节崩溃，她提着呼吸慢慢拉开他枕头，往里看了眼。

两秒之后，她从他房内夺门而逃。

老天，如果她没看错的话，他枕头底下那是副手铐吗？舒然看的《五十度灰》里面出现过的手铐？

足链，唇刷，内衣延长扣，小吊带，手铐……

乔亦溪颤抖着手敲开舒然的对话框，问她：“舒然，你觉得在枕头底下放手铐的男生是个什么情况？”

舒然来了兴致：“你也看了《五十度灰》啦？”

“……没有，我是问你真实的情况。”

“真实情况，哪个正常男生会在枕头底下放手铐啊？你胡思乱想也给我正常一点好吗？”

乔亦溪直接打了个电话给舒然。

舒然接起来：“怎么回事啊？谁在枕头底下放手铐了？”

乔亦溪顿了一下：“先不说这个，你觉得，放手铐这件事……”

她脑子里现在非常混乱，像一锅粥，黏稠沸腾冒泡，基本已经丧失了思考能力，只能靠说话来证明自己还是存在的。

虽然说完她就会忘记自己到底说了些什么。

舒然假设：“他有个警察梦？”

乔亦溪略作思索：“没有吧。”

舒然又道：“那他可能就是有个玩手铐‘游戏’的梦。他有女朋友吗？”

“没有。”

舒然猛地吸一口气：“没女朋友准备手铐干什么？未雨绸缪吗？他是找到要下手的对象了？”

乔亦溪瑟缩了一下：“你别吓我啊。”

虽然周母平时都在家，但也有不在家的情况，而且她最近也放松下来了，有时候睡觉都忘了关门。

“什么吓你不吓你的，我在认真分析啊，”舒然拍腿，“你别这么紧张。”

静了两秒，舒然猛地反应过来：“不会吧……你不会说的是周明叙吧？！”

乔亦溪没说话，算是默认了。

舒然那边传来敲键盘的声音。

乔亦溪皱眉：“你干什么？”

舒然吸吸鼻子：“我帮你查一下。”

约莫两分钟后，舒然说：“也不是没有这种例子……你想啊，有时候罪犯看起来也很面善，周围的人都说他是好人，觉得他根本不会做出那种事，结果他是那啥犯。人不可貌相，而且你们也没相处很久啊，只是你们家长比较熟，所以就给你们一种比较亲近的错觉。就说我哥吧，我哥长得一表人才，谁能想到他骂人贼溜呢。”

或许是第一次见面时周明叙给舒然留下了太深的印象，并且第一印象很难改变，导致乔亦溪一提，舒然就自然地把事情往怪癖和异常方面想。

舒然开始列举了：“你看周明叙，表面看起来多么完美的一个人，又帅，又会打游戏，还不拈花惹草，成绩也好。你不觉得做这么完美的人，压力很大吗？可能他的确有些那方面的怪癖也说不定，这也不能怪他，精神压力本来就很难排解。”

太完美，这好像也是江雪对他的印象。

乔亦溪给出另一个答案：“也可能是家里的猫偷的，之前的高跟鞋好像就是。”

“那你去试一下呗，你看那只猫喜不喜欢你的东西不就知道了？有的猫很聪明，通人性，它懂你说的话。”

乔亦溪觉得也有道理。

她叫来虾饺，把自己的洗漱包放到它面前，问它：“要吗？”

虾饺根本不感兴趣，有点嫌弃地挪开了目光。

她又拿出自己的一件短袖，递到它嘴边：“玩吗？”

虾饺直接跑开了。

乔亦溪咳嗽两声：“它好像真的对我的东西不太感兴趣。”

“对吧，我就觉得，你还是太天真了。”舒然说得头头是道，“周明叙说是猫偷了你的高跟鞋，你还真信是猫偷的？猫又不会说话，哪怕你说《五十度灰》是它拍的，它也不可能摇头说你放屁吧？”

舒然又道：“你确定他枕头底下是手铐？”

乔亦溪斟酌着道："我刚刚就是瞟了一眼，也可能不是？"

"那你把摄像头打开，拍给我看看。"

"行。"

乔亦溪走到周明叙房间里，掀开他的枕头，把摄像头对着那副手铐，打算再仔细看一遍。

突然，门口响起脚步声。

她转头去看，就见少年好整以暇地站在门口，一双微敛的眼半抬不抬。

见她站在自己床边，周明叙眉心微微蹙起，低声问道："怎么了？"

乔亦溪万万没想到周明叙会在这时候回来。

她火速点了视频挂断键，而后松开另一只手，让他的枕头重新倒回床上。

一切似乎还是原来的样子。

"没什么。"乔亦溪攒出一抹优雅而不失礼貌的微笑，"我们在做大扫除。我看你床单皱了，所以过来拉一下。"

周明叙走近，环视一圈，发现地面确实被拖过了，便也没有怀疑，颔了颔首。

乔亦溪悄悄地把手机扔进口袋里，转过身，换了个话题："你出去干什么了？"

他垂眸。

其实就是马期成想和一个游戏平台签约当主播，合同上条款很多，马期成这人又爱大惊小怪，所以总是给他们打电话发消息，商量注意事项。

刚刚去寄合同，马期成还非要叫上他和傅秋一起，生怕自己哪里填错了。

不过马期成暂时还不想往外说这件事，也委托他们帮他保密。

于是周明叙只是模棱两可地回她："有点事要忙。"

乔亦溪状似恍然地"噢"了声，抬抬眼睑："那我先出去了，你忙。"

"嗯。"

她走到门口的时候，忽然又被喊住。

周明叙垂了垂眼睫，低声道："等会儿过来。"

她稀里糊涂地应了声好，便赶紧逃离事发地。

跑进自己房间之后，她抬手摸了摸脸颊，手是冰的，脸颊是热的。

长长吐出一口"劫后余生"的气，她靠在门边给舒然发消息："他刚刚忽然回来了，所以我挂了电话。"

舒然赶紧道："他发现了什么没有？"

乔亦溪："暂时还没。"

舒然："我刚刚看了一下，好像确实是手铐，不过我也不知道他拿那个来干什么。他最近有什么反常的地方吗？"

乔亦溪想到方才问起他时他有些躲闪，便发了个"点头"的表情过去，又说："他枕头和床底下也有很多我丢了的东西。"

舒然："比如？"

乔亦溪如实道："吊带和内衣延长扣。"

舒然震惊得发了一长串叹号："为啥他房间里会有你的这些东西，是什么新型情趣吗？"

过了一会儿，舒然又道："反正你最近还是注意点吧，我觉得，虽然现在还不能确定是什么情况，但提高警惕总归没错。"

乔亦溪也有此意："嗯。"

最后，舒然又总结道："我觉得如果周明叙以后恋爱的话，肯定会是那种玩很多缠绵花样的。"

这都什么时候了，舒然还有心思说这种话。

乔亦溪有点无奈："你别说了。"

聊天结束后，她自己在床上放空了一会儿，然后揉了揉有些酸胀的太阳穴，打算去倒杯水喝，清醒一下。

路过周明叙房门口的时候，她隐约想起来……他刚刚是不是叫自己一会儿过去来着？

不会是他发现什么了吧？

她小心又强装镇定地捧着水杯进了他的房间，看见他正坐在电脑前敲键盘。

她走过去一看，屏幕上是游戏开始前的组队页面，队伍里有三个人，他、傅秋、马期成。队员都点了"准备"，但游戏一直没有开始。

乔亦溪摩挲了一下杯壁，小声问："你们不会是在等我吧？"

周明叙没料到她无声无息地进来了，顿了一下，回身看她："你不打？"

乔亦溪微微掀了掀眼睑："你们真在等我啊？"

少年的手肘搭在桌上，手臂线条弯成流畅的弧。

"嗯。"他手指敲了敲桌面，"不玩就算了。"

“别啊，”她只是一下没反应过来，“玩，你等下，我拿手机过来。”

进了队伍之后，游戏很快开始了。

马期成那边一阵窸窸窣窣的麦响：“乔妹终于来了啊，等得我孩子都快八岁了。”

傅秋道：“你连女朋友都没有，哪儿来的孩子？你胡扯也要讲点逻辑吧。”

马期成不爽了：“我这是夸张的说法，意思是我等了她好多年，都快等到三十岁了！”

傅秋疑惑地“咦”了一声：“三十岁你就能有女朋友了吗？是‘无中生友’吗？”

马期成咬牙切齿：“我看你想让我下去就炸死你！”

两个人开始了日常的插科打诨，周明叙正在跳伞没工夫搭理他们，乔亦溪一边看着旁边的环境一边思考自己心里那点事，也没参与。

刚下去，马期成就开始扔雷炸傅秋，傅秋一边躲一边朝他开枪，两个人正玩得不亦乐乎的时候，一阵枪声响起，马期成死了。

马期成还没回过神来：“这儿有人？我怎么就死了？”

傅秋笑个不停：“就你这样还当主播呢？你当个屁主播，你主播《绝地求生》的一百种死法好了！”

傅秋还没乐完，又有一队人马涌来，他也死了。

马期成也乐了：“我看挺好。”

乔亦溪吓了一跳，捡完东西一抬头，发现傅秋和马期成都成了盒子。

“怎么回事？”她有点蒙。

马期成嘤嘤假哭：“代替我活下去，乔妹。”

乔亦溪听着四面此起彼伏的枪声，叹息一声：“我怎么代替你活？我估计也快死了。”

这时候周明叙终于出声：“你躲到旁边那个集装箱里去。”

“好。”

乔亦溪猫着腰躲进集装箱，透过门口往外面看。

周围打得很激烈，最起码有三队人，保守估计附近也有七八个人，是她打游戏至今，最像修罗场的一次。

紧张的局势吸引了她全部的注意力，她没再思考之前的问题了，只是暗自嘀咕道："怎么一下子出现这么多人？"

周明叙回答她："这是新模式，附近有新物资。"

他本想着过来看看，毕竟马期成和傅秋战斗力还不错，谁知道两个人一下来就开始闹，死得这么早。在此起彼伏的枪声中，他打死了两个，然后转移到乔亦溪附近。

他的走动会暴露方位，他刚到集装箱口，就有人发现了他，往这边开枪。

乔亦溪本来在集装箱里头站得好好的，听到外面的铁壳被子弹打得铮铮作响，立刻就走动了起来。

游戏里的音效做得太真实，她有个瞬间真的怀疑集装箱会被人打穿，然后子弹正中她脑袋，她光荣地牺牲了。

马期成在那边笑："我想起上次带一个妹子打，旁边就四五个人吧，全在打我们，那妹子吓得一直叫，笑死我了。"

乔亦溪不停地在箱内走动，周明叙开镜瞄人，想了想，喉结轻滚，安抚道："别怕。"

"我不怕啊。"她舔舔嘴角，兴奋地道，"有点刺激。"

周明叙默然。

"觉得刺激就对了，这就是《绝地求生》。"马期成笑，"乔妹真是王牌的胆，青铜的手。"

等外面打得差不多了，周明叙才出去把剩余的人扫光，乔亦溪就跟在后面舔包。

对于自己在队内的角色，她还是十分清醒的，她负责一切闲杂琐事，比如：车子没油的时候找燃料给车加油；队友在外战斗被打倒时她冲出去扶；还有尽可能多地储备烟雾弹和雷，以备周明叙不时之需。

那个周末是在打游戏和看剧中度过的，周日临走之前，乔亦溪发现天助她也，她房间的门锁坏了。

于是她趁周明叙不在的时候去找周母，小声说："阿姨，我不小心把房门的锁弄坏了，下周找个时间，我叫人上门帮我换一下吧。"

周母自然是点头："可以啊，我明天就叫人来装吧。"

"不用不用，"乔亦溪说，"我到时候喊人来吧。"

周母思索片刻，道："也可以，毕竟是你的房间，你自己选锁吧。"

周一下午她没课，便抓紧时间回了周家一趟，同时联系了锁匠。

为什么要自己叫人来装锁？她有自己的考量。

除了房间门把的锁，她还想装一个门闩，就是那种横在门和门框之间的锁，一拉过去，就无法从外面打开门了。很多酒店都会装这种，图的就是安全。

虽然目前没办法确定周明叙一定会做什么事情，但是巧合委实太多，她觉得这段时间还是注意一些比较好。

其实她本来对周明叙是很信任的，但是舒然一说……她难免有点被影响。

锁匠上门，是个女师傅，站在门边笑着问她："还是给你装原来的那种锁吗？"

她点头："可以再帮我装个门闩吗？"

女师傅说："可以啊，你想要哪种？"

"稍微牢固一点的。"

她本来以为师傅会觉得她的要求很奇怪，但没想到师傅并没有露出奇怪的目光，好像现在很多人都喜欢在家里装这个一样。

自己房间装好之后，乔亦溪又顺道让师傅给周明叙和周父周母的卧室门装了一个，这才付钱让锁匠离开。

周四周明叙回家拿东西，发现门上多了一个门闩，也没太在意，以为是周母心血来潮装的。

那个周末乔亦溪没回去，在第二个周末有提琴课的时候，她才在周六早晨回到了周家。

周六晚上十一点，是大家的入眠时间。

周明叙刚好打完一局游戏，他摘下耳机，起身揉了揉肩膀，忽然听到一些扣合的声响。

他经常打游戏，在《绝地求生》里经常靠声音去辨别脚步和枪声所在的方位，所以一来二去，他的听觉也变得敏锐起来。

如果他没有听错，隔壁房间现在应该……正在锁门，把门带上还不够，还要反着拧两圈，反锁到底。本以为这就是结束，没想到很快他又听到拉动门闩的声音。

那边的人做完这一切，似乎还想试验一下锁得是不是够安全，还拧着门把试了两下。

一切准备工作完毕，她满意地拍了两下手，这才离开了。

隔壁房间是乔亦溪。

他一开始觉得她是看了什么，忽然想锁着门安心睡觉，所以也没多想，重新把耳机戴上，继续开局战斗。

次日他醒得早，是被虾饺整个泰山压顶压醒的。

他去客厅里烧水，发现虾饺又一窜而起，想去开乔亦溪房间的门，结果失败了。

虾饺当然不允许家里有自己进不去的门，于是趴在门缝边疯狂扒拉，最后被周明叙提着放到一边。

“门刮坏了扣三个罐头。”

小家伙不情不愿地“汪”了一声，权衡一番后，在二者之间选择了自己的美味罐头，没有再抓门了。只是它还是有点不甘心，又跳起来扒了两下门，自然还是没能打开。

乔亦溪就在周家住了一晚，周日出去跟同学看了场电影，然后就回学校了。

至此，周明叙只是觉得她的行为有些不同寻常，还没有往别的方面想。

周三的时候，学校宿舍的空调忽然漏水，水管正在他床边，打湿了他半张床铺。

他无奈，只能回家睡觉。

一开门，家中漆黑一片，只有夜色翻搅着梧桐枝叶，筛出变幻光影落在瓷砖上。

他偏头看了一眼，沙发上有件乔亦溪的白色外套，再去看她房间的门，是关着的。

她今晚应当也是回来睡的。

夜已深，除了呼吸声，再没有别的动静。

周明叙换了套衣服，也睡下了。

他后睡先醒，这次是被虾饺一个肉垫“啪”的一声踩在脸上弄醒的。

“失足少猫”虾饺没想到自己居然踩了这个魔王的脸，害怕得赶紧撒丫子狂奔出去，寻找下一个踩醒目标。

当周明叙揉着头发走到房间门口时，正好看到虾饺蓄力，一跳而起，再度去扒拉乔亦溪的房门。

他本来以为这次的门也会锁死，但谁知虾饺一下子就扒开了。

昨晚她没锁门。

没过一会儿，乔亦溪穿着睡裙出现在门口，本来还迷瞪着，一看到他，瞌睡立刻被抖了个干净，眼神一下就清明起来。

就像是本因为他不在家而变得安心，此刻见到他了，反倒生出几分惊吓。

周明叙垂眸倒水，声线磁沉："早。"

她扯了扯衣服，讪笑了声："早……啊。"

说完，乔亦溪又转身回房，把睡衣换成正常着装，这才出来洗漱。

吃早餐的时候，周明叙一边往面包上抹黄油一边问她："怎么回来了？"

她耸肩："出去唱歌，唱完发现过了宿舍关门的点了，就没回去了。"

他点了点头，把手上那片面包递给她。

她轻轻摆了摆手，抿唇温言道："没事，我可以自己来。"

饶是周明叙在这方面再迟钝，也发现乔亦溪这阵子似乎有点躲着他。

他的猜想很快得到证实。

晚上的时候，乔亦溪要出门买东西，周母问了句，恰好周明叙也出来了。

周母问他："出去买糖？"

少年颔首，正要和乔亦溪一起出门的时候，乔亦溪骤然抬头道："完了，我有份作业还没交，你先去买吧，我明天再去。"

周四他们俩都没课，周母下了班之后，说带他们去新开的一家餐厅吃饭。

那家餐厅很有名，排队的人也不少，他们等了一个小时才等到位置，吃完之后时间自然也不早了。

上车之后，周母问乔亦溪："明天有没有课？"

乔亦溪道："下午有。"

"好，那今天就在家休息吧，明早再去学校。"

乔亦溪考虑到周母奔波一天也累了，现在让她再送自己去学校不太好，于是点了点头。

当晚，十一点多，周明叙到客厅去倒水，又听到了乔亦溪锁门的声音，这次依然是反锁到底加扣门闩，一个不落，锁得严严实实。

第二天一早，虾饺去扒拉她的房门没打开，怨怼地看向周明叙，仿佛在说：看，你一来，她的门又打不开了。

不过是吃过早餐打了两局游戏的工夫，乔亦溪已经火速收拾好东西离开了周家，只给他留下一条消息："室友喊我回学校吃午饭，我先走啦。"

看着她空空荡荡的房间，周明叙陷入了沉默。

他蹙了蹙眉，不知道问题出在哪里。

那一周的周末她没有回来，只是在下一周有提琴课的周六才回了周家。

周日的时候她还住在周家，看时间已快到晚上十点了，而周母还没回，她忍不住嘟囔了一句："阿姨人呢……"

路过的周明叙回道："她今晚通宵打麻将，不回来。"

乔亦溪"啊"了一声，反应了会儿，才若有所思地点了点头。

半个小时之后，她缓缓推开自己房间的门，走到客厅门口，没想到周明叙也在客厅。

他似乎早已预料到什么，就是在这儿等她的。

少年抄着手，倚在门边看着她："怎么？"

她眼珠子转了一圈，吞了口口水，启唇："那个……舒然喊我去她家睡。"

这一刻，结合前几周的情况和她的反应，他终于不得不承认，她好像在防着自己。

平生第二次，他被当成坏人了。

——还是同一个人。

说不生气是不可能的，他尽力压制着自己的不快，站在门口，没有要让路的意思。

少年手指动了动，身子似乎还前倾了一点，声音和着夜色轻飘飘地流淌着："就在这儿睡。"

他得让她知道，自己究竟会不会对她做什么。

乔亦溪见他眯了眯眼，气氛有点微妙。

识时务者为俊杰，见周明叙这么强势，她便后退了几步。

大抵做得是有点明显，她也该适当收敛一些。

乔亦溪缓缓地点了点头，瞳仁不甚确定地闪烁了一下："那……也行。"

睡前她惯例要锁门，还没来得及反锁第一道，门缝中伸来一只手，手指修长，骨节匀称，连指甲都修剪得很整齐。周明叙从外顺势把门推开，挤进来。

乔亦溪茫然地抬头看着他，眨了眨眼。

他想干什么？

他就那么靠在门边，眉心蹙起，凛然眼尾扩出一道内双痕迹，似乎有点不可置信。他合了合眼睑，侧眸："你很害怕跟我待在一起？"

"也、也没有。"她总不能质问他房间里怎么会有那些奇怪的东西，所以只是心虚地小声道，"就是……注意点影响嘛。"

"注意影响要把锁叠得跟俄罗斯套娃一样？"他偏头，喉结滚动，"你是做了什么我非礼你的梦？"

乔亦溪张了张嘴，说不出话来。

他想，自己必须得告诉她，某些下三烂的事，他不会也不屑去做。他对她的照顾，不过是出于对朋友和客人的关照，他对她没有逾矩的想法。

周明叙瞧了她一会儿，而后承诺道："你放心，我对女生的房间没有丝毫兴趣。"

乔亦溪仰头对上他的视线。

周明叙神色淡然，眼神毫不躲闪，不像是在应激情况下才会说出刚才那句话，倒像是真心话了。

其实她这些天也不是全在躲他，还有个原因是作业确实多，她得在寝室做作业，再加上天天被舒然洗脑，搞得她就算没想法，也被磨出了点想法。

他应该是真的有点生气了，眼里升起一丝愠意。

如果他真做了什么不可告人的事情，应该也不会这么生气吧……

乔亦溪"噢"了一声，缓缓点了点头："我知道了。"

退一步想，手铐这种东西也不一定是用来做那种事情，收藏收集和偶然所得都有可能。她之所以会往男女之事上想，大概还是"得益于"舒然看的那些电影……

反正，不管怎么说，周明叙都这么说了，即使卖他个面子，她也不能继续疯狂锁门了——最多偷偷用椅子抵住门。

正这么想着，周明叙又开口了："如果我真想对你做什么早就做了，用不着等到现在。"

乔亦溪有片刻迟疑："啊？"

他补充道："你很难反抗。"

好像是这样。

“所以安心睡觉吧，没人会对你做什么。”他淡淡地道，“我回房了。”

“好。”她目送他进了他卧室，然后舔舔唇，关上了门。

夜色蔓延迤逦。

周明叙的电脑上还挂着游戏，马期成和傅秋一直在队伍里等他，没有开赛。

他拉开椅子坐下，戴好耳机，马期成的声音传来：“你干什么去了？怎么去了这么久？”

他没说话。

傅秋也开口了：“叙神今晚咋回事，像不在状态一样……打游戏一直心不在焉的。”

周明叙一整晚都在想怎么处理这个事，还能全神贯注打游戏就有鬼了。

不知道她是怎么忽然就对他产生了那种误会，好像他是个禽兽，随时可能对她下手。

不知道为什么，想到这里，他就莫名烦躁起来，比她第一次误会他还要让人心烦，好像她防着他、躲着他、排斥他、想和他保持距离这种事，像火烧掉引线，“啪”的一下让人想爆炸。

这种情绪很少出现。

马期成还在不停地说话：“你怎么还不点准备啊？到底打不打啊？哦，我知道了，你是不是在等乔妹？乔妹咋还没来啊，她咋了？”

回想方才的情况，周明叙觉得自己的口气似乎有点差，情绪全写在话里了。

本来是想适当发泄一下，但一时没克制住，她应该不会被自己吓到吧？

周明叙揉了揉后颈，再度起身：“我先出去一下。”

马期成在那边“喂喂喂”地呼唤他，无奈还是没留住人。

周明叙走到乔亦溪房间门口。

门是关着的，但是灯没关，不知道她在里面干什么。

犹豫了几秒，他抬手敲了敲门。

乔亦溪很快把门打开，这次门没有反锁，拧一下就开了。

她探出脑袋，睁着圆圆的杏眼看他：“怎么了？”

周明叙盯着她，好半天才说出一句：“打不打游戏？”

这句“打不打游戏”大概与天下父母的“出来吃饭”有的一拼，是他搜肠刮肚想出的唯一能称得上算是示好的话。

——虽然听起来不太像。

乔亦溪本以为他要找自己说什么事，没想到居然是来问她打不打游戏，她愣了几秒，然后点了点头。

没有什么是打一局游戏解决不了的，如果有，那就打两局。

两局游戏过后，气氛确实轻松了下来，没有刚刚那么紧张和沉闷了。

他们在平地上，对面的房区有人，乔亦溪躲在石头后面看后方情况，周明叙在前面打人。

有人从窗户探出头来打他。

他往前丢了两个烟，然后借着烟雾的遮掩向前移动，对面还没看到他人，他就开枪把对面扫死了。

就连马期成都在一边叫：“状态一下就变好了啊！”

打了两局，乔亦溪转头看了眼时间，已经十一点半了。

周明叙看她一眼，道：“去睡吧。”

“好。”她揉了揉眼睛，走到门口，回了他一句，“你也早点睡吧。”

周明叙点头：“好。”

马期成听着两人的对话，起了一身鸡皮疙瘩，叫道：“不行了，我真的听不下去了，傅秋，咱们退出游戏吧。”

傅秋含情脉脉地道：“好，我答应你。”

在周家住了一晚，乔亦溪又得赶回学校。

这次是真的有事。

周四是向沐的生日，一个寝室都得去给她庆生，在这之前还要给她选礼物，不是一天能完成的。

由于乖乖女向沐从小没有去过酒吧，所以这次庆生的地点，她们选择了清吧。

乔亦溪其实也不常来这些娱乐场所，大多数时候是陪舒然来，或者是被舒然不远万里喊来看酒。

去相对安静的清吧，也是头一次。

一堆人围在桌边聊天，从高中时期聊到大学，大家兴致高涨，连饮料都喝了好几罐。

乔亦溪本来还是想点纯牛奶，结果被喝到微醺的向沐果断拒绝：“来清吧还不喝酒？乔亦溪你做个人呗。”

乔亦溪心道，别说清吧了，在酒吧我也是喝纯牛奶的。

但谁让今天是向沐生日。

“行，寿星，都听您的。”乔亦溪放下手机，拿起酒单，“我看看我喝什么啊。”

作为一个严格的外貌协会成员，夹排骨都要选盘子里最好看的那一块，喝酒肯定也要选最好看的。乔亦溪选了款进口的罐装鸡尾酒，酒精度数不高。

她问舒然：“我喝这种应该不会醉吧？”

舒然大手一挥：“肯定不会啊，这个度数又不高。”

“你可别诓我，我从小到大就没喝过几次酒。”

她不太喜欢酒精的味道，啤酒都不爱喝，更别说白酒了。

后来饮料酒端上来，味道竟出乎意料地不错，像是水果味的气泡水。

酒精饮料太好喝，有点上瘾，乔亦溪聊天觉得口渴了，就拿起来“咕嘟咕嘟”灌几口。

几罐下肚后，醉意上来了。

等舒然发现的时候，已经来不及了，她抓住乔亦溪不安分的手臂，喝道：“你疯了？你喝我的酒？我的酒多少度你知道吗？”

乔亦溪仰着脸笑了声，又舔舔嘴角，慢吞吞地道：“可是你的好喝嘛。”

“完了，”阮音书直直地看向舒然，“她不会喝醉了吧？”

舒然捏捏眉心：“有可能。”

目光又扫到乔亦溪脚边的一大堆空罐，舒然是真有点惊了：“你喝了多少啊乔乔？”

乔亦溪呆滞地眨了眨眼，比了个“四”：“不多啊，就六瓶。”

阮音书轻声道：“我觉得她真的醉了，她以前讲话不是这样的。”

舒然竖起三根手指放到乔亦溪眼前：“宝贝，你看看这是几？”

乔亦溪偏过头：“我不看。”

舒然又将手挪过去：“不行，你必须看。”

乔亦溪仍抗拒道：“不看不看，王八下蛋。”

舒然一只手握住乔亦溪的脸蛋，大声道：“你必须给我看！说，这是几？”

乔亦溪也跟着提高了音量：“看什么看，不就是五吗？一个劲比什么呀。”

众人沉默了。

“她喝醉了，赶紧送她回去吧。”舒然当机立断，“我以前还没碰到过这位姑奶奶喝醉的情况，怕她把这里拆了，保险起见，咱们还是先把她送回去吧。”

向沐站起身来：“反正也玩得差不多了，走，我们把乔乔送回寝室吧。”

乔亦溪喝了不少酒精饮料，又喝了半杯舒然的烈酒，这会儿醉得七荤八素，站都站不稳。两个人把她从位置上拉起来，艰难地挪动着前行。

舒然刚走到门口，就接到她哥的电话，让她赶紧回去。

“我这儿还有事呢，回去干什么啊？”

“事情紧急吗？”舒蔚问她。

舒然看着虽烂醉如泥，但还有一丝意识的乔亦溪说：“还好。”

“那赶紧回来。”

挂断电话之后，舒然抱歉地看向向沐：“我得回家一趟。”

“没事，你回去吧。”向沐摆手，“我和音书送她回寝室就行，两个人也够了。”

“好，那我走了啊！”

“行。”

很快，舒然的身影消失在路口。

乔亦溪就那么深一脚浅一脚地跟着走了几步，忽然想起来，问她们：“我们去哪儿啊？”

阮音书道：“回寝室。”

乔亦溪咕哝着：“我不想回寝室，我想回家。”

向沐和阮音书有点茫然。

“我要回家。”乔亦溪就站在那儿不走了，在晚风中红着脸颊左右晃脑袋，“我不回寝室，让我回家。”

向沐啧啧叹道：“喝醉的乔乔真的很难控制。”

她们本来以为乔亦溪只是说说，想强行带她回寝室，没想到乔亦溪当场开始耍酒疯，坐在石墩子上，一副“你们再不让我回家，我就跟你们拼命”的样子。

向沐斟酌了会儿，同阮音书道：“我们现在有两个选择。第一，让她回家。”

阮音书问："第二呢？"

"把她敲晕带回寝室。"

半晌，阮音书说："送她回家吧。"

毕竟乔亦溪喝醉了，只能顺着她。

向沐想了想，说："你说得轻巧，我们怎么把她弄回去呢？回她家一趟再回来，宿舍都关门了。"

两个女生站在路口犯了难，向沐甚至想去宾馆开个房间骗乔亦溪说这是她家，一转眼，就看到不远处有一个有点眼熟的身影。

向沐一跳而起，挥手道："是周明叙吗？"

出来买水的周明叙听到有人在叫自己，偏了头看过去，看到向沐的时候还反应了一会儿，直到看见石墩上的乔亦溪。

他走过去："怎么了？"

向沐道："乔亦溪喝醉了，吵着要回家，她是不是寄住在你家来着？能拜托你把她送回去吗？如果你正好也要回家的话。"

周明叙微微俯身，目光落在乔亦溪身上："喝了很多？"

向沐艰难地点头："是。"

这时乔亦溪蓦然抬眼，反驳道："我才没喝。"

周明叙看着她，沉默了好一会儿，才无奈地叹息一声，对向沐说："我送她回去吧。"

"行行行，那就拜托你了。"向沐给他留了自己的手机号，"到家之后告诉我们一声吧，谢谢！"

周明叙点头，把乔亦溪从石墩上拽起来，又将她手臂放在自己肩上，半扛着她朝前走。

乔亦溪嘴里念念有词："……"

周明叙偏头问："什么？"

她的话模糊不清："你不能就这么把我带走，另一只石狮子会寂寞的。"

想了半天，他才反应过来她在说什么。

这个醉鬼把自己当作石墩上的石狮子，和另一只石狮子守卫着身后的家园。

"不会寂寞，"他回她，"没有你，它会轻松很多。"

乔亦溪捶了他一下。

虽然醉了，但她捶人还挺疼。

说来奇怪，他明明被打了，心情竟难得地愉悦起来。

他把她塞进出租车后座之后，她还不安分，动来动去，还想扯椅子的坐垫。

她乱动的时候碰到周明叙的手臂，周明叙感觉到有什么东西黏黏的，仔细一看，是酒沾到她手指上了。

“有纸吗？”他问她。

“干什么？没有。”说完，她从口袋里拿出一包纸巾。

周明叙有点无奈地道：“把手擦一下。”

乔亦溪看了他一眼，把他的话当耳旁风，连手都懒得伸。

为了避免黏糊糊的东西又沾到自己，周明叙无奈地扯出一张纸，然后捏住她的手腕。

正要给她擦拭的时候，乔亦溪突然挣扎了一下。

感觉到手腕处的禁锢，她警觉地看了他一眼，又盯着自己的手，突然说：“你别铐我。”

他觉得莫名其妙：“铐你？我为什么要铐你？”

“我哪知道为什么。”她说，“反正你不能铐我。”

周明叙叹息一声：“我不铐你。”

乔亦溪还是很警惕：“也不能绑我。”

舒然喜欢看的那些奇奇怪怪的电影里，好像也有男主把女主绑在床头的。

周明叙只得顺着她道：“我不绑你。”

乔亦溪的双眸熠熠发亮：“那更不能用皮带抽我。”

这下，周明叙陷入了沉默。

不只是周明叙反应过来她的意思了，就连司机都好奇地回头看了一眼。

光天化日，有伤风化啊，唉，真是不得体。

周明叙三下五除二擦干净她的手，然后很严肃地问她：“你为什么觉得我会用皮带抽你？”

她想了一会儿，说：“可能是你压力太大了吧。”

周明叙皱了皱眉：“什么？”

她又试探着小声问：“又或者是……乐趣？”

“好了。”

周明叙及时喊停，不想再在车上讨论这种话题，车一停下就拉着她下了车。

少年一路把她带进电梯。

醉鬼真的很难处理，走路软趴趴的，好像随时会化成一摊泥，和地面来个亲密接触。

他不得不托住她的腰。

迷迷糊糊的醉鬼霎时清醒了：“你就是想趁机占我便宜吧？”

周明叙已经懒得跟她理论了，索性用最快的方式堵住了她的嘴。

“对。”

乔亦溪抬起手指，秀气的眉头皱起，一双眸子水色潋滟，手指直触他鼻尖。

“你这个道貌岸然的伪君子，今天总算是露出了真实面目……”

“少说点吧，”他道，“你醉了。”

“我没醉，我还能喝啊。”她启唇，是标准的醉酒语录。

周明叙挑了挑眉：“刚不是还说自己没喝？”

乔亦溪也蒙了，眨巴着一双潋滟的眼睛瞧着电梯门，没再说话。她就这样被他糊弄住了，一直在心里盘算着自己说的话。

周明叙开了门。

家中一片漆黑，周母还没回来。

他把乔亦溪扶到她房间里，她一下就呈“大”字状摊在床上。

他站在窗边，撑着手觑她：“乔亦溪，起来洗脸。”

乔亦溪迷蒙着双眼看他：“啊？”

“洗了再睡，”他道，“你自己洗还是我给你洗？”

小姑娘摇摇晃晃地坐起来：“当然是我自己洗啦。”

她扶着床勉强站起来，走到门口的时候，像是想起什么，又踉踉跄跄地往他那儿跑。

周明叙不明所以：“怎么？”

“我……”

走到他面前的时候，乔亦溪虚晃了一下步子，腿一软，直直朝他扑去。

他想，那一瞬间，他是有预感会发生什么的，也有机会躲开。

可是他没有。

下一秒，她整个身子倾靠在他身上，头一点，一个软软的东西撞到他嘴角。

她的嘴唇贴在他嘴角，伴着一点点甜牛奶和玫瑰的味道。

夜色微醺，月影飘摇。

亲完周明叙之后，乔亦溪身子一软，偏头枕在他肩膀上睡着了，只剩周明叙一个人僵在那里。

他本来以为乔亦溪在害羞或是装死，打算给她个台阶下，于是道：“你先起来。”

没有动静。

周明叙又叫了声：“乔亦溪？”

仍然没有回应，只有均匀的呼吸声响在他耳侧。

周明叙的心情很复杂，他不敢置信地问：“睡着了？”

这次有回应了。

乔亦溪“吧唧”了一下嘴，换了个方向枕着睡。

他明白了。

这个醉鬼在主动招惹他、亲了他的情况下，居然还能坦然地睡着，而且睡得比虾饺还要香甜——甚至可能都不知道自己刚刚到底做了什么。

她睡着了？她还能睡得着？她怎么就睡着了？

他甚至来不及为自己可怜的初吻祭奠一下，就不得不把全部的心思转移到这个醉鬼身上。

周明叙把乔亦溪从自己身上扶开，把她放到床上，然后将枕头垫在她脑袋底下。

看了一会儿小姑娘熟睡的睡颜，他认命地去打水，找毛巾，给她擦脸。

他上辈子是欠她的吧？

毛巾沾过温热的水，整张摊开覆在乔亦溪的脸上。

她被蒙得“嗯”了一声，仿佛溺水了，伸出手猛地划拉了几下：“谁在我脸上摊煎饼果子？”

周明叙提着毛巾一角，把毛巾揭开，看着她。

小姑娘在梦中松了口气：“好了，可以加鸡蛋了。”

周明叙默然。

他确实不知道怎么帮别人擦脸，手上动作断断续续的，半晌只给她擦了眉毛。

乔亦溪还在做煎饼果子的梦："放脆片吧。"

毛巾滑过她的鼻梁，少女皮肤通透又滑嫩，像剥了壳的鸡蛋，浸润着饱满的胶原蛋白，在灯光下剔透莹然。

他手大，一只手横着，几乎能包下她的小半张脸，大拇指带着毛巾，从她的左脸颊滑到右脸颊，顺道擦过了她的嘴唇。

乔亦溪舔了舔唇瓣，粉红色的唇上沾着晶莹："火腿片、肉松，还有里脊肉。"

周明叙的喉结滚了滚。

她在梦中应该是接过了自己的煎饼果子："谢谢。"

"别吃了。"他蹙着眉说。

她不听，嘴唇吧嗒吧嗒的，似在回味。

只要一看着她，方才的情景就又涌入脑海，像羽毛下坠，落在他唇边和心上，轻轻地挠。

空泛的痒和躁动难安，周明叙按了按太阳穴。

不行，不能在这里待下去了，否则他觉得自己可能会疯。

出了乔亦溪房间，他走到阳台上吹风。

虾饺正在阳台上用爪子扒拉衣服，但他心不在焉，所以没有注意到。

离开了她的房间，迎着夜风，方才的触感居然更加清晰起来。

那是独属于少女的温度和柔软，带着一点点湿润的呼吸，酒意翻涌蒸腾，扩开她发间的香味。她的呼吸中仿佛还带着一点伏特加的味道，缓缓渡入他唇齿间。

少女的唇瓣软得像春天的果冻，压在他嘴角……

他不自知地抬手，触了触自己的嘴角。

反应过来自己在做什么的时候，他手指一滞，赶紧把手放下。

见鬼了。

这都是些什么事。

周明叙取了衣服去洗澡，可袅袅雾气间，想忘的忘不掉，反而越发清晰。

他上床，盖好被子，打开轻音乐，强迫自己摒除一切杂念，准备入睡，但他还是失眠了，怎么也睡不着。

第二天早上，他顶着两个黑眼圈从房间里出来的时候，发现乔亦溪已经起床了，正在哼着歌倒牛奶。

蜜糖色的日光倾泻而下，少女逆着光，发丝细软，皮肤白皙。

她抬头看到他起来了，笑了笑："你醒了？"

周明叙捏了捏眉心："嗯。"

不是醒了，他压根就没睡着。

"向沐她们跟我说了，昨晚是你送我回来的，"她抿抿唇，"不好意思啊，麻烦你了。"

本以为周明叙会客套地回一句"没事，不麻烦"，谁知他居然掀起眼睑，道："哪里麻烦？"

乔亦溪被问蒙了，不确定地小声道："就、把我送回来，然后帮我脱鞋……这些？"

周明叙道："鞋是你自己脱的。"

她抓抓眉心："噢。"

那她就不知道了。

刚刚那句就是她随口说的感谢词，谁知道周明叙还要盘问她细节。

"昨晚我喝醉了，确实记不清楚了。"她抱歉地道，"如果有什么麻烦到你的，真的不好意思。"

周明叙沉吟了会儿，问："真的什么都不记得了？"

她按着脑袋仔细回想了一会儿："啊，还记得一点点。"

周明叙感觉喉咙有些发干，问她："什么？"

"我买了个煎饼果子是不是？"她粲然一笑，"还挺好吃的。"

——没出场的煎饼果子成了最大赢家。

看来她已经把昨天喝醉后的事忘了个干干净净——包括亲他的事。

这个昨夜害他辗转反侧夜不能寐的罪魁祸首，一觉起来，居然把自己干的事忘光了。

电视里正在播电视剧，一个女人哭着说："他就是个渣男，睡过我就什么都不认账了——好像失忆了一样，全部忘了！我好恨啊！"

他的目光转向哼着歌正在准备早餐的某人。

怎么讲呢？这一刻，他觉得自己和电视里那个女人在某种方面产生了共鸣。他现在也有那么一种……被人辜负的感觉。

问题是这种事也没法和她说，一是她有可能不信，二是她还可能觉得是他先动的欲念，第三，他周明叙也是个要面子的人，“你昨晚占我便宜”这种话，就他们目前的关系，他还说不出口。

准备好早餐之后，乔亦溪道：“坐下吃吧，这是我今早打车去买的煎饼果子呢。”

周明叙吃了一口，听少女小心翼翼地问：“我喝醉之后……没做出什么过激行为吧？”

周明叙梗了一下：“没有。”如果亲我不算的话。

她继续问：“没做出什么令人发指的事吧？”

他顿了半晌，才说：“没有。”如果亲了我还不认账也不算的话。

“没影响到你吧？”

少年欲言又止，沉吟半晌后曳出一道无奈的尾音：“没。”如果害我睡不着更不算的话。

乔亦溪缓缓点了点头，松了口气：“那就好。”

周明叙抬眼，瞧了她好一会儿。

就在乔亦溪以为他要吐露什么惊天大秘密的时候，只听少年沉沉地叹息一声：“以后不要喝酒了。”

“嗯。”她点头，“昨天也是因为室友过生日才喝的，不然不会喝那么多。”

吃完早餐之后，乔亦溪和周明叙都回了学校。

乔亦溪一进寝室，舒然就一把鼻涕一把泪地扑上来：“呜呜呜，乔乔，我的乔乔，呜呜呜……”

乔亦溪真想把身上这只八爪鱼拉开。

舒然热泪盈眶地道：“你还好吗？乔，昨天是我不对，你现在还……”

乔亦溪问阮音书：“舒然受什么刺激了？”

阮音书回道：“她回来之后，听说昨晚我们让周明叙送你回家，就变成这样了。”

“都怪我，”舒然扶住乔亦溪的肩膀，差点就涕泪俱下了，“我不该走，不该把你送到那个禽兽的身边！”

乔亦溪真诚地提问：“你这么喜欢演戏，当时怎么不报表演专业呢？”

舒然面上浮现三个问号：“好，我们姐妹情断，你居然为了一个男人，对我说出这样的话……”

“我说真的，”乔亦溪把包放下，“昨天晚上什么事也没发生，你就别瞎操心了。”

舒然不信：“真的假的？你喝醉了，你能知道啥啊？”

“我喝醉了，但我的身体没醉吧？”乔亦溪说，“昨晚真的什么都没发生，我很早就睡着了。”

“你怎么知道自己几点睡的？”舒然锐利的目光直射过来，“说，你是不是和周明叙串通口供了？”

“不是，我吃完煎饼果子就睡着了，那家煎饼果子店晚上九点关门，再晚也不可能晚多少。”乔亦溪又斟酌了一下，“可能你真的误会他了，手铐也不一定就是用来做那种事情……如果他真的图谋不轨的话，昨晚那么好的时机，他怎么可能什么都不干呢？”

“你就知道他什么都没干？”舒然眯眼，“万一他偷亲你了呢？”

乔亦溪摇了摇头：“不可能的，你真的别再乱想了。”

“我也不是想说什么，”舒然道，“就是想提醒你要提高警惕。”

“这我知道，但是我之前被你影响有意疏远他，现在觉得挺内疚的，毕竟被他发现之后他还挺郁闷的，不像是真有想法被拆穿的那种。”

乔亦溪心里确实有点纠结，但是不愿意再想，只是道：“他身边漂亮妹子那么多，我又算得了什么，就算他一定要找人下手，也不一定会找我吧？”

可毕竟有那么多巧合发生，她肯定会注意一些，只是不会再刻意地避开他了。

这阵子她也观察过了，偶尔他们共处一室，周明叙一般是在自己房间打游戏，不会在她跟前晃。

当时是当时，现在是现在，她的想法也会随着时间而改变。

舒然一拍桌沿，道：“话虽是这么说，但那么多漂亮女生，你看他搭理过谁啊？”

乔亦溪情急之下脱口而出：“人家都跟我说了，他对女生的房间没兴趣。”

舒然双眼放光：“你是说……他喜欢的可能是……”

乔亦溪伸手，在舒然面前做了个“打住”的手势：“行，可以了，你还是赶紧看你的电影去吧。”

她有时候觉得，就舒然那丰富的想象力，不去写悬疑小说真的是浪费了。

周六的时候，学校有一个“蒙面化妆”比赛，旨在为即将到来的化装舞会预热。

比赛形式很简单，大家都可以报名，在十五分钟之内，女生蒙着眼睛给男生化妆。

活动一共持续三天，每天会选出一个化得最好的女生，最后三个女生比赛，获胜者可以得到一套纪梵希的彩妆礼盒。

舒然觉得好玩，就给寝室四个人都报了名。

乔亦溪是走到比赛场地才知道自己也要参加的：“那我给谁化啊？”

“从围观群众里随便挑一个呗，看谁是那个倒霉鬼。”

说是蒙面化妆，不如叫蒙面涂鸦更为贴切。她们才大一，化妆技巧并不是很娴熟，更何况还蒙着眼睛，自然画得歪七竖八，惨不忍睹。乔亦溪在旁边围观了一下，不禁为男同胞们默哀了几分钟。

观摩了一会儿，她心里有了对策，心道等会儿她就化淡妆，无论如何，宁可下手轻了，也不能重，否则就是灾难现场。

很快，轮到她们寝室四个上场，被安排在八到十一号位。

接下来就开始选那个将被化妆的冤大头。

她们寝室四个颜值都不错，所以男生一窝蜂地往她们这边挤。

正准备去打球的郑和刚好路过，他拉着周明叙去看热闹，好不容易挤了进去。一听游戏规则，郑和乐了，直捅周明叙：“乔亦溪在里面，你去当她的模特啊！”

周明叙想也没想就拒绝：“不去。”

“别啊。”郑和抬头，“你看那些被选中的男生多惨啊，万一看到镜子里的自己之后把乔亦溪揍一顿怎么办？你心地这么善良，你不入地狱谁入地狱？”

周明叙看过去，大概知道了比赛规则，反正就是化妆，女孩子的手在男生脸上忙来忙去。

仔细一想，好像无论是谁都得受这个苦。他人比较好，那就由他代替别人受着吧。

周明叙上前几步。

由于报名的人太多，主动权在乔亦溪她们手上，舒然和向沐已经选好自己的模特，乔亦溪转头一看，见人群里居然站着周明叙。

主持人道：“选一个吧。”

她直指周明叙。

熟人，好下手。

周明叙走过来，坐到她跟前。

人群里有小小的骚动。

“这十号赢定了，模特这么帅，往脸上刷大酱都好看。”

“我为什么没报名，我也想摸帅哥的脸！”

有人给乔亦溪蒙上眼睛，然后计时开始。

她心想周明叙皮肤这么好，就不用上粉底液了吧？她直接摸了盒蜜粉饼，刷子随便扫了两下，就往他脸上招呼。

蜜粉饼妆效很弱，一般是拿来定妆的，她本来连这个都不想上，可是怕别人说她作弊，还是随便弄了点。散粉弄完，她用手指沾了点眉粉，靠着直觉去摸周明叙的眉毛。

其实眉毛他也不用画，但是必须走个流程，所以她还是意思了一下。

眉毛画完之后，她又想用遮瑕膏遮一下他嘴角可能会出现的暗沉。

虽然她也不知道周明叙嘴角有没有暗沉，但她实在不知道干什么了。

她在他脸上摸来摸去，从脸颊到鼻尖，从眼角到眉毛，绵绵柔柔的触摸本就让他有点痒，结果一出神，少女的手指便摸到了他的嘴唇。

时间仿佛静止了，他听到血液凝固后又回流的声响，伴随着心脏的疯狂跳动。心跳太快了，快到让他觉得不可思议，让他坐立难安。

周明叙猛地站起身来。

乔亦溪蒙了：“怎么了？我弄疼你了吗？”

他愣了几秒，无法解释自己的反常，半晌才道出一句：“不是……我想起我寝室的水龙头没关。”看了眼时间，他道：“等我五分钟，我很快就回来。”

就这样，第一个比赛到一半逃跑的模特诞生了。

众人哗然。

郑和也是好半天才反应过来：“不对啊，你今天出门之前不是没用水吗？”

周明叙用最快的速度跑回了宿舍楼，站在宽阔的拐角，听到自己更加狂猛的心跳。

心跳快得他无法忽视，连自欺欺人安慰自己这只是紧张都做不到。

这时候，一些零碎的记忆涌入脑海。

一开始，他照顾她是因为家长之间的关系，他当她是客人；后来的他照拂她是因为把她当朋友，随着关系越来越亲近，他也理所当然地认为那些感情不过是友谊的升级。

到现在他才发现，原来有什么已经在不知不觉中改变了。

看她的眼神发生了变化，心态也不一样了，被她误会自己会烦躁，发了脾气又会担心她被吓到，她不高兴他就想办法让她高兴，她心情好了，他也不自觉地开心。

别人向她献殷勤他会被惹恼，她选择自己的时候他又会觉得满足。

昨天她喝醉了，他明明有预感会发生什么，他却没有避开，而是直直地迎上去，就像潜意识里也在期待着这件事发生一样。

后知后觉地，他终于不得不承认。

他早已经从带她打游戏，变成了想和她打游戏，最后成了等她打游戏。

原来不是喜欢和她打游戏，而是……喜欢她。

他喜欢她。

第八章
繁星熠熠

五分钟后，周明叙准时归来。

由于比赛时间还未结束，所以乔亦溪仍被蒙着眼睛，她只知道周明叙说了句“水龙头没关”后就离开了。

而后她一个人坐在那里无所事事，只能跟郑和聊天。

就在她以为是自己化妆技术太差，周明叙受不了的时候，周明叙回来了。

她感受到一阵带着柠檬香味的风掠过身前，有人落了座。

她把玩着自己的手指：“你回来了吗？”

周明叙的声音响在她耳侧：“嗯。”

乔亦溪说：“可是郑和说你出门前没有用水啊。”

被拆穿的周明叙沉吟了会儿，才道：“我记错了。”

“噢。”

两人就那么面对面坐着，偶尔聊聊天，别的组早就化得火急火燎，笑声连连。

“太粗了，五号你画的眉毛太粗了，像用刀砍的。”

“那怎么办，我抹一下？”

“我的天，越抹越粗，你在减淡还是加粗啊？”

“八号的粉打得好绝啊，黑一块白一块，还有一块没抹匀。”

“十三号，你为什么在人家的下巴上涂口红？”

甚至有模特发出怒吼：“别给我画眼线了，你要把我眼睛戳瞎了！”

这么一比起来，乔亦溪和周明叙像是来旅游的，一点紧张感都没有，也没有手忙脚乱。

乔亦溪笑吟吟地听着大家你一言我一语，最后忽然良心发现，同他道：“还有多久结束？”

周明叙看了一眼旁边搁着的表：“两分钟。”

“两分钟能干点什么呢……”她不想显得自己太过悠闲，在化妆台上随意摸索着，“遮瑕吧，帮你遮遮黑眼圈？我看你这两天好像没怎么睡好。”

周明叙漫不经心的，也没太听清她在说什么，只道：“好。”

他这几天确实没睡好，而这个让他“睡不好”的人，现在居然一脸真诚地说要帮他遮黑眼圈。

乔亦溪眼前漆黑一片，只能靠直觉，用手指沾了一点遮瑕膏，左手扶住他的下巴固定，右手缓缓探上去寻找他的下眼睑。

她找到位置，才点了两下，周明叙就难耐地动了动。

他方才已经认清自己的心意，这会儿她微凉的手指在他面颊上点来点去，就像是躺在树下睡觉，几片花瓣突然掉了下来，又痒又酥又麻。

像勾在他心上挠动，不得安生。

周明叙蓦然抓住乔亦溪的手腕。

乔亦溪莫名其妙地问道：“怎么了？”

他喉结滚了滚，声音有点沙哑，沉沉道：“痒。”

她缩了缩肩膀，识趣地收了手。

这时候，主持人喊停了：“好了，时间到了，大家都停下吧。”

乔亦溪放下手里的遮瑕膏，取了眼罩，适应了一下光线，才完全睁开眼。

面前的周明叙和平时没什么不同，几乎可以说是一模一样。

郑和凑过来问乔亦溪：“你都干啥了啊？我怎么什么都没看出来啊？”

乔亦溪正想说自己这是氧气裸妆手法，又听郑和继续道：“我以为你会把周明叙化得巨丑，唉，还期待了好一阵子，你太让我失望了。”

最后评选，周明叙虽然是最好看的那个，但由于“动工”痕迹太少，乔亦溪自然没有进入决赛。不过她本身就是抱着玩玩的心态，所以也无所谓。

相反，被现场观众的热情影响，她的心情还有点愉悦。

结束之后，她回寝室休息，周明叙和郑和则去打球。

当然，打球之前周明叙去洗了把脸，这才干净清爽地去往球场。

周明叙从小到大从未在脸上打过粉之类的东西，所以虽然用清水洗过了脸，但还是感觉脸上有东西。

这一切都得益于乔亦溪时常在他耳边说：“你看到我的洗面奶了吗？有的彩妆会残留，要用洗面奶进行二次清洁，不然洗不干净。”

所以当晚他回了家，准备用柜子里的洗面奶洗一次脸。

洗面奶是周母逛街时顺便给他买的男士洗面奶，他没用过。

而周母明知他不会用还给他买的理由是：“这是纪时衍代言的，你不知道，妈妈最近在看他的电影，他演得真的太好了，路过柜台看到买洗面奶还送他的海报，就没有忍住。”

女人啊。

他并没有跟周母说当晚会回家，所以周母可能忙别的事去了，并不在家。

他推开门，打开灯的一瞬，发现有一个长条形的物体从他的房间猛地窜向阳台。

周明叙看着移动如闪电的虾饺，沉默了许久。

虾饺似乎没料到他会回来，被吓了好大一跳，随即又反应过来了，再度冲进他房间，叼着一件黑色的东西出来了。

虾饺进他房间的时候嘴里没有东西，出来的时候却叼了个黑色的不明物件——很显然，那东西是从他房间里弄出来的。

周明叙本以为是自己的衣服，便跟了过去想瞧瞧到底是哪件。

虾饺却不想让他看见似的，用爪子把东西往沙发缝里塞，最后的结果当然是周明叙把它拎起来，然后将那东西从沙发缝里扯了出来。

看清是什么之后，他真恨不得自己没有去寻根究底。

那是一件纯黑色的衣服，但并不是他的，而是女式打底背心，看尺寸是乔亦溪的。

在沙发上坐了好一会儿，他才把虾饺拎起来教训：“偷别人高跟鞋还不够，你现在还拿别人的衣服？”

虾饺“汪”了一声，像在争辩，又好似很委屈。

周明叙蓦然一顿，想到了什么，放下虾饺，进了自己的房间翻找起来。

枕头下有一副泛着银光的手铐，还有一条乔亦溪的打底裤，床下摆了两副女式耳钉，以及一支水性笔。

周明叙沉默了，开始思考自己到底为什么要养这只除了闯祸什么都不会的猫。

不用想也知道，除了虾饺，没人会往他枕头底下藏东西。

虾饺有时候喜欢在他枕边睡觉，他也没拒绝过，由此一来，小家伙的作案方式也明了了。

只是作案动机……

周明叙走到客厅，见虾饺藏在阳台的角落里，他走过去把它拎了出来。

他的脾气是真的上来了，他把虾饺放进笼子里关好，然后坐在沙发上审判它："东西是你放我床上的？"

小东西委屈地摇了摇尾巴，小声"汪"了一下，算是承认了。

这只猫别的优点没有，就是不会说谎。

周明叙抄着手："你就这么喜欢她的东西？连贴身衣服都要咬？"

问完这句，周明叙顿了一下，忽而想起了之前乔亦溪的反常行为。

她之前躲他，是不是因为在他床上发现了这些奇怪的东西？

怪不得之前她喝醉了，一直让他别铐自己……

他捏捏眉心，继续拷问虾饺："之前有没有……"

这时，客厅里忽然响起周母的声音："你怎么回来了？"

门口没有人，周明叙看了半天，才发现声音是从拐角处的监控里传出来的。

"回来洗脸。"他对着监控问，"这是什么东西？"

周母道："监控啊，我之前好奇虾饺独自在家都会干些什么，刚好逛街看到了这个家用监控，就买来试了一下。你别说，还挺好用的，我可以实时跟你们对话，而且监控会动，拍得也挺清楚的。你看，我现在在外面打麻将，不就还能发现你回家了吗？"

周明叙思索半晌，问："监控是什么时候装的？"

"忘了，两个月之前吧？"周母回忆道，"怎么了？"

"前段时间的监控还能不能找到？"

"你去电脑里翻翻看？我绑定了电脑的。"周母说，"你要这个干什么？"

"找个东西。"

周明叙打开了周母的电脑，点开桌面上名为"监控"的文件夹，里面存储着近段时间的监控录像，每天的监控录像单独一个文件夹。

翻了一下日历，他凭直觉找到乔亦溪打扫卫生的那一天。

好像她的反常就是从那时候开始的。

他的直觉很准，监控录像里，少女拿着拖把进了他房间，约莫十分钟之后，她仓皇地夺门而出。

再往前，就看到虾饺叼着她的吊带衫进入他房间，然后嘴里空空如也地出来了。

到这里，一切已经再清楚不过了，虾饺把一些奇怪的东西藏在他房间里，包括手铐和她的衣服，她大扫除的时候不小心看到，然后把他当成了变态。

周明叙无言以对，对着电脑发了好一阵呆。

被喜欢的人当成变态是一种什么样的体验？

对于这个刁钻的问题，他觉得自己有了发言权。

过了会儿，他起身去清理虾饺的罐头，把罐头全部装到一个大箱子里，然后抱着箱子朝门口走去。

很显然，虾饺目睹了这一切。

它在笼子里咆哮："汪汪汪汪！"

意为：你在干什么？

周明叙站在门口，好整以暇地回它："我把罐头给楼下小黑吃。"

小黑是虾饺的情敌，不久前，虾饺和小黑同时看上了一只小母猫，可惜那只母猫选择了小黑，虾饺为此还很是猫心受挫了一阵子。

一听这个名字，虾饺的情绪更是控制不住："汪呜呜呜汪！"

意为：你不能这样，把我的罐头还给我！

"你都能偷别人的衣服藏到我房间里，我怎么就不能把罐头给别的猫？"周明叙冷淡地抬起眼睑。

虾饺委屈地低下脑袋："汪汪汪。"你无情你无义你无理取闹。

周明叙冷着脸道："知道错了吗？"

虾饺折了折耳朵，是知错的意思。

"下次还敢不敢？"

虾饺小声："呜……"不敢了爸爸，我真的不敢了。

眼见教训得差不多了，周明叙折回身，把那一大箱罐头扔到厨房。

"今天睡阳台，三天不许吃罐头。"

那个周末，乔亦溪回到周家，看到周明叙在家，她连包都来不及放，就被少年拉到电脑跟前。

他轻车熟路地点开几个视频给她看，其中包括虾饺叼着手铐和吊带衫进他房间的那几个画面。

乔亦溪看完，愣了好半天。

她张了张嘴，好一会儿才找到自己的声音："可是我之前把我的东西给它，它都一副爱搭不理的样子。"

"它很聪明，"周明叙道，"它可能知道你是在试探它，所以不上钩。"

除了周明叙，别人的话虾饺很少听。它也只有面对他的时候不会说谎。

乔亦溪想不通："可是它一只猫，为什么对我的东西情有独钟呢？"

周明叙捏捏眉心："我也不太清楚，你可以去问问它。"

乔亦溪又道："那手铐呢，手铐又是从哪儿来的？"

"玩具手铐，"周明叙从抽屉里拿出那副手铐，摆在桌上，"马期成送虾饺的。"

她拿起来仔细一看，确实是玩具手铐，只是乍看上去很像真的。

她心情复杂，好半晌才叹了口气。

晚上，两个人奉周母之命出去买东西。迎着晚风，乔亦溪扯扯袖子，抱歉地道："不好意思啊，之前误会你了。"

还买了那么多锁。

周明叙摇头："虾饺胡闹而已，不关你的事。"

她一个女生住在这里，警惕心强一点也正常。

两个人默契地没再说话，沿着石板路一直缓缓朝前行进，伴着远处的鸣笛声和不知名虫叫，连心里的杂念都被林间小路荡涤了很多。

乔亦溪深吸一口气，闻到带着泥土和树叶气味的风，整个人都轻快起来。

她仰头看了一眼，惊喜地道："你看，天上有两颗星星。"

在城里难得见到星子，此时漆黑如墨的天幕中点了两颗星盏，好似谁作画时不慎挥洒上去的金点。

两人挑了把长椅坐下。

乔亦溪坐在他身侧，举着相机正在拍夜空，由于想捕捉到最好的画面，她一直在调色。

她偏着脑袋，嘴角挂着一点满足的笑，他也跟着展了眉头。

二人之间的气氛很安宁，仿佛从没有过误会和隔阂。

想起什么，周明叙问她："有没有在游戏里看过星星？"

她愣了一下："游戏里还能看星星？"

他挑眉："当然能。"

当晚带乔亦溪打游戏的时候，周明叙开的第二把，刚好就碰上了昼夜交替模式。

模式如其名，刚进去的时候是白天，打着打着，就慢慢到了夜晚，一阵鸡鸣和提醒之后，又恢复到白天。

夜晚模式需要拾取夜视仪才能看得比较清楚，否则眼前会一片模糊。

乔亦溪也发现了，她看着右下角道："昼夜模式？是什么模式啊？"

今天马期成和傅秋不在，他们是双排，也就是说，只有他们两个打。

周明叙回她："就是白天和夜晚交替，你之前没打过？"

"没有啊。"乔亦溪感觉自己玩了这么久，像打了个假游戏。

不过十来分钟，天幕就由明转暗，而后渐渐黑了下来。乔亦溪看着窗外感慨："天真的黑了。"

远处的房子看不太清，地上的东西也糊成一团。

周明叙那边的麦响了一下，旋即叫她："旁边这个房子，上天台来。"

她转了转屏幕，发现他就在旁边房子的天台上。

"为什么去天台啊？"

茫茫夜色下，他垂眸，低沉的嗓音落在她耳边："带你看星星。"

乔亦溪顿了那么几秒，反应过来后，立刻加快速度往他那边的天台奔去。

她还挺好奇游戏里的星星是什么样的。

等了一会儿还没等到她，周明叙问："怎么还没来？"

乔亦溪说："等一下，我在找楼梯。"

兜转了两圈，乔亦溪才顺利跑上天台。

周明叙就站在天台中央："屏幕往上拉。"

她提着呼吸徐徐上拉，屏幕中现出她一直忽略的风景。

深蓝天幕上散落着大面积的、星星点点的亮光，游戏里的星空十分写意，轻微星闪，像是能裁下一片做裙摆。

好像还能听到风混着虫鸣的声音。

她心里说不出来的畅快，正想截图留念的时候，只听“嗖”的一声，她被打倒了。

这么真实的吗？

周明叙很快反应过来：“你往楼梯口爬，别待在这里了。”

她拖着自己残破的身体往楼梯口爬，终于离开了天台，获得了暂时的安全。

周明叙正在外头跟人对枪，几声枪响之后，显示他淘汰了一个人。

下一刻，他已经赶过来扶她。

第一次倒下，队友救援需要十秒钟的时间，乔亦溪问他：“还有人吗？”

“还有一个。”他说。

话音刚落，周边就有脚步声响起。

乔亦溪很快做了决断：“他过来了，你别管我，赶紧打他。”

队友相互救援的时候不能端枪，这时候是敌人最容易攻破的时候，但是如果长时间不救队友，队友就会挂掉。

周明叙却答道：“没关系。”

周明叙刚把她救起来，敌人就从楼下上来了。

他们这边正处于易攻难守的状态，乔亦溪在打药的间隙恍惚地想着，她和周明叙会不会齐齐葬身于此？刚刚两人还惬意地看星星，没想到乐极生悲，马上就要送命了。

想想代价还是挺大的。

但周明叙并没有让这种情况发生，他迅速端枪，然后几枪就把攻上楼的人打死了。

乔亦溪打完药，心里感慨万千。

《绝地求生》果然是个凶险的战场，像她这种把它当观赏游戏的确实容易成为众矢之的。

她跟着周明叙下楼去，忽然发现有人给自己发了消息。

马期成的消息言简意赅：“哈哈哈……”

乔亦溪沉默地看了这条消息许久。

这把结束之后，马期成和傅秋很快申请进队。

这游戏有观战选项，马期成肯定是看到了乔亦溪刚刚的窘况，一上线就狂笑不止。

“我第一次见来《绝地求生》看星星的，乔妹，你真是个人才，下次我带你去枫叶林野餐怎么样？”

乔亦溪道：“去枫叶林野餐就不会被打了吗？”

马期成说：“一般情况下不会，大家都是去那里度假的。”

“这也说不准，马期成这种人就喜欢端着枪去那里打人，一打一个准，”傅秋也加入讨论，“因为那儿的人都不拿枪，一个燃烧瓶扔过去，能烧死两个呢。”

乔亦溪心道，这两人也是够煞风景的。

“你跟叙神去呗，叙神能保护你不被打死。”马期成打着哈哈，“对了，叙神，下周我去你家玩啊！”

周明叙回得不甚乐意：“来我家干什么？”

“好久没见到我的虾饺兄弟了，我去慰问一下它。”

傅秋一语道破天机：“慰问是假，他就是想亲自去嘲笑虾饺。”

四个人打了一会儿，就到了睡觉时间。乔亦溪退了游戏去洗澡，留他们三个人继续打。

她洗完澡出来的时候，凑巧周明叙他们也打完了游戏。

她随口问了句：“你们今天怎么结束得这么早？”

“累了，不想打了。”周明叙揉了揉脖子。

虽然挂了游戏，但是马期成正在借他的对话框存表情包，所以他这边的消息提示还是一直响个不停。

就在他准备拉黑马期成的时候，乔亦溪忽然若有所思地开口：“上次也是这样。”

周明叙侧头：“什么？”

“你的手机一直响个不停，你连饭都不吃了，看了消息就出门，还不告诉我们你到底去哪儿，看起来鬼鬼祟祟的。”她说。

也就是他看起来鬼鬼祟祟的那天，乔亦溪在他枕头底下发现了手铐和吊带。

“鬼鬼祟祟？我什么时候鬼鬼祟祟了？”周明叙都被气笑了，思索了一会儿，道，“那天马期成签约了一个直播平台，急着让我们帮他看看合同，还不让我们说出去。”

“是这样啊。”乔亦溪沉吟了一会儿，“那马期成应该会挺受欢迎的吧？”

周明叙挑了挑眉：“怎么？”

“他的技术水平还可以，最重要的是喜欢讲骚话，我看很多游戏主播都是他那种话痨型的。”她说着就刹不住车了，“像你这种不爱说话的肯定不行，观众都喜欢有互动的。”

周明叙靠在椅子上，转了一圈，面对着她，偏了偏头：“你说谁不行？”

“你行，你可以，非常行。”乔亦溪朝他竖起大拇指，“一看就是比马期成还要受欢迎的那种类型。”

终于听到满意的回答，周明叙扬了扬眉尾，放她回房了。

周末的时候，马期成准时来到周家，还带上了傅秋。

给他们开门的是乔亦溪。

对于乔亦溪寄住在这里，两个人似乎并不意外，热络地跟她打着招呼。

傅秋第一个进门，朝她点了点头：“嗨，吃了吗？”

傅秋的长相和乔亦溪想象的差不多，看起来文质彬彬的。

马期成就不一样了。

之前她只是晚上碰到了马期成，也没太注意，这会儿借着日光才算是看清了他的长相。

和她想象的完全不一样。

满嘴跑火车、骚话一箩筐的“车王”马期成长得居然也能称得上是眉清目秀，怎么都无法把他和那个名为“你说你马呢”联想到一起。

马期成咧嘴一笑：“哈喽，乔妹，咱们又会面了！”

刚说完这句话，一个不愿意透露姓名的生物便迎面向他而来。

周明叙把虾饺扔到马期成脖子上：“谁跟你会面。”

马期成“哇啦哇啦”叫个不停：“你把这鬼玩意往我脸上扔？它要是把我英俊无双的脸蛋抓花了怎么办？”

周明叙掀唇：“不存在。”

马期成放松下来：“你有分寸就好……”

马期成还没说完，周明叙补充道：“你没有英俊无双的脸蛋。”

“那它把我吹弹可破的皮肤挠破了呢？”

傅秋跟着煽风点火："是你活该。"

马期成一边咬牙骂了句脏话，一边把虾饺捧在怀里，往沙发走。

网瘾少年前来拜访，不搞出点事是不可能的。

几个人在沙发上打了一局之后，马期成说要去卫生间，乔亦溪就去冰箱里拿饮料。

去卫生间之前，马期成扫了眼四周，问："虾饺呢，怎么不见了？"

乔亦溪道："自己玩去了吧，它经常失踪，过会儿就出来了。"

傅秋无语地道："你管它去哪儿了呢，你自己好好上你的厕所不行吗？"

"你们就知道凶我。"马期成骂骂咧咧地进了卫生间。

没过一会儿，卫生间里忽然爆发出一道惊悚的怒吼："你怎么在这里？！"

下一秒，马期成夺门而出，站在卫生间门口，一只手提着裤子，另一只手指着早已在卫生间里目睹一切的虾饺："周明叙，它看我上厕所！"

他看向周明叙，似乎委屈极了。

周明叙懒散地抬了抬眼睑，不怎么关切地道："我还以为是什么大事。"

"这还不是大事？！"马期成憋得脸都涨红了，"我的屁股都被这只猫看光了啊！"

周明叙附和地颔首："那看来我要考虑给虾饺洗洗眼睛。"

乔亦溪难得接茬："猫的心理阴影更大吧。"

马期成："呜呜呜，我的清白之躯……"

那一天剩下的时间，马期成都是在断断续续的哀号中度过的。

虾饺可能是被马期成嘲笑绝育得自闭了，马期成和傅秋走后，乔亦溪和周明叙出去买东西，小家伙居然跟到了门口。

以往他们出门，它一般是留在客厅自己玩自己的，这是它第一次跟过来。

乔亦溪摸了摸它的脑袋："你也想出去逛一逛吗？"

虾饺"汪"了一声，于是两个人就带着它一起出去了。

不远处就是公园，考虑到虾饺万年难得出来撒欢一次，他们就带着它去了草坪。

草坪长椅上有两只小母猫，虾饺以迅雷不及掩耳之势跑上长椅去向人家示好，三只猫玩了一会儿，又跳上来一只小公猫。

小公猫混入其中，宛如渣男一般留情过后就跳下了椅子，朝另一边的花圃跑去。那两只小母猫当机立断，跟着小公猫跑走了，徒留可怜的虾饺独自坐在椅子上黯然神伤。

离开小母猫们，虾饺没走一会儿就累了。

毕竟猫不像狗那么爱遛弯，大多数猫懒洋洋的，虾饺能走这么远，已经非常尽力了。

虾饺走不动了，像摊液体一样掉在树丛中，周明叙拿出早就准备好的猫包，把它装了进去。

乔亦溪看着虾饺圆圆的脑袋，说："我看很多人遛狗遛到最后，狗也不想走了，他们就扯着绳子让狗跟上，要不给虾饺也买根牵引绳什么的？"

"那都是给狗准备的，"周明叙失笑，"你见过有人用绳子拴着猫遛的？"

虾饺不知道有没有听懂他们的对话，许是觉得新奇，"汪汪"了两声。

乔亦溪皱皱鼻子，回周明叙："我就是随口一提。"

到家之后，虾饺去阳台给自己清理身子，清理得差不多的时候，周明叙把它抱到了怀里。

乔亦溪正好路过，问他在干什么。

周明叙答得言简意赅："给它剪指甲。"

猫的指甲要定期修剪，不然抓到人，伤口会很深。

乔亦溪还没亲眼见过猫咪剪指甲，就凑过去看了两眼。

周明叙捏着虾饺的爪子，轻轻一捏，虾饺的指甲就从软软的肉垫里现了出来，然后他用专门的指甲刀剪掉指甲的尖角。

剪指甲的时候，虾饺很乖，窝在那儿也不叫，像放空了一样。

还剩一只爪子的时候，周明叙见她看得入迷，便把剪刀递给了她："试一下？"

她舔了舔嘴角，跃跃欲试地接过指甲剪。所有的猫都拥有软绵绵的小爪子，捏起来非常舒服，她怕弄疼虾饺，又凑近了一些，剪刀在它爪子上比了比。

她问周明叙："是这样吗？"

周明叙垂眸。

她离他很近，玫瑰的味道隐隐约约地飘到他鼻尖，弥漫开来。

他的心思有一瞬的游离："嗯。"

乔亦溪给虾饺剪着指甲，感觉这实在是个很温馨治愈的场景。

散步完之后回到家，灯光从头顶洒下来，车声和人声断断续续地倾泻进屋内，但并不吵闹，尤其是这时候还有只猫。

少女的声音越发离得近，轻得仿佛就贴在他的耳侧，像风绕着荡了个圈，柳絮滚过般痒。

乔亦溪摸了摸虾饺的头，又凑近了些，摸着小东西的胡须轻声感慨："养猫真好啊。"

她明明是在感慨猫带来的独特治愈感，周明叙却品出了别的意味。

他偏了偏头，目测二人之间的距离不超过十厘米。

他甚至能看见她鼻尖上的细小绒毛，感受到她均匀的吐息，她嘴唇上涂了层薄薄的润唇膏，浸着饱满的淡粉色。

大概还要感谢虾饺，否则他应当很难有同她这样接近的机会。

他假装看虾饺，实际却凑她近了些，喉结轻滚，不动声色地弯起嘴角："是挺好的。"

周末的时间总是过得很快，周一，乔亦溪回了学校，由她做主持的会演也如期而至。

这是她第一次做主持人，虽然没有盛情邀请舒然她们去看，但三个女生还是去现场为她加油打气。

主持人的活虽然不累，但也不轻松，不像有的节目彩排完就能走，主持人因为要串词，所以要跟所有节目排一遍，最后才能走。

会演下午三点开始，早上八点乔亦溪就到演出现场去了。

空着肚子彩排了一遍，大家一起吃了个工作餐，然后换礼服，化妆，准备即将开始的正式演出。

乔亦溪本来以为来看这场演出的人很少，没想到不知是谁扩散了消息，来看表演的观众竟还挺多，到后面位置都不够坐了。

台上灯光暗了下去，复又亮起，演出正式开始。

乔亦溪身边的男主持是播音系的一位学长，斯斯文文，戴一副黑框眼镜，刘海整整齐齐，穿上西装倒也挺正式。

对面的女主持挽上男伴的手臂，乔亦溪也伸手挽住男主持的臂弯，跟着追光灯一同出现在台上。

“大家下午好。”

“欢迎来到……”

乔亦溪穿的是长款礼服，手臂也被包裹着，今天温度不低，场馆里人又多，按理来说只会热不会冷。

可她念词的时候还是差点打磕巴，原因说来奇妙，竟是她觉得身后有一道视线一直盯着她。

一边穿抹胸短裙的女主持抖都不带抖一下，只有她感觉到莫名的寒意从某个角落涌出，还带着一点……怒气？

自己的词念完之后，她微微回头看了一眼。

一块衣袂在拐角处一闪而过，她差点怀疑是自己眼花。

阮音书、舒然和向沐都在台下坐着，乔亦溪摇了摇头，以为是自己想多了。

除了她们，应该也没人会来看她主持吧。

第一段词念完，把舞台留给表演者，乔亦溪退到后台之后，还是忍不住往旁侧看了几眼。

没有人。

直到会演结束，那种寒意都没有再出现过。

她刚换完衣服出来，舒然就挤眉弄眼地迎了上来：“不错嘛，我看你刚刚挽男生手臂了，怎么样怎么样？”

“什么怎么样，”乔亦溪好笑地回道，“这是礼仪部分，大家都这样啊。”

“你和别人可不一样，你从小到大挽过的男生我一只手都数得过来。”舒然道，“说说，有没有动心啊？”

向沐都看不下去了，拍了拍舒然：“你真厉害，挽个手你就能给人敲定了终身？”

阮音书耸耸肩：“那男主持很明显也不是乔乔喜欢的类型。”

舒然挑眉，“嚯”了一声：“我还真不清楚，那你们说说，她喜欢什么类型的？”

阮音书笑了笑：“具体我也不清楚，只觉得她不会喜欢那种书呆子。”

向沐转向乔亦溪：“乔乔你自己说，你喜欢什么类型的？”

乔亦溪正在收拾衣服，把礼服装进袋子里后，她佯装思索了一会儿，道：“帅的。”

她没再继续开玩笑，语气轻松地道："目前还不知道，要遇到了才清楚。"

阮音书点了点头，细声道："嗯。"

斯人若彩虹，遇上方知有。

"得了吧，"舒然嗤了一声，"你就这么不紧不慢的，等你回过神来，好的都被人挑走了。"

"你着急，也没见你领回来一个给我瞧瞧啊。"乔亦溪挑眉。

舒然摸了摸下巴："说真的，谁能想到我们四个里速度最快的居然是音书呢。"

阮音书扯耳垂："什么啊……"

向沐也觑着眼凑近阮音书："隔壁学校有个长得巨帅的在追你，别以为我不知道，叫程迟是吧？音书你行啊，那种叛逆大佬都能被你收服。"

阮音书摇头："不是……我……"

"行了，别说了啊，解释就是掩饰，掩饰就是确有其事。"

最爱凑热闹的舒然没有给阮音书解释的机会，揽着她的脖子把她往外拖："我看那姓程的还挺帅的，俗话说得好，越帅的男人越难掌控……"

两个人叽叽歪歪地往外走，阮音书被舒然堵得一句话都说不出来，只能跟着她出了大门。

乔亦溪笑着，提好袋子，也和向沐一起往外走去。

她们打算去餐厅吃晚餐。

舒然她们三个在点菜，乔亦溪出来买奶茶，刚走到奈雪店里排队，就发现了周明叙和郑和。

郑和正在买软欧包，见到她，猛地挥了两下手："嗨！"

乔亦溪在等单的空隙走过去，见两个人额发都还湿着，便问："刚打完球？"

郑和一个劲地点头："就打了几个小时。"

周明叙墨黑色的眸子盯了她一会儿，这才缓缓道："顺利吗？"

乔亦溪愣了好几秒，才反应过来："你是说会演主持？"

"嗯。"

"还行。"她问，"你怎么知道我今天主持会演啊？"

她现在已经换了便装，裙子也装在袋子里给舒然拿着了。

周明叙说："看到了。"

郑和接口："嗬，打球之前我们路过大礼堂，听说有会演，你主持，就进去看了一眼。哈哈哈，我还以为周明叙会进去看很久呢，没想到他一会儿就出来了。"

"开场的时候吗？"乔亦溪想起了什么，问周明叙，"你是不是在后台看见我了？"

周明叙点了点头。

他还真是幸运，一进去就看到她主持开场，她挽着陌生学长的手臂缓缓走上台，怎么看怎么不顺眼。

他真是不明白，这又不是相亲节目，干什么要手挽手。

手挽手就算了，男的跟男的一块儿，女的跟女的一块儿，不行吗？非要男的女的牵在一起？什么智障节目流程。

他实在不想看这么无聊的节目流程，看了几眼便离开了。

乔亦溪一看他点了头，霎时便把一切都对上了。

怪不得当时感觉有目光从身后投来，凉凉的，想必是周明叙和这种不气派的会演气场不合，所以没什么兴致，甚至因为耽误了打球时间而有点不爽。

她转头瞥见叫到自己的号码，便跟他们说："我的奶茶好了，先走了啊，拜拜。"

和周明叙、郑和作别之后，她便回了餐厅，刚落座，就听到她们仨在商议什么。

"那我买了啊？"

"买吧买吧，真的不亏，她们家羊毛质量特好。"

"这个彩色的线好漂亮。"

乔亦溪凑过去："你们在讨论什么呢？"

舒然道："圣诞节不是快到了吗，我刚在微博上看到一家卖超漂亮毛线的店，我们就琢磨着买点毛线，给自己织条围巾当圣诞礼物了。"

乔亦溪笑："自己送自己圣诞礼物啊？"

"怎么着，不行啊？"舒然撇嘴，"没男朋友还不能对自己好点了？"

"可以，没问题，"乔亦溪附和，"但是为什么不直接买别人织好的呢，自己织多麻烦。"

"好玩啊，我还不会织围巾呢，"舒然笑道，"刚好向沐会，我就让她教教我，免得以后想给男生织却不会。”

向沐点头：“再说了，闲着也是闲着，我这阵子都快闲出病来了，要找点事做。”

她们的战斗力真不是盖的，三天之后，立刻人手一份毛线，投入到编织围巾的事业中。

——除了乔亦溪。

乔亦溪本来以为自己能坚守自我，没想到同在一个屋檐下，被传染是一件很容易的事。

她在一个惬意的午后被舒然塞了一团棕色的毛线，听着平板电脑里的综艺背景音，开始了自己的第一针。

舒然简直就像个搞传销的，不停地说：“你试试，真的，就试一下，试试之后你肯定会爱上它。不需要九百九十八，也不需要七百七十八，只需要一秒……”

“好了，我试。”

“真的很简单，你看，这样一针，绕过去，再一针……”

织了十针之后，乔亦溪说：“我觉得我不适合这个，我还是打游戏去吧。”

打开游戏，她自己打了一把，落地成盒。

乔亦溪重新抓起毛线：“算了，我可能还是更适合这个。”

果然事情还是需要对比。

织围巾果然会上瘾，织了三天之后，乔亦溪已经把它当成了一个习惯，一朝摸不到，还会心痒。倒不是爱上了它，只是一直没织完，心里老是记挂着。

就连回周家，她都带着自己的木针和线团。

她闲暇时间抽空织的时候，周明叙路过，瞧她一眼：“围巾？”

她点头。

“怎么这么长？”

“因为要缠几圈啊。”乔亦溪仰头问，“你没戴过吗？”

周明叙摇头。

他不太喜欢把这东西围在脖子上，不舒服。

乔亦溪有点惊诧：“阿姨没给你买过吗？”

周明叙想了想，再次摇头。

明明是他自己不喜欢，现在摇头却好似自己无人挂念一样。

乔亦溪是个容易心软的，一见他这样，当即觉得自己应该负起某方面的责任。

她叹息了一声。

行吧，没人给他织围巾，那她来。

一周之后，四个女生全部织出了送给自己的“圣诞礼物”。

舒然毛线买多了，乔亦溪手上也还有两大团。

乔亦溪织好自己的围巾后，忽然就想到那天晚上，从来没有戴过围巾的周明叙站在自己房间门口，好像有点想要她手里的围巾。

于是，某个正义的念头越发强烈，她又起了个头，准备给周明叙织一条。

反正毛线还有多的。

结果后来织岔了，线也不够，她最后就织出了一块很长的……不知道怎么形容的东西……

后来周明叙要回周家，但乔亦溪要晚一天才过去，就托周明叙先帮自己把一个挺重的箱子带回去。

把箱子交给他之后，她又从包里拿出一个小袋子：“那个……我本来想给你织条围巾，结果织长了……感觉当遛猫绳也挺好的，你先拿着吧。”

回到家后，周明叙打开了那个小袋子。

她织得比他想象中还要好一些，看起来很平整，颜色也好看，只是确实织得太长了，看起来就像一条粗粗的线。

周明叙在虾饺身上比了比，还真像遛猫绳。

虾饺看着他，高兴地摆摆尾巴，大概以为自己又多了一个新玩具。

他把袋子放在自己床头柜里，没给虾饺，结果入睡前，虾饺进来衔着乔亦溪织的那块不明物体就想走。

周明叙一把摁住准备离开的小东西，把东西从它嘴里取出来。

虾饺不明白：“汪汪？”

周明叙沉声道：“这是我的。”

虾饺茫然地眨了眨眼睛，更迷惑了。

周明叙重复了一遍，然后把那东西收进自己手心，合眸，再度捍卫主权：“这是她送我的，不是你的。”

乔亦溪回到周家之后，发现虾饺一脸郁闷，而某人则春风得意。

但她也没有往别处想，只当是虾饺做了错事又被揍了。

那晚在周家留宿，她没有锁门，夜里她做了个缠缠绵绵且有点不可描述的梦……梦里有什么东西从天而降，“啪”的一下落在她胸口，仿佛对那块绵软觊觎已久，别有所图。

她被吓得心脏狂跳，骤然惊醒，发现虾饺正仓皇地从自己胸口上跳下去。

原来是虾饺。

她惊魂未定地拍了拍胸口，手下起伏正常，还好没有被踩塌。

结果她一抬眼，就看到站在门口沉默不语的周明叙，显然方才发生的一切他都看到了。

乔亦溪启了启唇，想说点什么，却没说出来。

周明叙伸出手，抓住“肇事逃逸”的虾饺，将它从地上提了起来。下一秒，他就把这个不安分的逃逸者关进了笼子，提到墙角。

虾饺越发不明白：“汪汪汪？”

少年倾身，冷冷淡淡地回它七个字：“面壁思过一小时。”

虾饺耷着尾巴，老老实实地对着墙壁思过。

乔亦溪拢了拢被子，偏头问周明叙：“你对它这么严格吗？”

周明叙答道：“它最近很不听话。”

自从乔亦溪来了之后，这只猫就更无法无天了。

大概是她看起来太好说话，导致虾饺觉得自己做什么都会被原谅，才越来越不把她放在眼里。

尤其是昨晚，它居然还试图和他抢她送的东西。

乔亦溪应了声，心道反正虾饺是周明叙养的，他应当有自己的教育方式。

换好衣服之后，两个人在客厅吃早餐。

周母今早煮的面条，乔亦溪吃了几口，收到马期成发来的消息：“乔妹，打游戏吗？”

她咬了一口荷包蛋，含混不清地对周明叙道：“马期成问我们打不打游戏。”

周明叙问：“你打不打？”

“打啊，”她眨眨眼，“为什么不打？”

他垂眸应了声：“嗯，那就打。”

吃过早餐之后，四个人开了一局。

甫一开局，看到今天打的是正常模式，马期成还很是惋惜：“唉，今天没星星，不能看到乔妹因为观星被爆头了。”

乔亦溪觉得自己也是个传奇，不在观星场，观星场却流传着她的传说。

她问马期成：“你今天不直播吗？”

马期成答得很快：“今天休息。”

乔亦溪一提到这个话题，他就好像打开了话匣子：“你不知道，我直播打游戏和平时跟你们玩的时候完全不一样……平时跟着叙神，我还能苟一苟，直播的时候完全就是自己到前面去刚枪，对手贼厉害，压力贼大，打得不好还容易被骂。”

乔亦溪笑笑：“那你带周明叙去直播？”

“那肯定不行呀，这样别人都看叙神去了，相比之下我更像个菜鸡，那就没人看了！”

马期成刚说完，就发现对面房子里闪过一个人，他还没来得及说话，就看到周明叙进了那个屋子，拿着刚落地捡的垃圾枪开始打人。

马期成惊呼：“别打头！叙神！别打他的头！”

一阵枪响过后，周明叙淘汰了那人。

乔亦溪问：“为什么不打头？”

众所周知，打头的伤害值会比打身体高，有时候打头三枪就能解决一个人，打身体却需要很多枪，不然怎么会有“爆头”一词。

马期成解释：“那人有三级头啊！不打头还能留个满血三级头戴戴，打了头不就平白丢了个三级头吗？反正最后都是死，为什么不选择给自己留点珍贵物资呢？”

周明叙淡淡地回道：“说晚了。”

头盔和盔甲都是有血量的，中了枪就会掉相应的血，血掉完了，东西也就爆了，爆了之后就消失，需要再找新的护具。

马期成颤抖着声音问：“你打头了？”

“嗯。”

“打掉了多少？”

“一半。”

那就是说，还剩个半血的三级头。

马期成哀号：“你这也太残暴了吧，对着三级头都能下得去手？”

“有就不错了。”乔亦溪说，“我现在还是一级头，你要是不要，我就去捡了。”

不管怎么说，三级头的防护能力摆在那儿，半血的三级头也比满血的一级头好得多。

“啊，别别别，我要啊，”虽然嘴上嫌弃，但三级头对马期成的诱惑很大，“谁说我不要了？”

乔亦溪道：“来不及了，我先行一步。”

乔亦溪进了周明叙方才开枪的屋子，却不知道盒子究竟在哪里，问周明叙：“那个半血三级头在哪儿呢？”

周明叙顿了一下：“你要？”

“是啊，赶紧告诉我在哪儿，不然等下马期成就来和我抢了。”乔亦溪催促。

周明叙沉吟半晌，道：“别捡了，给马期成吧。”

乔亦溪想了一会儿，应允了。

她转念一想，自己又不出去打人，只需好好苟在后面看看风景舔舔包什么的，要那么好的护具也没什么用。相反，马期成总爱出去打人，又容易死，拿个三级头戴戴也好。

相较之下，还是马期成更需要一些。

她从房子里退出来，听到马期成嘿嘿笑：“还是叙神宠我。”

她进了另一间房子，面前忽然闪过一道人影。

她下意识就想开枪，定睛一看才发现是周明叙，他停在她面前，似乎想做什么。

乔亦溪不明白：“怎么了？”

他把自己的三级头取下来，放在她面前，示意她戴上，并解释道：“他那个快爆了。”

他那个三级头要爆了。

我这个好的给你。

乔亦溪看着面前的三级头愣了好几秒，系统默认给她戴上，她一看，周明叙这个三级头还是满血的。

她好奇地问："你们都是怎么找到三级头的？我怎么找不到啊。"

周明叙道："你没什么经验。"

"就是，像我们这种经常玩的，都知道什么地方会有特别好的物资，"马期成捡了个半血三级头，特别高兴，接过周明叙的话继续说，"很容易就把自己搜得特肥。"

马期成边说边继续搜房子，无意间和乔亦溪打了个照面，吓了一大跳："你脑袋上不是戴着个三级头吗？"

乔亦溪舔了舔唇："嗯，还是满血的。"

马期成转身离开："打扰了。"

他们打了几局之后，周母在厨房里喊："亦溪，明叙，别打游戏了，帮我出去买点东西回来！"

乔亦溪侧身答："行啊，买什么？"

周母给了他们一份购物清单，长长满满的一大张，两个人搭车去了附近的一家大超市。

乔亦溪已经很久没逛过超市了，零食什么的都是在网上买，就算偶尔要买东西，学校旁边的便利店也能满足。

她推着空空的手推车，沿着货架一排排看过去。

超市给人的感觉很温馨，还播放着旋律悠扬的曲子，逛超市的人不紧不慢，琳琅的商品也给人一种满足感。

周母列的清单里有油盐酱醋这些调料，他们找了一圈，才把东西买齐。

酱油有很多牌子，乔亦溪一边挑一边问周明叙："你说我们买哪种比较好？"

周明叙给出自己的购物观："贵的好。"

她噎了片刻："行。"

走到生鲜区，乔亦溪又拿出清单看："还有新鲜的基围虾，怎么看它新不新鲜？"

周明叙看着她，沉默了。

乔亦溪继续念叨："嫩直排，直排是什么排？怎么样算嫩的？"

周明叙沉吟了一会儿，给出答复：“随便买吧。”

两位没什么生活经验的佛系青年往推车里加了不少东西，购物的原则就是看眼缘，看什么顺眼就买什么。

好不容易完成了周母交代的购买任务，到了自由选择的时间。

乔亦溪赶往自己最爱的膨化食品俱乐部，挑了薯片和虾片，粟米条被摆在货架最上方，她撑着货柜踮起脚，试图去拿。

没够到，还差那么几厘米。

周明叙拿完薄荷糖，看到少女踮着脚奋力探索的模样，挑了挑眉。

他快步走过去，站在她身后，跟着她抬手，然后停在某个包装袋上：“这个？”

少年的气息顷刻间将她笼罩，柠檬气息交绕回荡，似乎把她困在这一隅，他的手掌就在她手掌上方，再靠近一点就能把她的手包裹住。

周明叙的声音在她头顶上方响起，带着隐隐的压迫感，他确认道：“草莓味的？”

乔亦溪点了点头。

他凭借身高优势轻松地拿了一包下来：“要几包？”

“一包……够了。”

他颔首，转身，行云流水地把她的粟米条扔进推车，然后推着车往前走。

她两只手才能推动的购物车，他居然一只手就能轻易推走。

乔亦溪发了会儿愣，然后晃了晃脑袋，跟了上去。

第九章
万分可口

周二的时候，乔亦溪接到消息，她被分配到周四晚上去查寝。

其实查寝并不是他们社团该管的事，但是那天刚好学生会办活动，人手不够，他们社长就自告奋勇揽下了这个活儿。她、江雪还有一个男生，负责整个六栋的查寝工作。

接到通知的时候她还愣了愣，想着，周明叙好像就住在六栋吧？

她查他的寝，那提醒的义务还是要尽到的。

于是她给他发消息："周四晚上查寝，我查六栋，记得把热水壶、吹风机还有大功率电器藏好，不然被发现了会被没收。"

学校在这方面管得很严格，很多电器都禁止在寝室使用，虽然很少有人会听。热水壶这种东西，哪个寝室不备一个？没有吹风机，冬天怎么吹干头发睡觉？

周明叙当即心领神会，给她回了一个字："好。"

周四晚上七点，几人别好了工作牌，从一楼开始检查。

这是一次突击行动，他们身后还跟着老师，最终收获颇丰。

搜到热水壶、吹风机、电煮锅已经是稀松平常的了，居然还从有些寝室里搜出了挂烫机，某些男孩过得真是比女生还精致。

除了挂烫机，他们甚至搜罗出了一个烤热狗的箱子。据悉，这已经是245寝室的基本业务了，晚上十点后开始卖热狗，两块钱一根，童叟无欺，不可赊账。

这都是什么该死的商业鬼才？

老师还没收了一个大功率泡脚桶，收走的时候，那个男生差点当场哭死了。

很快，乔亦溪到了三楼，走到周明叙的寝室门口，抬手敲了两下：“你好，有人在吗？”

一道陌生的男声传出来：“谁啊？”

“查寝的。”

里头一阵混杂的动乱，伴随着慌张的惊呼声。

过了会儿，门被打开了：“查寝的是吧？”

乔亦溪点了点头，那男生把门拉开，让她进去。

越往后，查寝肯定越不如开始严格，现在大家都是分头行动，提高效率，以便早点查完回去。

乔亦溪单独进了他们寝室，周明叙站在柜子边瞧着她。

这是她第一次在寝室里看到他，他穿着长袖的棉质睡衣，桌上电脑中的端游页面停留在“大吉大利，晚上吃鸡”的画面上。

整个寝室一片嘈杂，但他站在那里，好像忽然把那一块点亮了。

他旁边的室友正沉迷于游戏，并不知道有人来查寝了，趴在床上喊：“救救孩子吧，爸爸们帮我把我桌上的充电器递给我行不行？”

一只手从上铺伸下来，在空中漫无目的地瞎抓催促。

乔亦溪刚好往里走，离得近，又看到了他的充电器，就顺手递给了他。

男生探出头来：“谢谢爸爸！”一看觉得不对，疑惑道：“怎么是个女的？”

有人替他解惑：“查寝的。”

那男生笑了一声：“哦哦，我就说怎么好像在哪儿见过，有空常来玩……不是，常来查寝啊！”

乔亦溪走到洗漱间，一转头就看到了一台洗衣机。

大型的、禁止学生在寝室使用的大功率洗衣机。

她瞳孔放大，不可思议地看向周明叙，用眼神问他：我不是让你把这些藏起来吗？要是被发现了，可就要被没收了。

周明叙耸耸肩，无奈地挑眉，意为：太大了，藏不了。

乔亦溪蒙了一瞬，这可怎么办？

这时，老师在外面喊：“乔亦溪呢，她查的哪个寝室？”

乔亦溪立刻小跑到门口：“我在这儿。”

老师探头往里看："怎么样，有没有违规电器？"

她愣了一秒，旋即坦然地笑了笑："没有。"说着，她扶着老师的胳膊把她往外带："这个寝室没有违规电器，我们去楼上看看吧，这一楼已经查完了。"

老师不疑有他，就这么被她糊弄着带上了楼，330 宿舍躲过一劫。

门关上之后，有室友心有余悸地道："吓死我了，我还以为那老师要进来，那岂不是几千块钱就要打水漂了。"

另一个人也说："那个查寝的小姐姐人真好，居然帮我们瞒过去了。"

床上要充电器的那个人翻了个身，很快下床，问周明叙："刚刚来查寝的就是之前给你送饼干的那个吧？你朋友？"

周明叙觑了他一眼，没什么表情地答道："嗯。"

"她有没有男朋友啊？"

周明叙放下水杯，声音低了低："关你什么事？"

那人摩拳擦掌："我想……"

周明叙撑着桌沿回头，眼皮抬了抬，眼尾轻盖，冷静地打断他："你想都不要想。"

整个寝室短暂地安静了两秒。

——我想……

——你想都不要想。

方才发问的室友好一会儿才回过神来，蓦然抬头问："啥叫想都不要想？我就连想想你都要管我？"

周明叙的立场很坚定，他耷着眼睑道："不准想。"

"我还没说我想啥呢，你就不许我想！你这个人未免占有欲太强了一点！"

"关于她，无论什么，都不准想，"周明叙拉了把椅子坐下，留了个背影，"反正想了也没用。"

"为什么想了也没用？她又没有男朋友，每个人都有机会的好吧？"

周明叙回身，眼底凛然之意泻出："那你试试。"

室友一挺胸脯，立刻就接招了："试试就试试！"

"你也是，干啥管得那么严啊。"另一个室友道，"怎么，那是你宝贝妹妹，你觉得凡夫俗子都配不上她？"

另一位也跟着煽风点火："还是，叙神你喜欢那个妹子啊？"

周明叙戴上耳机，懒得回答。

乔亦溪回寝室不久，就收到周明叙发来的消息：“上线，带你吃鸡。”

她坐在床上伸了个懒腰：“怎么忽然要带我吃鸡了？”

周明叙：“酬谢。”

乔亦溪：“谢什么？”

周明叙：“洗衣机。”

乔亦溪一下就反应过来了。

她发了个表情过去：“这种小事，不用客气。”

他很快回复：“好，那就不带你吃鸡了。”

乔亦溪：“别啊，还是带带我吧。”

她随后又撤回自己编辑的那条“不用客气”的消息，继续说：“我冒了那么大的风险，你应该拿出诚意好好地感谢我。”

周明叙盯着手机看了很久，倏尔笑了。

因为是答谢她，所以跳伞之前，周明叙特意问她：“想去哪里？”

乔亦溪问：“可以选吗？哪里都行？”

他答得轻巧：“你想去哪儿都行。”

“那我想去枫叶林。”

之前马期成说过那里风景很美，还能野餐，她作为一个颜控女孩，自然想去一探究竟。

周明叙当即应下：“好，先跳城区搜点物资，然后开车带你去枫叶林。”

跳到城区之后，周明叙搜了五分钟，杀了几个人，然后开车来房子前接乔亦溪。

乔亦溪从窗口跳出去，问马期成：“你们去不去啊？”

傅秋说：“我不去，还没搜到多少东西，我再找找看。”

马期成跟着道：“秋秋不去，我也不去，我要永远和秋秋在一起。”

乔亦溪上了车，和周明叙一起去往枫叶林。

按理来说，这应该是硝烟弥漫的战场中难得的安宁之地，静谧祥和，时间于此仿佛都放慢了脚步，岁月温柔流淌。

毕竟这个地方的名字起得都这么有诗意。

可是谁能告诉她，为什么她一下车就被人打倒了呢？这合理吗？

她躲在车后打药，周明叙在前面帮她打人，狙击枪的声音轻快脆落，竟让她觉得安全。

她有点疑惑："这儿附近起码有两队人吧？怎么这么多人在这儿打架？"

周明叙道："有人在这里打了两个空投。"

游戏里会随机刷信号枪，捡到信号枪和子弹就可以召唤空投，空投内物资丰富，基本有三级头或三级甲。而空投很惹眼，一般落了就会有很多人盯着。

空投落在这种地方，大家自然也往这里聚集。

周明叙把车子打爆做掩体，然后绕着车开始搏斗，乔亦溪也不知道该干点什么，就开放大镜看车子的轮胎构造。

周明叙在打人的空当转头看她一眼："你发什么呆？"

"我没发呆，就是有点惆怅。"乔亦溪叹了一口气，"我本来是准备来这里自拍的。"

让人物站在枫叶林里，然后转动角度，屏幕截图，一张人物自拍就完成了。

这个技巧还是舒然教给她的。

"现在也可以自拍。"他说，"去吧。"

乔亦溪问："我出去要是被人打死了呢？"

"不会，我帮你架枪。"他镇定地回道，"没人能打死你。"

乔亦溪还有点不信："真的？"

他笑了，曳着鼻音道："真的。"

既然周明叙说得如此肯定，乔亦溪就真信了，她从车子后面跑出去，然后挑了棵树，在树下站定。

这时候乔亦溪周围还有四五个人，战况正焦灼，她突然跑出来，那几个人都蒙了，回过神来正想打她的时候，发现她周围被人扔了烟雾弹。

乔亦溪站在那儿不紧不慢地自拍，周遭枪声迭起，她心惊胆战，却真的没被打倒过一次。

火速自拍完后，她对周明叙说："我拍好了，我们走吧。"

"周围都是人，车子也被扫爆了，"他笑，"怎么走？"

乔亦溪抬眼："啊……那怎么办？"

周明叙道："等我把他们都解决了，开他们的车走。"

这就过分了吧？把人打死，舔人的包，还要开走人家的车。

“好缺德，”乔亦溪抿了抿唇，一派正气地接着说道，“不过我喜欢。”

周明叙沉吟一会儿，又笑了。

后来那些人真的都被他解决了，只有他俩还活着。乔亦溪跟着周明叙捡了一堆物资，然后开着敌人的车走了。

怎么说呢，确实还挺爽的。

坐在车上，她想起自己刚刚和周明叙宛如活在两个世界里，不禁叹了口气。

马期成立马问：“乔妹何故叹气？”

“有句话怎么说的来着，你能看见太平盛世，是因为有人替你负重前行。”乔亦溪感慨万千，“太感谢周明叙替我负重前行了。”

她自拍，他杀人；她在那儿记录美好，让他独自面对残忍的杀伐。

马期成有话说：“我觉得也不是这样。”

乔亦溪问：“什么？”

“他刚刚没负重啊，我看他以一敌五挺轻松的。”

好，是她唐突了。

那个周末，滑板社和电竞社一起组织了一个聚会，说是为了庆祝。

乔亦溪打听了下，是庆祝两位社长在一起两个月。

据说在这之前，他们两位都没谈过超过两个月的恋爱，这一次魔咒被打破了。

乔亦溪心情复杂，按理说她应该送上祝福，可又觉得哪里怪怪的，只觉得现在的年轻人谈恋爱的时候都挺躁的。

据了解，他们租了栋超大别墅来开派对，别墅里酒吧、迪厅、台球室、电影院、KTV应有尽有，只有你想不到的，没有玩不了的。

更要命的是，别墅四楼还有十台顶配电脑，简直是游戏少年的不二之选。

周六早上九点，一行人坐车朝别墅区进发，情侣社长坐在第一排秀恩爱，其余的人在后面打闹睡觉。

下车的时候已经是中午了，厨师已经在炒菜，边炒边等候他们的光临。

等上菜的时候，大家纷纷落座，然后开始选饮料。

乔亦溪选了瓶椰汁。

周明叙对面坐的正是社长、副社长这对情侣，女孩子手里拿的是可乐，拧了半天没拧开，便递给男朋友。

男朋友一脸宠溺地拧开之后递给她，并说："我们家宝宝就是手劲小。"

周明叙忍不住看向身边的乔亦溪。

她也在拧瓶盖，腮帮子鼓了鼓，就在他以为她也拧不开需要自己帮忙的时候，少女手掌一转，拧开了。

周明叙眉尖轻挑，这是什么意思？

拧开瓶盖的乔亦溪也正好看向他。

因为起过帮她拧瓶盖的念头，他的手指不自觉地动了一下。

乔亦溪看着他微动的手指，思索了一会儿，然后把手上的椰汁递了过去。

周明叙蹙眉："什么？"

她启了启唇，小声问："你不是拧不开吗？"

要不然他为什么会一直看着她，一副欲言又止的模样。

"没什么丢人的。"她又说，"瓶盖要用巧力才能快速打开，你拧不开不代表力气小，真的。"

沉吟半晌后，他觉得言语太过苍白，索性起身去往厨房。

他打开冰箱，里面果然有几瓶辣酱。

这时，有个男生走到周明叙身后道："干什么呢，叙神？"

周明叙把辣酱递给他："你让乔亦溪开一下。"

"啊？"

"别废话，赶紧去。"

"好。"

虽然不太明白他要干什么，但周明叙在这堆男生里说话向来有分量，所以那人也就没多问。

周明叙回到餐桌的时候，就看到乔亦溪在和辣酱盖子作斗争。

这种罐装辣酱的盖子很不好打开，女生来开，更是难上加难。

就在她红着脸掰着手使劲的时候，周某人"恰巧"从她身边经过，"不期然"目睹了这一幕，然后从她手里拿过辣酱，右手轻轻一转。

"吧嗒"一声，盖子开了。

有个女生惊呼一声："哇，好厉害！"

乔亦溪有点茫然，盯了他一会儿，又觉得自己也应该附和一下，于是启唇道："哇哦。"

可惜没什么感情。

周明叙抿了抿唇，没说话。

吃完午餐之后，大家各自选择娱乐活动，有的去唱歌，有的去打台球，有的去玩桌游。

乔亦溪前一阵才和室友们共享过歌单，收获了一些新歌，正在新鲜劲上，就选择了唱歌。

阮音书听的歌跟她的人差不多，大多是舒缓类情歌。乔亦溪坐在点歌台前翻最近的听歌记录，选了两首，《我不会喜欢你》和《恋无可恋》。

来唱歌的人不是很多，大概是为了图个安静，周明叙也进了这个包间，就坐在乔亦溪旁边。

马上就到她的歌了，她拿着话筒正准备唱，光色流转在她发梢眼眸，显得朦胧又绰约。

周明叙的喉结轻轻滚了一下。

这时，他的手机"嗡嗡"振动了两声，他的心跳也跟着漏了两拍。

他低头一看，是马期成发来的消息，分享给他某个社交软件上的帖子。

"和多年好友互生奸情成为恋人是一种什么样的感受？"

马期成的消息又发来："我发错了，不是发给你的，你别骂我啊！"

但鬼使神差地，周明叙点开了那个问答。

回复 1：谢邀。我和我太太就是青梅竹马，从小都是好朋友。十六岁的时候我喜欢上了她，本以为会单恋一辈子，没想到她也喜欢上了我，然后我们就顺理成章地在一起了，现在结婚咯。

回复 2：喜欢的人也喜欢我，非常美好了。

回复 3："和好朋友发展成恋人还不容易啊？你知道她所有的小心思、怪癖跟喜好，还有朋友这层关系，近水楼台先得月，抓住机会就能成功。

周明叙滞了滞，旋即抬头，看向她。

她半边脸隐没在暗影中，眼睫微垂。她离他很近，似乎一伸手就能触碰到。

周明叙掀了掀眸，刚酝酿出点旖旎心思和语言，就听到她唱："我想我应该 / 应该不会爱你……"

周明叙拢了拢眉头，周身气场不可控制地凉了凉，后槽牙都要咬碎了。

这唱的是什么？

所有感官自保似的关上，周明叙消化了好一会儿，告诉自己这只是歌，又不是他们之间感情的结果预测，这歌又不是拿的预言家的牌。

想到这里，他重新打开听觉，还没来得及睁眼，就听到少女的声音。

“说地谈天的知己 / 变身枕伴的你 / 合着眼睛先了解 / 难努力缠绵吃力回避……弄错爱恋跟欢喜 / 已将关系处死 / 浪漫虚名承受不起 / 也要舍弃……”

这首歌讲的是，好友变恋人后，发现两人并不合适，因为二人之间只是欢喜并非爱恋，最后只能分手。

周明叙沉默了一阵子，心里百感交集，都无法用语言形容。

他才发现自己喜欢上她没多久，就给他听这种晦气的歌？

乔亦溪还在唱：“剩下暧昧过的好感 / 也已撕破 / 共你亲到无可亲密后 / 便知友谊万岁是尽头 / 别似亲人那么怀抱我 / 也别勉强共老朋友手拖手……”

周明叙听不下去了。

友谊万岁是尽头？这破歌谁写的？

他烦躁地起身，揉了揉头发，由于没看路，还被绊了一下，恰巧踢到唱歌仪器的电源线。插头被扯开，没了电，屏幕顿时就黑了。

整个房间霎时安静下来，乔亦溪一句“跨出这条界线怎去善后 / 也许这种爱刚足够”还没唱出来，就看到周明叙在半明半昧的灯光中抬起脸，声线低沉地道：“停电了。”

乔亦溪难以置信：“停电了？”

刚刚不是还好好的吗？怎么说停电就停电了？

她放下话筒：“那我出去看看吧……”

周明叙沉声阻止：“别唱了。”

乔亦溪茫然地眨了眨眼。

少年蹙着眉，额发垂落，看不清眼底的暗涌，他哑着声音道：“这什么破歌，别唱了。”

唱歌唱到一半，忽然停电了，周明叙还让她别唱了。

乔亦溪整个人还蒙着：“为什么不能唱了？不好听吗？”

“是。”他很快回答，“难听。”尤其是那句“友谊万岁”，难听至极。

乔亦溪转了转眼珠子，发梢隐在淡淡的黑暗里：“我觉得挺好听的呀。”

少年抬了抬眼：“哪里好听？”

“调子和词都挺好的。”

他重新坐回沙发上，没说话。

词哪里好？既无聊，寓意又烂。

朋友怎么就不能做恋人了？怎么就非得友谊万岁？写词的人有没有常识？

他蹙眉问：“词谁写的？”

“林夕。”

“总之别唱了，”周明叙沉默半晌后同她道，“我心脏病都要犯了。”

乔亦溪感觉今天的意外真是一个接一个，她抬眸问：“你还有心脏病？”

周明叙顿了一下，后知后觉地扶住胸口：“嗯。”

“什么时候得的？”

“刚刚。”

乔亦溪见他胸膛起伏，隐约还能瞧见他的锁骨。

她思索片刻后道：“可能是因为我唱得不好听，那我不唱好了。”

他又蹙眉了：“谁说你唱得不好听？”

乔亦溪一头雾水：“什么？”

“是歌烂。”他揉揉脖颈，“唱别的吧，寓意好点的。”

她思考了一会儿，没太明白他的意思：“哪种歌算寓意好的？”

“轻松的。”周明叙问，“你会唱什么？”

乔亦溪把手机递过去，给他看自己的下载列表：“这些。”

周明叙挑选了一会儿，眉心才舒展开来，徐徐道：“《心动》和《99 次我爱他》，这两首看起来不错。”

“啊？”

两个人正在闲聊，有人推门进来，见包厢里这么安静，被吓了一跳。

“怎么回事啊？不唱歌了？”

乔亦溪如实回答：“停电了。”

“停电了？谁说停电了？我刚从影院上来，外头的灯也是好好的。”

那人说着，还往外看了一眼：“是啊，没停电啊。”

趁着大家确认是否停电的空当，周明叙俯身把电源线插好。

当乔亦溪转回头来的时候，发现大屏幕又亮了。

周明叙在一旁面不红心不跳地解释：“那可能是因为插头接触不良。”

虽然不知道为什么这东西一下好一下坏，一下接触不良一下又自动变好，但乔亦溪并没有深究，重新去点歌了。

刚刚点的歌都没了，现在得重新点。有个妹子凑过来点了一首《恶作剧》，说自己五音不全，非要乔亦溪跟她一起唱。

乔亦溪推拒：“我也不怎么会唱歌……”

“没关系，一起玩嘛，开心最重要！”

最终乔亦溪拗不过她，拿了一个话筒唱起了前奏：“我找不到很好的原因/去阻挡这一切的亲密/这感觉太奇异/我抱歉不能说明……”

她的声音很轻，由于没底气，还有点笨拙的生涩。

周明叙听着，一眼看过去，看到她认真的侧颜线条。

莫名地有股吸引力。

他偏头，打开相机拍了一张，保存。

由于租一天别墅确实不便宜，所以别墅也赠送了他们一件礼品，是电子烟花的表演。

听说那场电子烟花非常仿真，极漂亮绚烂，既有科技感，又有观赏性。不过那个房间只能坐下两个人，也就是说这么多个人里，只有两个人能去看。

更要命的是，那个表演仅赠送，不能购买。

大家商议过后决定玩一次《你画我猜》，由猜出最多的那两个人去看这场表演。

大家摩拳擦掌，蠢蠢欲动。

题目是随机出的，乔亦溪奉命上去，掀开第一个题目。

题目是……虾饺。

居然是虾饺。

而她刚好和周明叙分到一组。

乔亦溪顿了一会儿，然后在题板上画了只猫，又在猫旁边画了高跟鞋和一副手铐。

她画得非常抽象，但是周明叙还是认出来了，他食指按了按隔音的耳机，道："虾饺？"

乔亦溪点头，第一个过。

第二个词是……落地成盒。

乔亦溪画了个扁平的长方体，然后指了指自己。

"立体几何？数学老师？落地成盒？"

又中了一个。

就这样，前五个词，周明叙猜中了四个。

一旁的人忍不住感慨："这到底是一种怎样的魔鬼默契啊？"

一共十个词，周明叙猜对了七个，是当之无愧的全场最佳。

紧随其后的也是一个男生，猜对了五个。

他们俩被分去看电子烟花。

有人笑："两个男人一起去看放烟花，这安排有点妙啊。"

周明叙临走前，乔亦溪向他投去一道鼓励的目光，意思是让他一定要珍惜这次机会。

听说这场烟花非常盛大，她都有点动心，只可惜没有那个命，只能让周明叙去完成她的期望。

一开始同意了规则，现在只能服从。

所以大家虽然都觉得惋惜，但还是笑着祝福，而后便各忙各的去了。

乔亦溪在楼里转了一圈，发现有人在用电脑模拟器打游戏，刚好还差一个队友，她便自告奋勇地加入了。

加入之前，她道："我真的很菜，到时候你们别骂我啊。"

"那不会，我们玩得也没有叙神好。"

乔亦溪本来以为他们是自谦，没想到是真的打得不好。

全队采取的是野区发育的模式，就是找个人少的地方偷偷摸摸苟，看到人就躲，打不赢就跑。

如果说跟周明叙在一起，即使是在修罗场，她也能活下来，那么跟他们一起打，她和另一个妹子完全就是医疗兵，因为队友总是倒地。

前面三局，他们有两把都是落地成盒。

乔亦溪第一次觉得这个游戏对人原来这么不友好。

平时跟着周明叙打没感觉到，现在才知道做一个偶尔能杀杀人机的舔狗是件多么值得高兴的事情。

和周明叙他们打游戏，碰到那种好杀的人，他们都会让给她打，哪怕她要打上很久。

当第三把他们好不容易杀进决赛圈，两个男生和周围的人对枪却频频被打倒的时候，乔亦溪真的非常想念周明叙。

说什么来什么，她刚想着要不自己出去打的时候，就听到旁边男生如获大赦般的声音：“叙神，你终于来了，赶紧来帮我打一下，这里人太多了，我一个都打不死！”

另一个声音接着响起：“我死了。”

乔亦溪和剩下的那个妹子面面相觑。

队里本来就俩战斗力不强的男生，现在还死了一个。

她不禁向周明叙投去求助的目光。

周明叙垂了垂眸，答应了刚才的男生：“我来吧。”

“好嘞！”

周明叙没再说什么，把附近的两个人打死之后，便换了把枪。

“你为啥换枪啊？”旁边男生问。

“你也不看看你捡的什么垃圾，”周明叙无奈地说，“那种枪打得死人吗？”

“哦，受教了，可是，那你是怎么把他们打死的？”

乔亦溪扯下一只耳机，真诚地道：“因为你们不一样。”

男生一时语塞，周明叙却笑了。

她重新戴上耳机，开始搜房子。

屏幕一转，乔亦溪看到不远处有个独自行走的妹子，妹子身上那套制服，是她从来没见过的款式，大概是限量款，挺好看的。

她琢磨着对方就一个人，要不自己上去打打看，把那人打死了还能捡到漂亮衣服。

于是她探出头来打人。

那人也在跑，所以她打两枪只中了一枪，那人发现了她，反而给了她头上一枪。

她的头盔直接被打没了。

情急之下，乔亦溪感叹了一句：“她居然打我头……”

周明叙听到她那边一连串子弹响，问：“你在打什么？”

乔亦溪道：“一个落单的女生，我想要她身上的衣服。”

“哪个方向？”

“东边。”

周明叙那边有轻微响动，紧接着，乔亦溪听到他旁边有人喊：“你干什么去啊叙神，这儿附近还有人呢！”

周明叙言简意赅地回复：“等会儿杀。”

没多久，一阵标志性的枪声响起，紧接着，乔亦溪听到他喊自己：“到我这儿来。”

乔亦溪偏头：“怎么了？”

少年依旧不疾不徐地道：“换新衣服穿。”

“真的啊？你把那人打死了？”乔亦溪立刻操作游戏人物快速跑过去，一摸盒子，果然有自己刚刚看中的那套制服。

她换好衣服之后，便跑到周明叙面前展示，又说：“我们这样会不会太没良心了？”

把落单的女生打成盒子，就因为乔亦溪喜欢她身上的那套衣服，他们这样看起来非常像拦街收保护费的大佬，也像看中什么就立刻使出所有手段也要得到的霸道总裁。

可周明叙是怎么回答她的呢？

他只是摇摇头，声色淡淡地答：“不会，你高兴就好。”

在别墅聚完餐后，很快又要迎来新的活动——圣诞节。

尽管离圣诞节还有些日子，但有些商铺已经开始为这个节日做准备，毕竟这是一个浪漫的日子，逛街的人很多，借此刺激消费就能大捞一笔。

那天，乔亦溪刚到寝室，就发现阮音书的桌上摆着材料和食物，一股糯米混着火腿的香味飘出来。

乔亦溪凑过去看：“你干什么呢？”

阮音书抿着唇笑：“做寿司，要不要吃？”

乔亦溪却之不恭：“好啊。”

话音刚落，外头传来敲门声。

乔亦溪问了声："谁？"

一道陌生的男声透过门缝传进来："找阮音书。"

乔亦溪立刻看向阮音书，后者二话没说，爬梯子上了床，嘱托她："就说我不在。"

乔亦溪不明白："你躲人家干什么？"

阮音书的目光晃了一下，才道："等会儿跟你说，你先帮我应付过去。"

然后阮音书放下了帘子。

乔亦溪开了门，映入眼帘的是另一张顶配的颜，比周明叙的五官多了些微戾气。

叫什么来着……她想了半天，脑子里突然冒出"程迟"二字。

听说他是隔壁学校里的风云人物，玩世不恭又霸道。

乔亦溪礼貌地道："阮音书不在。"

程迟二话没说就往里走，走到阮音书的床边，看了看明显是正在制作的寿司，又瞧了眼捂得严严实实的床帘。

程迟笑了笑，舔舔嘴角，意味深长地道："不在啊……"

他伸手拿起一盒刚装好的寿司，说："不在也没事，她说让我来拿寿司，那我现在拿走了。"

阮音书一把掀开帘子："我什么时候说给你寿司了？"

程迟回身，状似讶然地道："啊，课代表在这儿呢？"

乔亦溪问他："你找音书有事？"

他理所当然地点头："是啊，急事。"

乔亦溪看出二人之间气场不同，便对阮音书道："那你下来吧，我看人家大老远来找你也挺辛苦，事情说完你再上去休息好了。"

事已至此，阮音书觉得自己也只能听一下，于是对着程迟道："什么事？在这儿不能说吗？"

"不能啊，是别人不能听的那种事。"程迟勾着嘴角，举起寿司，"课代表赶紧出来吧，否则这东西我可不还你了。"

为了自己的寿司，阮音书不得不拎了件外套下床，和程迟出去说事了。

乔亦溪一个人在寝室坐着无聊，吃了个寿司，感觉味道挺不错，就又吃了俩。

二十分钟后，阮音书才回来。

乔亦溪问：“你们出去说什么了？”

“没什么，一些毫无营养的话。”

“比如？”

“告诉我后天出太阳。”

“他就是想见你啊。”乔亦溪笑着说，“对了，寿司挺好吃的。”

阮音书的鹿眼亮了亮，殷切地道：“你喜欢？喜欢我教你做呀，很简单的。”

虽然有点想尝试，但……

“不了吧，我不下厨是对食物的尊重。”乔亦溪这样说道。

“真的不难，而且又不需要翻炒添油，”在阮音书眼里，做寿司简单得不行，“简单包一包就好了。”

乔亦溪有点动心，试探着道：“制作过程大致是什么样的？”

“就先准备糯米，然后把黄瓜、火腿肠切好，再加点肉松之类。米用寿司醋拌一下，凉了铺在海苔上，放好保鲜膜，卷一卷就行了。”

说话的工夫阮音书已经做好了，放到乔亦溪面前：“然后再切开就行了。是不是特别简单？你要是不会切食材，买点现成的也可以呀。”

乔亦溪一想也是，总不能因为之前做菜总是失败，从今往后就不进厨房了吧？还是要挑战一下的，不如就从这种简单的食物开始尝试，万一成功了呢？

舒然回来之后，就看到乔亦溪正在网上看详细的寿司制作视频，居然还下载到了手机上。

舒然“啧啧”叹道：“是我提不动刀了，还是乔亦溪飘了，昔日的厨房杀手，现在竟看起了菜谱？”

乔亦溪买了一些做寿司的工具，接下来要做的就是等快递。

阮音书教她做了一次，但毕竟是手把手教导，她还没有自己独立完成过。

那天打游戏，她听到马期成问周明叙：“对了，叙神，听说你昨天回高中学校了？你去干什么？”

“吃寿司。”周明叙说。

那一瞬间，乔亦溪觉得有点恍惚，好像两个人的世界中有着微妙的重叠和巧合。

她问：“吃到了吗？”

“没有，关门了。”周明叙有点不爽，“下次再挑时间去吧。”

圣诞节就在这样的日子里如期而至。

节日当天，乔亦溪和周明叙恰好都在周家，但是两个人都没什么过节的想法，所以那一天看似就要平平淡淡地过去了。

周明叙向来不过这些节日，于他而言，过节唯一的好处就是游戏里偶尔会推出新皮肤。

而乔亦溪上午忙着做作业，下午忙着做寿司。

前段时间做寿司的材料到了，但是她的作业也多了起来，所以一直没时间做寿司，到今天才抽出时间“大展身手”。

周明叙之前好像没吃到寿司？

她恍惚想着，而且今天做一份，也算是向阮音书“交作业”了。

周明叙下午一直在打游戏，五点的时候困了，就倒在床上睡了会儿，一觉起来，已经晚上七点了。他醒来的时候脑子还有点恍惚，甚至闻到了一阵寿司的味道。

他只当是自己之前没吃到所以执念太深，才会在刚刚梦到寿司后，现在又幻觉一般嗅到寿司香气。

他下了床，走到客厅，没想到厨房里传来“叮叮当当”的声音。

他还没来得及进去看乔亦溪在做什么，就被窗外的东西吸引了注意力。

玻璃窗外，白色雪片顺着楼栋飘洒，纷纷扬扬，像倒转过八音盒里倾斜下的绒花。

“下雪了。”他说。

乔亦溪正在进行寿司装盘，根本没时间看一眼窗外，此刻听到他的话，她赶紧端着盘子跑了出去。她把寿司放在桌上，然后趴在窗户边往外望去。

“哇，真的下雪了，圣诞节的初雪啊。”

纯白又浪漫，漂亮又轻盈。

周明叙听出她声音里的雀跃，问她：“很喜欢下雪？”

“当然啦，”她回身仰头看着他，“很少有人不喜欢下雪吧，很漂亮呀。”

她又小声道：“要是能再下大点就好了。”

他合了合眸，只是点头，没说话。

其实他讨厌下雪，因为出行会非常不方便，尤其是一场大雪过后，满地都是雪水，深一脚浅一脚，踩的不知道是水还是冰片。

而且融雪降温，会很冷，所以……雪还是别再下了吧。

窗外还在陆陆续续飘着雪，周明叙挪开视线，发现桌子上摆了一盘东西。

他犹豫了半晌，才问："这是什么？"

乔亦溪顺着他的目光看过去，恍然道："噢，只顾着看雪，忘记说了。这是我做的寿司，你要不要尝尝？这次好像不是黑暗料理了。"

本还郁结于吃不到寿司，可伴着初雪的圣诞夜，外头似乎还有脆悦的圣诞歌声，他看到一盘精巧的寿司摆在面前。

这种事情……一般来说好像叫作惊喜。

惊喜来得太突然，连愉悦都倏然攀到顶峰，给人一种不太真实的感觉。

乔亦溪见他不说话，又加了一句："你不是想吃寿司吗？怎么，又不想吃了？"

"不是。"他喉结滚了滚，夹起一个尝了尝。

好像和普通寿司没什么区别，又好像差别很大。

他又回味半晌，问她："放了很多沙拉吗？"

乔亦溪一愣："没有啊，怎么这么问？"

"放糖了？"他又问。

乔亦溪摸了摸鼻尖，有点心虚："寿司里还得放糖？我当初学做寿司的时候没有这个步骤来着。"

雾雪弥漫。

周明叙低下头，又探出舌尖感受了一下。

既然没有放糖，那为什么是甜的？

他抬头看看窗外，又看看少女带着渴盼的双眸，她矜持又毫不克制，大概在希望第二天，雪能把整座城市覆盖。

他突然觉得，下雪好像也没有那么讨厌。

好吧，那就勉为其难地……允许雪再下大点好了。

好像因为她在，所以连最讨厌的东西，都变得可爱起来。

看周明叙吃寿司吃得挺认真，看来她这次的尝试成效还不错。

乔亦溪也拿来一双筷子，坐在他对面吃起来。

没吃几口，她的小腹就传来一阵痛意。

乔亦溪立即捂住肚子。

周明叙筷子一顿，瞥向她："寿司有毒？"

乔亦溪仰头："在你眼里，我到底是什么人呢？在寿司里下毒不说，自己还要跟着吃几个？这不仅是歹毒，还有点傻吧？"

周明叙梗了一下："那你捂着肚子干什么？"

"我的例假可能要来了。"她尽可能委婉地道，"你明白的，一个月总有那么几天。"

沉吟几秒，他问："那怎么办？"

——还能怎么办，注意保暖，忍着呗。

她本来想这么说，但突然又想起什么，饶有兴致地问他："你觉得呢？"

这下，周明叙一时间也答不上来了。

在她的注视下，他一番搜肠刮肚之后，给出了熟悉也是唯一的答案："多……"

乔亦溪没等他说完，就抢答了："多喝热水？"

看着他有些愣怔的样子，乔亦溪笑出声来："果不其然，男孩子都只会说这四个字。"

有些人似乎会为这种事吵架，周明叙想了想，问她："我一直很好奇，喝热水不行的话……要怎么回答女生才会满意？"

"嗯……"她思忖了一会儿，做了个推卡的动作，然后沉声模仿，"这是五百万，拿去，多喝点热水。"

周明叙蹙了蹙眉，脸上似乎挂上了一个问号。

她耸了耸肩，没再继续开玩笑："不瞎说了，但先说好了，我不能代表所有女生啊，只说我自己。"

周明叙挑眉，示意她继续。

"女孩子应该也不是讨厌男生说多喝热水，你想想，如果一个不善言辞的男生好不容易憋出一句多喝热水，其实也挺可爱的是不是？

"女孩子应该只是不喜欢那种模式化且不走心的嘘寒问暖，自己那么难受，男生不关心就罢了，还敷衍。

"现在网络这么发达，一个男生要是真的不想女孩难受，随便搜一下就能知道很多办法呀。

“对方是不是真的关心，是不是真的想替你分担，其实一眼就能看出来的，只要是真心的关切，起码我不会生气，还会挺感激的。”

周明叙点了点头，若有所思。

“我先回房间躺一会儿。”她起身嘱咐他，“吃完之后记得把盘子洗了收好，我休息会儿就回学校。”

他说“好”，目送她进了房间。

乔亦溪半躺在床上，还有一条腿搭在外面，她扯了层薄被子盖在肚子上，然后给舒然发消息。

她给舒然发的是个表情包，一个小人躺在地上，身体上半截是流的眼泪，下半截是流的血，简直是广大女孩来姨妈时的生动写照。

舒然一下就明白了她的意思，给她发了个视频来。

乔亦溪一点开，一张脸倏然凑近：“在吗？多喝烫水！”

她吓得差点把手机砸脸上。

她回舒然：“我现在这么痛，你居然还这样恐吓威胁我（委屈）！”

舒然很快回复：“怎么，那你想我对你怎样？”

乔亦溪咳嗽一声，缓缓道：“我看你桌上新买的那个包挺好的，是不是还送一张顾予临的海报？你看我墙上空空荡荡的，是不是刚好缺张海报？”

舒然当即明了：“你是魔鬼啊？怎么忽然喜欢上顾予临了？”

乔亦溪：“也没有，就是单纯觉得那张海报好看，而且昨晚看了他的表演，真的很棒，所以……你懂的。”

舒然装傻：“不是很懂呢。”

乔亦溪点开语音，开始卖惨了：“舒然，你真的好绝情，嘤嘤嘤，我好痛，我真的好痛，如果这个时候……”

周明叙刚洗完盘子，一出来就听到她房间里传出哀号。

“我痛，我好痛，像一万个雪姨在我肚子里敲门。

“我真的好痛，像孙悟空被压了五百年的那种痛。

“真的痛，简直是有人拿着斧子在我肚子里修加长林肯。”

舒然不明所以：“你freestyle（即兴说唱）呢？加长林肯要用斧子修吗？”

乔亦溪不听：“你别管这些，我好痛，舒然。”

周明叙听得百感交集，一边觉得她或许是真的很痛，一边又觉得她还能这么说话，说明也不是太痛。

犹豫了一会儿，他点开浏览器，输入问题：女孩子痛怎么办？

点开第一个回答：应该是前戏没做好，这个时候你就需要照顾她身上的敏感点，打圈研磨，并且吻……

这是什么回答？

周明叙火速点了退出，强压下那股莫名其妙的羞耻感，清空记忆后重新搜索：女孩子肚子痛怎么办？

答：桂圆莲子红枣羹。银耳泡发，去除黄根，莲子泡发……

问题仅二字之差，回答居然能差这么多。

他捏了捏眉心，内心五味杂陈。

乔亦溪躺在床上，跟舒然聊着聊着就困了，一个翻身窝进被子里，浅浅寐了一觉。

她虽是浅寐，但仍没有听到大门开关的声响，还有周明叙接过外卖时的一句“谢谢”。

睡得迷迷糊糊的时候，她眯眼看向窗外，不真实的黑暗立刻把她唤醒，她想起自己还要回学校。

她刚掀开被子，一个东西就被递到她跟前。

少年声音浅淡：“多喝桂圆莲子红枣羹。”

乔亦溪愣了好一会儿：“你怎么……”

周明叙不自然地挪开视线：“我刚刚想喝小米粥，就顺便给你买了份这个。”

她“噢”了声：“那你的小米粥呢？”

他停顿几秒：“喝完了。”

乔亦溪喝完周明叙买的粥，两个人便抓紧时间回了学校。

她运气好，刚好在门禁之前进了宿舍。

阮音书也是掐着点回来的，和乔亦溪前后脚进了寝室。

阮音书一回来，乔亦溪就感到气氛有点不对，可具体是哪里不对，又说不上来。

大家打趣阮音书，说她圣诞夜还在图书馆学习到这么晚，但阮音书的脸颊红了，说自己没有去图书馆。在大家的“严刑拷问”下，阮音书承认了自己恋爱的事。

“天哪，圣诞初雪初恋，浪漫哭了。”舒然用手捂着脸，“我不羡慕，真的。”

乔亦溪感慨：“好快啊，你上次还躲着人家，这会儿就跟人家谈起了恋爱。”

阮音书：“之前那是他……”

她说到这里就没了下文，大概也是不知道怎么描述了。

女孩子总是情绪化的生物。

这时候，舒然故作老到地拍了拍乔亦溪肩膀：“这是什么你知道吗？这就是爱情。爱情来得都是很突然的，但是突然中又带着一丝顺理成章。”

乔亦溪状似附和地猛点头，扯扯舒然耳垂：“看起来能说会道的，谁能想到舒然老师一共也没谈过几次恋爱呢。”

“闭嘴好吧？”舒然扯开她的手，“朋友里最会分析情感问题的往往没有男朋友这个真理你不知道吗？”

还没过几天轻松的日子，乔亦溪的任务清单中就又多了一项。严格来说，其实也不是她的任务清单中多了一项，而是周明叙参加的那个电竞赛终于要开始了。

虽然周明叙参加电竞赛和她没什么关系，但是毕竟在某种程度上影响了她打游戏的时间，而且比赛到最后，作为朋友，她也应该去为他加加油。

如果需要，她也应适当给他些关怀和鼓励。

……虽然周明叙可能并不需要。

初赛开始前两天，马期成就在游戏里说起这件事：“这电竞赛的阵仗比我想象的要大啊，你知道这比赛还开了个官方微博不？”

周明叙道：“知道。”

马期成大骇：“啊？你咋知道的？你不是从不关心这些吗？”

周明叙垂眸：“你刚刚说的。”

马期成顿了几秒：“哦。”

傅秋在那边催促：“继续啊，开了个官博，然后呢？”

“然后我发现，大学生里还是有蛮多电竞打得好的，真的。官博昨天发了第一条微博，公布了初入围的选手，我发现里头还有几个有那么点名气的主播，真是高手在民间啊。”

乔亦溪忍不住加入讨论："还有主播参加吗？之前听周明叙说，我还以为这是个毫无含金量、非常简单的比赛。"

"没那么简单，这么好的资源，肯定会吸引一些厉害人物的。"马期成说，"孤刀你们知道不？"

乔亦溪道："不知道。"

"嗨，不知道也正常，我也不知道。"马期成说。

傅秋皱眉："那你说什么？"

"我昨天才知道的，因为我看官博评论里有特别多粉丝评论，点赞第一的是那个孤刀，我就去了解了一下。孤刀是一个主播，微博有几万粉，因为长得还行，又会撩妹，所以死忠粉还是比较多的。现在电竞圈搞得跟粉圈一样，孤刀把那条微博一转，粉丝们就跑到原微博底下各种安利各种期待夺冠啥的。"

周明叙在前头忙着打人，没管马期成在叨叨什么，只是听着。

乔亦溪就不一样了，她虽在搜房子，但大部分注意力放在了马期成那边。

马期成继续说："点赞第二的叫郑语，也是个主播，人气还行。最让我生气的是我们叙神，居然才排到第三！这排面不行啊，我得立刻给安排安排。"

傅秋插话："叙神都不生气，你生什么气？"

马期成还是愤愤不平："不就是因为现在看直播的多吗，所以那种技术垃圾的玩意都能吸引到粉丝。不是我说，真要面对面打，那些人有没有叙神一半厉害还要另说呢。说真的叙神，我相信你，你到时候肯定能碾压他们，不信咱们拭目以待。"

乔亦溪这时候开了口："你都说了，人家是直播平台曝光过的主播，周明叙只是个低调的大学生，我觉得他的人气能挤进前三已经很不错了。"

马期成忽然打断她："你说啥？"

"哈哈哈，笑死我了，乔妹居然说周明叙只是个低调的大学生。怎么，相貌平平古天乐啊？"马期成乐得不行，"他哪里低调了，他技术那么好，怎么低调得起来？我要是叙神，长得帅，还会打游戏，声音还好听，我每天出门都给自己放礼炮开道。"

傅秋接茬道："所以老天不希望你活得那么累，只给了你现在的容貌和操作水平。"

马期成说："你欠炸是吧？我咋了，我在直播间也是有妹子要微信的！"

“加了之后发现妹子是个微商？”

“闭嘴。”

两个人又开始互怼，乔亦溪慢慢地也没听他们讲话了，自己跳进房子里捡东西，顺便看了眼周明叙离自己有多远。

游戏中，周明叙离她四百多米；现实里，他就坐在她身边不过十米的位置。

她侧过头悄悄地瞥他一眼，少年戴着耳机，正很认真地看着屏幕杀人，手指在键盘上快速地按动，按鼠标都像是在稳准利落地上膛，他似乎天生就属于战场。

夜色从窗台侵入，月光流淌在他眼底。

虽然不知道以后会怎么样，但这一刻的乔亦溪莫名就觉得，假如他能站上更大的赛场，一定会散发出耀眼的光芒，吸引所有人的目光。

她忽然，有点期待那一天的到来。

周日的时候，马期成和傅秋又来找周明叙玩，但是没提前告诉他。

周明叙正坐在沙发上看杂志，突然，一阵宛如炮轰般的砸门声响起。

“渣男周明叙，给我开门！把我肚子搞大了就跑算什么男人？你出来，给我和我的孩子一个公道！”

乔亦溪手里的橘子直接被吓掉了。

外头的声音很尖细，能听出来是男生刻意捏着嗓子叫唤的。

认识了几年，他自然一下就听出来那是马期成那蠢货的声音。

周明叙从桌上提起一袋东西，走过去开了门。

见门打开，马期成软在傅秋怀里，但他还没来得及演戏，一个大袋子就迎面砸过来，周明叙冷漠地挥手：“拿着钱，带着你和你孩子滚。”

马期成说：“我不要钱，我只想要一个名分。”

“要名分没有，”周明叙的语气非常冷淡，“厨房里倒是有把刀，你要不要？”

这时，周母从厨房里走出来，看到外头的马期成，便道：“哎，小马和傅秋来了啊？快进来快进来，阿姨给你们洗水果。”

马期成立刻从地上弹起来：“好嘞。”

马期成和傅秋进了门，周母去洗水果，马期成这才提着刚刚那个袋子问周明叙：“这是啥？里面真的是钱？”

“嗯，冥币。”

真狠啊。

马期成打开袋子一看，里头是虾饺的零食，他本来想尝一尝，可是想想，又放下了：“算了，我怕它又偷看我上厕所，不招惹它了。”

周明叙架着腿，手肘抵在靠枕边：“来干什么？”

“就，联络一下感情嘛。”马期成笑，“今晚你家附近有灯会你知道不，还挺盛大，要不要一起去看看？”

“是游戏不好玩还是夜宵不好吃，”周明叙冷淡抬眼，“为什么要出去看灯会？”

马期成碰了一鼻子灰，转身找傅秋寻求安慰：“你看吧，我就知道他是这个样子。”

傅秋也劝周明叙：“一起去呗？出去散散心也好，天天宅在家里也找不到爱情。”

周明叙好整以暇地反问：“我为什么要出去寻找爱情？”

傅秋道：“好，我说不过你。”他把目光投向乔亦溪：“乔妹，你去不去？”

乔亦溪点头：“去呀，为什么不去？灯会都挺好看的。”说完，她狡黠地眨了眨眼，似是想到了什么办法，转头对周明叙说：“你要是不去的话就在家打游戏吧，四排，带我们上分。”

周明叙偏了偏头，没想到这种话她都说得出来。

灯会虽然在晚上，但要早点去买票占位置，所以他们准备下午四点就出发。

出发之前，乔亦溪象征性地问了问周明叙：“你真不去？”

周明叙瞧了她几秒，又瞧了瞧她身后的马期成和傅秋，舌尖抵了抵下齿关：“去啊。”

乔亦溪耸耸肩，笑了：“那走吧。”

那晚的灯会很盛大，玲珑灯火，霓影斑斓。

乔亦溪站在过道上，像一粒小小的尘埃。她踮起脚，举起手机来拍照。

旁边的人大多也在拍照，想用相机记录下这珍贵的时刻，马期成和傅秋也不例外。

但周明叙全程没有拿出手机拍照，只是仰着头用眼睛看。

马期成见他闲着，便对他说：“叙神、叙神，帮我拍个照啊。”

周明叙冷淡地道："你让傅秋拍。"

乔亦溪转头看了会儿，发现周明叙不是个很喜欢用手机拍照的人，大多数时候，他喜欢依赖于自己的视觉记忆。

于是她偏头问他："你为什么很少拍照啊？"

马期成代替周明叙回答了："比起相机，他更喜欢用眼睛，他觉得这样是用心在感受——更持久。"说完，他又挤眉弄眼地捅了捅周明叙："男人都要持久的，对吧，叙神？"

周明叙没搭理马期成，同乔亦溪道："大多数照片拍了也不会看，还不如当下感受更直观。只有那些我觉得值得反复回味的，我才会抽时间去拍。"

乔亦溪摊手："那你把手机给我看看。"

周明叙垂头，想到了什么，竟往后退了两步："为什么？"

"我看看都是些什么绝美风景，才值得我们叙神拍照记录呀。"她背着手。

周明叙想起在KTV里偷拍的那张照片，心虚地摇了摇头："没什么东西。"

乔亦溪本来也没打算看，一笑带过，继续看灯会去了。

看完灯会已经很晚了，马期成和傅秋直接打车回家，乔亦溪和周明叙也上了出租车。

在车上，周明叙把某个视频传到平台上，并在平台上打开，然后将手机递到她眼前。

乔亦溪愣了一下："这是什么？"

周明叙道："上次别墅送的电子烟花表演视频。"

他还记得，当时她眼里的羡慕和期待。

他把手机转成横屏，一簇烟花倏然在屏幕中升腾，在乔亦溪眼瞳倒影里轰然绽放。

她不自觉地睁大了眼睛，听到他道："感觉你可能想看，就拍下来了。"

乔亦溪观赏完周明叙拍摄的电子烟花后，感动之余，觉得自己也应该做点什么回报他。正好周明叙的生日要到了，而且电竞赛也即将开始，她想了想，打算给他买个键盘。

毕竟除了游戏，她实在不知道他还喜欢什么。

而热衷于打游戏的少年，想要的无非就是配置好的电脑、手感好的机械键盘、操作感流畅的鼠标。

周明叙的电脑配置已经够高了，除非她愿意掏空自己的小金库，否则买电脑这个事的可行性不太大。鼠标似乎又便宜了点，况且送个小鼠标当生日礼物感觉也不太撑得起场面。

就这样，一一排除之后，她决定给他买个键盘。

周明叙那个键盘虽然看起来也挺新，没有立刻置换的必要，但键盘式样就是方方正正的一身黑，颜控乔亦溪自然觉得还有改进的余地。

要不是周明叙那双手搭在上面，在某种程度上提升了它的可看性，那键盘更沉闷单调。

说做就做，乔亦溪立刻踏上了挑选机械键盘的道路。

给他买个好看点的键盘，就算他不用，放在那儿也很赏心悦目。

为此她还专门去做了功课，茶轴键盘适合打字，黑轴和红轴适合打游戏，黑轴适合力气大的，红轴适合力气小的。

乔亦溪想起周明叙在篮球场边单手拧瓶盖的瞬间，把类别锁准了黑轴。

就这样，断断续续挑了一个星期，最终她从十个口碑好的键盘中选出了一个实力与颜值兼具的下了单。

周明叙的生日在酒店过，就请了些身边的朋友，由于他没什么女性朋友，考虑到乔亦溪一个人会无聊，就让她把她寝室的人都叫来了。

乔亦溪和室友一起出发，坐了四十分钟地铁到达酒店。

本以为她们会是最先到的，谁知马期成和傅秋早就到了，都打完一把游戏了。

乔亦溪推开门，四下环顾一圈，问："周明叙呢？"

"取蛋糕去了。"马期成抬手招呼她，"来来来，再叫个室友来我们一起打啊。"

乔亦溪说"好"，换了只手提那厚重的键盘箱，然后抬手招呼她们："有人要玩《绝地求生》吗？差一个。"

马期成被她手里的东西吸引了注意力："啥啊？你买的礼物？"

"是啊，"乔亦溪走过去给他看，"买了个机械键盘。"

"你怎么买了这个？"马期成当即一拍大腿，"你买之前怎么也不问问我们啊？"

乔亦溪怔忡片刻："怎么……你们有谁买了？"

“不是，他不喜欢别人送键盘吧，你也知道他那人比较挑剔，东西都喜欢用自己试过的，他那个键盘是他亲手试过才买的。”马期成说，“到现在都没换过。”

傅秋也说：“我去年送他一个机械键盘，他至今都没开封。这玩意又不便宜，唉，我的钱啊……”

马期成看了一眼乔亦溪提着的箱子上的牌子，更觉惋惜了：“完了，乔妹买的这个牌子也不便宜，悲剧又要重演了。”

乔亦溪好半天才缓过来，简直像还没来得及上岸的人又一下被人按回水里。

“真的？他讨厌别人送他机械键盘？”

马期成张了张嘴，正要说话，看到从外面进来了个人，神色变了变。

旋即，乔亦溪听到少年的声音传来：“不会。”

她回身。

周明叙从她手里拿过她送给自己的礼物，挑了挑眉：“你买的？”

她眨了眨眼：“对……买的键盘。”想了想，她又道：“你要是不喜欢的话，我就去退了，再买个别的给你。”

“为什么退？”他喉结滚了滚，眼尾轻压，“我很喜欢，谢谢。”

马期成和傅秋面面相觑。

这还是周明叙吗？

“对了对了，还没给你我的礼物呢。”傅秋从身后抓出一个纸袋子，“叙神，我送你的是一个高贵典雅的登山包。”

直男的朋友也只会是直男，直男傅秋送的礼物都没有包装一下，还是那种买完之后柜台给的包装袋。

周明叙拿出来看了眼，纯黑的登山包，说是买电脑时顺便送的也有人信。

傅秋面上本还得意着，见气氛有些沉默，他吞了口口水：“怎么了？”

“秋秋啊，以后少买点东西，”马期成爱怜地摸摸傅秋的脑袋，“别再被人骗了好吗？”

傅秋立刻站起来：“你懂什么？！这个包的面料很高级的！进口的！”

就这样，气氛被傅秋的一个登山包点燃，大家纷纷送上了自己的礼物。

马期成送的是球鞋，白色AJ，强迫症患者周明叙的福音。乔亦溪她们寝室剩下的三个人由于和周明叙的关系一般，所以合起来送了套刷鞋神器——当然，是乔亦溪推荐的。

周明叙寝室的人到齐后，服务员便开始上菜。大家边吃边聊，气氛火热。男生互碰着喝了好几杯酒，女生也喝了不少果汁。

一顿饭吃到尾声时，马期成站起来道：“行了，都别吃了，我们还没吃蛋糕吧？赶紧，留点肚子等会儿吃蛋糕！”

周明叙起身去拿蛋糕，乔亦溪奇道：“你居然会买这种东西？我以为你这种人过生日都不会买蛋糕的。”

“是没准备买，”周明叙道，“我妈订的。”

乔亦溪抖肩：“我就知道。”

周母订的蛋糕很大，双层的，没什么花里胡哨的东西，大约是知道太花哨了周明叙会直接选择不吃。

蛋糕分好，一个人两块，还剩了好多。不吃又浪费，吃又吃不下……

不知道是谁先动的手，从蛋糕上抓了把奶油拍到旁边人脸上，事情就这么一发不可收拾，包间里乱作一团，奶油漫天乱飞。

乔亦溪本来没有参与，舒然忽然抓了团奶油按在她脸颊上，下巴上也被扔了一块。

她决定报复，右手卷了很多没用的奶油存着，左手开始行动，找到人就拍一下，手上奶油没了再从右手取。

就这样，一个个拍过去，面前忽然出现一张清风朗月、毫无瑕疵的脸，乔亦溪伸出去的手就那么僵在了半空中。

周明叙转头看她。

这张脸太干净了，感觉把奶油糊上去都是一种亵渎。

马期成在一边看热闹：“刚刚拍我不是挺理直气壮的吗？来啊，现在来搞周明叙啊。”

乔亦溪小声道：“我不敢。”

周明叙勾了勾唇，像是觉得好笑，往前倾了倾：“怎么不敢？之前套路我去灯会不是挺豁得出去的？”

“那我要是往你脸上抹了奶油，你会凶我吗？”她小心翼翼地问。

“不会。”少年话音还没落，一团奶油就直奔他鼻尖，裹着他还没说完的话落在包厢里，“应该。”

应该……不会？这人说话怎么不一口气说完？

乔亦溪生怕周明叙会找自己麻烦，立刻缩着身子逃之夭夭了。

马期成在一旁大叫："鼻尖抹一点算什么啊！乔妹你给我看好了！"

下一秒，他把一大团奶油蛋糕按进周明叙衣领里。

周明叙也不是个吃素的，迅速抓起盘子里的蛋糕，整个扣在马期成脑袋上。

奶油断断续续地从马期成的太阳穴落下来。

傅秋大笑："哈哈哈，你别说，好像女仆装头上的那个东西哦！"

"笑个屁，傅秋你给我等着！"

包间又乱成一团。

乱斗一时爽，收拾火葬场。

二十分钟后大家都累了，躺在沙发上休息了一下，然后便开始收拾残局。

擦干净地板和桌上的奶油之后，一行人分批去卫生间整理了一下自己的仪容。

乔亦溪简直不想承认镜子里的那个人是自己，擦掉了肉眼可见的奶油之后，脸上还是感觉黏黏的，至于身上，她老觉得还有奶油藏在自己衣服里。

由于想要洗澡的心情太迫切，回宿舍还需要差不多一个小时，乔亦溪便选择了回仅有十分钟车程的周家。

她和周明叙回到周家，和周母打过招呼后，就双双冲进了卫生间。

用浴球搓遍全身之后，乔亦溪才觉得身上干净了很多。

洗完之后，她轻松地长舒一口气。

没一会儿，周明叙也出来了。

她站在卫生间门口搽脸，周明叙路过，瞟了她一眼，而后指了指她脑袋："头发。"

乔亦溪抬手摸了摸："头发怎么了？"

"还有奶油。"

她伸手胡乱抓了下："哪儿呢？"

周明叙扯了张纸巾，把她发尾粘着的一点奶油擦掉了。

乔亦溪嗅了嗅自己，摇着头感慨："都怪那奶油蛋糕，我觉得全身上下都有一股奶味。"

莫名地，他想起某些深夜里，她偶然路过他房间时，带起的那股奶味的玫瑰风。

于是他下意识地道：“你本身就是这个味道。”

乔亦溪没听清：“啊？”

“没什么。”周明叙屈指蹭了蹭鼻子，“我说奶油的味道大。”

他已经闻到了，热气蒸腾里，从她身上飘来的甜牛奶味。

丝丝缕缕，轻轻浅浅。

好像还……有点可口的样子。

第十章
她送的键盘

电竞赛的初赛定在周末。

初赛简单轻松，周明叙当然是轻而易举地吃了鸡，并且拿到了“击杀王”，一把杀了十七个人，稳进复赛。

乔亦溪、马期成和傅秋在赛场门口等他，打算给他来一个初步的“庆祝宴”。

——主要是马期成想去附近吃东西。

附近有家很有名的川菜馆，接到周明叙之后，四人便赶往饭馆。

快到饭馆门口的时候，傅秋聊起电竞赛：“这比赛是全国性的比赛，分五个赛区吧？初赛每个赛区有两百个人，分上下两场，一场一百人，每场的前五十进复赛。

“听说孤刀和你是一个赛区的，但是你是今天上半场初赛，他是下午下半场初赛，所以你们没碰上。

“不过复赛，每个赛区都是一百进二十，到时候你们就会遇上了，说不定还会对打！修罗场啊，想想就好兴奋！”

马期成接茬：“孤刀不会落地成盒，无缘决赛吧？”

“不会的吧，再怎么说前五十肯定有，人家技术还行，你怎么老觉得别人菜？”傅秋说，“他和郑语再怎么说都是热门种子选手，不过郑语不在这个赛区，决赛的时候才会遇到。”

“决赛我估计还行，但复赛应该不怎么精彩，毕竟厉害的人并不多。”马期成猜测，“什么孤刀不孤刀的，在我叙神面前算个啥？我周明叙秒杀他啊！”

傅秋提醒他：“你小点声，这里人多，万一有孤刀的粉丝呢？”

“有个屁，这都能碰上？”马期成大大咧咧地道，“他也不是啥大咖啊，粉丝千万都没过，怎么可能随便一个饭馆里就有他的粉丝？再说了，就是他现在在这里我都不怕好吗？粉丝怕啥。”

就在这时，有人从他们桌边路过，撞了一下桌角，桌上的筷子筒倒了。

马期成抬头看着那人的背影道：“这人咋回事，撞了我们桌子连个道歉都没有？”

傅秋也跟着看过去，那人在拐角下楼时，他看到了那人的脸，忍不住叫了声。

马期成道：“怎么了？你要去跟人干架啊？”

傅秋犹豫着道：“不是，那人怎么长得有点像孤刀？”

马期成皱了皱眉：“什么玩意，你说真的？你咋知道孤刀长啥样？”

“上次你提到他，我就去看了几场他的直播，所以有点印象。”傅秋说，“他今天下午也在这儿比赛吧，中午来这里吃饭也很正常，万一真是他……”

“看错了吧，我怎么不记得。”马期成无语，“倒是你，怎么每天记别的男人长啥样？”

傅秋无语地抄起筷子：“我去你的。”

乔亦溪当时听到他们的对话，也只是听听而过，虽然觉得那个人有可能真是孤刀，但怎么也没想到事情会持续发酵。

第二天傍晚，马期成给乔亦溪发消息：“乔妹，出大事了！”

乔亦溪：“怎么了？”

马期成悔不当初：“都怪我，那天路过的真是孤刀，他的粉丝来骂周明叙了。”

乔亦溪：“厉害吗？”

马期成：“还挺狠的，哎，我给你看个视频。”

视频里是孤刀的直播画面，观看直播的人不少，还有人发言，聊起下午的初赛，孤刀说：“还好，正常水平吧，满血加全副武装吃鸡了，击杀王。”

弹幕里自然是一顿吹捧。不知是想到什么，孤刀又自嘲一笑：“没那么厉害，下午差点就没发挥好，中午被人怼了来着，哈哈！”

孤刀直播底下的留言立刻多了起来，纷纷问发生了什么，孤刀说：“下午去比赛，中午就随便找了家饭馆，走的时候听到有人说我不算什么，技术菜，周什么明叙碾死我就像捏蚂蚁那样轻松……哈哈，可能是看不起我们这些粉丝少的主播吧。”

其实这是虐粉的一种方式，故意让粉丝心疼，然后粉丝就会给他刷礼物，由于有了付出，所以对他的感情就会更深一点。

马期成那天说的话并没有鄙视孤刀的意思，只是朋友间的玩笑话，就为了吹吹周明叙，毕竟他崇拜周明叙的技术。而且他讲话声音大，现场听明明会感觉玩笑的成分多一些，被孤刀这么一转述，却像刻薄轻蔑。

这个孤刀看来也不是什么善茬，故意添加了一些容易惹战的描述，还特意说了周明叙的名字，表面看起来是自嘲，可眼底分明就有蔑视。

实实在在的偷着坏，走捷径利用粉丝。

明明很傲慢，却卖惨装可怜，自己不下场，也有粉丝帮他出恶气。

果不其然，昨天晚上孤刀刚直播完，粉丝就开始人肉搜索周明叙。

他的学校不是秘密，很快孤刀的粉丝就知道了，并且顺藤摸瓜，还摸到了他的游戏小号。

马期成跟乔亦溪说：“他很少用那个小号，所以只有星钻段位。你也看到了，他平时打的大号已经是战神了。更别说手游和端游他各分一半精力，其实已经很好了。

“但粉丝又不知道话是我说的，就听到一个周明叙的名字，把炮火都对准他了。

“从今天凌晨开始，孤刀的粉丝就在 A 大论坛和贴吧里刷帖子，挂周明叙小号战绩，说他玩得烂还目中无人、不尊重前辈，然后挂出孤刀的战绩，说孤刀吊打他。

“我真是服了，那些粉丝不好好学习，成天胡闹什么啊？被利用了还不知道。孤刀要是个男人，当时就找我单挑啊，只敢撞桌子，撞完就跑，晚上直播的时候还讲这些恶心话，什么垃圾。”

乔亦溪点进几个孤刀粉丝发的帖子，说话都挺难听的。

“周明叙谁啊？没一点成绩就这么恶臭到处碰瓷？劝你还是管好自己，热度不能瞎蹭，会引火烧身哦。”

“九十九线垃圾星钻拿了个半初赛第一就开始嘚瑟？路还长好吗？我寻思着上半场选手都那么垃圾吗？这种人都能拿击杀王。”

“呕，还在念书，学校赶紧开除他吧，挂官网上表彰的居然是个品德败坏的人，这不是给学校丢脸吗？”

太可怕了，仅靠一面之词肆意利用网络暴力的人，真的太可怕了。

乔亦溪抿了抿唇，思索着道：“那你觉得我们现在应该怎么办？”

她总也想帮上点忙的。

马期成回道：“你也别太难受，周明叙没那么脆弱。但你也知道，他那人从不做混账事，经常被提到也是夸奖和崇拜，还没被舆论攻击过……说影响，肯定多多少少有一点。

“我和傅秋都给他发消息了，他都没回，唉，都怪我。”

乔亦溪想了想，说：“我等会儿要出去买东西，看能不能找到他，和他说说话吧。”

两人现在毕竟同在一个屋檐下，他不愿意回马期成他们消息，也许愿意坐下来和她谈谈。

晚上她出门买了套分装瓶，然后鬼使神差地走到了周明叙宿舍楼下，正准备拿出手机给他打电话，突然发现路上有个熟悉的身影，正是她要找的人。

乔亦溪挥手，叫他：“周明叙！”

周明叙还没出声，和他勾肩搭背的朋友便坏笑着道：“怎么，又是向你告白的？”

周明叙把肩膀上的手移开，摇摇头：“不是，你们先回去吧。”

“啧啧啧，行，那我们先回去了。”

周明叙点了点头，然后朝乔亦溪走去。

有一瞬间，他飘忽地想着，她要真是来告白的就好了。

走到乔亦溪跟前，他垂眸：“怎么了？”

“那个……我们走走吧？”她说，“我有话想跟你说。”

他抬了抬下巴，道：“好。”

还真有点像来告白的。

两个人走上林荫小道，乔亦溪把玩着分装瓶的盖子：“那个……孤刀的粉丝跑到学校论坛来闹的事，你知不知道？”

他顿了几秒，才道：“知道。”

其实这种情况她也可以不来找他，但两个人毕竟是朋友，他对她很好很真诚，她没道理在这时候作壁上观。

乔亦溪觉得他现在正是需要朋友的时候，她应该来关心一下他。就算他遇到了什么问题，有人陪伴，也不会太难挨。

“你还好吧？没受影响吧？”乔亦溪赶紧道，“你别看那些乱七八糟的帖子，他们都是胡说的，因为喜欢那个谁，所以被撺掇一下就立刻给他站台了，也不是针对你，就是小孩子抒发爱意的一种方式。你打得很好，是我遇到过的游戏操作最好的。”

而且还是最好看的，学习成绩也最好。

周明叙插着兜，忽而笑了：“你一共跟几个人打过游戏？”

乔亦溪一时语塞。

“就算这样也不妨碍你打得好不是？”她及时挽回自己的面子，“所以你别理那些人，更别被打击到，他们说的算什么呀，一群无关紧要的人自嗨。”

周明叙合了合眸，同她道：“我倒也没有那么扛不住事。”

但说一点都没被影响也不太可能，除了烦躁，更多的是无语和郁闷。

知道自己不能和那些疯子计较，但又怎么可能完全不在意？

他被这件莫名其妙的事搅得心情不太好，所以才和朋友一起出来吃晚饭。

她沉默了好一阵，酝酿好了之后才开口：“反正，他们就是想嘲笑你，想把你打倒，你肯定不会被打倒的对不对？你以后肯定会红的，孤刀就那么点粉丝，都赶不上你的零头，那些躲在角落里玩阴谋的小人，就只能眼红嫉妒，即使恨得牙痒痒也没办法。”

周明叙笑了：“你开了天眼？”

还知道他能红？

她严肃了神色：“我说真的，以后你的粉丝肯定比他的多。”顿了一下，她又道：“多很多很多。”

他敛起笑容，沉吟着颔首：“好。”

乔亦溪悄悄点开手机，看了一下自己刚刚搜出的孤刀的资料。

也不是什么很有名的主播，只有几万个粉丝几十个死忠粉，虐一虐，一场声势浩大的“起义”就有了。

长得也不是很帅，比周明叙差远了。

还有个女朋友，女朋友倒是长得还可以……

见她看得入神，周明叙也凑过去看了一眼。

乔亦溪以为他看到了孤刀的女朋友，赶紧熄了屏，表明立场："你放心，你的女朋友肯定也比他的女朋友漂亮很多。"

周明叙眉尾抬了抬，终于难得有了点愉悦。

他看进她眼底，笃定地回道："那当然。"

那天晚上，他们在一起聊了很久。一开始，他们说到了孤刀粉丝做的那些激进事，后来顺着小道走到繁华路段，就开始聊其他的了。

具体聊了些什么，乔亦溪已经记不太清楚了，只记得自己回到寝室的时候，手里多了一个炭烤鸡腿。

明明是她去安慰他，最后他反倒给她买了个大鸡腿。

怎么感觉有点不太对劲？

回到寝室之后，她打开手机，发现马期成发来了很多条消息。

"嗨，和周明叙联系上了吗？"

"哈喽，回回我。"

"在吗，乔亦溪在吗？"

"你怎么也失联了啊？救救孩子好吗？"

"如果说孤独有代名词，那它一定是马期成。"

后来马期成已经放弃她，没再给她发消息了。

乔亦溪回过去："联系上了，一直在和他聊，所以没看手机。"

马期成："聊了三四个小时？"

乔亦溪："对啊。"

马期成问："都聊了些啥？"

"聊了哪家的炭烤鸡腿、鸡排、薯条更好吃。"乔亦溪回。

马期成发来一堆问号。

乔亦溪想了想，又道："孤刀的事也聊了，你别担心，他虽然有点不爽，但是排解一下应该就好了。再过两天他就可以化悲愤为力量，你就等着他到时候拿第一打孤刀的脸吧，冠军肯定是他的。"

马期成心情复杂地道："你好像搞传销的哦。"顿了一下，他又道："周末我去他家看看他好了。"

周末的时候，马期成和傅秋准时上门拜访，乔亦溪这周没回来，是周母给他们开的门。

马期成环视房子一圈："阿姨好，周明叙呢？"

"在房间里打游戏呢。"

马期成推开周明叙虚掩的房门，看到他正在单排——用那个被嘲讽的小号。

短短几天，这个号就上王牌了。

马期成不解地问："上王牌了你还打啊？怎么，要上战神？"

整个游戏王牌段位的前五百名才有资格叫战神，相当于全服排名前五百，实时更新，竞争很激烈。

"嗯。"周明叙淡淡地回道，"你们怎么来了？"

马期成心虚地吞了口口水："来看看你呀，看你还好不。"

周明叙懒得搭理："好得很。"

少年的手指在键盘上跃动，随着按键按压，键盘上甚至有光层叠漾开，画面非常养眼。

等等……光？

"你原来的键盘没光吧？"马期成大骇，"不会吧，这是乔妹送的键盘？"

少年冷淡地道："不行？"

她送的礼物，为什么不用？

"可以、可以，完全可以。"马期成狗腿似的连连点头，生怕自己又说错了话惹这位冷面阎王爷生气。

马期成按了两下键盘，感受了一下："这个键盘好看是挺好看的，就是没你那个好用，毕竟你那个贵得要死。不过这个也是乔妹选了很久的，也还行。"

周明叙从马期成的话里找到了重点，顿了一下，道："你怎么知道她选了很久？"

"聊天时候说到的吧，"马期成回忆着，"她啥时候跟我说的来着？忘了。"

周明叙觑他一眼："你们经常聊天？"

"还好吧……什么样算经常？"

少年道："一年一次。"

"你这说的是人话吗？一年一次？我跟楼下那只小黑狗一年说话都超过三次！"

周明叙看着屏幕，手指还在键盘上敲击，沉着声音道：“总之，少聊点。”

马期成不明白：“为啥？”

周明叙答得非常直接：“没有为什么。”

马期成看着素来挑剔的人此刻却颇为满足地用着新键盘，又想到他“一年一次”的严苛要求，难以置信地脱口而出：“你该不会是……喜欢乔妹吧？”

周明叙漫不经心地道：“不然呢？”

本以为会听到否定回答的马期成傻了，他难以置信地想再次确认：“真的假的？”

“不喜欢她，”周明叙侧身，手肘搭在椅背上，眼睑掀了掀，“难道喜欢你？”

马期成和傅秋都惊讶得说不出话来了。

什么是活久见？这就是。

马期成扶着柜子站稳，双眼有点放空：“我以为你就是看到个漂亮妹子照顾一下，没想到……你……真的喜欢人家？”

傅秋直接一屁股坐在椅子上，唏嘘不已：“这么劲爆的吗？”

“四年了，周明叙，我和你认识四年了，”马期成扼腕叹息，已经开始说胡话了，“你和乔妹才认识多久，你不喜欢我你喜欢她？”

“从出生开始算的话，我和她认识几十年了。”周明叙淡淡地问，“还有什么问题吗？”

“没有了。”马期成不迭点头，“好，我平衡了。”

房间内安静下来，周明叙继续忙着杀人。一局结束之后，马期成问他：“你喜欢乔亦溪哪里啊？”

周明叙把耳机摘下来，不大耐烦地起身去倒水：“操心这么多，你是妇联的？”

傅秋没绷住，“噗”的一声笑出来：“说真的，马期成你这样好像个‘舔狗’。”

马期成叹息：“唉，要不是因为爱，谁愿意当‘舔狗’呢？”

“别说了，”傅秋撸撸袖子，“来吧，打游戏。”

一局游戏开了三分半钟，马期成灵光一闪，又开始找周明叙聊天。

“叙神，说真的，要不要马某人传授你一些追女孩子的技巧？”

傅秋抢先回道：“你好好打游戏行不行？叙神还需要你教他怎么追女孩？我看你有点膨胀啊。”

谁料周明叙却靠了靠身子，难得回了句："讲。"

"你想听啊？"马期成舔了舔唇，装模作样地轻咳两声，"那我就把马总的毕生绝学传授于你。

"男生追女生，要循序渐进，细水长流。直到她习惯了你的存在，习惯了你对她的好和关怀，习惯了你已经深入了她的生活。

"这个时候再出手，成功率就非常高了，因为这种感觉她已经习惯了，再接受你的感情时就顺理成章了。

"切记，千万不能突然扑上去，因为太突然的感情，是个人都会排斥的。"

马期成一挑眉毛："明白了吗？"

傅秋在一边抖腿："你看你这嘚瑟的样。"

马期成一听这话就不服了，把手里的枪换掉，拿着个平底锅去敲傅秋的脑袋，嘣嘣作响，声音还挺清脆。两个幼稚鬼开始边跳边互敲，像两只还没完成进化的猴子。

周明叙就像一个带着两只宠物出来遛弯的成熟男人，宠物在后面龇牙咧嘴地打架，他在前面开道。

只不过……有的人手上在开枪杀人，脑子里想的却是另一码事。

马期成说的话，还是有几分道理的。

其实他也是这么想的，朋友变恋人这种事，确实需要从长计议，毕竟这段关系已经有了一定的羁绊和分量。

他和乔亦溪一直是以朋友相称，如果忽然捅破窗户纸，很可能两个人最后连朋友都没得做。最好还是循序渐进，慢慢地培养感情，这样一来，她也更容易接受，免得二人多走弯路。

感情这种事急不得，得等待合适的时机。

周明叙走在前面想着心事，傅秋在后面跟了一阵，又说："对了，马期成。"

马期成问："怎么了？"

傅秋发出灵魂提问："你这么懂怎么追女人，那你成功了吗？"

马期成不好意思地笑笑："那倒没有。"

"唉，不过，"马期成抓抓脑袋，"我舍不得乔妹，她那么好。"

周明叙的眼神有点危险："再说一遍？"

傅秋白了马期成一眼："你说什么呢？"

“不是，我的意思是，我不想让叙神因为打游戏让乔妹独守空房。”马期成道，“你忘了吗，傅秋，坐在我们身边的，可是‘游戏如手足，女人可有可无’的周明叙啊！”

周明叙转了转手腕：“我不会因为游戏而冷落她。”

“呸，你不会个屁！男人都是大猪蹄子，一开始说得比唱的还好听，呵，结婚之后就原形毕露了。”马期成用力转屏幕。

“你挺有故事的啊。”傅秋说，“怎么，被男人骗过？”

马期成摇头：“去去去，反正我不信男人说的妹子比游戏重要的鬼话。”

他是男人他知道，游戏没了还可以重开，但要是女朋友没了，游戏就可以永远地玩下去了！这对男人来说，还不够有吸引力吗？

傅秋跟着笑：“你不如试着信信叙神？万一他和那些大猪蹄子不一样呢？”

“不可能的，我不信，要不咱们来打个赌？”马期成仿佛胜券在握，“他要是做不到，就绕小区跑十圈，再去学校门口发一百个猪蹄。”

周明叙带着鼻音，淡淡地笑了：“行啊。”

“那你呢？”傅秋问马期成，“要是周明叙做到了，你接受什么惩罚？”

马期成一下噎住：“这个……”

“我帮你想吧，要是叙神做到了，你就随机去一个直播间向女主播告白，然后深情朗诵三段土味情话。”

马期成不说话了，这个惩罚太狠了。

“怎么，不敢接招吗？”

“敢啊。”马期成立刻上钩，“一言为定！”

周明叙道：“这个赌的前提是……她得和我在一起。”

马期成：“所以？”

他言简意赅地给出战略指导：“你们要为我助攻。”

马期成一听，乐了：“没问题，包我身上！”

那周乔亦溪没回周家，自然对“男人们的赌注”一无所知，她的注意力都在自己的专业课和周明叙的比赛上。

复赛在下下个周末，在复赛阶段，周明叙和孤刀参加的是同一场游戏，甚至可能还会正面交锋。

两个星期很快过去，复赛如期到来。

当天，乔亦溪和马期成他们也去了赛区外，就在等候的观众席上坐着。马期成特意带了台平板电脑看直播。因为这个电竞赛的关注度挺高，所以这场比赛是有直播的，不过没有配解说。

三个人坐在一块儿，盯着那台小小的平板电脑。

直播会以上帝视角切换很多画面，画面中会显示选手的账号名，他们可以靠账号名辨认选手。但是在游戏里，选手们是看不到彼此的名字的，也就是说你淘汰了谁，只有在把人打成盒子之后，才能从系统提示里看到。

当然，这并不影响比赛。

直播开始，大家标好目的地，而后从飞机上降落。

周明叙和孤刀跳了完全不一样的两个地方。

周明叙选择的是人很多的修罗场，他采取的是正面刚枪的打法；孤刀则选了个人少的小地方，采取保守打法。

在所有参加复赛的选手中，周明叙和孤刀是其中最受关注的。

周明叙率先落地搜枪，紧接着，大概有六个人跳到了他附近。

一分钟内，战斗开始，枪声四下炸响。

三分钟后，只有周明叙一个人从里头活着出来了。

弹幕里有人在刷“超级棒”。

周明叙边走边打，沿途还捡了一发空投，换了把AWM。

许是觉得给了他太多镜头，下一秒，画面切换到孤刀那边。孤刀刚杀完人，现在正猫在房间里打药，打完药之后从楼上跳下去，绕一绕，又打死了一个。

十七分钟过去，整个战场只剩下十个人。

周明叙开着车闯入画面，有一瞬间和孤刀靠得很近，车就停在孤刀楼下。

但下一秒，他又开车离开了。

乔亦溪知道为什么，周明叙不喜欢这里的房子，很穷。

这场比赛的节奏很快，没多久就只剩三个人了。

周明叙先发现了远处的一个人，用AWM狙击了三枪，那人就没了。

他先开枪，也就暴露了方位，不远处的孤刀闻声而动，换了把枪从他身后偷袭，当然没成功，周明叙发现了他，转了个身，开始扫射。

孤刀赶紧躲回石头后，开始打药，想想又觉得害怕，扔了个烟，毕竟周明叙离他还挺远。

一大团烟雾升腾起来，孤刀觉得可以了，便进雾里打药。

谁知道周明叙预判到了他的走位，在烟里把他打死了。

画面切换到周明叙的屏幕，只见满屏的“大吉大利，晚上吃鸡”。

赢了。

马期成从椅子上弹起来：“混烟预判走位！”

在看不到人的情况下，凭借经验和洞察力就把人打死，这并不是人人都能做到的。

乔亦溪也觉得很激动，因为周明叙这把打得实在是又精彩又稳。

他们在门口等着周明叙出来。

周明叙摘了耳机，看了一眼淘汰名单，才意识到自己刚刚打死的那个人就是孤刀。

他还以为孤刀早就死了，毕竟孤刀的水平……真说不上多好。

在此起彼伏的讨论声中，有人推开椅子，两步走到周明叙面前。

初赛时，周明叙在川菜馆里瞥过他一眼，就是马期成说过的孤刀——真人比照片还寒碜点。

孤刀撑在他电脑前，问了句：“周明叙？”

周明叙垂眸，没有回答，眉尾挑了挑，算是默认了。

孤刀狭长的眼睛眯了眯，泻出一点狠意，他不服气地错了错牙关，挤出一个“好”字，而后咬着牙离开了。

比赛后台散了场，马期成他们便进去找周明叙。

一看到周明叙，马期成立马道：“啊，我刚刚看到孤刀了。哈哈哈，他是不是输得特不甘啊，看他一脸狠相。”

“大概吧，也不知道他在忍什么。”周明叙耸耸肩，“觉得不甘心可以找我单挑，我又不会拒绝。”

马期成大笑：“他不敢！”

“好了。”乔亦溪拍拍手掌，不想再提孤刀，“咱们去吃饭吧。”

周明叙瞧她一眼：“好。”

晚上回到寝室之后，乔亦溪还时不时想起孤刀离开时的表情。

说真的，有一点吓人。

一番思索过后，她下了个软件去找孤刀的直播，没想到正好碰上他在直播，还在说比赛的事，此时的他已经没有了下午的那股傲慢和狠戾，而是一副老实人的模样。

“我真的就是发烧烧糊涂了，怎么能钻到烟里去呢，我应该就在烟后打药的啊！”他拍拍自己的脑袋，“其实这次本来能赢的，我的锅我的锅，下次一定吃鸡给大家看！大家别对我失望啊，求求各位老板了。”

怎么会有人对他失望？他的惨卖得这么好，粉丝心疼还来不及。

“呜呜呜，哥哥不哭！发烧三十八度还能打成这样已经很厉害啦！不要怪自己！”

“不想笑也没关系，不用硬撑，都怪我没提醒你昨天下雨，害你淋雨了！”

“我看了直播，那个周明叙也不是很厉害嘛，下次肯定秒杀他！等你！”

“就是，发烧是容易迷糊，换作是我的话，准星都对不到人，哥哥还能杀六个人，我好骄傲！”

“大家对我真好。”孤刀低下头，纤薄锋利的嘴唇勾出得逞的微笑，但转瞬即逝，“到时候我一定拿下冠军，给你们长脸！”

就这样，明明只是打了场比赛的周明叙又被拿出来说事，甚至又被孤刀的粉丝变相地嘲笑了一番。

大家纷纷支持孤刀，表示“哥哥发烧都能拿第二，不发烧还不得把整个《绝地求生》炸了，期待哥哥夺冠，秒杀周明叙”。

乔亦溪直接关了直播，郁闷地去洗澡了。

当技术好的帅哥真惨，对小人来说，或许出色就是原罪吧。

不过这件事乔亦溪没有跟周明叙讲，毕竟这没有直接影响到他的生活，说了也没有用处，还影响他的心情。

她现在唯一能做的，就是提醒周明叙，让他别放松警惕，因为孤刀并未因一次失利而放过对他的捆绑，孤刀的粉丝仍没有消停。

周明叙会拿冠军，也必须拿冠军。

好在周明叙并不是那种有一点成绩就得意忘形的人，那阵子和平常也没什么不同，除了和乔亦溪聊天的时候话变多了。

周末的时候，他主动给乔亦溪发消息：“我准备回家，你回去吗？”

乔亦溪想了想，回复他：“可以，我带床单去洗，一起走吧。”

“我叫了车，在公寓门口等你。”

“已经到了吗？”

“对。”

“可我刚上完课回到寝室，还没收拾，要不你先走？”

周明叙缓缓回她：“现在收拾，没事，不急。”过了会儿，他又发来一句：“我等你。”

二十分钟后，乔亦溪收拾好东西走到公寓门口，就见到一辆银灰色的车，看起来等了有一会儿了。

天气已经开始转凉，她穿了一双薄薄的靴子，坐着听了一下午课，膝盖以下都冷透了，脚也没知觉了。

她打探后得知，在冬天，百分之八十的女生的脚是凉透的。

上车之后她有点困，又扛不住冷，挣扎了一会儿，就靠在座椅上睡过去了。

周明叙却浑身上下是暖和的，只穿一件夹绒的外套都觉得有点热。他解开扣子，把外套脱了。

乔亦溪觉得冷，迷迷糊糊地把手捅进袖子里，缩起脖子，鼻尖都被冻红了。

人睡着后，觉得冷的时候就会情不自禁地往暖和的地方靠。她往他那边拱了拱，觉得暖和，便把他当成了火炉，伸出一只手塞进他的口袋里。

他看了她一眼，思索半晌，把自己的衣服给她盖上。

周明叙两只手扯住外套肩线，正准备搭在她肩膀上的时候，她许是觉得他的靠近更暖和了，又往他那边拱了拱。

有那么一瞬，他甚至觉得她像在往他怀里钻。

他的心收缩了一下，像被人抓着，心跳也漏了半拍。

前头的司机见他们这样，小声问了句：“要开空调吗？”

周明叙低头看了看快要枕在自己肩膀上的少女，淡声拒绝：“不用了。”

还是冷点好，靠得近。

乔亦溪醒来的时候，发现自己正枕在周明叙的肩膀上。

她倏然坐直身子，揉揉眼睛：“不好意思啊，刚睡太熟了。”

他沉沉地“嗯”了一声：“没事。”

乔亦溪发现自己身上还搭着一件外套，怪不得睡着睡着觉得暖和了起来。

“这是你的外套吗？”她赶紧扯下来，“你冷不冷？你穿上吧。”

车在这时候停下，周明叙打开车门走了出去，道：“你穿着吧，我不冷。”

她打开另一边的车门，一阵冷风迎面扑来，像巨浪一样，差点把人吹倒。

“真的假的，你不冷？”她一脸的难以置信，“今天都降到七度了。”

教室里女生都快冷死了，一直跺脚。

她跟在周明叙身后，下意识地看了眼他的背影，三两步追上去：“对你们男生来说，这种天气不算什么？还会特别热吗？”

周明叙蹙了蹙眉：“嗯？”

“你耳根都红了，”乔亦溪指了指他的脸，“脖子也是，有点红。”

半晌后，少女又犹疑道：“是车里太闷了，还是你穿多了……你很躁动不安吗？”

这时电梯门打开，周明叙正好从镜子里看到自己的脸。

耳根确实有些泛红，脖子上也确实染了颜色。

她眼神怎么这么好？

车内的场景又涌进他脑海，她的脑袋枕在他肩上，呼吸声细微可寻，鼻息直喷向他耳根。

——轻软的痒。

这样想着，似乎真有点躁动，他揉揉头发，快步进了电梯。

乔亦溪抱着他的衣服，暗自嘀咕：“怎么还越来越红了……他是虾子吗？”

周三的时候，乔父乔母回来了，两人会在家待几天。一回来，他们便去学校找乔亦溪吃饭。

自打离开后，乔母一直很关心乔亦溪，经常在微信上问她习不习惯、缺不缺钱什么的。

乔亦溪自然是报喜不报忧，说自己挺好的，让他们不要担心。

当然，最主要的是也没什么忧，她能吃能喝，还能打游戏。

三人约在学校附近的一家饭店，乔亦溪到的时候，乔母已经点好了菜，大部分是她爱吃的。

吃饭的时候，乔母就随便乱问，从学业问到生活，从生活问到周家，从周家问到周明叙。

“明叙最近还好吧？”

“还可以吧。”乔亦溪在挑盘子里的扇贝，“怎么了？”

“没什么，这不是怕你们相处得不好嘛。”乔母笑笑，“平时在一起怎么样呀？还融洽吗？”

乔亦溪正在和碗里的肉夹馍搏斗，想也没想就道：“挺融洽的。”

不过因为虾饺这只不安生的猫，她差点把他当成了变态。

“周明叙对你好不好？”乔母的重点已经转到了聊天上。

“好吧。”她含含糊糊地答道，“我这么菜，他还带我打游戏，回家还帮我拎重物。”

乔母凑近了些：“还有呢？”

“还有？一下想不起来了。”乔亦溪看了眼手机，“你要是这么想周明叙，不如我打个电话叫他来吃饭，你亲自跟他交流？”

乔母更兴奋了：“你现在找他，他就能出来吗？你们关系这么好了？”

乔亦溪抬起头来，终于意识到了乔母的不对劲。

“你们回来就是为了打听八卦吗？别多想啊，就是打电话叫他出来吃饭。”

乔母收回目光，笑意却没收敛：“知道了。”

“说真的，”乔亦溪放下筷子，“你们这次回来到底是为了什么啊？怎么这么突然？”

乔母和乔父异口同声。

“来看你啊。”

“回来拿衣服。”

乔亦溪拿杯子的手抖了一下。

说漏嘴的乔父被乔母剜了一眼，他赶紧改口：“来看你的，真的是回来看你的，我和你妈都挺想你的。”说完，他又补充了一句：“绝对不是因为太冷了回来拿衣服的。”

几天后，乔父乔母就收拾了衣服走了，又留下乔亦溪一个人在P市。

那天专业课，老师组织他们去博物馆玩，两点半集合，看完就可以自由安排。

舒然重感冒，那节课请假了，乔亦溪是一个人逛完大半个博物馆的。

没有朋友，连逛博物馆都变得无趣了。

她匆匆结束了观赏之旅，下楼的时候看到一楼有两个卖纪念品的小店铺。

她这人比较注重仪式感，每去一个地方就会带回一些东西做纪念，以证明自己去过。她插着口袋，去左边店里逛了一圈。

店里装修得比较典雅，有文字刻章，也有立式物品贩卖，最靠边的是一张大桌子，上面摆满了五颜六色的东西。

她看一眼旁边立着的牌子，上面写着“博物馆徽章珐琅点沙板”，她来了兴趣，问老板这个怎么玩。

“就是我们给你一块有图案的板子，你加点水到这些颜料里化开，自由选择颜色填色，把颜料填充进图案之后，我再放进去帮你烤好，就行了。”

乔亦溪觉得很新奇，便给了钱，在椅子上坐了下来。

一切都很好，除了自己一个人有点无聊。

她正这么想着，突然听到一道熟悉的声音：“乔亦溪？”

乔亦溪蓦然抬头，发现是周明叙。

“你们也来参观博物馆？”

“没有，我来附近买东西，顺便进来看看。”周明叙走向她，长长的风衣摆动，整个人看起来高挑清隽，“你在干什么？”

“画珐琅点沙。”她展示了一下自己刚拿到手的板子，“你要画吗？”

周明叙道：“你买了？”

“是啊，一个人玩，还要加水化颜料什么的。”她再次发出邀请，“你来吧，我一个人玩怪没有意思的。”

周明叙往后扯了扯风衣，坐在她身侧的凳子上。

她捏着水瓶往颜料里倒水，然后递给他：“你力气大，帮我搅拌一下。”

少年接过她手里的瓶子，开始任劳任怨地搅拌。

选了几个颜色，搅拌好之后，他们便开始填色。

这个颜料是沙的，有厚度，要填充到板子上的凹槽里去。

乔亦溪认真地填色，每次只填少量颜料，生怕它溢出来了。

周明叙就不一样了。

要不是向他提出请求的是乔亦溪，他现在断不可能坐在这儿做这种无聊的纪念品。

如果换作马期成，可能马期成现在已经不在这个世界上了。

他挑着颜料，填充着貔貅的腿。因为乔亦溪就在身边，所以他不得不稍微认真一点。

乔亦溪动作快，填完属于自己任务的那部分之后，发现周明叙还低着头在填充。两个人靠得很近，几乎脑袋抵着脑袋，从她这个角度看过去，能看到他的侧脸。

这实在是观赏性很高的一张脸，人类灭绝之后都可以放在博物馆里做标本的那种。她毫无边际地想着。

少年抿着唇，眼睫粘连着光点缓缓眨动，像电影里的画面。

色令智昏，她有一瞬头脑发热，情不自禁就启了启唇：“你认真的……”

周明叙侧了侧头，对上她的视线：“什么？”

乔亦溪看着他，一股气堵在喉咙口，那些夸耀的话一下就都说不出口了。

情急之下，乔亦溪直直瞧着前方，扯着耳垂随口胡扯了句：“我是说那个，你认真的时候特别像……天桥底下卖育发液……的？”

由于这话实在太没有说服力，她自己都没底气，所以最后念了个问句出来。

周明叙蹙了蹙眉。

为了显得自己更有底气一点，她摸摸耳垂，点着头补充：“一百块钱两瓶的那种。”

后来乔亦溪意识到了自己的嘴瓢究竟有多厉害，于是晚上主动请吃饭以赔罪。好在周明叙知道她是在开玩笑，并没有生气，晚上甚至主动带她打游戏。

乔亦溪一上线，发现是马期成邀请她进战队。

进去之后，她看到了一个陌生又熟悉的账号。

乔亦溪问：“这是谁？刚不是周明叙喊我的吗？”

对面开口说话：“是我。”

“是叙神啊。”马期成说，“这是叙神小号，还没加你。”

乔亦溪这才想起来自己曾见过这个账号名。

之前孤刀的粉丝嘲笑周明叙游戏打得烂，只有星钻段位，说的就是这个账号。

真是见了鬼了。

看来周明叙也不是完全不介怀，不然不会拿这个小号上分了。

游戏里从来都是被敬仰的人，有朝一日居然被一群捂住耳朵什么都不听的人狂骂。

想了想，她也觉得有些愤懑，真是永远叫不醒那些装睡的人。

她“啧”了一声：“等我有钱了……”

周明叙低声问：“怎么？”

“等我有钱了，就把百度和我们学校收购了，”她说，“然后把骂你的那些人通通封号。”

马期成憋着笑道：“志向很伟大。加油乔总，到时候记得给我一官半职啥的。”

周明叙笑了两声，轻声道：“行啊。”

游戏开始，乔亦溪问：“这次我们跳哪儿？”

“人多的地方。”少年压低声音，“人杀得多，分涨得快。”他又提醒她：“到时候房子四面都是人，你尽量努力一点。”

乔亦溪倒是挺自觉的：“努力什么？帮你们杀人看情报吗？”

“不是，”他说，“努力活着出来。”

乔亦溪被噎了一下，感觉周明叙对她的定位，比她对自己的定位还要准确。

果不其然，下去之后乔亦溪刚捡到枪，旁边就陆陆续续落了两队。

马期成和傅秋难得没有插科打诨，认认真真地在那儿战斗。

“有人有人，房子后面。”

“倒了一个，你帮我补一下枪，外面还有人。”

“从窗口跳出去了，你看看。”

乔亦溪在一个小房间里待着，听到脚步声，急忙端好枪。

“我这儿有人，有人来了！我在打他，我觉得我快倒了，完了，我真的倒了。”

她的人物倒地的那一瞬间，周明叙从附近赶了过来，在她被打死之前，把对方打死了，然后来扶她。

“有没有药？”

“有，你去打吧，别管我。”

但周明叙离开之前，还是丢给了她两个急救包。

她把两个急救包捡好，默默蹲回墙角打药。

战斗迅速开始，又迅速结束，几分钟之后，他们成为唯一活着出来的队伍。

马期成感慨：“爽啊。”

打完之后，他们去了个物资比较多的地方搜了一圈，顺便打了几场架，而后满载离开。

周明叙开着车朝标了点的另一个地方驶去，中途经过房区听到枪声，他便找了个位置停车，然后开始寻找目标。

乔亦溪下车的位置靠近敌人那边，甫一下车就结结实实地挨了两梭子弹，血条差点空了。

她疯狂地冲进掩护自己的房子，一直跑到楼梯口才敢停下来打药。

她边打药边惊魂未定地道："这也太猛了，我的二级甲都快被打烂了。"

下车前还满血的二级甲，现在血被打掉了一半。

她只是因为太过惊讶，所以说了几句，谁知下一秒，有个人影出现在她面前，然后地面上突然多出一个东西。

由于她开了自动拾取功能，所以系统会自动给她更换更好的装备，她的人物便自动捡起了地上的那个东西。

看着自己的装备栏，好半晌，她才反应过来这是怎么一回事。

她只是抱怨了一下自己的二级甲快被打烂了，周明叙便悄无声息地走到她面前，一言不发地脱下自己的三级甲给她穿。

——她根本就没提自己想换甲的事。

周明叙脱下三级甲，就端着枪出去了，留她一个人在原地发愣。

她只是随口一说，他居然就记住了她的话，还是在那么紧急的情况下。

等她回过神来的时候，他已经走出去很远了。

雪地图一望无垠，稀薄日光穿透云层，AWM 的子弹切过空气，刺穿了谁的身体。

她盯着他背影消失的地方看了很久，才收回目光。

"乔亦溪，赶紧上线！陪我吃鸡啊！"

第二天早上，乔亦溪是被舒然喊醒的。

她迷迷瞪瞪地揉揉眼睛，翻了个身："怎么了？"

舒然的声音矜持中带着激动："我恋爱了。"

乔亦溪被这几个字炸得坐了起来，她眼睛还闭着，但是脑子已经被吓清醒了："这么突然？"

舒然不好意思地道："单方面的。"

她又躺下了。

舒然沉浸在自己的世界里，滔滔不绝地道：“我哥给我介绍了一个游戏打得很好的人，昨晚我和他一直缠绵到凌晨三点。”

“缠绵？”乔亦溪对这个词颇为嫌弃，“你可以用点歧义不那么大的词吗？”

“好吧，我和他一直打到凌晨，我重拾了对这个游戏的热爱。”舒然双手合十，摆在胸口，“乔乔，我觉得我的春天来了。”

“八字还没一撇呢，你已经敲定了你和人家的终身吗？”乔亦溪起身穿衣服，“你们昨晚刚认识？”

“是啊。”舒然说。

“对方是什么样的人？把你迷得神魂颠倒的。”

“不好形容，话很少，技术很好，长相也是我喜欢的，”舒然“啧啧”感叹，连拍大腿，“我跟你讲，爱情来了真的挡都挡不住。”

乔亦溪下床，抓了抓头发，打着哈欠回道：“那你去跟人见面啊，打游戏算什么勾搭。”

“你以为我不想见？隔得太远了，他在 W 市啊。”舒然遗憾地道，“能见我早就去了。”

“W 市的人你哥都认识？人脉够广的。”乔亦溪的重点又转回去了，“你为什么不自己和他打，非要叫上我？”

“我昨晚和他就是四排，突然两个人打我怕尴尬，而且也怕他不愿意。”舒然揽住她的肩膀，“你来暖个场嘛，就当帮我调节气氛。”

“行吧，我先刷个牙。”

乔亦溪刷牙的时候，舒然的声音又从后面传过来：“那个，他说他现在要上课，晚上再带我打。”

“他也是学生？”

“嗯。”

乔亦溪刷完牙，扯了张洗脸巾，随口问道：“怎么喜欢上人家的？”

“就是……”舒然顿了一下，“当时我被人打倒了，然后就趴在那里看着窗外的人打我，觉得自己反正必死无疑了，但是，这男的仿佛从天而降，两枪把那个人打死，然后把我扶起来，还给我丢了一个医疗箱。乔乔，那个瞬间，我真的被俘虏了。”

乔亦溪拍了拍手，笑了：“真的假的？我们然然这么有少女心？他就这么轻易撩到你了？”

“这还简单？这哪里简单？！那个瞬间有金光洒落好不好？！《鬼怪》你看过吗？《太阳的后裔》你看过吗？韩剧你看过吗？男主英雄救美，救起女主深情拥吻看过吗？那一刻我觉得游戏里都出太阳了，就在他身后，明亮得刺眼……”

“好了，”乔亦溪及时打断了她，“我知道了，你冷静点。”

再不打断，舒然能吹得十二月飘雪的P市都出太阳。

舒然蹙眉：“你这种和浪漫无缘的单细胞生物懂什么？你跟别的男的打游戏有过这种体验吗？就说周明叙，你们有过这种回忆吗？说说看。”

乔亦溪一时噎住。

舒然得意地挑眉：“看，我就说吧，是不是想不出来？”

“不是，”乔亦溪解释道，“因为实在太多了，我一时间不知道说哪次。”

舒然又道：“还有，我说我没有甲，问他可不可以把他的甲给我，然后他同意了。那时候我们才认识啊！”

乔亦溪略作思索：“昨晚我说自己的二级甲差点被打烂，周明叙一言不发就跑我面前，把他的三级甲给我了。”

舒然沉默了，好一会儿才抬头问：“这么到位吗？”

乔亦溪倒了杯水，耸耸肩：“是，就是这么到位。”

那也是她第一次觉得，原来自己被他那么周全地照顾着。

但是当时她还来不及感动，马期成就被打倒了，战况焦灼，她赶紧上去扶，扶完马期成，傅秋又倒了。就这样，一局快速刺激的游戏转移了她的注意力。

她现在才有空回味一下，又感动了一阵。

别的不说，周家的家教真的很好，在细微之处如此关照女孩子，让她觉得很温暖。

乔亦溪给自己泡了杯麦片，又拿出手机准备刷会儿微博。

一打开微博，乔亦溪就发现自己中奖了。

“然然，我好像中了一盒聂江澜送的零食。”

“聂江澜？”舒然仔细想了一下这个名字，“你……又粉上聂江澜了？先拍综艺，然后转行当导演的那个极品小鲜肉？”

“没有，就是喜欢他的综艺和电影，然后参加了他官方微博组织的一个活动。”乔亦溪说，“我就随便转了一下，没想到真的中奖了。”

聂江澜的微博一般不发文，他发微博要么是向女朋友沈彤表白，要么就是力挺女友。

但架不住人长得帅粉丝多，所以他的官博特别活跃。前阵子他的官博搞了个活动，叫“澜朋友给你送零食”。转发微博，两周后官博抽一百个人送聂江澜签名的零食盒，里面是沈彤选的零食。

连送零食都要秀恩爱。

乔亦溪当时是手滑点了转发，后来懒得删，没想到居然中了。

舒然感慨：“你运气真好啊，竹马周明叙，转微博中聂江澜，还有个绝世好友叫舒然。”

乔亦溪懒得理舒然，她去中奖页面填了地址，三天之后就收到了零食，零食礼包被快递员放在了学校的自提站，她便一个人出门去取快递。

看到工作人员拿出一个巨大的零食盒时，她后悔了。

她是有多想不开才会自己来搬这玩意？

零食盒有半人高，她抱着走了一段路，感觉手被压得发痛，还酸酸胀胀的。她琢磨着要不要给室友发消息，让她们来帮自己的时候，身边突然掠过了一道柠檬味的风。

周明叙骑着自行车从她旁边经过，因为抱着大零食盒的她太招眼，他侧头看了眼，发现是她，便停了下来。

他侧头蹙眉：“怎么一个人搬这么大的东西？”

乔亦溪一看到周明叙，赶忙道：“我没想到这东西这么大啊，别人送的。”

周明叙问：“谁送的？”

想到那个活动，她不假思索地道：“澜朋友。”

由于她有那么一点点的边音、鼻音不分，听起来真的挺像在说零食是男朋友送的。

周明叙顿了一下，抬腿，又骑车走了。

看着渐渐远去的救命稻草，乔亦溪张了张嘴，却没说出话来。

过了会儿，周明叙又倒回来，偏头沉声道：“放我前面篮子里。”

她比了比：“能放得下吗？还有这么大一截露在外面。”

“我扶着。”他说。

“你扶着怎么骑车？”

周明叙笑了：“我一只手扶这个，一只手把龙头。”

“这还差不多。”

她把零食盒放在自行车篮子里，然后看着他扶稳。

周明叙见她一直站着，没有上车的意思，便提示道：“上车。”

她瞪大了双眼：“我吗？你载我啊？”

“不然呢？”他挑眉反问，“难道我载你的零食，然后让你走回宿舍？”

上了自行车，乔亦溪侧坐着：“你今天怎么骑车出来了？”

“一个朋友送我的生日礼物，今天才到。”他说，“我是从另一个快递站骑回来的。”

……好狠。

很快，两人就到了乔亦溪宿舍楼下。

乔亦溪下了车正要走，周明叙叫住了她：“等等。”

她费力地回头：“怎么了？”

周明叙目光转了转，问：“你那个零食……到底是谁送的？”

乔亦溪描述得更细致了些：“转发微博中的。”

“好。”少年倏然间展了眉，“你上去吧。”

这还差不多。

什么突如其来的男友，根本不存在。

乔亦溪转身要走，又被他喊住。

她好脾气地站住，问：“首长又有何指示？”

周明叙把车停好，夺过她手里的大盒子：“我帮你搬上去。”

看在你还没有男朋友的份上。

乔亦溪一回到寝室，又被舒然拉着打游戏。

“赶紧赶紧，还差一个，你快准备一下，等会儿跟郑语哥哥打游戏。”

乔亦溪应了，过会儿，又道：“郑语？这个名字怎么有点耳熟？”

“你听过？听过也不意外，”舒然笑嘻嘻地说，“他是个主播，有一点名气，你可能看过他的直播吧。”

乔亦溪重复道：“主播……”

“嗯，一个游戏意识很好的主播。”舒然一脸骄傲，“对了，他还参加了电竞比赛，就周明叙参加的那个。”

这么一说，乔亦溪想起来了。

之前马期成说这个比赛里有三位热门选手，除了周明叙和孤刀，还有郑语。

应该就是舒然说的这个人了。

人生无处不巧合，吃饭遇到了孤刀，陪舒然打游戏还能碰上郑语。

想了会儿，乔亦溪有点抗拒地道：“要不你找小沐陪你打吧，我就不打了。”

舒然转过头，奇道：“怎么了？”

“参加这个电竞比赛的有三位比较厉害的选手，除了周明叙和郑语，还有个叫孤刀的。那个孤刀特别有心计，上次我有个朋友就随口说了两句，被孤刀故意扭曲，然后他的粉丝就去学校贴吧和论坛大肆发帖骂周明叙。”

现在，她真是怕了和周明叙一起比赛的主播了。

舒然抓抓下巴：“这个事我好像有点印象。”

“所以现在我很谨慎。”乔亦溪说，“这个郑语要是跟孤刀一样，把周明叙当成死敌，到时候搞出点什么事来，我还怎么跟他一起打游戏……”

孤刀对周明叙做的那档子事，都给乔亦溪留下阴影了。

“你相信我吗？”舒然忽然问。

乔亦溪笑着说：“相信啊，怎么了？”

“我的人品就是我哥的人品，你要相信我哥，郑语是我哥认识了三年的好朋友，他不会做那种事的。就算他把周明叙当对手，那也是很正常的对手，就是竞争的时候全力以赴，以示尊重的那种。”舒然非常真挚地道，“这点我可以保证。”

乔亦溪还在犹豫呢，舒然一声大叫：“快点快点，他上线了，我哥也来了，啊啊啊，乔亦溪，江湖救急，上线！”

到了这个份上，乔亦溪只好硬着头皮上了。

郑语的话比较少，但是和周明叙那种冷言不一样，郑语是偏腼腆和不太会讲的那种话少，给人的感觉确实比孤刀好多了，起码相处起来比较舒服。

舒然和她哥舒蔚真不愧是亲兄妹，十分钟过去就双双阵亡了，只留下乔亦溪和郑语还在抵抗。好在舒然观战的时候不停地说话，就算乔亦溪不开口，气氛也不尴尬。

乔亦溪这边正在打，周明叙回到寝室，也上线了。

上线后，他发现自己好友里有几个在线的，点开一看，除了马期成和傅秋，还有乔亦溪，并且乔亦溪还开局了，他就顺手点进去观战了一会儿。

一进去，他首先看的是左上角——看看乔亦溪在和谁打。

而乔亦溪名字下方的名字，他很熟悉。

郑语的游戏名和真名一模一样，这样也方便直播，所以周明叙便记住了。

由于舒然和舒蔚早就死了，头像灰扑扑的没什么存在感，加上周明叙把队友栏透明度调得比较低，所以一眼看过去，只看到了乔亦溪和郑语。

这时候，少年的脑子里回荡着一句话——她在和男的打游戏。

这个认知让他非常不爽，甚至有种感情被插足的感觉。

后来几局游戏，周明叙打得特狠，就跟在发泄似的，也不说话，就在战场上横冲直撞，拿一把 AK 到处杀人，就连不在他身边的马期成和傅秋都感觉到了杀气。

“叙神今天咋了？好像很不高兴。”

“不知道，因为乔妹在和别人打游戏吗？”

一句话戳中某人的痛点，周明叙终于开了麦，说出今日自己在游戏里的第一句话：“自己死还是我炸死你，选一个。”

傅秋惊惶地想着，叙神今天真的好可怕。

周明叙他们打了几局，第五把开始前组队的时候，乔亦溪申请加入。

她刚和舒然他们打完，准备再打一局就下去吃饭，但马期成要去直播，傅秋室友喊他，所以这局就是乔亦溪和周明叙双排的。

乔亦溪听不见周明叙那边的声音，以为他是懒得开麦，也没追问，跟着他跳伞，把自己的麦也闭了，免得打扰他。

周明叙这次带她跳的依然是豪宅，一下去人就很多。

平时四个人的时候他才会跳这里，和她一起时，他一般会选个人不多也不少的地方，搜一圈物资就可以开始战斗。

乔亦溪咬了咬唇，觉得周明叙可能是想锻炼她吧。

于是她做好准备，目光坚毅地捡抢，余光看到周明叙什么都没拿就跳出了窗户，她还以为他是要去外面找什么，结果下一秒，显示“我有猫”被淘汰。

乔亦溪整个人都惊呆了，怎么回事？这难道就是传说中的消极游戏吗？

肯定不是吧？

可是周明叙怎么可能就这样被淘汰了？这完全不是他的水准啊，跟送死似的。

怀着复杂纠结的心情，她觉得他可能只是点错键所以破窗而出，又没有武器，刚好被人击杀了。

第二局一开始，“消极游戏”的某人又是一下去就被淘汰了。

这怎么回事？

第三局、第四局……

在十分钟内开始的第五局时，乔亦溪终于忍不住小声问他：“你……怎么啦？”

周明叙简单干脆地撂下一句话：“我打游戏太菜了，你找郑语带你吧。”

气氛一下就凝滞了。

乔亦溪被他这句话砸蒙了，好半天才找回一点意识。

他……说自己打得菜，让她去找郑语？

两者之间有什么必然联系吗？

思忖了好一会儿，乔亦溪偏头，小声地开口：“你是在生我的气吗？”

未完待续

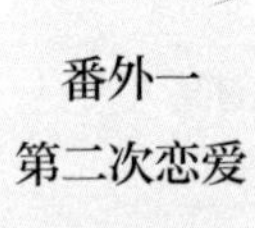

番外一
第二次恋爱

若干年，婚后。

那是个阳光明媚的下午，在周明叙的构想中，这也该是一段悠闲惬意的二人时光。

结果舒然给乔亦溪安利了一个游戏，叫《第二人生》。

《第二人生》是个很简单的游戏，玩家可以体验一个人从出生到死亡的各种生活，其间伴随着很多选择，还有结婚、生子、做义工等各种选项和支线。

于是乔亦溪专心致志地玩起了游戏，还进行实况播报。

“我是从垃圾桶里捡来的孩子？”

“我找我爸要零花钱，结果被打了一顿？”

“我高考只考了四十分？”

“算了，十八岁了，谈恋爱去吧。”

在一边泡茶的周明叙越听越不对劲，忍不住放下茶杯，凑到她身边看了一眼。

乔亦溪咬着嘴唇，玩得非常投入。

“好，我去相亲市场看看。”

“这个不行，年纪太大；这个也不行，名字不好听；要不就这个吧，我试试……”

本来只是随便试试，结果点了表白后，弹出了成功的窗口。

“表白成功了？”乔亦溪盯着屏幕，“我的天，我居然就这么和他开始恋爱了？”

周明叙这个正牌坐不住了，他抬了抬手臂：“我说……”

“等一下啊，我先看看我和他的亲密度。”

某人终于忍不住，伸手遮住她手机屏幕：“这人比我好看吗？比我会打游戏吗？比我会哄你开心吗？”

更何况还是个机器假人。

乔亦溪挪开他的手，随口道：“你什么时候哄我开心了？”

“昨晚我看你挺开心的，一直让我别停。”

乔亦溪懒得搭理他，又玩了一会儿，她看自己人物的年龄也老大不小了，听舒然说还能要个孩子，于是就点击了生孩子的选项。

——结果被拒绝了。

“怎么回事，我老公李苗拒绝和我生孩子？”

她还没来得及再确认一遍，手机就被人抽走了，周明叙的声音从耳边传来：“你老公周明叙不拒绝和你生孩子。”

乔亦溪转头看他不像是在开玩笑，觉得有点恍惚，回过神来后，她眨了眨眼：“你说真的？”

“真的。”周明叙抬起眼睑，“我们要个孩子吧。”

他早就这么想了，只是一直没找到合适的时机和她商量。

现在正好，还能避免她和这个李什么的假人生孩子。

乔亦溪琢磨了一会儿，说：“也行。”

早婚早育，孩子就给家长带，趁着年轻，她孕后恢复身材什么的也快。

她觉得这种事还是要再商议一下：“你喜欢男孩还是女孩？有什么要求吗？”

“有一个，”他俯下身，咬她耳垂，“不跟李苗姓就行。”

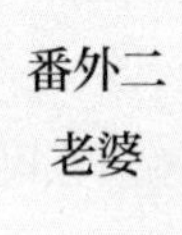

番外二
老婆

某个周末，舒然约乔亦溪一起去美容院，路上两人从某某家出的新包聊到人的自身附加值，又聊到婚姻。

舒然看着窗外发呆：“都说男人婚后脾气会变差、身材会走样，连对老婆的态度都会来个一百八十度大转弯，还可能染上抽烟、赌博、酗酒等坏习惯。周明叙却好像一点没变，我上次见他还是以前的样子。”

“我们结婚早啊，”乔亦溪说，“而且他确实挺自律的，除了压力大的时候偶尔会抽烟，其他什么坏毛病也没有。”

这话没错，两个人到了法定结婚年龄就领了红本本，几乎是同龄人里最早迈入婚姻殿堂的——婚姻到底是爱情的坟墓还是归宿，也得经历了才知道。

“说真的，你们让我重新燃起了对婚姻的希望，希望周明叙能一直做婚后男人的榜样。”舒然“啧啧”两声，“如果所有的男人都懂得自律就好了。”

乔亦溪挑眉：“怎么，郑语哪里惹到你了？”

“没有啊，我就随便感叹一下。”舒然道，“不过他最近对我是有那么一点点冷淡，你说他是不是厌倦我了？”

“他对你怎么冷淡了？我上次还听周明叙说，他为了给你买鞋，天不亮就跑去专柜排队。”

“他有几次隔了一个小时才回我的消息。”舒然道。

乔亦溪沉默半晌：“打电竞很累的，一个小时没回复再正常不过了，这也值得你疑神疑鬼？你还是找点别的爱好吧，免得天天就守着手机等他消息。”

“正常吗？”舒然托腮，忽地又开心起来，“没厌倦我就好。”

乔亦溪嘴角抽了抽：“您还真是容易满足啊。”

两个人做完美容，已经是傍晚了。两人又找了家餐厅解决晚餐，回家的时候已经逼近十点。

乔亦溪到了家，放下包，看着空荡荡的客厅，才想起来周明叙说他今天要去参加某位老师的生日聚会。据说那位高中老师曾经非常器重他，大大小小的活动全让他挑大梁，遇到重要的事情还参考他的意见，可谓是把他当作了全校的希望。

老师既然这么喜欢他，那老师的生日他没道理不去。她洗澡的时候漫无目的地想着，不知道这个聚会会持续多久，他什么时候能回来。

包厢内气氛热烈，大家给老师敬完酒，忽然又聊到周明叙：“叙神当时是老李最喜欢的一个学生啊，每年的优秀学生、优秀干部、省市级的奖状什么的都给他。”

有人添油加醋地道：“不只，叙神还是最早结婚的。”

“噢，叙神结婚了！”酒意这时候才清清凉凉地弥漫开，有人反应过来，上了头，“老婆还特别漂亮。怎么样叙神，结婚的感觉怎么样？”

又有好事者起哄，疯狂拍着酒桌：“大家连个对象都没有，叙神这都结婚了，不喝几杯过不去吧？”

周明叙本是平日里别人再怎么劝都不会过量饮酒的人，但众人今天的话触到了他的愉悦点，他便来者不拒，笑着一饮而尽。

连傅秋都在旁边碎碎念：“不就是结婚了吗？你看给他高兴的。”

不过今日确实值得高兴，饭局结束之后送走老师，躁动的单身青年们准备去酒吧嗨一嗨：“走吧，大家打车去酒吧啊，今晚酒水我请！”

周明叙已经有点醉意了，但他仍是冷静地摇摇头：“我不去了，我得回家。”

“真的假的？酒吧都不去？”有人搭上他肩膀，“不是我说，叙神，婚姻生活肯定很枯燥无聊吧，不如跟哥们儿一起去酒吧找找乐子，放松一下。放心，我们不会跟嫂子说的。”

“我不去。”周明叙拂开肩上的手，坚定地道。

又有人来劝，马期成看这么下去不是个办法，便和傅秋一起站出来解围：

“就这样吧，他也醉了，刚刚嫂子来电话催我送他回去呢，你们先玩着，我们先把叙神送回去。”

“行吧。”那人最终还是妥协了，感慨道，“你看结个婚把他整得这叫一个清心寡欲啊。”

旁边的人出声提醒：“不只是结婚，以前他也挺清心寡欲的。”

十一点，乔亦溪刚吹干头发，就听到门铃响了两下。她打开门，就看到马期成和傅秋架着半醉的周明叙站在门口：“这是……”

“喝醉了，”马期成说，“起哄的人太多，他就多喝了点。”

她没想到他还会有喝醉的时候，在她眼里，周明叙一直是个冷静自持的人，知道自己的底线在哪里，也从来不做没有把握的事。也不知道是什么事情值得起哄，能到把他灌醉的地步。

她从马期成手里接过意识有些不清的周明叙，又听到马期成说：“他们散场的时候说要去酒吧，他死活不愿意去，我们就先把他送回来了。”

乔亦溪点头：“好，那你们去忙吧，我给他擦擦脸，送他去休息。”

“那我们先走了。”马期成和傅秋离开之前，不放心地看了周明叙一眼，“叙神他好像真的有点……”

“没关系，我能搞定。”

乔亦溪是真的觉得自己可以搞定，毕竟在她看来，周明叙的酒品是很好的。

结果她没想到，周明叙的酒品好是好，只是醉酒后，出现了短暂的……认知障碍。她把他扶到床上之后，他突然扣住她手腕，他掌心灼烫似岩浆，烙着她手腕处的肌肤。

乔亦溪抬眼：“怎么了……”

周明叙将她的手甩到一边，语气不善地道：“离我远点，我有老婆了。”

暖黄色的灯光下，乔亦溪在墙角站了好一会儿，看着他的睡颜，一时心情复杂。

他喝醉酒后依然知道和其他女性保持距离，按理来说是好事，只是他却没认出她，把她当作“其他女性”了——她是真的不知道该哭还是该笑。

她蹲在床边，摸了摸周明叙的额头：“是我，乔亦溪。”

他喉结滚了滚，沉声道：“谁告诉你我老婆名字的？”

乔亦溪一时间竟说不出话来，半晌后侧头笑开。她把下巴枕在自己手背上，在他耳边道：“你老婆……是个什么样的人啊？”

她本意是想问出一些夸奖自己的回答，不说“我老婆是宇宙神颜”，最起码也是什么“人间仙女”吧。结果这人翻了个身，睡着了。

乔亦溪按着眉头，强忍着把他从梦里摇醒的冲动，在保温杯里灌了热水，放在床头柜上。结果这时，周明叙又醒了。

他侧身，这回睁眼了，就这么瞧了她一会儿，而后敛着眸，叫她：“老婆。”

他声音很低，由于醉酒，讲话有点含混不清，听起来竟有点与平日里不同的味道了。怎么说呢，有点像……喝醉之后的撒娇？

她愣了片刻，这好像是他第一次这么叫自己。她摸了摸耳垂，感觉这两个字……有点好听。

乔亦溪把杯子举到他唇边：“喝点水再睡吧。”

周明叙坐起来一点，骨节分明的手指托着杯子喝了两口，又叫了她一声：“老婆。”

乔亦溪还恍惚着，一时不知道该怎么回答，他又叫了一声。

“怎么了？”

“刚刚有人想碰我，”他垂眸，“我拒绝了。”

乔亦溪心道，可不是吗？刚刚那就是我，你还让我离你远点。

但是对着他水洗过似的熠熠发亮的眼眸，最终她只是摸了摸他的额发，缓声道：“做得好。”

——我损我自己。

喝了水之后，周明叙又躺下了，乔亦溪问他：“你今天为什么喝了这么多酒？”

“同学，很多……单身。”他的手在黑暗中找到她的，握住，“我有老婆，所以得多喝点。”

她哭笑不得：“这是什么逻辑？”

他喉结滚了滚，道：“有老婆……”

乔亦溪没听清：“什么？”

“挺好的。”

因为很荣幸能和你在一起，所以多喝一点也没关系。

图书在版编目（CIP）数据

私藏你的甜 / 鹿灵著 . — 南京 : 江苏凤凰文艺出版社，2020.5
ISBN 978-7-5594-4770-8

Ⅰ . ①私… Ⅱ . ①鹿… Ⅲ . ①言情小说 - 中国 - 当代
Ⅳ . ① I247.5

中国版本图书馆 CIP 数据核字 (2020) 第 057201 号

私藏你的甜

鹿灵 著

责任编辑 李龙姣 张 倩
特约编辑 丐小亥 八 柚
装帧设计 苏 荼
封面绘制 花生坚壳
出版发行 江苏凤凰文艺出版社
南京市中央路 165 号，邮编：210009
网 址 http://www.jswenyi.com
印 刷 湖南凌宇纸品有限公司
开 本 880mm × 1230mm 1/32
印 张 9.5
字 数 301 千字
版 次 2020 年 5 月第 1 版，2020 年 5 月第 1 次印刷
书 号 ISBN 978-7-5594-4770-8
定 价 38.00 元